NO LIMITE DO PERIGO

Katie McGarry

NO LIMITE DO PERIGO

Tradução
Cláudia Mello Belhassof

1ª edição

Rio de Janeiro-RJ / Campinas-SP, 2015

VERUS
EDITORA

Editora: Raïssa Castro
Coordenadora editorial: Ana Paula Gomes
Copidesque: Cleide Salme
Diagramação: Daiane Cristina Avelino
Capa e projeto gráfico: Adaptação da original (© Harlequin Books S.A)

Título original: *Crash into You*

ISBN: 978-85-7686-364-9

Copyright © Katie McGarry, 2013
Todos os direitos reservados.
Edição publicada mediante acordo com Harlequin Books S.A.

Tradução © Verus Editora, 2015
Direitos reservados em língua portuguesa, no Brasil, por Verus Editora. Nenhuma parte desta obra pode ser reproduzida ou transmitida por qualquer forma e/ou quaisquer meios (eletrônico ou mecânico, incluindo fotocópia e gravação) ou arquivada em qualquer sistema ou banco de dados sem permissão escrita da editora.

Verus Editora Ltda.
Rua Benedicto Aristides Ribeiro, 41, Jd. Santa Genebra II, Campinas/SP, 13084-753
Fone/Fax: (19) 3249-0001 | www.veruseditora.com.br

CIP-BRASIL. CATALOGAÇÃO NA FONTE
SINDICATO NACIONAL DOS EDITORES DE LIVROS, RJ

M112L

McGarry, Katie
 No limite do perigo / Katie McGarry ; tradução Cláudia Mello Belhassof.
1. ed. - Campinas, SP : Verus, 2015.
 23 cm.

 Tradução de: Crash into you
 ISBN 978-85-7686-364-9

 1. Romance americano. I. Belhassof, Cláudia Mello, 1965-. II. Título.

15-22408
CDD: 813
CDU: 821.111(73)-3

Revisado conforme o novo acordo ortográfico

Impresso no Brasil pelo Sistema Cameron da Divisão Gráfica da
DISTRIBUIDORA RECORD DE SERVIÇOS DE IMPRENSA S.A.

A Deus — 1 Coríntios 13,11-13

Ao Dave — por todas aquelas noites em que você me levou ao topo da colina e nós observamos as luzes brilhando lá embaixo, e por me fazer saber o tempo todo exatamente a que lugar eu pertenço

Especialmente a A, N e P — espero que vocês sempre se amem, como West, Ethan e Rachel se amavam

Onze anos, dois meses e sete dias.

A última vez que tive contato físico com um parente.

Os dedos da minha mão esquerda tamborilam no volante, e a mão direita agarra o câmbio. A necessidade de engatar a primeira, pisar no acelerador e sair do estacionamento cinza deprimente pulsa pelas minhas veias.

Obrigo meus dedos rígidos a soltarem o câmbio. A música seria capaz de diminuir o estresse, mas o baixo nos alto-falantes vibra de um jeito que poderia chamar atenção para o meu carro escondido no estacionamento reservado para funcionários. Daqui posso observar os visitantes entrando e saindo do prédio do serviço social.

Noventa minutos atrás, minha mãe entrou ali. Agora preciso vê-la sair. A cada inalação de ar frio, a vontade de ir embora aumenta. Assim como a vontade de encontrá-la.

O aquecedor morreu meia hora atrás, e o motor parou duas vezes. Mais alguns item para acrescentar à lista cada vez maior de consertos. Como só precisa de uma nova resistência, o aquecedor vai ser um reparo barato.

Meu celular toca. Sem olhar o identificador de chamadas, eu sei quem é, mas atendo mesmo assim.

— Oi.

— Estou te vendo. — A irritação acentua o sotaque sulista da minha assistente social. — Ela está esperando.

Meus olhos flutuam até as janelas de canto, perto do cubículo dela, a uns dois metros do meu carro. Courtney abre a persiana e coloca uma mão no quadril. Seu rabo de cavalo balança de um lado para o outro, como se ela fosse um cavalo de corrida zangado. Recém-formada, ela foi designada para o meu caso em junho. Acho que o chefe dela pensou que ela não ia conseguir me ferrar mais do que eu já estou.

— Eu te avisei pra não marcar uma visita. — Eu a encaro como se estivéssemos no mesmo ambiente. O que eu gosto na Courtney? Ela encara de volta. Ela é uma das três pessoas que têm coragem de manter contato visual com um cara de dezessete anos todo tatuado, com a cabeça raspada e de brincos. A segunda é o meu melhor amigo. A terceira... bom, a terceira era a garota que eu amava.

Courtney suspira e o rabo de cavalo fica parado.

— É véspera de Natal, Isaiah. Ela chegou mais cedo *e* trouxe presentes pra você. Ela esperou pacientemente por uma visita de trinta minutos que deveria ter acabado quarenta minutos atrás.

Esperou. Pacientemente. Meu pescoço enrijece e eu o viro de um lado para o outro para evitar explodir com a pessoa errada.

— Dez anos.

Jogo essas duas palavras em cima da Courtney toda vez que ela fala da minha mãe. Ela abaixa o queixo.

— Não faça isso. Ela teve os motivos dela, e quer falar com você.

Aumento o tom de voz e soco o volante.

— Dez anos!

— Podiam ter sido quinze, mas ela foi uma prisioneira exemplar — diz ela, como se isso fosse uma concessão a favor da minha mãe. — Ela escreveu pra você uma vez por semana.

Olho para Courtney com raiva através do para-brisa.

— Então seja assistente social *dela*, porque parece que você gosta pra caramba da minha mãe. Ela saiu faz mais de um ano e só agora veio me visitar.

— Isaiah — diz Courtney, derrotada. — Entra. Dá uma chance pra ela.

Coloco um pé na embreagem e o outro no acelerador. Meu motor ruge de raiva, e a lataria do carro vibra com a necessidade de correr. A Third Street acaba no prédio do serviço social, e minha vaga dá uma visão clara para a faixa vazia da rua. Dar uma chance à minha mãe? Por que eu deveria? Quando foi que eu tive uma?

— Você não tem ideia do que ela fez — digo.

— Eu tenho — Courtney suaviza a voz.

— Não estou falando de quando ela foi pra prisão. — Balanço a cabeça como se a ação pudesse dissipar a lembrança que passa pela minha mente. — Você não tem ideia do que ela fez comigo.

— Tenho sim. — Uma pausa. — Entra. A gente pode resolver isso.

Não. Isso nunca pode ser resolvido.

— Você sabia que os semáforos da Third Street têm cronômetro? — pergunto. — E que, se você alcançar a velocidade certa, dá pra cruzar a rua de uma ponta à outra sem ver um único sinal vermelho?

Courtney bate com o punho no vidro.

— Não se atreva!

Acelero mais uma vez.

— Você já percorreu quatrocentos metros em dez segundos, Courtney?

— Isaiah! É melhor você...

Pressiono desligar e jogo o celular no banco do carona. Focado no sinal vermelho, engato a primeira enquanto meu pé flutua sobre o pedal do acelerador. Velocidade. É o que almejo. Posso correr dos sentimentos. O sinal muda, solto a embreagem e meu corpo cola com força no assento enquanto meu pé afunda o acelerador.

É possível ser mais rápido que as lembranças?

Garçons vestidos de branco saem freneticamente do meu caminho conforme disparo pelo salão. As caras obras de arte nas paredes se tornam um borrão colorido quanto mais eu me apresso. Minha respiração sai acelerada e meu vestido se agita e se enruga sobre si mesmo. Estou fazendo muito barulho e chamando muita atenção. Nada disso é bom, já que estou tentando uma fuga rápida.

Meus sapatos de salto balançam em minha mão direita, e ergo a barra do vestido de festa azul-petróleo cintilante com a outra. Cinderela fugiu porque sua carruagem ia voltar a ser abóbora. Estou fugindo porque preferia estar suja de graxa até os joelhos.

Virando em mais uma curva, entro no corredor vazio perto da cozinha do clube. O som da multidão rindo e as batidas ritmadas da banda de jazz se tornam abafados quanto mais me distancio. Mais alguns passos e estarei livre em meu querido e amado Mustang.

— Te peguei! — Dedos deslizam pelo meu braço, e sinto como uma chicotada. Meu cabelo voa para frente e depois para trás, atingindo meu rosto. Um cacho que fora modelado à mão quica perto do meu olho quando se solta da presilha enfeitada que prende as laterais do meu cabelo.

Meu irmão gêmeo me vira para encará-lo. Um toque de riso brinca em seus lábios.

— Aonde você está indo, irmãzinha?

— Ao banheiro. — Para o estacionamento e o mais longe possível do salão de baile.

Ethan aponta para trás, para o longo corredor.

— O banheiro feminino fica naquela direção.

Eu me inclino para ele. Meus olhos se arregalam, e eu me pergunto se pareço louca, porque me sinto um pouco louca.

— A mamãe quer que eu faça um discurso. Um discurso! Não consigo fazer um discurso. Não consigo! Você lembra a última vez que ela me colocou para ser o centro das atenções? Dois anos atrás, quando ela preparou aquela festa de quinze anos "surpresa" horrorosa. Eu vomitei. *Pra todo lado.*

— É, eu estava lá. Até eu fiquei com nojo. — O rosto dele se contrai fingindo aversão. Ethan está rindo de mim, e eu não posso ser motivo de chacota de ninguém; pelo menos, não agora.

Agarro sua camisa social e o sacudo. Ou tento. O garoto não se abala.

— Levei meses para ter coragem de falar de novo no colégio. Todo mundo lá tem boa memória, Ethan, e eles acabaram de esquecer. Eu gostaria de ser beijada antes de terminar o ensino médio. E os garotos não beijam garotas que ficam toda hora vomitando.

— Você já notou que fala muito quando está à beira de um ataque de pânico? — Ethan está brincando, mas meu pânico é real. Estou perto de ter um ataque. Muito perto. E, se eu não sair logo daqui, ele vai descobrir meu segredo. — Além do mais — ele continua —, isso foi há dois anos. Tudo bem, você detesta falar em público. Você vai suar muito, gaguejar um pouco e seguir em frente.

Engulo em seco. Se pelo menos fosse esse o meu pior medo.

Ethan é o oposto de mim. Ele se parece com o papai, o cabelo preto e os olhos escuros, tem uns trinta centímetros a mais que eu e é corajoso. Seus olhos se estreitam e ele inclina a cabeça, como se a última palavra da minha explosão de repente se encaixasse.

— Você disse *vomitando*. O que significa um ataque de pânico de verdade. Achei que você tinha superado isso.

Meus dedos se enroscam com mais força no tecido de sua camisa. Estraguei tudo. Como pude cometer um erro tão negligente? Durante dois anos, escondi um segredo da minha família: que eu ainda tenho ataques de pânico. Que, quando sou o centro das atenções ou fico ansiosa ou estressada demais, fico paralisada e perco a capacidade de respirar. O enjoo se embola em meu estômago, a bile sobe à garganta e a pressão aumenta até eu vomitar.

A vida tem sido difícil para os meus pais e os meus dois irmãos mais velhos. Depois da festa de aniversário horrorosa, decidi que eles nunca teriam de se preocupar comigo — a garota que não vai morrer por causa dessa doença.

— Eu superei — digo. — É só que não quero fazer papel de boba. Eu... eu... — Não consigo pensar em nada suficientemente bom para me tirar dessa. — Eu esqueci o discurso e deixei minhas anotações em casa, vou parecer uma idiota. — Uau, que escapada fantástica. — Olha, vou pedir anistia de gêmeos para essa questão.

Seus olhos escrutinam meu rosto. Tenho certeza que ele está analisando meu nível de quase loucura. Anos atrás, concordamos em dar cobertura um para o outro dez vezes por ano, independentemente das consequências. Ethan esgotou seus cartões de anistia semanas atrás, e eu geralmente uso os meus para sair de carro à meia-noite e poder forçar o velocímetro do meu Mustang.

— Você só tem mais um cartão de anistia para este ano — diz ele, um claro lembrete de que, em alguns dias, quando o novo ano vier nos cumprimentar, vamos começar com um quadro em branco, e eu vou dar cobertura para ele de novo. — Tem certeza que quer gastar seu cartão com isso? — continua ele. — Faz o discurso e eu te dou cobertura mais tarde, quando você escapar pra dirigir o Mustang. Dirigir sempre faz você se sentir melhor, e esse passeio deve ser relativamente livre de culpa. Vai ser sua primeira corrida à meia-noite permitida por lei.

Meu irmão gosta de ficar me lembrando de que minha paixão por dirigir tarde da noite era ilegal quando eu tinha uma carteira de motorista provisória. Ethan está certo: eu adoro dirigir e agora tenho uma carteira definitiva. O único jeito de ser pega por quebrar o toque de recolher é se Ethan me entregar ou se eu sair antes do discurso. E qualquer uma dessas opções vai significar um castigo pelo resto da vida.

Tudo isso deve ser levado em consideração, e eu devia estar pensando logicamente, mas abandonei a lógica no salão de baile. Minha pulsação começa a latejar nos ouvidos.

— Tenho. — Definitivamente. — Vou usar meu cartão agora.

Ele solta meu braço e olha para baixo, para onde meus dedos ainda estão agarrando sua camisa.

— Eu não te vi. Entendeu? Você escapou pela entrada e nós nunca nos falamos. Não vou levar esporro do Gavin por causa disso, com ou sem anistia de gêmeos.

— Não vai levar esporro pelo quê? — A voz grave de Gavin soa no corredor. Minha esperança se desintegra e desaba no chão. Droga. Nunca vou sair daqui.

Eu me obrigo a soltar Ethan e forço um sorriso, apesar de meu coração martelar as costelas. Meus irmãos estão acostumados com meu temperamento, o que Ethan irritantemente chama de raios de sol e arco-íris. Eu *com certeza* vou fingir raios de sol e arco-íris mesmo que seja difícil.

— Oi, Gavin. Eu te vi dançando com a Jeannie Riley. Ela é legal.

Gavin é o mais velho da ninhada de cinco filhos dos meus pais. Somos uma família unida, apesar de haver uma grande diferença de idade entre os irmãos. Gavin tinha oito anos e Jack, sete, quando Ethan e eu nascemos. Jack está ao lado de Gavin, e os dois cruzam os braços quando nos veem. Acho que desta vez não consegui fingir raios de sol e arco-íris tão bem.

— A mamãe está te procurando — diz Jack. — Tá na hora do seu discurso. — Ele é quieto, e esse pode ser seu mais longo monólogo da noite. O que torna mais difícil para mim dizer não.

— Vamos lá, Rach — diz Gavin. — Foi você que falou com a mamãe e o papai para fazer o discurso hoje. Não o contrário. Você precisa superar esse medo de estar sob os holofotes. É tudo coisa da sua cabeça. Era diferente quando você tinha sete anos, mas agora já deu. Você está no segundo ano do ensino médio, pelo amor de Deus.

Gavin tem razão. Eu me ofereci para falar no evento de leucemia. Aproximadamente duas semanas atrás, peguei minha mãe chorando e olhando a foto da filha mais velha, Colleen, e detestei ver a dor em seus olhos. Dias antes, eu ouvira sem querer minha mãe contar a uma amiga que sempre sonhou comigo falando em homenagem à Colleen. Quando a amiga sugeriu que minha mãe me pedisse para participar do evento beneficiente, ela recusou, dizendo que nunca me colocaria em uma situação que me deixasse desconfortável.

Minha mãe tem vivido um inferno há mais de vinte e um anos, e o único motivo de meu nascimento foi fazê-la se sentir melhor. Ela ainda chora, então acho que não estou fazendo um trabalho muito bom.

Meu estômago se contrai e minhas mãos começam a suar. Está vindo — o ataque. Tento lembrar o que disse a terapeuta do ensino fundamental sobre respiração, mas não consigo respirar quando meus pulmões não se expandem.

— Mudei de ideia — sussurro. — Não posso fazer o discurso. — Preciso sair rápido daqui, ou todo mundo vai saber que andei mentindo. Eles vão saber que eu ainda tenho ataques.

— Você vai mesmo deixar a gente na mão? — pergunta Gavin.

O rangido da porta dos fundos anuncia a chegada do meu último irmão. Com uma passada tranquila, West se junta a nosso círculo particular. Nós dois nos parecemos com a nossa mãe, com o cabelo loiro e os olhos tão azuis que quase parecem violeta. Com a camisa do smoking e a gravata-borboleta desfeita, West usa um boné de beisebol virado para trás.

— Não sei o que está acontecendo, mas vocês deviam deixar minha irmãzinha em paz.

— Tira esse boné, West — diz Gavin. — A mamãe disse que não queria ver nada na sua cabeça até amanhã de manhã.

Gavin nos lidera. Sempre foi assim. Mas o fato de nós quatro sempre obedecermos não significa que achamos Gavin maravilhoso. Na verdade, Ethan, West e eu o achamos irritante. E Jack é o melhor amigo dele.

West tira o boné da cabeça e dá o sorriso que diz que ele está caçando... de novo.

— Tinha uma garota, e ela gosta de bonés.

Reviro os olhos enquanto meus irmãos dão risadinhas. Sempre tem uma garota. Menos de um ano mais velho que Ethan e eu, West é a nossa versão adolescente de caras de reality shows da MTV que transam com uma garota diferente a cada noite. E, para nossa sorte, Ethan e eu temos assento na primeira fila para ver o show de West.

— Você é um porco.

West balança as sobrancelhas para mim.

— Oinc.

Gavin aponta para ele.

— Nada de boné. — West o guarda no bolso traseiro da calça social.

Gavin vira para Ethan:

— Ela não vai escapar dessa, então para de tentar pegar a chave dela.

Minha cabeça vira de repente para a pequena bolsa presa a meu pulso, e pego Ethan escorregando a mão, já com a minha chave em punho. Gavin faz sinal com os dedos para Ethan entregá-las. Com uma bufada de raiva, Ethan lança para meu irmão mais velho minha única chance de escapar.

Gavin ergue os braços na lateral do corpo conforme se aproxima de nós. É um gesto que faz com que eu me sinta parte dessa família unida, mas o ato também faz Gavin, que já é enorme, parecer ainda maior. Seu corpo abarca o pequeno corredor de tal forma que eu encolho os braços e pernas para lhe dar mais espaço. Cada um de nós reage a Gavin de um jeito, mas eu sempre recuo, porque sou a mais nova, a mais baixa e a mais fraca.

— Isso é importante para a mamãe e o papai — diz Gavin. — E se você não entrar lá para dizer algumas palavras, vai decepcionar os dois. Pensa em como vai ficar chateada mais tarde, quando a culpa te devorar.

Um nó se forma em minha garganta e meus pulmões se contraem. Gavin está certo. Detesto decepcionar minha mãe e meu pai e não lido muito bem com a culpa. Mas, se eu decidir fugir, pelo menos não vou correr o risco de me humilhar em público.

— Rach — Gavin implora. — É importante pra eles.

— Para nós — complementa Jack.

Inspiro profundamente para não ter ânsia de vômito. Minha mãe e meu pai fazem esse evento na semana entre o Natal e o Ano-Novo há dezesseis anos. Significa muito não só para eles, mas para Gavin e Jack também. Meus aliados mais fortes, Ethan e West, abaixam a cabeça. Para nós três, essa noite nos lembra por que estamos vivos, por que minha mãe teve outros filhos. Ela queria outra menina.

West arrasta os pés.

— Respira durante o discurso, tá? Olha pra mim ou pro Ethan enquanto fala.

Ethan dá de ombros.

— Ou olha para o Gavin e finge que ele desenvolveu chifres pra combinar com esse nariz ofensivamente grande.

Gavin mostra o dedo do meio para Ethan, e logo meus irmãos estão lançando insultos como atletas lançam bolas. Não quero fazer um discurso. Meus irmãos me veem como fraca, e talvez eu seja mesmo, mas o que posso fazer para entenderem que não tenho controle sobre o pânico que me domina?

— Por que eu? Por que não um de vocês?

Minhas perguntas interrompem o alvoroço de insultos. Os quatro trocam olhares prolongados. Eu sei a resposta, mas, se vou ter que fazer o discurso, alguém tem de admitir em voz alta.

— Porque — diz Gavin — a mamãe quis você.

Não, não quis, mas sou a melhor substituição que meu pai pôde dar a ela. Fecho os olhos e tento encontrar algum tipo de centro. Vou fazer isso. Vou fazer o discurso. Se tiver sorte, a pior coisa que pode me acontecer é gaguejar e tremer durante a apresentação. Por que a mamãe e o papai tinham que convidar os amigos do West e do Ethan este ano? Por quê?

— Eu nunca vou ser beijada.

Abro os olhos e vejo meus irmãos me olhando boquiabertos, como se eu estivesse louca.

— Você não beija garotos — diz West. — Os garotos não devem nem chegar perto de você. Os caras só querem uma coisa, Rach, e não é conversar. Eu sei bem. — Ele encerra o assunto cheio de frustração, depois balança a cabeça enquanto volta a falar: — Por que é que estamos falando nisso? Você não está saindo com ninguém.

— Ah, merda — resmunga Jack. — Vamos ter uma conversa sobre sexo com a nossa irmãzinha.

— Ela está namorando? — Gavin pergunta a West e Ethan. — Ela não pode estar namorando. Agora a gente vai ter que dar uma surra em um adolescente tarado. Vocês deviam ter me falado que isso estava acontecendo.

— Faça eles pararem — sussurro para Ethan. Além do pavor de discursos e de vômito, também estou morrendo de vergonha.

— Ela não está namorando! — West estremece como se estivesse coberto de aranhas. — Isso é nojento, Rach. Não fala assim. Nunca mais.

Gavin me lança um olhar furioso que claramente quer dizer para eu desistir de beijar e namorar, antes de voltar para o salão de baile. O olhar não faz sentido para mim, já que qualquer uma dessas coisas exigiria que um cara demonstrasse interesse por mim, para começar.

Jack e West seguem Gavin, ambos resmungando sobre ter que dar uma surra em uns garotos. Ethan passa um braço pelo meu pescoço e me empurra para frente.

— Duas frases. No máximo, três.

Fácil falar. Não é ele que tem que ficar de pé na frente de centenas de pessoas. Cada uma delas prestando atenção em minhas palavras ditas e não ditas. Os adultos olhando e julgando minhas mãos trêmulas e minha voz gaguejada. E qualquer pessoa com dezoito anos ou menos vai dar risadinhas quando se lembrar do meu fracasso anterior na frente de uma multidão.

A cada passo, meus joelhos tremem como se fossem ceder, e um suor frio escorre pela minha nuca. Meu estômago se contrai, e eu ponho uma mão sobre a boca. Quando tombo de costas contra a parede, os olhos de Ethan se arregalam de preocupação. Meu olhar escapa para nossos irmãos, e ele pula na minha frente, bloqueando a visão deles.

— Me dá um segundo com a Rach — ele grita. — Prometo que ela não vai fugir.

— Ethan — aviso no instante em que ouço as portas do salão de baile se fecharem com um clique.

Meu irmão coloca a mão nas minhas costas, me conduz até o banheiro feminino e tranca a porta atrás de si. Solto os sapatos, que caem no chão do banheiro vazio fazendo barulho. Cambaleio e tropeço no vestido fofo e cheio de babados e mal consigo chegar ao vaso sanitário.

Ouço a água escorrendo na pia atrás de mim, e Ethan se aproxima quando consigo respirar por trinta segundos sem ter ânsia de vômito.

Ele me dá uma toalha de papel molhada com água fria.

— Tinha sangue?

Passo o papel no rosto, fortalecida.

— Não. Não conta pra mamãe nem pro papai, tá? Nem pra ninguém.

— Que merda. Achei que você não tinha mais isso desde o nono ano. — Eu me encolho com o misto de raiva e censura no tom de voz dele.

Eu odeio essa doença. Odeio de um jeito que faz meu sangue congelar e meus músculos pesados de raiva. Odeio o modo como minha família sempre me olhou, como se eu fosse frágil. Odeio como sempre fui uma decepção constante, enquanto meus irmãos se destacam em tantas coisas públicas, como nos esportes ou em grupos de debate.

Estou sempre na penumbra e, depois do meu desastroso aniversário de quinze anos, decidi engolir o problema e forçar uma aparência feliz, mesmo quando estou morrendo por dentro. Meu fingimento deve estar funcionando, já que meus pais me permitiram fazer o discurso quando ofereci. Eles nunca fariam nada para me incomodar de propósito.

— Você vem vomitando esse tempo todo? — insiste Ethan.

— Deixa pra lá.

Ele esfrega os olhos.

— A mamãe e o papai querem saber quando você tem um ataque de pânico. Eu quero saber. Isso não é brincadeira.

Minhas têmporas latejam. Sou o membro mais fraco dessa família. Sempre fui.

— Se eu contar, eles vão me mandar pra casa agora, e a mamãe vai ficar abalada. Vocês estão certos. Sou uma fracote e não consigo fazer isso. A noite de hoje não tem a ver comigo. Mas com a mamãe e o papai. É uma noite para se lembrarem da Colleen, e eu não posso estragar isso, entende?

Ethan desliza pela parede e senta ao meu lado.

— Eu te dou cobertura hoje à noite. Faz o discurso, depois vai dirigir um pouco. Eu dou um jeito de ninguém perceber que você saiu. — Ele suspira. — Faço qualquer coisa pra você não ficar doente de novo.

Entro na antiga casa de dois andares convertidos em apartamentos e sou recebido pelo som de Elvis Presley cantando "Blue Christmas" atrás da porta do apartamento no primeiro andar. Pulando o terceiro e o sexto degraus por causa da madeira podre, subo as escadas e entro na porta à direita.

Estou aqui desde agosto, apesar de a Courtney acreditar que vivo em um lar adotivo. O que ela não sabe não me incomoda. Minha família adotiva concordou em me deixar mudar, desde que eu fique longe de confusões e eles continuem recebendo os cheques do governo.

O gesso cai das paredes quando um trem passa perto, a madeira tem cheiro de cachorro molhado quando chove e ratos do tamanho de coelhos circulam como se estivessem em casa, mas o lugar é bem melhor que um lar adotivo.

Noah sai do quarto com um sorriso convencido e sem camisa.

— Ei, baby, o Isaiah voltou.

— Oi, Isaiah! — Echo coloca a cabeça na porta entreaberta do quarto. Seus cachos vermelhos lhe caem sobre o ombro.

— E aí, Echo? — digo em resposta enquanto ela fecha a porta. Sapatos, a camisa de Noah e o suéter de Echo formam um rastro do sofá até o quarto. Parece que os dois curtiram meu presente de Natal atrasado: um tempo sozinhos.

Noah recolhe as roupas deles do chão. Ele bate na porta do quarto, depois abre e murmura alguma coisa enquanto passa o suéter para a Echo. Ele tem tentado disfarçar nas últimas semanas, mas está preocupado com ela. Para ser sincero, eu também estou. Echo começou a cobrir os braços de novo desde a semana passada.

Ele toca o rosto dela enquanto os dois conversam. É um toque simples, mas ela responde com um abraço. Houve uma época em que eu achava que tinha encontrado o que Noah e Echo compartilham: amor. Mas eu estava errado, ou talvez tenha chegado tarde demais. De qualquer maneira, ferrei com tudo.

Noah fecha a porta, dando privacidade à Echo, e pigarreia.

— Obrigado, cara.

— Sem problemas. Ela está... hum... bem?

Ele veste a camisa.

— A mãe está ferrando com ela, usando a desculpa do aniversário de morte do irmão da Echo pra isso. Não entendo por que a Echo dá atenção pra ela. A mãe dela é um monte de merda inútil.

Noah faz uma pausa, esperando que eu concorde, mas não estou a fim de ser hipócrita. Passei duas horas em um estacionamento na semana passada observando a minha mãe. Evidentemente, Noah é um ímã de pessoas com problemas com a mãe. Não que ele saiba disso. A única pessoa para quem eu contei sobre a saída da minha mãe da prisão foi a Beth, e eu não falo com ela há mais de dois meses.

— Está tudo bem? — pergunta Noah quando não digo nada.

Penso no assunto — sobre contar a ele que minha mãe saiu da prisão há mais de um ano e só agora solicitou uma visita comigo. Noah e Echo são o mais próximo que tenho de uma família, e seria bom não carregar o peso desse segredo sozinho. Ter alguém que demonstre empatia em relação a ser descartado quando criança.

Eu até podia contar a eles por que ela foi presa e como fiz parte de tudo.

Quando vou responder, meus olhos param na nova pilha de livros da faculdade do Noah. Ele não ia entender. Tecnicamente, ele não foi descartado.

— Tudo bem.

Abro a porta da geladeira e encontro o mesmo cenário de hoje de manhã: duas cervejas e mais nada.

— Acho que a gente devia ter pendurado um pé de meia na geladeira, cara.

— Foda-se — diz Noah. — Precisamos de um pé de meia numa conta bancária.

Ele senta no único móvel da sala de estar além da televisão: o sofá que compramos por trinta dólares na Legião da Boa Vontade. Noah e eu vivemos com simplicidade. Temos um closet que chamamos de quarto, duas camas box de molas, um banheiro e um espaço maior que é a nossa sala de estar e a cozinha. "Cozinha" é um termo vago. Ela consiste em uma pia, a geladeira, dois armários e um micro-ondas.

Noah junta as mãos entre os joelhos e abaixa a cabeça como se estivesse perdido em uma oração. Meu melhor amigo não é um cara pesado, e o fardo que ele está carregando pesa na sala toda.

— Seu empréstimo estudantil ainda não foi liberado, né? — pergunto.

Noah massageia os olhos.

— Preciso de um adulto "responsável" para ser meu fiador.

— Que merda. — É como se o mundo quisesse que pessoas como Noah e eu fracassássemos.

— É assim e pronto.

— Você pediu ajuda pra alguém? — Noah tem uma terapeuta maluca de quem ficou próximo desde a última primavera, e tem resolvido as coisas com os pais adotivos de seus irmãos mais novos.

— Ser fiador de um empréstimo não é como emprestar uma grana para a gasolina.

Ele não dá nenhuma indicação se deixou o orgulho falar mais alto ou se pediu ajuda e as pessoas disseram não. Por isso, deixo o assunto morrer. Se eu investigar, só vou enfiar a estaca mais fundo.

— Odeio perguntar — diz Noah —, mas quanto você pode dar pra pagar as contas este mês?

Não muito. Os negócios na oficina onde trabalho estão ruins, e o pouco serviço que pegam é feito quando estou na escola. Além do mais, todo dinheiro que juntei depois de pagar as contas eu dei à Echo para quitar uma dívida que eu tinha com ela.

Uma dívida que assumi por causa da Beth. Quando a dor conhecida surge no peito, imediatamente desvio todos os pensamentos para o assunto em questão.

— De quanto a gente precisa?

Noah dá seu sorriso maluco.

— De tudo. Gastei meu último salário pra comprar os livros que vou usar no próximo semestre e aquele pote de pasta de amendoim que a gente tá comendo faz uma semana.

Seu sorriso desaparece, e o peso retorna.

— Quando a gente concordou em sair juntos do lar adotivo, achei que eu ia trabalhar mais horas no Malt and Burger em vez de diminuir, mas você sabe...

Noah desvia o olhar. Suas notas despencaram no primeiro semestre do primeiro ano. Meu melhor amigo é um filho da puta inteligente, mas a transição do ensino médio para a faculdade acabou com ele. Para melhorar a média, ele precisou diminuir as horas de trabalho. O empréstimo estudantil era seu último esforço desesperado para encontrar uma maneira de existir.

— Pede pra Echo vir morar aqui — sugiro. — Vocês já passam todo o tempo livre juntos. Uma terceira pessoa poderia ajudar com as contas. Vocês dois ficam com o quarto e eu me jogo no sofá.

Ele inclina a cabeça enquanto considera, depois a balança.

— A bolsa de estudos dela cobre tudo, e ela tá focada demais nos estudos e na arte dela pra pensar em ganhar dinheiro. — Um rato dispara de um canto e desaparece em outro. — Além do mais, visitar é uma coisa. Morar aqui é outra.

Verdade. A depressão de Noah me contagia, e eu me apoio na geladeira.

— Fala o que você tem pra falar, cara.

— A única vantagem de se formar com o sistema é que o governo paga a mensalidade da faculdade. Eles também pagariam pra eu ficar nos dormitórios.

Meu estômago afunda como se eu estivesse caindo em um maldito poço. Ele está pensando em tirar vantagem do negócio de ser uma criança inserida no sistema e quer que eu volte para o lar adotivo que compartilhávamos antes de ele fazer dezoito anos e sair de lá.

— Não posso voltar para o lar adotivo.

— Você tem cinco meses para se formar e poder sair de lá — diz Noah. — A Shirley e o Dale não eram tão ruins. Eles foram o melhor lar adotivo que eu tive.

— E eles são a família da Beth — eu solto. Nas laterais do meu corpo, abro e fecho os punhos. Dei a essa garota tudo o que eu tinha dentro de mim, e ela me deixou assim mesmo. De jeito nenhum vou rastejar de volta até os tios dela e implorar para me aceitarem de novo; e eu prefiro morrer a ir para outro lar adotivo. — Tem que ter outro jeito. — Tem que ter.

— Eu entendo — diz Noah. — Eu estava lá no inferno com você, mas estamos afundando aqui.

— E se eu der um jeito de a coisa funcionar? Se eu conseguir o dinheiro?

— Como? — A boca de Noah enrijece.

— Deixa que eu resolvo isso. — Porque eu posso, mas de um jeito que o Noah não precisa saber.

Nenhum de nós pisca enquanto um encara o outro. Sim, nós dois passamos pelo inferno, e Noah me prometeu que, quando saísse do sistema de adoção, não ia me deixar para trás.

Ele faz que sim com a cabeça no momento em que a Echo abre a porta do quarto. Ela puxa as mangas compridas sobre os dedos. Solto um palavrão por entre os dentes. Ela definitivamente está escondendo as cicatrizes de novo. A garota teve uma vida zoada, e no ano passado finalmente encontrou coragem para não dar a mínima para o que as pessoas pensam a seu respeito. Basta deixar uma mãe reaparecer na vida do filho para estragar tudo. A Echo e eu estaríamos melhores se tivéssemos sido criados por lobos.

Noah a puxa para a proteção de seu corpo.

— Prontos pra sair?

Certo, jantar com os pais adotivos dos irmãos mais novos do Noah. Ele e eu somos irmãos, apesar de não termos o mesmo sangue, e a Echo se tornou minha irmã no dia em que colocou um sorriso no rosto dele. Eles são minha família, e eu vou lutar para manter o que é meu.

— Acho que vou perder essa. Preciso cuidar de uns negócios.

Rachel

O banco do motorista do meu Mustang é um dos poucos lugares onde encontro paz. Acho que eu poderia dar uma desculpa e dizer que meus irmãos influenciaram meu amor por carros, mas não vou fazer isso porque não é verdade.

Eu entendo de carros. Gosto da sensação deles. Do som deles. Minha mente fica vazia quando estou atrás do volante, e tem alguma coisa no som de um motor vibrando conforme piso o acelerador que me faz sentir... poderosa.

Nenhum medo. Nada de enjoo. Nenhum irmão para me dar ordens. Nem pai nem mãe para impressionar. Apenas eu, o pedal do acelerador e a estrada livre. E um vestido amplo e cheio de babados que lembra uma flor. Entrar nessa roupa foi um pesadelo.

A renda do vestido escapa da velha bolsa esportiva do Ethan, e eu tento enfiá-la de volta enquanto saio do banheiro do posto de gasolina. Por mais que eu tente, a renda não cabe ali dentro. Atravesso os corredores e saio para a noite fria de inverno pelas portas automáticas. Meus pais me matariam se soubessem que estou na parte sul de Louisville, mas esse não é o meu destino. É só uma parada rápida. A região ao sul daqui tem estradas remotas que ficam vazias por vários quilômetros. Perfeitas para maximizar o velocímetro.

Dois universitários de calça jeans e elegantes casacos de inverno conversam enquanto um deles coloca gasolina num Corvette Coupe 2011. O carro é impressionante. Quatrocentos e trinta cavalos compactados no precioso motor V8, mas não é tão bonito quanto os modelos mais antigos. A maioria dos carros não é.

Do outro lado da bomba, insiro meu cartão de crédito e solto a tampa do tanque de gasolina. Meu bebê só recebe o melhor combustível. Pode ser mais caro, mas o motor fica bem tratado assim.

Respiro fundo, e o ar frio me dá uma sensação boa nos pulmões. Meu estômago finalmente se acalmou depois que saí do clube, e o enjoo desapareceu quando dei partida no motor. Eu consegui fazer o discurso com as mãos e a voz trêmulas. E só algumas pessoas do colégio riram.

Quando tudo terminou, minha mãe chorou e meu pai me abraçou. Só isso já valeu as idas ao banheiro.

Os caras param de falar e eu olho de relance, vendo os dois encarando meu bebê.

— Oi. — O motorista faz um sinal com a cabeça para mim.

Ele acabou de falar comigo?

— Oi.

— E aí, que que tá rolando?

Hum... é, ele está falando comigo.

— Nada. — Isso se chama conversa. Pessoas normais fazem isso o tempo todo. Abro a boca e tento continuar: — E com vocês?

— O mesmo de sempre.

— Gostei do Vette — digo e decido testá-los. — V8? — Claro que é V8. É o motor padrão do Corvette 2011, mas alguns caras não têm ideia da carga preciosa que carregam sob o capô.

O proprietário assente.

— 3LT. Comprei na semana passada. Belo Mustang. É do seu namorado?

Pergunta complicada.

— É meu.

— Legal — diz ele. — Você já apostou corrida com ele?

Balanço a cabeça. É estranho falar com um cara. Sou a garota que fica à margem. As outras garotas que frequentam o colégio particular mais caro do estado não querem discutir sobre carros, e a maioria dos caras se sente intimidada quando percebem que sei mais sobre o carro deles do que eles próprios. Quando se trata de qualquer outro tipo de conversa, minha língua costuma congelar.

— Você quer apostar? — pergunta o cara.

As bombas de gasolina apitam ao mesmo tempo, e meu coração se agita no peito, um misto de ansiedade e adrenalina. Não sei muito bem se quero desmaiar ou rir.

— Onde?

Ele inclina a cabeça para longe da segurança da rodovia, na direção da estrada de quatro pistas, mais para o sul. Eu já tinha ouvido boatos sobre rachas ilegais, mas achei que eram apenas isto: boatos. Coisas assim só acontecem em filmes.

— Você está falando sério?

— Não tem como ser mais sério do que o lugar pra onde vou te levar. Fica com a gente e nós te ajudamos a conseguir uma corrida legal.

Tenho quatro irmãos, e um deles é do tipo sobre o qual as mães alertam as filhas. Em outras palavras, não sou tão ingênua, mas, para ser sincera, a proposta dele me intrigou. Mas também tenho certeza de que é assim que começam os filmes de terror.

Ou os melhores filmes de ação sobre a face da Terra.

Levanto o bico da mangueira de gasolina, coloco-o de volta na bomba e analiso o carro do cara de canto de olho. Há uma permissão de estacionamento de alunos da Universidade de Louisville pendurada no espelho retrovisor, além de uma borla marrom e dourada. Só o meu colégio tem essas cores horrorosas.

Mas só para garantir...

— Onde você fez o ensino médio? — pergunto.

— Escola Particular Worthington — responde ele, com a mesma arrogância da maioria dos caras do meu colégio quando diz a palavra "particular".

— Eu estudo lá. — E não me preocupo em esconder meu sorrisinho.

Nem eles. O dono do carro continua a ser o porta-voz da dupla.

— Em que ano você está?

— Segundo ano.

— A gente se formou no ano passado.

— Legal — digo. Muito legal. Meu irmão estava um ano atrás deles, mas o West sempre teve o propósito de fazer as pessoas o amarem. — Você conhece o West Young?

— Ãhã. — Ele se ilumina. Já vi esse olhar em caras quando falam com outras garotas no colégio. O garoto do Vette acha que está perto de conseguir o que quer. É hilário o fato de ele usar essa expressão comigo. — O cara é demais. Vocês saem juntos?

Dou uma risada e não consigo parar.

— Não. Ele é meu irmão.

O sorriso dos dois se derrete mais rápido que um sorvete de casquinha numa tarde de verão.

— Você é a irmã mais nova dele?

— Prefiro ser chamada de Rachel. E vocês quem são?

Ele passa a mão no rosto.

— Vou levar uma surra dos seus irmãos. Eu vi o último cara que irritou o West Young e não estou interessado em fazer plástica no nariz. Esquece o que eu disse sobre a corrida. Esquece até que a gente se encontrou.

Enquanto ele volta aos poucos para o carro, subo na pequena mureta de concreto. Eu só queria garantir que o cara mantivesse distância, não que fugisse para o Alasca.

— Espera. Eu quero correr.

— Seus irmãos não brincam em serviço quando o assunto é você; e você não era frágil, doente ou coisa assim?

Irmãos idiotas e boatos idiotas e visitas idiotas ao hospital, quando eu, idiota e idiotamente, fiquei tão apavorada no nono ano que tive de passar a noite no hospital duas vezes.

— Obviamente, a coisa toda de ser frágil ou doente está errada e, se vocês não me levarem pra correr, vou contar pro West sobre hoje à noite. — Não, eu não vou, mas tento blefar.

O dono do carro olha para o amigo ao lado da porta do carona. O amigo dá de ombros.

— Aposto que ela vai ficar de boca fechada.

— Vou, sim — solto. — Ficar de boca fechada.

O dono do carro xinga por entre os dentes.

— *Uma* corrida.

Isaiah

Encosto na porta do meu carro e analiso o grupo que ilegalmente lota o estacionamento ao ar livre do shopping abandonado. Luzes de néon verdes, azuis e vermelhas emolduram a parte de baixo de diferentes marcas e modelos de veículos. Alguns poucos puritanos como eu continuam se recusando a decorar o carro como uma árvore de Natal. O baixo dos raps faz as latarias tremerem, e alguns motoristas são corajosos o suficiente para espalhar a guitarra elétrica barulhenta do heavy metal.

Nuvens cobrem o céu, nos deixando num poço escuro. Quase uma semana depois do Natal, os presentes já foram abertos, os jantares com peru foram devorados e mamães e papais estão na cama ou agarrados a uma garrafa de Jack Daniel's. Hora de os ratos irem para as ruas.

— Isaiah! — Eric Hall abandona duas garotas de minissaia e casaco de pele falsa para vir na minha direção. A maioria das pessoas subestima esse filho da puta magrelo e loiro oxigenado, mas isso é um erro e pode ser fatal para o bolso e para a saúde. Nas ruas do lado sul, esse garoto de dezenove anos é rei. — Feliz Natal atrasado, meu irmão. Papai Noel te trouxe alguma porcaria boa?

— Não sei se posso chamar de boa. — Aceito sua mão estendida e o meio abraço.

É o Eric quem eu vim ver, e, se não tomar cuidado, vou acabar arrumando uma dívida com ele. Meu objetivo é ficar livre de tudo: lar adotivo, escola, assistentes sociais. Eric Hall pode não ser oficial, mas é uma organização em si, com o negócio de rua que criou. Ele até tem "funcionários": caras com bastões de beisebol e chaves de roda dispostos a dar uma surra em qualquer um que não queira pagar.

Ele aponta para as duas garotas, que estão dando risadinhas.

— O Papai Noel me trouxe duas gêmeas e, ainda no clima do espírito de Natal, estou disposto a compartilhar. Quer dizer, se você dirigir pra mim hoje à noite.

Esse é o motivo de eu estar aqui. Noah e eu precisamos de dinheiro, e o Eric pode dar um jeito nisso. Se eu fizer tudo certo, vou levar a grana e continuar livre.

Enquanto chupa um pirulito, a gêmea de cabelo preto me encara por mais tempo que a irmã.

— Ho, ho, ho — murmura Eric.

Exatamente o que eu tinha pensado. Viro de costas para elas; tenho um péssimo histórico com garotas de cabelo preto.

— Você sabe que não corro na rua.

Normalmente não. Esses rachas podem me colocar na cadeia e me custar o acordo que tenho com o Noah. Não tenho a menor intenção de ir parar no reformatório — ou, pior, em um lar comunitário. Corro legalmente no Motor Yard, mas ele está fechado por causa das festas de fim de ano. Só vou correr hoje à noite.

Eric se aproxima, como se fosse contar um segredo.

— Te dou vinte por cento do que eu ganhar, além do presente de Natal. Dou dez por cento para os outros caras.

Penso nos vinte por cento. Eric nunca ofereceu essa comissão a ninguém, mas, se ele está começando do alto, talvez aumente ainda mais.

— Vinte por cento de comissão não paga minha fiança se eu for preso.

— Te conheço, meu irmão — diz Eric. — Você precisa da velocidade e eu preciso das verdinhas. Diz que sim e você vai poder correr no meu recém-adquirido Honda Civic turbinado com dois tanques cheios de nitro.

Cruzo os braços. "Recém-adquirido" significa que algum idiota exagerou na aposta e perdeu o carro. E também deve ter passado algumas noites no hospital.

— Nitro e Honda — solto como se fosse uma maldição. — Me dá alguma coisa feita nos Estados Unidos com um motor de verdade forçando a potência.

Eric balança a cabeça.

— Para sua informação, James Dean morreu há mais de sessenta anos. — Ele faz uma pausa conforme a compreensão surge em seu rosto. — Você não vai dizer não.

— Estou querendo uma corrida só, Eric. Quer dizer, se a gente entrar num acordo.

O ronronar suave de um motor chama não só minha atenção, mas a de todos os caras apaixonados por carros que estão no estacionamento. Meu Deus. É um Mustang GT 2005. E, diferentemente dos outros carros poderosos estacionados ali, nenhuma parte dele parece ter visto o interior de uma oficina.

Uma multidão de corpos masculinos cerca o belo pônei. Recuo e deixo os lobos levarem vantagem. Um carro como esse está aqui por um motivo — correr —, e todas as máquinas novas precisam passar pela inspeção do Eric. Alguém tem de aprovar o motor, e eu não tenho dúvida de que serei eu quem vai acariciar essa belezinha.

O motorista desliga o motor, abre a porta e um halo de luz do sol desliza para fora do carro e para sob a luz do único poste de rua que está funcionando. Caralho. Deus existe e mandou um anjo num Mustang branco para provar.

Anjos são pequenos — pelo menos esse é. Ela mal tem trinta centímetros a mais que o topo do carro. O cabelo dourado comprido forma cachos nas pontas, e ela tem uma silhueta esguia. A mão com luva de couro agarra a parte de cima da porta, que ela usa como escudo entre ela e os ratos de rua.

— Belo carro. — Como um abutre, Eric a rodeia lentamente.

— Obrigada. — Ela olha para dois caras que estão saindo de um Corvette. Esses universitários pertencem ainda menos do que ela a este local. Os três são presas fáceis.

Eric sabe como manipular as pessoas. Uma vez, ele me disse que foi votado no colégio como a pessoa com mais probabilidade de ter sucesso.

Se tirar o sangue das pessoas enquanto arranca o dinheiro delas e as manipula para aceitar acordos que só beneficiam a ele é uma medida de sucesso, Eric correspondeu às expectativas dos colegas.

O anjo ajeita o cabelo solto atrás da orelha.

— É aqui que eu posso participar de uma corrida?

Eu me encolho por dentro com essas palavras. Perguntar qualquer coisa nas ruas é um pecado capital. Perguntar com delicadeza é basicamente entregar a alma ao diabo. Deus não mandou esse anjo para me salvar. Ele o mandou como sacrifício.

Várias pessoas riem, e os olhos dela passeiam pela multidão para avaliar o nível de perigo. Observo os dois caras encolhidos perto do Corvette. *Vamos lá, rapazes. Agora é a hora de vocês entrarem em cena e protegerem a garota.*

Os olhos de Eric passeiam pelo corpo dela. Concordo que ela é algo para se observar no casaco preto que se ajusta às curvas, mas tudo nela grita um preço alto e uma manutenção cara. Só as garotas convencidas do colégio usam roupas tão chiques. Eric aponta com o queixo para o Corvette.

— Os caras estão com você?

Responde que sim, anjo. Diz que esses caras ricos são assassinos em série arrogantes com problemas de ciúmes e que ficarão felizes em nocautear qualquer um que incomodar a garota deles.

Ela pigarreia.

— Não. Eles me contaram sobre a corrida.

Droga. Um músculo salta no meu maxilar. É como se a garota quisesse que alguém se aproveitasse dela. Se fosse qualquer outra noite, eu abriria caminho pela multidão, a jogaria de volta no carro e diria para ela ir embora para casa. Mas esta não é uma noite normal, e eu preciso de dinheiro. Não posso fazer isso. Não posso me envolver. Meu pescoço fica tenso, e eu o estalo de lado para aliviar a pressão.

Um sorriso malandro se espalha pelo rosto de Eric.

— Ótimo. Então vamos fazer um acordo. Abre o capô e vamos começar. Isaiah, preciso de uma ajudinha.

Como ninguém mexe comigo, a multidão se divide sem eu precisar dizer uma única palavra. Os olhos do anjo se arregalam e passeiam pelos meus braços. Ela está preocupada com o quê? Que faz quatro graus e eu não estou usando casaco? Ou com as tatuagens?

Não importa. Em menos de dez minutos, essa garota vai estar fora da minha vida.

Levanto o capô e um fluxo de adrenalina me atinge quando vejo o puro poder e a beleza à minha frente. Meus olhos disparam para os dela.

— Você faz ideia do que tem aqui?

Claro que não. Ela é uma riquinha idiota que ficou com a sobra do papai no Natal. Ela morde o lábio inferior antes de responder.

— Um V8 de 4,6 litros.

— A garota conhece essa merda — diz Eric, com um toque de respeito. Pena que o conhecimento dela em relação a motores não vai salvá-la das garras dele.

Coloco as mãos na lataria e me inclino para ver mais de perto.

— É o maldito motor original. — Intocado, como se tivesse acabado de sair da linha de montagem. O alumínio do motor tem um brilho que merece reverência. Alguém tem cuidado dessa belezura.

A garota abandona o escudo seguro da porta e vem rapidinho até o meu lado, me afastando com um aceno.

— Eu prefiro que você não mexa aí.

Sim, porque eu sou um lixo que não sabe nada de carros e um toque meu vai destruir o motor.

— Está com medo que o papai descubra que você roubou o carro dele se encontrar impressões digitais?

Ela dá um passo possessivo, se coloca entre mim e o carro e me olha bem dentro dos olhos. Seu queixo se ergue de um jeito puto e fofo ao mesmo tempo, como um gatinho.

— Ninguém além de mim toca nesse motor.

Um coro de "oh" e "caramba" se ergue da multidão. Uma das minhas sobrancelhas se aproxima lentamente do couro cabeludo. Ela me desafiou. Se ela fosse homem, meu punho já teria tido um impacto, mas as garotas merecem respeito. Ela sustenta meu olhar por um tempo recorde de cinco segundos antes de perder a explosão de coragem e baixar a cabeça.

— Por favor, não toca no meu carro — ela sussurra. — Tudo bem?

Seus olhos disparam até os meus para confirmar, e eu inclino a cabeça um centímetro. Se esse carro fosse meu, eu também não ia querer que ninguém tocasse nele.

— Vai pra casa — murmuro para que só ela consiga ouvir.

Rugas marcam sua testa perfeita, e Eric coloca a mão nas minhas costas.

— Qual é o veredicto?

O anjo e eu nos entreolhamos. *Vamos lá, não faz eu me envolver mais do que já estou.*

— Isaiah? — insiste Eric.

Droga.

— O carro tem velocidade — digo alto o bastante para todo mundo ouvir. Eric consegue ganhar o suficiente com proprietários desavisados, mas ele ganha mesmo é nas apostas paralelas. — Mas é o motor original. Sem modificações. Sem nitro.

— Quanto? — Eric pergunta a ela.

— Quanto o quê? — Segurando os cotovelos, ela se encolhe, como se diminuir fosse ajudar na situação. *Vai pra casa, anjo. Leva seu belo pônei e estaciona de novo numa garagem segura num bairro elegante, ao qual vocês dois pertencem.*

Eric dá uma risada profunda e seus dedos se movimentam no ar. O gesto lembra as pernas de uma aranha trabalhando graciosamente enquanto faz uma teia.

— Quanto dinheiro você vai colocar pra correr com o seu carro?

— Não posso simplesmente correr contra alguém?

— Com licença. — O motorista do Corvette se aproxima de nós em um passo hesitante, mas interessado. Como se seus pés estivessem com medo de se mexer, mas a parte de cima do corpo gravitasse em nossa direção. — Você mencionou que ela tem que fazer uma aposta?

O anjo por fim fecha os olhos enquanto relaxa visivelmente e murmura:

— Até que enfim.

— Sim — responde Eric, imitando o tom mais formal do babaca. — Você está disposto a apostar nela?

— É você quem recebe as apostas? — pergunta ele.

Eric avalia o cara do Corvette.

— Sou.

O cara se mostra interessado enquanto coloca a mão no bolso traseiro. Não. Isso não vai acontecer. Já vi essa expressão centenas de vezes nas corridas — a que diz que o cara fica de pau duro quando aposta. Essa garota vai perder os documentos do carro dela até o fim da noite se ele se envolver.

Caralho. Que merda.

— Você tem dinheiro? — Olho furioso para o anjo.

— Tenho — diz o babaca dono do Corvette.

— Não estou falando com você, imbecil. — Eu o meço de cima a baixo e depois o encaro para impedir que ele abra a boca de novo, então volto meu olhar para ela. — Você. Tem dinheiro?

Suas sobrancelhas douradas se juntam. Preocupação não é uma expressão que os anjos deviam usar.

— Tenho vinte dólares.

A multidão ri e Eric também. Pego a carteira e bato com meus últimos vinte dólares no capô do carro de Eric. A risada para e o único som na noite é de um baixo e uma guitarra elétrica tocando.

Eric desliza a mão pelo rosto cansado.

— O que é que você tá fazendo, meu irmão?

— Apostando na minha corrida.

Eric olha para a multidão, completamente concentrada em nós. Eu custo dinheiro para o Eric, e todo mundo aqui sabe disso. Com um olhar me analisando, ele dá um passo de gângster drogado na minha direção e se inclina para perto.

— Me atualiza sobre o que estou perdendo aqui.

Falo no mesmo tom baixo que ele.

— Você me pediu pra correr pra você. Estou aceitando.

— Correr pra mim significa que eu escolho as corridas que você vai fazer e eu negocio as apostas.

Eu sei disso. Que inferno, todo mundo aqui, exceto o anjo e seus amigos fracassados, sabe disso, mas finjo ignorância.

— Foi mal. Não chegamos à parte da negociação.

— Verdade — ele diz lentamente. — Você tá tentando brincar comigo?

Analiso o dono do Corvette. Pouco mais de sessenta centímetros o distanciam do anjo. Ou ele é o pior namorado do mundo, ou ela falou a verdade: ele apenas deu a informação sobre as corridas. Mesmo assim, ela não devia estar nessa posição.

Independentemente disso, essa garota estragou todo o espaço de negociação que eu tinha.

— Ela tem um Mustang GT 05. Motor original. Estou curioso pra saber se o meu Mustang remontado consegue aguentar o dela. É bom apostar quando os carros são semelhantes. Deixa eu fazer a minha parte da merda e você faz a sua.

Eric encara o anjo antes de responder.

— Tudo bem, mas, na próxima vez que você decidir que quer uma corrida pessoal, fala comigo primeiro. Você deu uma boa olhada naquele universitário? Eu podia ganhar alguns milhares com ele.

O dono do Corvette está usando calça social e um relógio que custa mais do que eu ganho em um ano trabalhando na oficina. Eric balança a cabeça, claramente irritado com a oportunidade perdida.

— Sua comissão hoje é de vinte por cento como bônus inicial, mas, como gosto de você, te dou quinze por cento em todas as outras noites. Você vai dirigir os meus carros, e não o seu. Um carro de fabricação americana não consegue derrotar um nitro.

— Hoje vai ser a única vez.

Eric bufa.

— Claro que sim.

Ele vira, e eu me lembro da pergunta que devia ter feito antes de aceitar o acordo. Esse anjo maldito mandou a noite toda para o inferno.

— O que acontece se eu perder?

Por sobre o ombro, Eric me lança seu sorriso maníaco.

— Meu irmão, sugiro que não perca. — Ele olha para o GT e pisca para mim como se fôssemos amigos. — Você devia esquecer a Beth e dar em cima dessa gatinha. A garota do Mustang te deve muito por salvar o carro dela.

Dou vinte dólares ao cara que se apresentou como Eric, e minhas pernas batem no para-choque quando dou um passo atrás para manter uma distância segura entre nós. Ele me assusta de verdade, de um jeito meio nojento.

O outro, o cara que chamam de Isaiah, não me assusta, embora devesse. Tatuagens decoram seus braços e há duas argolas prateadas penduradas em cada orelha. Ele se afasta de um Mustang preto e fixa o olhar em mim. Ele lembra um amigo do ensino médio do Gavin, o Kyle, que era do exército. Bom, tirando os piercings. Isaiah tem a mesma constituição física forte e poderosa, cabelo escuro raspado e uma barba mal feita delineando o maxilar. É um cara bem musculoso. Como um jaguar.

O que eu gosto nele são os olhos. São sérios. Sérios demais. E são cinza. Cinza e magnéticos.

Não que eu devesse estar olhando dentro dos olhos dele, porque, quando faço isso, ele não se incomoda de encarar de volta. Não gosto quando as pessoas se concentram em mim, e odeio especialmente quando pessoas que eu não conheço me encaram.

Isaiah vem para o meu lado, e meu coração pula uma batida. Os garotos não se aproximam tanto de mim. Nunca. Com um toque mais gentil do que eu teria imaginado de um cara como ele, Isaiah fecha o capô do meu carro com um estalo simples. Seus olhos se afastam de mim e vão para a rua que leva à rodovia.

— Você não está segura aqui — diz ele. Sua voz profunda é como água correndo sobre um riacho de pedras lisas. — Você precisa ir embora.

Olho para os diferentes grupos de pessoas conversando, rindo e apostando. O modo como alguns caras me lançam olhares sedutores me faz cruzar os braços. Mesmo com essa pequena barreira de proteção, sinto como se eles ainda estivessem vendo partes minhas que ninguém nunca viu antes.

— Vou embora depois da corrida — digo, sem saber se ter seguido os amigos do West até aqui foi oficialmente a pior ou a melhor decisão da minha vida. Meu sangue está zumbindo em expectativa. Quero a corrida. Quero saber qual é a sensação de forçar meu carro contra outro.

— Últimas apostas! — grita Eric enquanto olha para mim e para Isaiah. — Vamos aumentar isso aqui!

Isaiah inclina a cabeça na direção do ombro, como se estivesse querendo aliviar a tensão.

— Está vendo a rua lateral paralela ao depósito abandonado?

As duas partes opostas da minha personalidade, a garota que tem pânico e a que adora velocidade, declaram guerra entre si, e o resultado é uma tontura.

— Sim.

— Segue até a primeira faixa de pedestres branca. Vamos correr quatrocentos metros até o sinal de pare. Depois disso, você vai embora e nunca mais aparece aqui.

Ele gira nos calcanhares e segue para o Mustang preto. A empolgação vem em ondas quando noto a lataria. É um GT 94. Vou correr contra um GT 94!

— E se eu ganhar? — grito.

— Você não vai ganhar — ele responde. Solto uma bufada de raiva, e seus ombros se empertigam com rigidez. Como se um Mustang GT 94 pudesse derrotar meu bebê.

A multidão se agita. Alguns entram nos próprios carros e dirigem até a estrada abandonada. Outros vão a pé. Deslizo para trás do volante e fecho a porta. Quando viro a chave, meus lábios se curvam para cima ao ouvir o rugido familiar do motor.

Eu amo este carro. Amo muito, muito mesmo.

Engato a primeira e manobro até a linha de partida. No instante em que me posiciono, a batalha pelo controle do meu corpo aumenta. Nas laterais da rua, pessoas da minha idade gritam, fumam, riem e bebem. Esfrego as mãos na calça jeans. Meu carro pode ser o lugar ao qual eu pertenço, mas eu não pertenço a este lugar aqui.

Minha garganta fecha e eu ignoro a sensação. A náusea não é bem-vinda no meu carro. Nem respirações curtas e palmas suadas e pensamentos desorientados. Este é o meu carro — o meu mundo.

Anunciando sua presença com um rosnado raivoso, o Mustang preto se junta a mim na linha de largada. Isaiah e eu nos olhamos ao mesmo tempo, e imediatamente desvio o olhar, me ocupando com interruptores e botões. Respiro fundo e tento afastar o pânico.

Lógica. Preciso me concentrar. Desligar a ventoinha do aquecedor, o rádio, tudo o que não for essencial. Não posso roubar potência do motor.

Os amigos do West param o carro perto de Eric e lhe dão dinheiro. Eu me pergunto se estão apostando em mim ou no Isaiah. Perdendo a confiança em mim mesma, penso de um jeito fatalista que eu apostaria minha grana no Isaiah.

Eric e os amigos do West me encaram.

Na verdade, todo mundo está me encarando.

Cada uma das pessoas na lateral rua está com os olhos fixos em mim.

Meu coração bate duas vezes, e eu espero o calor familiar explodir no meu rosto, mas nada acontece. Agarro o volante com mais força enquanto um único pensamento ocupa meu cérebro: *Este é o meu carro e esta é a minha corrida.*

Duas batidas no capô e meus olhos se estreitam para um garoto com dreads loiros fazendo sinal para eu me aproximar mais um pouco da linha. Que diabos? Por que as pessoas acham que podem tratar meu bebê com grosseria? Aperto um botão e abro as duas janelas.

— Não encosta no meu carro!

Ele revira os olhos.

— Você ouviu isso, Isaiah? A vaca rica não quer que eu encoste no carro dela.

Com um resmungo, o Mustang de Isaiah dá impulso para frente e para pouco antes de atropelar o cara. Na frente do para-choque, ele levanta a mão na direção de Isaiah.

— Você precisa fumar alguma coisa pra se acalmar.

Movimento meu carro para imitar o de Isaiah. Minha mão direita estrangula o câmbio enquanto ponho o pé na embreagem. O carro de Isaiah ruge ao meu lado, enquanto ele ainda está em ponto morto e pisa no acelerador. Minha potência de trezentos cavalos com torque de cento e quarenta e cinco quilos, contra a potência de duzentos e quinze cavalos e torque de cento e vinte e nove quilos dele.

Essa corrida é minha.

A adrenalina martela na minha corrente sanguínea enquanto sinto a potência do meu carro implorando para ser liberada. O cara de dreads joga os dois braços para o alto. Eu nunca fiz nada parecido com isso. Tudo o que fiz foi correr até alcançar uma alta velocidade, nunca parti com uma velocidade alta, mas não pode ser tão difícil. Soltar a embreagem exatamente ao mesmo tempo em que piso no acelerador e coloco o carro em movimento.

Foi para isso que meu Mustang foi feito.

O motor de Isaiah ruge de novo, e o som vibra entre as camadas da minha pele e músculos. O cara de dreads olha para mim uma vez. Depois para Isaiah. Num piscar de olhos, ele abaixa os braços.

Meu pé direito pressiona o acelerador, o outro solta a embreagem. A parte da frente do Mustang de Isaiah se ergue enquanto eu engato a primeira. Seu carro dá um impulso para frente, e eu estou me preparando para a chicotada de velocidade quando meu carro estremece uma vez e para em silêncio.

Não.

Isso não está acontecendo.

Não.

Eu tirei o pé da embreagem rápido demais.

Não.

Eu não girei o motor na hora certa.

Que inferno.

Eu nem tive uma chance.

Isaiah já passou da metade do caminho. Ligo o motor, ignoro meus instintos de dar uma partida intensa e me concentro em colocar o carro em movimento. Vou terminar a corrida, mesmo que seja óbvio quem ganhou.

Isaiah

Pelo retrovisor, observo o anjo dar uma nova partida no carro e colocá-lo em movimento. Segundos atrás, duvidei que eu fosse ganhar, mas meus instintos estavam certos: ela não teve o impulso necessário para sair na bandeirada. Ganhei empolgantes vinte dólares com a aposta nessa corrida, mas espero receber pelo menos mil quando Eric der minha parte do que ele ganhar.

Meus lábios se curvam enquanto passo pela placa de pare. Meu carro de merda ganhou de um GT 05. Esse fato em si já merece uma ida até o estúdio de tatuagens. Quer dizer, se eu tivesse dinheiro.

Solto o acelerador e verifico a situação do anjo. Cacete, aquele carro é rápido. Ando devagar até parar e espero ela se juntar a mim. A multidão reunida nos quatrocentos metros grita, falando merda. Uma parte enorme de mim quer que ela continue em frente e vá direto para casa. Garotas como ela não deviam ouvir essas palavras sendo jogadas na noite. Uma pequena parte minha quer que ela pare para eu poder ver sua expressão fofa irritada quando se der conta de que um punk das ruas ganhou dela *e* de seu carro caro.

O anjo finalmente me alcança, e meu sorrisinho se apaga quando a analiso. O poste de luz sobre nós cria um brilho ao redor do cabelo bagunçado no rosto dela. Ela não devia estar aqui. Na verdade, não há nada certo nesta situação.

Minha garganta se move enquanto engulo em seco, e de repente minha pele parece tensa demais. Instinto? Sexto sentido? Aprendi muito cedo a nunca descartar essa sensação. O barulho dos grupos ao redor se torna um zumbido baixo enquanto olho pelos espelhos laterais e vejo o perigo se aproximando.

É aí que vejo a luz giratória fraca. Ignoro todos os outros sons e me esforço para ouvir o que pode destruir o meu mundo: uma sirene distante.

— Os tiras! — grito.

Luzes azuis e vermelhas brilham ao longe. O caos se instala quando os espectadores correm até os carros. Portas são batidas com força e motores ansiosos rugem e giram. Pés batem no asfalto enquanto vozes gritam indicando para as pessoas correrem para os becos escuros entre os depósitos.

Engato a primeira e piso com força no acelerador. Meus pneus cantam conforme disparo em fuga. Um xingamento escapa da minha boca quando coloco o carro em segunda. Eric está com meu dinheiro, e pegar o que é meu vai ser muito mais difícil sem uma multidão para verificar as apostas.

Não importa quanto me esforce, sempre acabo por baixo.

Verifico os espelhos para ver a direção da invasão. Existem três caminhos para sair desse labirinto de depósitos, e os policiais conhecem um deles, talvez dois, mas o terceiro vai ser uma loucura.

Uma barreira branca solitária no meio da rua me faz pisar no freio.

— Merda!

Ela ainda está parada lá — o anjo —, como uma maldita oferenda presa ao chão. Viro o volante de repente e faço uma curva de cento e oitenta graus para voltar ao local de onde saí segundos antes. Que diabos está errado com ela?

Meu espelho do lado do motorista quase bate no dela quando paro ao lado de sua janela aberta.

— Sai daqui.

— Não sei pra onde ir. — A luz vermelha brilha forte nas bochechas dela, em contraste profundo com a pele branca e pálida que circula os olhos. Olhos arregalados e selvagens de medo.

Aperto o volante com mais força. Droga. Que merda. Fugir da polícia num carro já é difícil. Ter alguém me seguindo só vai complicar as coisas, mas não posso deixá-la.

— Me segue.

Rachel

Isaiah contorna meu carro e acelera na direção de onde veio. Disparo atrás dele e faço o melhor possível para me mexer com braços e pernas que não querem obedecer. O velocímetro sobe rapidamente na minha corrida para não ficar para trás.

A polícia.

O ar fica preso em meus pulmões e minha garganta, me fazendo sufocar. Meus irmãos vão me matar. Assassinar. Crucificar. E nunca vão deixar essa merda para trás. Minha mão desliza do câmbio para pressionar a náusea que está devorando meu estômago.

Meu pai vai me tirar o carro. Meu bebê. Ele nunca teria comprado esse carro para mim se soubesse que sou alucinada por velocidade.

E a minha mãe...

Como é que eu vou explicar isso? Por que estou na rua depois do horário? Por que estou na parte sul? Por que estou participando de uma corrida de rua? Pior, como vou explicar por que eu quis participar de uma corrida de rua?

Isaiah faz uma curva fechada à esquerda. Suas luzes de freio não se acendem. Coloco a mão no câmbio e troco os pedais para fazer a curva. Meus pneus traseiros deslizam e minhas mãos brigam com o volante enquanto me esforço para impedir que o carro gire e bata numa caçamba de lixo.

A claustrofobia me consome enquanto os prédios se fecham aos poucos, fazendo a rua ficar mais estreita e quase impossível de dirigir. Há lixo cobrindo o caminho, e meu estômago afunda quando percebo que não tenho como evitar os restos espalhados. Isaiah passa por cima, e eu tenho que fazer o mesmo.

Os faróis de Isaiah se apagam, e eu faço igual. O brilho da lua cheia é a única luz que, pateticamente, nos guia. O Mustang dele se afasta muito do meu, então engato a quarta marcha. Estamos indo rápido demais. Rápido demais em uma rua estreita demais. Estremeço quando os pneus passam por cima do lixo e um tinido debaixo do carro me faz encolher. Será que alguma coisa atingiu o tanque de gasolina? A transmissão?

Meu coração salta do peito quando meu carro voa ao passar por um cruzamento. De canto de olho, vejo carros de polícia correndo em paralelo com a gente, numa rua bem mais larga que a nossa. As sirenes gritam na noite e, quando meu carro bate de volta no chão com força, fico na expectativa de que o som agudo venha guinchar bem atrás de mim.

A escuridão me envolve de novo, e eu diminuo a marcha quando Isaiah vira à direita no último segundo. Ele é rápido demais, o que é impossível, porque meu carro é melhor que o dele. Balanço a cabeça quando entendo a diferença: ele é um motorista melhor. Não é difícil imaginar. Não sou boa em nada.

O carro de Isaiah dá uma guinada, e eu piso no freio com tudo para não bater na traseira dele. Minha respiração escapa do corpo sibilando. Nos dois lados do meu carro, armazéns com paredes de metal ameaçam arranhar meus espelhos laterais. Ele diminui a velocidade e, graças à fraca luz de segurança pendurada sobre uma porta de correr, vejo o motivo de Isaiah ter reduzido: a borracha rasgada escapa do pneu dianteiro do lado do motorista. Isaiah destruiu o pneu.

Merda. Vou para a cadeia e minha mãe vai surtar. Ela vai chorar e depois vai saber que não sou nada parecida com a filha que ela realmente ama — que não sou nada parecida com a Colleen.

O braço de Isaiah se estende pela janela, acenando para mim enquanto ele entra devagar com o carro em um espaço entre caçambas de lixo. Paro ao lado e ele salta do carro.

— Duas à direita. Uma à esquerda. Depois pega a rodovia. Cuidado com a polícia. Eles estão correndo pelas ruas à nossa esquerda e direita.

Minha garganta se fecha. À esquerda *e* à direita?

— Vem comigo.

Isaiah coloca as mãos no topo do meu carro e se inclina para seu olhar ficar no mesmo nível que o meu. O perfume profundo e picante faz cócegas em meu nariz e inspiro fundo. Uma calma breve me toma e, de alguma maneira, sei que ele vai me tirar dessa.

— Eles estão forçando pra encontrar quem corre, ou seja, nós. Se te pararem... — seus olhos percorrem meu cabelo e depois as minhas roupas — provavelmente vão te liberar, mas não se estiver comigo. Especialmente se você estiver comigo. Vai. Agora.

Faço que sim com a cabeça e encaro a rua diante de mim. Duas à direita. Uma à esquerda. Se eu for pega, provavelmente vão me liberar. Olho de relance para Isaiah. Ele está encostando no meu carro e eu nem me importo. O que indica que estou mais do que apavorada ou que eu gosto dele. Torço as mãos, que estão suando no volante. Escolho a primeira opção. Definitivamente estou apavorada.

— O que você vai fazer? — pergunto.

— Andar. — As argolas prata brilham sob a luz da lua enquanto ele dá de ombros. — Vai. Eu sei me cuidar. — Isaiah se afasta do carro, levando o aroma profundo e picante de calma com ele.

Engato a primeira e uma nova onda de adrenalina invade minha corrente sanguínea quando um carro de polícia passa a toda por um cruzamento dois depósitos à frente. Isaiah some nas sombras com as costas contra a parede do armazém. Seus olhos vão de um lado para o outro do beco. Uma hora atrás, eu jamais imaginaria que alguém como ele seria meu salvador, mas é. Que tipo de pessoa eu seria se deixasse meu salvador para trás?

— Não vou sem você.

— Cacete — ele esfrega a cabeça raspada. — Vai embora.

— Promete que você não vai ser pego. Promete que vai ficar bem.

Ele congela no meio do gesto e me lança um olhar arrepiante.

— Não vou te dedurar.

Dedurar? Minha testa se contrai. Para quem? Uma sirene toca, e o som está bem mais próximo do que eu gostaria. Pisco rapidamente enquanto a resposta surge com a sensação de que estou afundando. Para a polícia. Isaiah sabe que vai ser pego.

— Eu... eu não estou preocupada com isso. Estou preocupada com você.

Ele resmunga uma palavra que começa com P e vem na minha direção.

— Eu dirijo.

Dirigir? De jeito nenhum. Ninguém dirige meu carro.

— Eu acho que não...

Isaiah abre a porta e me encara com seus firmes olhos cinza.

— Lado do carona. Agora.

Lado do carona. Agora mesmo. Tudo bem. Deslizo por cima do console e agarro a lateral do banco enquanto Isaiah fecha a porta e acelera. Prendo o cinto de segurança enquanto ele faz uma curva fechada à esquerda. O velocímetro continua a subir.

— Achei que você tinha dito duas à direita.

Seus olhos inquietos verificam o espelho retrovisor.

— O policial que nós vimos foi por lá. Não quero correr atrás dele. Você quer?

Balanço a cabeça, mas duvido que ele veja. Isaiah mantém os olhos fixos no espaço estreito cada vez mais apertado. É como se não estivéssemos mais numa rua, e sim numa calçada. Meu estômago se contrai. Ai, caramba. Isso é uma calçada. O som profundo do motor forçando os giros aumenta até Isaiah trocar para a quarta marcha. Ai, que inferno, vou vomitar. Estamos a quase cem por hora.

— Devagar.

— Devagar? — Ele sorri. Estou a segundos de um completo ataque de pânico e o cara está sorrindo. — Seu carro pode dar mais que o dobro do que estou pedindo. Na verdade, ele foi feito pra ser livre. Você devia experimentar um dia.

— Eu deixo ele livre. Lata de lixo! — Fecho os olhos e engulo um grito quando o carro desvia para a esquerda. *Respira, Rachel, respira.* Enlouquecer agora não vai ajudar. — É sério, vai mais devagar. — Volto a abrir os olhos e no mesmo instante me arrependo. Caçamba de lixo. Caçamba grande. Caçamba enorme que vai destruir meu carro. — Você não vai conseguir. Não vai, não vai, não vai...

Ele desvia o carro para a direita e entra numa rua de verdade.

— Não machuca o carro. Só isso. Tá bom? — Lágrimas espetam meus olhos, e o negócio de respirar não está funcionando, e tudo parece fora de controle. — Ele é meu. Meu. Não tenho muitas coisas. Então não destrói o carro, tá?

— Qual é o seu nome? — pergunta ele no tom mais calmo e profundo que já ouvi.

— O quê?

— Seu nome. Quero o seu nome.

— Rachel — digo num tom agudo.

— Rachel — diz ele, bem devagar. Olho de relance quando ele não fala mais nada. Seus olhos se alternam entre mim e a rua. — Sou o Isaiah, e prometo que vou tomar conta de você e do seu carro.

Respirar fica um pouco mais fácil.

— Tudo bem.

Sinto o cheiro novamente, o cheiro dele. O aroma reconfortante. O que agora se tornou meu preferido. Respiro mais fundo.

Isaiah reduz a marcha e, pela primeira vez, pisa no freio.

— Assim que eu parar, você desce.

Não tenho tempo para perguntar o que ele quer dizer. Isaiah joga o carro em ponto morto, salta do carro e aperta alguns botões num teclado de segurança em uma porta grande. Faço o que ele mandou e esfrego os braços enquanto ele coloca meu carro na garagem, desliga o motor e tranca a porta em seguida.

— O que você está fazendo? — pergunto.

Nós dois viramos a cabeça para a direita quando uma sirene toca do outro lado da rua. Luzes azuis piscantes se refletem na parede. Isaiah agarra minha mão e me arrasta para longe dali.

— Não posso ser pego aqui.

Meu coração tropeça. Ele está segurando a minha mão. Um cara está segurando a minha mão. Tocando nela. Com os dedos entrelaçados aos meus. Eu nunca segurei a mão de um cara, e a sensação é boa. Muito boa. Quente. Forte. Fantástica. E só seria um milhão de vezes melhor se o cara segurando a minha mão gostasse de mim.

Ou se eu gostasse dele.

Isaiah e eu saímos para uma calçada agitada. O medo toma conta do meu corpo, e, se não fosse pela mão forte dele envolvendo a minha, me puxando para frente, eu teria parado ali mesmo.

Ah, que inferno.

Que inferno do caramba.

Que inferno do caramba com alface por cima.

Estou numa área de bares e boates. Não é um lugar para ir aos dezessete anos. Não. É um lugar para ir quando você tem vinte e um. Ou quando você está fingindo que tem vinte e um. E na faculdade. E quer ficar bêbado. Ou fingindo que está na faculdade. E quer ficar bêbado. Ou você tem uma moto. E quer ficar bêbado. Ou você é uma prostituta. E quer ficar bêbada. Ou você é um cara que gosta de baixaria. E quer ficar bêbado.

Meu irmão West vem aqui.

Mas eu? Eu não.

Luzes de néon pairam sobre os bares e homens musculosos protegem as entradas. Longas filas se estendem pela calçada enquanto as pessoas esperam para entrar. Caras se assomam sobre garotas quase sem roupa. A maioria das pessoas nas calçadas ri. Algumas se agarram. Todas estão bêbadas.

Isaiah puxa minha mão, me levando mais para perto. Nossos braços se tocam, e eu estremeço como se tivesse sido atingida por um raio.

— Ainda não estamos livres — diz ele. — Os carros de polícia estão por toda parte.

Viro a cabeça para a rua e paro quando Isaiah aperta minha mão.

— Não olha. A gente precisa se misturar.

— Não entendo — digo num sussurro. — Não estamos nos carros. Como eles iriam saber?

Ele continua olhando para frente.

— Eu só disse que eu não ia dedurar. Não falei nada sobre os outros.

Minha boca fica seca — os amigos do West. Será que eles escaparam, ou estão dando meu telefone e endereço aos policiais? Será que a situação pode piorar?

Isaiah solta minha mão e, num átimo, me empurra contra uma parede fria de tijolos. Seu corpo se torna um cobertor quente e grosso sobre o meu. O cabelo fino em minha nuca se arrepia e meus olhos se fecham com a sensação de seu hálito quente na pele atrás da minha orelha.

Estou totalmente apavorada, mas, ao mesmo tempo, meu corpo formiga com uma expectativa estranha.

— Tem dois policiais andando pela rua — ele sussurra.

Espiando para além de seu bíceps, vejo os dois uniformes azuis seguindo em nossa direção.

— O que a gente vai fazer? — Eu mal consigo soltar o ar.

As mãos de Isaiah vão para a minha cintura — a minha cintura! E parecem se encaixar tão bem. Eu gosto da proximidade dele. Talvez goste demais. Nunca um cara esteve tão perto de mim. Nunca. E não consigo acreditar que está acontecendo, mesmo que seja para me impedir de ser presa.

Meu coração bate de um jeito frenético. Isaiah é gostoso e assustador e gostoso. Por que um cara como ele ia querer estar perto de uma garota como eu?

É o fluxo de adrenalina. É isso. Eu gosto da sensação dele porque ainda estou vivendo o fluxo de adrenalina pelas habilidades de direção do tipo NASCAR de Isaiah. Seu braço se mexe, e eu adoro como esse movimento faz seus músculos flexionarem.

Para com isso, Rachel. Não é de verdade. Foco.

— Me beija — ele sussurra. — Se você me beijar, a gente se mistura na multidão.

Minha boca se abre como se fosse emitir um som, mas não sai nada. Como posso dizer as palavras... eu não sei beijar.

Isaiah

O corpo de Rachel enrijece contra o meu. Eu assustei a garota. Claro. Joguei um anjo contra a parede, na escuridão, e pedi para ela fazer algo impensável.

A área entre minhas omoplatas formiga como se eu tivesse um alvo pintado nas costas. Os policiais devem estar nos analisando.

Ela coloca as mãos macias em meus braços nus e sussurra meu nome com um toque de pânico.

— Isaiah, eles estão olhando pra gente.

Garotas como ela nunca notam caras como eu, e maldito seja por gostar do seu toque e do som do meu nome em seus lábios. Posso ser muitas coisas, mas ingênuo não é uma delas. Sua submissão a mim agora é porque ela está apavorada com os policiais.

— Me diz a que distância eles estão — peço.

— Muito perto — ela sussurra.

— Ainda estão olhando pra gente?

Ela assente. Merda.

Beijar seria melhor, mas não quero arrastá-la ainda mais para o inferno obrigando-a a ter contato físico comigo. Abaixo a cabeça e quase roço os lábios no pescoço dela. O peito de Rachel oscila quando ela inspira. Deus me perdoe por assustar essa garota.

— Inclina a cabeça pra esconder seu rosto — sussurro. — Vai parecer que a gente está se agarrando.

Ela faz isso, e sua testa roça em meu rosto.

— Desculpa — ela diz.

Minhas sobrancelhas se unem.

— Por quê?

— Por... por... estragar tudo. Você estaria seguro se não fosse por mim.

— Não estaria, não. — Viro a cabeça na direção dela. Seu rosto está a centímetros do meu, e ela me olha de baixo para cima com lindos e arregalados olhos azuis. Sobre nós, uma luz de segurança se acende e depois se apaga. Estou errado. Não são azuis. São tão escuros que chegam a ser violeta. — Você podia ter me deixado pra trás.

Nunca vou esquecer isso. Nunca. Apenas uma pessoa na minha vida arriscaria tudo por mim. Noah. Nosso vínculo foi forjado pelo sangue das batalhas ganhas e perdidas no sistema. A gente se entende. Compreendemos um ao outro. Cuidamos um do outro. Somos guerreiros sobreviventes.

Mas essa garota... ela não me devia nada. Sim, eu voltei por causa dela, mas eu sabia que ainda conseguiria escapar quando fiz isso. O cenário dela era diferente. Quando meu pneu estourou, o diabo estava respirando na nossa nuca, e ela se colocou na frente das chamas. Que droga, ela ainda está comigo no inferno sem pestanejar.

Tenho uma dívida com ela.

Ela solta uma respiração trêmula. Seus olhos estão fixos no nó dos Brothers of the Arrow tatuado em meu antebraço esquerdo, depois seguem o rabo em chamas do dragão que se enrosca em meu bíceps e desaparece de vista sob a manga curta. Eu sei o que ela vê: um punk.

Sem mover a cabeça, Rachel olha de relance para a direita e morde o lábio inferior. Já vi rosas da cor dos seus lábios.

— Eles atravessaram a rua.

A tensão em meus músculos diminui. Deslizo os dedos nos dela de novo e a puxo na direção oposta à dos policiais. Precisamos entrar em algum bar para eu não ter que continuar jogando a garota contra paredes de prédios. Ela merece mais do que isso. Meu apartamento é perto daqui, mas não o suficiente. Rachel e eu precisamos de paredes entre nós e as ruas agora.

Rachel provavelmente fez uma oração para o Deus dela, porque, a poucos metros de distância na calçada, sob um letreiro néon, está a resposta: um cara que me deve por eu consertar o carro dele. A fila para entrar na boate se estende para além das cordas de plástico e dobra a esquina do prédio, mas não vamos precisar esperar.

Jerry levanta o queixo em reconhecimento no instante em que me vê.

— Isaiah, qual é a parada?

— Estou com problemas.

— Eu não tenho vinte e um — sussurra Rachel. Nem eu, mas podemos nos esconder aqui.

As banhas do gordo filho da puta balançam conforme ele olha para mim e depois para Rachel. Ela coloca a outra mão em meu pulso e se movimenta para ficar atrás de mim. *Bom trabalho, anjo. Mostra pra ele que eu sou seu homem. Pelo menos você aprende rápido.*

Passo o polegar sobre sua pele macia em aprovação, depois paro. Ela não precisa da minha aprovação. Não sou seu homem, mas no momento sou seu protetor.

Dois caras no meio da fila gritam, perguntando qual é o problema, e Jerry diz a eles onde enfiar a reclamação. Ele acende um cigarro e inclina a cabeça para um rádio de polícia em cima da pequena mesa perto da porta.

— Alguém contou sobre uma corrida ilegal, e a polícia está por todo lado. Primeira dica quente que receberam em meses. Estão investigando pessoas por todo lado. Você não tá envolvido nisso, tá?

— Isso importa?

Jerry sorri com o cigarro pendurado na boca.

— Não. — Ele levanta a corda e dá um passo para o lado para abrir espaço. — Estou impressionado por você ter conseguido escapar.

Com Rachel atrás de mim, passamos rapidamente por Jerry. Paro na porta, metade de mim aquecida pelo calor da boate, a outra metade congelando com o ar noturno. Jerry disse que os policiais receberam uma dica, não era especulação. Uma raiva perigosa sobe pela minha coluna.

— Você disse que alguém contou?

Ele inala a fumaça, depois solta.

— Isso. Diz pro Eric que ele tem um dedo-duro.

Um dedo-duro. Merda. Ninguém precisa disso. O Eric já é um babaca escroto e vai enlouquecer se achar que alguém entregou seu negócio para a polícia. Um leve puxão na minha mão e volto a atenção para Rachel.

— Isaiah, vamos entrar.

É. Entrar.

A porta se fecha, e eu espero Rachel soltar minha mão. Em vez disso, ela se aproxima mais de mim quando avalia o salão estreito. O bar de madeira lascada e surrada se estende pelo comprimento da parede esquerda e, num canto da parede oposta, há um palco.

A pulsação de uma guitarra elétrica tocando rock do sul atinge minha pele. Coloco a mão na nuca de Rachel e a guio pela multidão para podermos encontrar uma mesa nos fundos. Mesmo que os policiais entrem, vão desistir antes de passar pelas tietes.

— Talvez você devesse ir na frente — grita ela enquanto a empurro para a frente.

Eu me inclino para dizer em seu ouvido:

— E arriscar deixar um babaca bêbado passar a mão na sua bunda? Não estou a fim de brigar.

Ela vira a cabeça para trás para conferir se estou falando sério. Faço que sim com a cabeça para ela continuar em frente. Em uma multidão assim tão apertada? Eles também iam tentar passar a mão em outras partes, mas não preciso lhe dizer isso. A música fica abafada quando continuamos em direção aos fundos. Ela faz uma pausa para sentar numa cadeira numa mesa bem exposta. Balanço a cabeça e aponto para a mesa no canto.

— Aquela ali.

Preferindo ter uma visão do salão, faço sinal para ela sentar na minha frente, enquanto eu fico no banco encostado na parede. Rachel tira o casaco, afunda no assento e esconde o rosto nas mãos.

— Meus pais vão me matar.

Não sei por que essa frase me atinge desse jeito, mas o fato é que acontece. Pela primeira vez em meses, dou risada.

Rachel

Espio Isaiah por entre os espaços dos meus dedos. Ele está rindo de mim. Não é uma risada alta nem animada. No início, seus olhos têm um pouco de bom humor, mas isso vai morrendo lentamente, e a risada se torna amarga.

— O que foi? — pergunto.

— Você — diz ele enquanto corre os olhos pela multidão.

Muito envergonhada, eu me empertigo e passo a mão no cabelo. Provavelmente estou horrível.

— O que tem eu?

— Um batalhão inteiro contra corridas ilegais está caçando a gente, e você tá preocupada se vai ficar de castigo. — Isaiah se inclina para frente. Seus braços cobrem a maior parte do seu lado da mesa e um pouco do meu. Coloco as mãos no colo e mexo os pés quando ele estica as pernas por baixo. O engraçado é que ele parece relaxado, mas seus olhos continuam vasculhando a multidão.

— O que você está procurando? — pergunto.

— Confusão — ele responde, sem olhar para mim.

Engulo em seco e pego um guardanapo de papel no compartimento sobre a mesa. Meu coração acelera conforme vou registrando os eventos da última hora.

— A polícia está aqui? — Ele não diz nada, e minhas mãos começam a suar. Aliso o guardanapo e depois começo a dobrá-lo. — É melhor a gente ir embora? Ou continuar aqui? — O pânico golpeia meu peito. Meu carro. Ai, droga, meu bebê. — E o meu carro? Ele está seguro? Será que vão encontrar o meu carro? Alguém vai pegar ele? E o seu carro? O que a gente vai fazer?

— Rachel — diz Isaiah, num tom baixo e calmo que me faz encontrar seus olhos. — A gente está bem. Deixamos a polícia pra trás. O seu carro está na garagem da oficina onde eu trabalho. E alguém precisa estar muito desesperado pra rebocar a merda do meu carro.

Meus músculos param, inclusive meu coração. Ele acabou de dizer que...

— Seu carro *não* é uma merda. — Eu me encolho ao usar a palavra "merda", e o lado direito da boca de Isaiah se curva para cima em resposta. Encaro o guardanapo em minhas mãos e continuo dobrando e redobrando sem parar. Não gosto do fato de ele me ler tão claramente. — Ele é... ele é lindo — gaguejo. — Seu carro, quero dizer. Meu preferido é o Cobra 04.

Meus pais compraram para mim e para meus irmãos o carro que cada um escolheu quando fez dezesseis anos. Pedi um Mustang Cobra 2004, o último ano em que esse modelo foi fabricado, mas meu pai achou que eu não ia perceber a diferença e comprou o meu bebê. Amo o meu bebê, mas percebi sim a diferença, apesar de fingir o contrário.

— Eu nunca tinha visto um GT 94 de perto — continuo, esperando dar início a uma conversa.

Nenhuma resposta. Seus olhos ficam inquietos de novo, apesar de o corpo permanecer totalmente imóvel. Dobro. Redobro. Dobro até o guardanapo estar tão grosso que não consigo dobrar mais. Meus dedos soltam o papel e as dobras se desfazem. Aliso a folha e começo de novo.

Não conheço esse cara e ele não me conhece. Ele me odeia. Ele tem que me odiar. Sou um peso para o Isaiah e percebi o modo como ele observou minhas roupas, meus brincos de diamante, as pulseiras de ouro, o meu carro. Ele sabe que não sou desta parte da cidade — que não pertenço a este lugar. Não que eu pertença à minha casa em vez disso. Mas antes da corrida ele me disse para ir embora. Não fui. E agora sou um peso que ele está arrastando.

Meu lábio inferior treme, e eu o mordo. Primeiro aquele discurso horrível. Agora isso. Estou com medo, estou à beira de um ataque de pânico e quero ir para casa.

Tento respirar fundo. Foi o que o terapeuta na época do ensino fundamental me disse para fazer. Isso e pensar em outras coisas.

— Você não devia falar assim do seu carro. — Não sei por que não paro de falar, mas o carro dele é uma joia, ele devia saber, e carros são as únicas coisas que não me fazem chorar. — Ele ganhou o título de carro do ano na *Motor Trend* em 94.

— É — ele responde numa voz entediada.

— Foi nesse ano que colocaram de volta o emblema do pônei na grade do radiador.

— Ãhã.

— Ele tem um v8. — E eu não tenho mais nada de bom para falar sobre o carro. — Mas o que eu não entendo é como a Ford resolveu produzir o carro do trigésimo aniversário usando o mesmo motor do modelo de 93 e com menos dez cavalos de potência. — E estou tagarelando. Fecho a boca e suspiro pesadamente. Não que ele esteja me ouvindo. Como eu disse, os caras não gostam de garotas que falam de carros.

Ele me surpreende ao responder:

— Não tenho o motor original no meu carro.

Meus olhos disparam para os dele.

— Sério? Pode parecer que estou falando mal do seu carro, mas, sério, aquele motor é demais. Quer dizer, é só colocar um filtro de ar diferente ou polias ou, sei lá, alguns outros adicionais e, *bam!*, seu pônei criaria asas.

Rugas se acumulam entre suas sobrancelhas conforme elas se juntam. Ele abre a boca. Fecha. Mexe na argola inferior da orelha direita e relaxa no assento.

— Como é que você sabe tanto sobre carros?

Dou de ombros.

— Eu leio.

Seus olhos zombam de mim de um jeito divertido.

— Você lê.

— Eu leio — repito. Um instante de silêncio se estende entre nós, e a banda começa a tocar Jason Aldean. — Obrigada por voltar pra me ajudar.

É a vez de ele dar de ombros.

— Não foi nada. Obrigado por não me deixar nos armazéns. Eu te devo uma.

Eu te devo uma.

Uma minúscula batida de asas faz cócegas em meu peito quando ele pronuncia essas quatro palavras. Ou talvez seja o modo como os olhos cinza de Isaiah se tornam cinza-chumbo, como se ele estivesse fazendo um pacto. De qualquer maneira, o momento é pesado, e não consigo evitar desviar o olhar em resposta.

— Qualquer pessoa teria feito isso.

— Não teria, não — diz ele. — Você podia ter escapado sem mim. Não posso ser preso, Rachel, e fico te devendo muito por isso.

Minhas cutículas nunca foram tão interessantes.

— Então devo supor que eu também te devo uma, já que você voltou por minha causa.

— Não — ele responde automaticamente. — Você sacrificou muito mais por mim.

Mordo a parte de dentro do lábio para disfarçar o sorriso que está se formando. Tudo bem, isso é legal. Muito legal. Estou ciente de que mal tenho dezessete anos e estou num bar para me esconder da polícia, e o cara na minha frente é o meu oposto em mais sentidos do que eu consigo calcular, mas não consigo deixar de me sentir uma princesa com um cavaleiro jurando fidelidade.

E como o momento é muito intenso e de jeito nenhum é tão forte para ele quanto para mim, pigarreio e forço uma mudança de assunto.

— Isso nos torna amigos?

Tudo bem, mudança de jogo no último minuto. Eu sei, eu sei, qualquer garota respeitável teria deixado o assunto morrer, mas eu preciso saber. Não tenho muitos amigos e gosto da ideia de ter um amigo que não seja um dos meus irmãos.

— É. — Ele batuca o dedo na mesa. — Acho que sim.

Legal. Solto o guardanapo e viro a cabeça para o palco. O baterista encerra "My Kinda Party" e o guitarrista emenda direto com "Sweet Home Alabama".

— Eu gosto dessa música.

As pessoas amontoadas perto do palco jogam os braços para cima e balançam com o ritmo que faz vibrar não apenas o chão sob mim, mas também a mesa e o meu assento. Tanto que meu corpo todo treme com o som. Tem uma energia cercando o palco que ilumina o bar, antes escuro. O que instantes atrás parecia sinistro e pesado agora parece leve e hipnótico.

— Você dança? — pergunto com um sorriso no rosto que surpreende até a mim mesma.

Isaiah me encara por um segundo, parecendo duro como uma estátua.

— Não.

— Por quê?

— Não sou muito fã de multidões.

Ninguém diria que eu gosto de multidões, mas olho por sobre o ombro de novo, para o acúmulo de corpos balançando os punhos no ritmo do vocalista enquanto todo mundo canta o refrão.

— Parece divertido. Se não estiver no palco, ninguém vai te olhar.

— São muitas variáveis numa multidão desse tamanho.

Estou perdida.

— O que você quer dizer com variáveis?

Como se estivesse buscando paciência, ele solta um pequeno suspiro frustrado.

— Babacas bêbados procurando briga. Babacas sóbrios procurando briga. Batedores de carteira. Não posso controlar o que acontece ali.

— Acho que ninguém ia querer mexer com você. — E meu estômago afunda no mesmo instante. Que coisa horrível de dizer. — Não que você seja assustador nem nada.

Ele ergue uma sobrancelha.

— Não sou?

— Não — respondo rapidamente e hesito quando percebo um brilho brincalhão em seus olhos. Apesar de cada parte sensata em mim gritar para eu esquecer a conversa, decido seguir o leve toque de diversão no rosto de Isaiah. — Agora, se você dirigisse um Camaro, eu teria que reavaliar a situação.

Ele ri. Não a risada pesada de antes. Uma risada ótima. Uma risada profunda. Que faz meus lábios se curvarem. Isaiah, o cara que uma hora atrás se apresentava como um predador da selva, agora está com a aura contente de um gato preguiçoso tomando banho de sol.

— Quantos anos você tem? — pergunta ele.

— Acabei de fazer dezessete.

— Terceiro ano?

Balanço a cabeça.

— Estou no segundo ano na Escola Particular Worthington.

Para me lembrar de que ele ainda é letal, uma insinuação da pantera tatuada reaparece quando ele estala o pescoço para a direita. Acho que ele já ouviu falar da minha escola.

— Quantos anos você tem? — pergunto.

— Dezessete.

O ar fica preso em minha garganta e eu engasgo, tossindo na mão como se estivesse morrendo de peste negra. Não que eu achasse que ele fosse velho, mas o modo como ele age, fala e se movimenta... Achei que era mais velho que isso...

— Você tem dezessete anos?

— Ãhã.

Por breves e impressionantes segundos, seus olhos cinza sempre agitados encontram os meus e então eu vejo: dezessete. Há neles um leve véu da mesma vulnerabilidade que me consome e estrangula. Com a mesma rapidez com que aparece, o indício some e Isaiah mais uma vez está procurando uma ameaça invisível.

Gosto do fato de termos a mesma idade, pelo menos fisicamente. Algo me diz que a alma dele é muito mais velha.

A falta de diálogo gera um desconforto e então eu nos obrigo a continuar.

— E?

— E o quê?

— Você está no... — Ele vai me fazer arrancar todas as respostas dele? Faço um sinal com a mão no ar para ele continuar. — É aí que você preenche a lacuna com o ano em que você está.

— Terceiro ano — completa ele. — E não estudo na Escola Particular Worthington.

— Não diga. — Deixo o sarcasmo fluir. — Achei que você tinha se candidatado a presidente do grêmio estudantil no ano passado.

Ele coça a barba mal feita, e posso jurar que está escondendo um sorrisinho.

— Você é bem corajosa.

Meus olhos se arregalam. Ele me chamou de corajosa?

Isaiah se inclina em minha direção, entrelaça as mãos sobre a mesa e faz de novo aquele negócio de encarar dentro dos meus olhos. Quero interromper o transe hipnótico, mas, sinceramente, é como se seu olhar me prendesse.

— Um daqueles universitários que estavam com você é seu namorado?

Um leve calor sobe pelo meu rosto. Não de pânico, mas de... de...

— Não, eu não tenho namorado.

A resposta me deixa tímida, e a timidez me dá força para desviar o olhar. E pensar que ele me chamou de corajosa. Eu bem que queria ser corajosa. Queria que todas as pessoas que conheço pensassem isso de mim. Não como a covarde que eu sou de verdade.

— Ótimo. Aqueles caras são uns otários. Fica longe deles.

— Você é meio mandão. — Estou provocando. Isaiah é sério demais para ter tempo de ser mandão. Mas a questão principal é que ele é totalmente diferente dos meus irmãos, que exigem tudo de mim fazendo bullying.

— Não sou mandão — ele retruca, e eu fico meio feliz de ele ter entrado na brincadeira.

Esta não sou eu. Normalmente eu nunca teria coragem de falar com um cara, muito menos de provocá-lo, mas aqui estou.

— Bom, eu tenho quatro irmãos mais velhos. Tecnicamente, tenho três irmãos mais velhos e um gêmeo, mas o Ethan diz que é um minuto mais velho. A questão é que eu sei o que é ser mandão, e você é.

— Pensa nisso como ótimas dicas de sobrevivência.

Dou risada, e a sombra escura no rosto de Isaiah desaparece conforme ele abre um sorriso. Apesar de não ser o seu primeiro sorriso da noite, é o primeiro que chega até os olhos, e, pelo jeito cuidadoso como o sorriso oscila em seu rosto, Isaiah parece surpreso. Talvez ele esteja desacostumado, o que é uma pena. Ele tem um sorriso incrível, de matar.

Não quero que o jogo acabe. Não quero que a gente apresse o fim. Quero ficar bem aqui nesta mesa pelo maior tempo possível.

— Então a primeira dica é ficar longe dos amigos do meu irmão?

— Não. A primeira dica é ficar longe das malditas corridas de rua.

— E a segunda?

— Se tornar mais consciente do que está ao seu redor. Você foca demais no que tem à sua frente e não vê o que se esconde nas laterais. Evitar os amigos do seu irmão é a terceira. E, se seu irmão for parecido com eles, evitar o seu irmão também.

— Chegamos a quatro dicas. Mais alguma?

— Uma tonelada.

— Manda ver.

Só aí percebo que nós dois estamos inclinados sobre a mesa. Somos espelhos um do outro e estamos chocantemente próximos. Tão próximos que nossa testa quase encosta uma na outra. Nossa cabeça se inclina na mesma direção e, no meio da mesa, nossas mãos estão a um centímetro de um carinho.

A energia e o calor ao nosso redor... borboletas se acumulam em meu estômago e alçam voo. Esta não sou eu. Nada disso. Não sou a garota que vai a um bar. Não sou a garota que se sente confortável conversando com um cara. E certamente não sou a garota que se inclina sobre a mesa para ficar perto de alguém.

Mas estou fazendo todas essas coisas e adorando cada segundo.

Isaiah

Uma mecha dos longos cachos dourados dela cai para frente e destaca a curva sensual do queixo e os cílios grossos da Rachel. Faço qualquer coisa para ela continuar falando, porque o som da sua voz me deixa extasiado. Rachel é uma chama reluzindo na escuridão. Não sei que merda está acontecendo, mas sempre fui o tipo de cara que gosta de fogo.

Ela pediu mais uma dica de sobrevivência. Como no fim de qualquer bebida boa, experimento a primeira gota de realidade. Se eu fosse sincero com ela, diria que a próxima dica é ficar longe de mim. Um punk que nunca se encaixaria no mundo de uma garota que usa o tipo de joia que ela usa, dirige um carro daqueles e frequenta o seu colégio. Um punk criado pelo sistema, pelas ruas.

— Isaiah — diz ela com um sorriso ofuscante —, você vai me dizer qual é a próxima dica ou não?

Seja homem. Diz pra ela que você é encrenca.

Ou leva ela pra casa e aproveita a noite.

Eu podia fazer isso, mas talvez não deva. Apesar de eu já ter tirado a roupa dela várias vezes na minha cabeça, lenta e metodicamente, e imaginado esse cabelo loiro espalhado sobre o travesseiro da minha cama, a garota é ingênua.

Mas ingênua em relação às ruas não significa ingênua em relação ao mundo. Garota bonita, confiante o suficiente para me provocar... ela provavelmente já fez alguns joguinhos. Afinal, foi ela quem procurou uma corrida de arrancada, uma emoção.

— Não te entendo — digo.

— O que você quer dizer com não me entende? — Rachel inclina a cabeça para o lado como um cachorrinho, e ela é tão linda que eu tenho de lutar contra a vontade de sorrir de novo para ela. Esse joguinho que está rolando entre a gente é novo, e eu não gosto muito de coisas novas.

— Por que você estava na rua hoje à noite? — Ignoro a pergunta dela com outra.

— A corrida de hoje foi por acaso. Costumo simplesmente dirigir por aí. — Rachel brinca com uma das pulseiras de ouro maciço no pulso. Provavelmente eu poderia pagar o aluguel de um ano se hipotecasse essa joia. Uma sombra anuvia seu rosto e rouba um pouco da sua luz, uma pena. — Ficar no meu carro, deixar o carro correr... é um dos poucos momentos em que me sinto eu mesma de verdade.

Rachel recua sobre o banco, parecendo meio perdida. Não gosto de como ela consegue expressar meu interior. É um forte lembrete de coisas que tento afastar.

— Enfim — Rachel revira os olhos, subestimando a declaração. — Eu dirijo por diversão. Sei que parece idiota, mas dirigir meu carro... sou eu sendo eu mesma.

— Não parece idiota. — É como me sinto quando estou atrás do volante do meu Mustang.

— Sério? Você não acha mesmo que é idiota?

— Não.

Um sorriso tímido surge em seus lábios e, enquanto olha diretamente para sua pulseira, ela a gira com energia renovada. Eu me recosto e relaxo no assento. Que porra está errada comigo que fiz uma garota rica se sentir melhor e gostei disso? Droga, preciso de uma cerveja.

Um barulho de vidro quebrando chama minha atenção para longe de Rachel e me faz ficar de pé num pulo. Uma agitação enlouquecida de braços e punhos batendo uns contra os outros faz meus instintos explodirem. Os dois universitários que estão brigando caem numa mesa próxima. Entre a atitude de lutar ou fugir, me preparo para lutar. Rachel, por outro lado, não tem reação: ela congela.

— Fica de pé no banco! — grito para ela. — Encosta na parede.

Os caras rolam para se levantar e, antes que Rachel consiga processar minhas palavras, o babaca de cabelo loiro atinge o cara moreno que está se esforçando para ficar em pé. Pulo para o banco de Rachel e a faço levantar, coloco a garota de costas contra a parede e a protejo com meu corpo.

Embolados em um abraço briguento, dois caras caem na nossa mesa. Ela vira, e a beirada raspa no meu braço e na minha perna. Eu me inclino para a direita para evitar que rasgue minha coxa. A mesa dá um giro de cento e oitenta graus e cai onde eu estava sentado segundos antes.

— Ai, meu Deus — sussurra Rachel. No mesmo instante, a umidade se espalha pela minha camiseta, e uma gota escorre pelo meu braço.

— Desculpa. — De pé num banco ao nosso lado, um cara mais alto que a Rachel segura uma garrafa vazia de cerveja inclinada na nossa direção. — Me distraí vendo a briga.

Ele se vira para encostar nela, provavelmente para tentar secar a cerveja, mas o gelo que está se formando nos meus olhos deve ter impedido o filho da puta. *Isso mesmo, coloca as mãos pra baixo. Se encostar nela, você morre.*

Os sons da briga desaparecem.

— A briga acabou! — O segurança, que facilmente tem uns cento e vinte quilos, desafia qualquer um a provar o contrário quando se empertiga e fecha os punhos. Dois outros seguranças voltam da frente da boate. Eles já jogaram os encrenqueiros para fora.

O cheiro amargo de álcool queima meu nariz e, quando olho para Rachel, fecho os olhos. Seu cabelo e sua blusa estão encharcados de cerveja. Merda.

— Rachel...

— Não posso entrar no carro assim. — O toque de pânico é claro em sua voz. — Se eu for parada, a polícia vai achar que eu bebi, e eu não bebo. Nunca.

Dou um passo para trás enquanto ela sacode os braços como um gato saindo de uma tempestade. Algumas gotas de cerveja escorrem para o banco. Passo a mão na cabeça. Se fosse qualquer outra garota, eu daria um esporro nela pelo excesso de drama, mas o modo como seu rosto fica pálido e seu corpo começa a tremer me diz que ela não está sendo dramática. Ela está apavorada.

— E se eu chegar em casa assim? O que vou fazer? — Ela sacode os braços de novo. Sua voz fica mais aguda, e as palavras saem tropeçando umas nas outras. — Não posso ir pra casa assim. Não posso!

— Rachel. — Preciso que ela se concentre. — Você tá machucada?

Seu corpo fica congelado enquanto seus olhos disparam imediatamente para mim.

— Você tá bem? Eles estavam mais perto de você. Ai, meu Deus, Isaiah. Você precisa ir para o hospital? Ai, que inferno, você está sangrando. Você está sangrando! Ai, meu Deus! — Sua mão flutua perto da boca.

Sigo seu olhar intenso até meu cotovelo. Merda, estou sangrando. A beirada da mesa deve ter me machucado. Viro o cotovelo para cima e uso a barra da camiseta para remover o pequeno acúmulo de sangue.

— É só um arranhão.

Dedos macios agarram meu pulso e meu antebraço. Meus olhos disparam para encontrar os dela, mas ela está ocupada demais com o que não é um corte para notar como seu toque está me virando do avesso. De um jeito bom. De um jeito estranho. De um jeito que eu não sinto desde... a Beth.

— Mas tem sangue. — Seu peito se expande e se contrai mais rápido do que deveria, e ela inspira ar demais. — Você tá machucado. A gente precisa ver se você está mesmo bem. Você consegue mexer o braço? Será que tá quebrado? Ai, merda, e se você tiver quebrado o braço?

Uma gota de líquido aparece na testa dela e desliza pelo rosto. Quando chega à bochecha, não sei dizer se a gota é da cerveja ou dos seus olhos. Minha mão se move, a necessidade de tocar nela é mais forte do que eu imaginava. Antes que eu consiga perceber o que estou fazendo, seco a gota.

Ah, droga, não. Não quero ser o maldito cara que seca alguma coisa. Tentei esse carrossel com a Beth uma vez, e, no instante em que ela viu uma vida diferente da que tinha comigo, me jogou de escanteio. *Recua, cara. Recua.*

— O que você já fez hoje por mim — continua Rachel — e o que acabou de fazer... e você está sangrando!

Afasta a mão. Afasta a porra da mão do rosto dela.

Mas não faço isso. Ao contrário, meu polegar se movimenta para capturar mais uma gota. É como se ela não percebesse meu toque, e isso é irritante, já que meus dedos estão memorizando cada curva do seu rosto.

Numa frase contínua e longa, ela vai em frente:

— Pode ser uma fratura mínima ou uma torção. Você está sangrando, e eu não sei qual a profundidade de um corte que precisa de pontos. Ai, que inferno, que inferno. Grampos. E se você precisar de...

— Rachel?

— Grampos! Isso pode ser sério!

A preocupação mais que sincera que ela sente é por mim. Alguma coisa sólida no meu peito se mexe e dispara um tremor de alerta pelo meu corpo. Qualquer que seja a merda que está acontecendo dentro de mim tem de parar.

— Rachel!

Seus olhos violeta, cheios de histeria, finalmente encontram os meus. Desde que entrei no sistema, nunca conheci alguém que se preocupasse o suficiente comigo para surtar por causa de um corte. Ela não está apenas preocupada. Está em pânico.

— Estou bem. Respira fundo, senão você vai desmaiar. — Estou brincando e, ao mesmo tempo, não estou.

Ela concorda com a cabeça, como se eu estivesse dando um conselho importante, e faz exatamente o que eu disse. Seu decote discreto sobe quando ela inspira e depois desce devagar. Rachel faz isso mais uma vez, com as mãos apertando meu braço, como se estivesse se apoiando em mim.

— Estou bem agora. De verdade. Desculpa.

Mantenho a mão no rosto dela porque eu quero. O rosto da Rachel é quente e macio. Eu gosto de tocá-la e, mais ainda, gosto dela me tocando. Esse anjo destruiu todas as minhas ideias sobre como é uma garota rica de escola particular. Sem bebida, sem namorado, gosta de carros rápidos — que inferno, ela *conhece* carros rápidos — e está preocupada comigo.

— Quem é você? — murmuro. Outra gota de cerveja desce da testa dela, e eu passo o dedo pela terceira vez na sua pele para secar.

Ela pisca.

— O que foi que você disse?

— Nada. — Abaixo a mão e esbarro em seus dedos. Eu devia levá-la direto até a oficina e mandá-la para casa, mas, como sou um filho da puta cretino, não faço isso. O babaca que derramou cerveja nela conseguiu me dar uma desculpa para curtir a garota por mais um tempinho.
— Vamos limpar essa cerveja toda.

Salto do banco e seguro sua mão para dar "equilíbrio" enquanto ela também salta para o chão. Os funcionários do bar recolhem rapidamente as mesas e cadeiras quebradas. O segurança com pá e vassoura olha para nós.

— Tudo bem com vocês?

— Sim... Podemos sair pela entrada lateral?

Ele me dá sinal verde, inclinando a cabeça na direção da porta. Sabendo que não tenho mais motivo para segurar a mão da Rachel, eu a solto e pego a jaqueta dela de cima da mesa quebrada. Mas pouso a mão em sua lombar para conduzi-la até o beco lateral.

Quando saímos, tiro a mão contra a minha vontade, depois levo a jaqueta até o nariz. Ela tem um cheiro adocicado que me lembra o oceano. É um aroma agridoce para mim. Afasto as lembranças e me concentro. Não consigo detectar o cheiro de cerveja, mas, por outro lado, estamos cobertos com ele.

— Sei que tá frio, mas seria melhor você não vestir o casaco. Vai manter o cheiro de cerveja longe dele.

Atrás de nós, uma lata de lixo bate no asfalto. Acelero o ritmo, e Rachel tem de duplicar os passos para acompanhar os meus. Eu devia ir mais devagar, mas não gosto da ideia de estar em um beco escuro com ela. Aqui existem coisas demais que podem enlouquecer na noite.

— E a polícia? — pergunta ela. — Eles não estão mais procurando a gente?

— Eu moro a algumas quadras daqui. Provavelmente já pegaram todo mundo que podiam, mas ainda quero ficar fora das ruas principais.

— A gente vai pra sua casa? — Percebo o tom de alívio.

— Apartamento. — Ela provavelmente mora em uma casa enorme, cheia de belas porcarias. Abaixo a cabeça. Droga. De repente isso não parece mais uma boa ideia. Ela vai ficar chocada quando vir a minha casa. — Não é lá grande coisa.

— Tudo bem. Tem certeza que quer me levar lá? Está tarde.

Noah não vai se importar.

— Qual é o seu horário de voltar pra casa? — Porque garotas como ela têm essas coisas.

O único som além das buzinas na rua principal atrás de nós é dos nossos sapatos batendo no asfalto. Ela está quieta, o que, pelo pouco tempo que a conheço, me parece estranho.

Entramos em outro beco e eu respiro com mais facilidade quando vejo a escada de incêndio do meu apê. Lar doce lar de merda. Espero que o Noah tenha esvaziado as ratoeiras antes de sair.

O braço da Rachel roça no meu, e eu me encolho porque ele está muito frio.

— Estamos chegando. Você pode tomar uma ducha, se quiser.

— Dez — ela diz num sussurro. — Meu horário de voltar pra casa é às dez horas.

Ergo uma sobrancelha e, quando olho para Rachel, ela desvia o olhar rapidamente.

— Meio atrasada, né? — Duas horas e meia.

Ela enrosca uma mecha de cabelo no dedo.

— Meu irmão gêmeo e eu temos um acordo. A gente dá cobertura um pro outro quando... bom, quando a gente quer ficar na rua até depois do horário.

Não entendo essa garota. Não mesmo.

— Quer dizer que você não bebe?

— Não. — Ela solta o cabelo e ergue o queixo. Acho que é melhor eu ficar de boca fechada sobre quanto bebo e como sou conhecido por viver chapado.

— E não tem namorado.

O queixo abaixa.

— Não.

A resposta pode deixá-la incomodada, mas é a melhor notícia que eu tive nos últimos dias. Isso não devia ser importante, mas não gosto da ideia de outro cara a beijando. Meu estômago revira com a ideia das centenas de caras que devem segui-la por toda parte, esperando ela notar.

Esfrego o pescoço. Que diabos está errado com o meu raciocínio hoje? Ela não é problema meu. O que está acontecendo entre nós é só por hoje à noite.

— E você gosta de participar de corridas de arrancada.

Ela fica pensativa e relaxa a testa.

— Sinceramente, não. Foi meio ruim. Participar de uma corrida é bem diferente de quando eu forço meu carro pra ver a que velocidade ele consegue chegar. Gosto de deixar o carro solto. Ele alcança cem quilômetros por hora em cinco segundos.

Seus olhos empolgados buscam aprovação. Ela hesita, e eu faço sinal de positivo com a cabeça para ela continuar. Como se minha aprovação fosse o máximo, ela começa a dar passinhos meio saltitantes.

— Mas foi legal. Tive uma descarga enorme de adrenalina quando ouvi seu carro sair. Mas fiquei meio estressada. Parecia que meus braços e pernas trabalhavam separados. E, quando consegui reagir, você já tinha terminado.

Chegamos à antiga casa vitoriana que o proprietário deixou apodrecer depois que a transformou em quatro apartamentos separados. Seguro a porta da frente para ela passar, depois vou subindo a escada com Rachel atrás de mim.

— Cuidado com o terceiro e o sexto degraus.

— É aqui que você mora? — Rachel coloca as mãos sobre o estômago e espia por sobre o corrimão para o andar abaixo. A luz sobre a escada pisca.

— É. — Destranco a primeira fechadura, depois troco a chave para destrancar a maçaneta. — Não é muito, mas é um lar. — O tom de orgulho em minha voz me surpreende.

Abro a porta, acendo a luz e faço sinal para Rachel entrar. Com as mãos ainda agarradas ao estômago, ela entra devagar no apartamento. Assim que ela está dentro, fecho a porta, tranco tudo de novo e vou até o banheiro. Ela vai querer se limpar, e a água leva pelo menos cinco minutos para ficar morna.

Os canos de água gemem quando giro as torneiras.

— Vou deixar uma toalha pra você se enxugar. Você vai precisar se abaixar pra usar o chuveiro... ou talvez não. Você é mais baixa do que eu — digo mais alto que o barulho da água batendo na banheira velha com pés. — Vou arrumar uma camiseta minha pra você vestir. Sua calça jeans está ok.

Saio e vou até o quarto para procurar uma camiseta para ela, mas paro de repente. Rachel encara a fechadura da porta com uma das mãos ainda sobre o estômago e a outra na garganta.

— Rachel? Tudo bem?

— Onde estão... onde estão os seus pais?

O ar escapa dos meus pulmões, e eu coço a barba mal feita para esconder o terror. Estou tão acostumado com as pessoas saberem... ou suporem... ou aceitarem sem problemas que as pessoas de onde venho não têm pais... ou, se tivessem, não seriam bons pais.

— Sou de família adotiva.

— Tudo bem — diz ela devagar, obviamente não estando tudo bem. — E onde eles estão? Seus pais adotivos. Onde estão agora?

Mudo os pés de lugar e pigarreio enquanto lido com a situação na qual coloquei a garota sem saber. Tudo bem, eu sabia. Quinze minutos atrás, eu tinha pensado em trazer a Rachel para passar a noite comigo. Mas isso foi antes de eu perceber como ela era pura. Mesmo assim, eu a trouxe para cá, apesar de as minhas intenções terem mudado.

Obrigo as palavras a saírem.

— Eu saí da casa dos meus pais adotivos alguns meses atrás com o meu melhor amigo, o Noah.

Ela olha rapidamente ao redor, procurando a ameaça.

— E ele...

Eu interrompo.

— Ele é um cara ótimo que provavelmente vai passar a noite com a namorada. Ele faz faculdade, e a Echo também. Ela é de um bairro muito bom, como você. Middleheights, acho.

— Eu moro em Summitview —ela sussurra enquanto encara a ratoeira vazia no meio do chão da cozinha.

Claro. A maldita Beverly Hills de Louisville. Fechada por portões. Com seguranças. E a Rachel provavelmente está se perguntando se eu tenho partes de corpos no congelador.

A água do chuveiro continua batendo na banheira de porcelana, e a maldita velhinha insone do andar de baixo começa a escutar Elvis. Só que, desta vez, é uma daquelas músicas depressivas.

— Rachel, juro, minhas intenções são boas. Não vou encostar em você. Posso ficar do outro lado do cômodo o tempo todo. — E por que merda ela devia acreditar em mim? — Você pareceu tão assustada com a ideia de ir pra casa com cheiro de cerveja. Não sei o que acontece na sua casa, mas já vivi o suficiente pra entender. Olha, de verdade, só estou tentando ajudar.

Ela mordisca uma unha.

— Quer dizer que você está no ensino médio?

— Isso. Colégio Eastwick.

Silêncio. Suas botas de couro gemem enquanto ela ajeita o peso do corpo. A água ainda está batendo na banheira. A música do Elvis fala sobre chuva.

— Eastwick é uma boa escola. — Ela deixa a mão cair e me olha por baixo dos cílios.

Estou finalmente chegando a algum lugar.

— É, sim. — Não preciso dizer que meus pais adotivos vivem na divisa entre a Eastwick, uma boa escola de ensino médio, e uma escola da região que fica a um passo de um centro de detenção. — Estou no Programa Automotivo Acelerado. Fui o melhor aluno do curso nos últimos dois anos.

Nos últimos quatro, na verdade, mas nunca digo às pessoas que recebi essa honra, muito menos há quantos anos.

— Já ouvi falar desse programa. Li alguns folhetos quando estava no oitavo ano, mas... — Rachel coloca a mão na boca, como para se impedir de falar mais. — E você gosta de lá?

— Gosto, sim. — Consegui; conversei até acalmar a garota. O alívio que percorre meu corpo é como uma bebida suave depois de uma dose. Afasto os instintos que me dizem que estou brincando com uma granada. Pessoas como ela, noites como esta, não acontecem sempre, e eu só quero me agarrar a essa chama por mais um tempo. Caras como eu não fazem garotas como ela sorrirem. — Foi lá que eu aprendi a reconstruir o motor do meu Mustang.

Um brilho se acende em seus olhos cor de violeta.

— Você reconstruiu o seu próprio motor? Que demais. Já pensei em fazer umas modificações no meu pra aumentar a potência.

Eu me encolho ao pensar nisso.

— Por quê? Seu carro é um virgem perfeito. Nunca foi tocado e está ótimo.

— Por isso que eu não fiz as modificações, mas, aqui pra nós — Rachel inclina o corpo na minha direção como se estivesse revelando um segredo muito bem guardado —, eu realmente queria um Cobra 04.

Aquele sorriso maldito que ela já provocou em mim uma vez antes cruza meu rosto de novo.

— Um Cobra 04. Isso seria... — E eu roubo uma de suas palavras. — Demais.

— Não seria? — Rachel se balança sobre os dedos dos pés e desliza o cabelo comprido e encharcado de cerveja para trás da orelha. — Então, você tem secador de cabelos?

Rachel

Coloco o secador sobre a pia e passo os dedos pelo cabelo de novo. Pronto. Seco e oficialmente sem cerveja. A barra da camiseta azul-escura de Isaiah fica um centímetro acima dos meus joelhos, e eu noto meu sorriso bobo no espelho embaçado. Estou usando a camiseta de um cara. Estranhamente incrível.

Abaixo o queixo para sentir de novo o cheiro da camiseta. Quero usar isso para sempre, sem lavar. O aroma profundo e picante dele envolve o tecido. Olho para Isaiah de canto de olho, me perguntando se ele me viu sentindo o cheiro ou se sabe como seu aroma é viciante para as garotas.

Um nó se forma em minha garganta. Será que ele tem muitas garotas?

Como prometido, Isaiah senta no balcão da cozinha, no lado oposto do cômodo. Ele se inclina para frente, as pernas afastadas de um jeito preguiçoso, as mãos entrelaçadas apoiadas entre elas enquanto me observa.

Ele é observador. Até demais. Acho que o Isaiah poderia falar mais sobre minhas ações do que eu mesma. Uma enorme parte minha não gosta disso. Para eu me encaixar em casa, as pessoas não podem me notar. É difícil conseguir ser outra pessoa quando você é o centro das atenções. Mas eu não estou em casa. Estou a quilômetros de lá. E aqui, neste cômodo, eu gosto de como Isaiah me olha, como se eu fosse a única garota no mundo.

Ou como um antílope que ele vai atacar.

Meu coração tamborila quando penso nele me atacando.

Eu me ocupo com meu cabelo por mais alguns segundos para ganhar tempo. O que se diz para um cara totalmente gostoso quando você está sozinha com ele no apartamento dele?

Sozinha.

Um tremor de cócegas se movimenta no centro do meu peito, e eu penso no modo como sua mão forte acariciou meu rosto no bar. As cócegas explodem em minha corrente sanguínea como uma descarga de adrenalina, e eu respiro profunda e lentamente para me acalmar.

Quero muito, muito que ele me toque de novo.

Mais uma ajeitada no cabelo atrás da orelha e saio do banheiro.

— Obrigada pela camiseta. — Mexo na barra de novo.

— Fica bem em você — diz ele, conforme seus olhos se concentram na curva dos meus quadris. Caramba, ficou quente aqui dentro.

Meu casaco está no braço do sofá. Vou até ele e tiro o celular do bolso. Uma da manhã, e uma mensagem do Ethan:

> kd vc?

Isaiah se ajeita parecendo desconfortável, enquanto olho de relance para ele e digito uma resposta para meu irmão no celular. Ele mudou de roupa enquanto eu estava no chuveiro, trocando uma camiseta preta com frases por outra com palavras diferentes. Isaiah fica o tempo todo analisando o apartamento, e eu finalmente entendo o motivo. Ele está se perguntando como manter uma distância segura de mim.

— Você não precisa ficar tão longe — digo. — Confio em você.

— Não devia.

Minto ao digitar:

> ainda dirigindo

Aperto a tecla de enviar e guardo o telefone de volta no bolso do casaco.

— Se você fosse me machucar, não teria me protegido daquela briga nem teria me trazido pra sua casa pra eu usar o chuveiro. Também não estaria tão longe agora, por isso eu confio em você.

— E isso é ruim pra nós dois — ele murmura, e depois fala comigo num tom normal. — Você tá com problemas em casa?

Balanço a cabeça.

— Ainda não. Meu irmão é bom em distrair os meus pais.

— Não foi isso que eu quis dizer — continua ele. — Você estava surtando de verdade quando pensou que ia ter que voltar pra casa com cerveja derramada em você. Seus pais... eles pegam muito pesado?

Passo a mão na testa como se tivesse um fio de cabelo para ajeitar e me sinto nua quando não encontro nenhum.

— Não entendi.

Isaiah salta do balcão, e eu fico hipnotizada pelo jeito fluido dos seus passos: um predador elegante em movimento.

— Tudo bem. Eu entendo. Às vezes as coisas são... — E ele está perto de mim. Perto o suficiente para eu ter de levantar a cabeça para ver seu rosto. — Duras.

— É... humm... é... — Eu adoro seus olhos, e minha pele formiga quando penso nas mãos dele sobre mim de novo. — Bom... — Do que a gente estava falando? Pais. Certo. Meus pais. — É complicado.

Complicado do tipo estou fracassando miseravelmente em substituir a filha morta da minha mãe. Meus pais e meus irmãos mais velhos me contaram histórias suficientes da Colleen para eu saber muito bem que ela jamais desrespeitaria o horário de voltar para casa, jamais participaria de uma corrida de rua ou ficaria sozinha com um cara.

— Certo — diz ele, tão devagar que a palavra parece inacreditavelmente sexy. — Complicado. Então — ele faz uma pausa. — Pronta pra ir pegar o seu carro?

Sim. Não. Sim. Talvez não. Ai, droga. Está acabando cedo demais, e eu não quero que isso aconteça. Não sou boa nisso. Não sou tranquila nem sou boa com palavras, nem com caras, nem com pessoas. Sou quieta. Eu me misturo. Como faço para isso não acabar?

— Eu gosto de você — sussurro, e imediatamente encaro meus sapatos. De todas as coisas que eu poderia ter dito, essa não devia ter sido a escolhida. Eu. Sou. Uma. Idiota.

Um leve puxão no meu cabelo provoca arrepios que descem pelos meus braços. Fecho os olhos e saboreio o roçado suave do nó de seus dedos no meu pescoço enquanto ele ajeita meu cabelo por cima do ombro.

— Rachel?

— Sim? — digo tão baixinho que ele pode não ter me ouvido.

Sua mão acaricia o ponto sensível logo abaixo do meu queixo e, com uma pressão delicada, Isaiah levanta minha cabeça até eu olhar em seus cálidos olhos prateados.

— Eu também gosto de você.

O lado direito da minha boca se contrai, e uma fonte de esperança borbulha dentro de mim. Ele gosta de mim. Um cara muito bonito e muito legal gosta de mim.

— Que bom — digo, meio sem ar. — Isso é bom. — Mais do que bom. É ótimo.

Isaiah

Olho de relance para a boca de Rachel e sinto o impulso de pressionar os lábios contra os dela. *Sou um babaca do caralho.* Inspiro pela boca para evitar sentir o aroma dela e dou um passo atrás, deixando o braço cair na lateral. Eu não trouxe a garota aqui para transar.

Que inferno, ela é gostosa sim, e minha mente não para de me mostrar doze maneiras diferentes de transar com ela, mas ela não é esse tipo de garota.

Esfrego os olhos. Não toco em ninguém desde a Beth, mas isso não significa que eu tenho o direito de dar em cima de uma garota que é legal comigo. Eu me jogo no sofá e percebo como a Rachel se sente desconfortável. Cacete, ela não precisa lidar com as minhas oscilações de humor.

— Eu gosto de você de verdade — repito. — Só existe uma outra pessoa que arriscaria o pescoço por mim. Se tiver alguma coisa que eu possa fazer por você, é só dizer que eu faço.

O caos na minha mente vai ficando claro quando começo a entender por que estou agindo como um perturbado. Beth foi a única garota que significou alguma coisa para mim, e eu geralmente não dou a mínima para as pessoas. Estou confundindo desejo e amizade e vendo coisas que não existem. Merda, eu me sinto atraído pela Rachel, mas as emoções que estou sentindo... é porque tenho uma dívida com ela.

— Deixa eu limpar o seu corte? — pergunta ela.

Dou uma olhada no pequeno pedaço de pele faltando em meu antebraço, depois de já ter esquecido a ferida.

— Tá tudo bem. Já tive piores.

— Não, você disse que faria algo por mim se pudesse, então me deixa fazer isso.

— É. Se eu puder fazer alguma coisa por *você*. Não você por mim.

Rachel esconde as mãos nas costas, como se não soubesse o que fazer com elas.

— Eu quero fazer isso, e gostaria que você deixasse.

Manter as mãos longe dela e ser respeitoso vai ser difícil demais se ela continuar se colocando ao alcance dos meus braços.

— Tá.

Eu me levanto e passo mais tempo do que o necessário remexendo no armário embaixo da pia para encontrar curativo, álcool e uma toalha. A Echo comprou essas coisas para nós quando mudamos para cá, e nem eu nem o Noah nunca tocamos na caixa. Enquanto coloco tudo no chão em frente ao sofá, Rachel faz sinal para eu sentar e, quando sento, ela se junta a mim com o joelho roçando em minha coxa.

Porra, ela é quente.

Rachel abre a caixa de curativos e vasculha dentro dela como se fosse uma médica de verdade escolhendo um bisturi. O cheiro de oceano penetra em meu nariz, e minha calça jeans fica apertada.

— Se você estiver falando sério sobre modificar seu carro, eu posso fazer se você conseguir as peças. De graça.

Pode ser um jeito de eu pagar essa dívida e parar de pensar em deixar meus dedos levantarem a blusa dela e acariciar o que provavelmente deve ser a pele mais macia do planeta.

Ela abre a embalagem de um curativo e o coloca sobre o joelho.

— Se eu fizer modificações, acho que quero fazer eu mesma. Não tenho chance de mexer em carros com tanta frequência, e eu meio que me empolgo quando faço isso.

Meu Deus, é como se eu tivesse conhecido minha irmã gêmea. Uma olhada para o seu corpo esguio e apago a ideia. Eu não sentiria atração por um parente.

— Então pensa no que quer fazer e eu consigo as peças pra você. — Posso cobrar alguns favores para consegui-las.

— Estica o braço — ela instrui e, apesar de me sentir um idiota, obedeço.

Rachel molha a toalha no álcool e começa a passar no corte.

— Talvez eu faça isso, mas não tenho certeza se quero mexer nele. Meu sonho de verdade é encontrar um Mustang antigo e modificar. Tipo o que você está fazendo com o seu. Isso seria fantástico.

Ignorando o leve ardor no braço, viro a cabeça para analisar a garota. Ela é boa demais para ser verdade.

— Então eu te ajudo com isso.

Rachel pressiona a toalha sobre a minha pele.

— Você não precisa fazer isso.

— Tenho uma dívida com você.

Ela franze o nariz como se estivesse pensando em algo que acha que não vale a pena dizer. Tenho que me impedir de perguntar o que é.

— Dói? — ela pergunta. — Porque às vezes eu sopro meus cortes depois de passar álcool neles.

— Estou bem.

— Então acho que sou fraca. Pensei que o álcool ia arder. Você está sem a camada externa de pele.

Sem mais uma palavra, ela coloca a toalha no chão, tira o plástico protetor do curativo e o cola na minha pele. Não uso um desses desde que tinha cinco anos. Mais cedo, tudo parecia desesperador depois de ter conversado com o Noah, mas estar perto dela apaga os pensamentos ruins.

Rachel ergue a cabeça, e sua testa se franze.

— O que foi?

Sob a luz fraca, partes de seu cabelo brilham, e eu morro de vontade de passar os dedos nele. Merda. Depois que ela for embora, nunca mais vai voltar. Se a Beth me ensinou alguma coisa, foi a agarrar o que está na minha frente enquanto posso.

— O que você faria se eu te beijasse?

Rachel

Minha boca se abre, e eu só a fecho quando ela começa a ficar seca. O que eu faria se ele me beijasse? Entraria em choque? Teria vários ataques? Pularia de alegria? Minha respiração fica curta. Isaiah me chamou de corajosa, então eu solto as palavras rapidamente:

— Te beijaria de volta?

Seus olhos cinza se acalmam, como se eu tivesse dado uma resposta aceitável, mas ele analisa meu rosto com uma expressão sóbria.

— Quantos namorados você já teve?

Meu corpo todo afunda, e eu entrelaço os dedos, desentrelaço e entrelaço de novo.

— Por quê?

— Porque sim. — Suas mãos cobrem as minhas para interromper o entrelace infinito. — Nunca conheci alguém como você. Estou... tentando te entender.

Não quero responder. Eu gosto da ideia de ele me achar corajosa, a garota que o provoca num bar. Não quero que ele veja quem eu realmente sou: uma gatinha assustada com a língua enrolada que nunca namorou um cara.

— Não importa a resposta — incita ele. — Mas eu preciso saber.

De jeito nenhum eu posso admitir isso encarando os olhos dele, então me concentro em nossas mãos unidas.

— Nunca tive um namorado.

Dou uma olhada rápida, e Isaiah assente uma vez, como se já soubesse o que eu ia dizer. Ele leva a mão até meu rosto de novo, e eu permito o toque. Seus dedos deslizam pelo meu maxilar, e o calor do carinho irradia para além da minha pele e chega à corrente sanguínea. Arrepios agradáveis surgem em meu pescoço.

— Você acha que vai voltar um dia desses? — ele pergunta. — E deixar eu te ajudar com o carro?

Meus ouvidos ecoam com o *tum, tum, tum* forte do meu coração. Caramba, não acredito que isso está acontecendo comigo.

— Vou dar um jeito. Juro. — As palavras saem tropeçando da minha boca, sem pensar. Não, não é verdade. No fundo, saem tropeçando enquanto penso em como meus pais não vão aprovar, em como meus irmãos vão matar o Isaiah e depois possivelmente me matar também. Mas, neste momento, não me importo com o que eles acham.

— Eu quero te beijar — diz ele.

Uma onda de pavor e empolgação inunda meu corpo.

— Isaiah, eu nunca...

— Tudo bem. — Ai, meu Deus, voz dele é profunda e macia e hipnotizante.

Inspiro e meio que inclino a cabeça, desajeitada, para ele saber que é isso o que eu quero.

— O que eu faço? Quer dizer, como que eu...

E ele não me deixa terminar. Isaiah inclina a cabeça de um jeito preguiçoso, mas deliberado, enquanto encara meus olhos. Meu corpo todo está zumbindo, e uma sensação de tontura preenche minha cabeça, dificultando o foco. Minha boca se abre e depois se fecha. Isaiah então se abaixa devagar, e minha língua rapidamente umedece os lábios secos.

Espero estar fazendo direito. Eu quero fazer isso direito.

Isaiah desliza a mão do meu queixo para acomodar minha cabeça. Seus dedos formam túneis em meu cabelo, fazendo minha nuca formigar em expectativa enquanto passa o polegar delicadamente pelo meu rosto. Seus lábios flutuam bem perto dos meus e seu hálito quente aquece meu rosto.

O sangue lateja com tanta força nas minhas veias que Isaiah deve estar sentindo a vibração. Sinto um impulso magnético no pequeno espaço entre nossos lábios. Uma energia à qual não consigo resistir. Minha cabeça se inclina na direção oposta à dele e, no instante em que fecho os olhos, sua boca roça na minha.

Macio. Quente. Delicado. Seus lábios se movem devagar, fazendo pressão. Sinto como se não conseguisse respirar, mas também como se estivesse voando. A pressão termina, mas sua boca permanece perto da minha. Sua mão agarra minha cintura, e minha coluna se rende ao prazer chocantemente adequado do toque.

Isaiah sente minha fraqueza, sua mão agarra minha cintura e seu braço forte me segura. E ele explora de novo. Uma leve pressão em meu lábio inferior. Uma leve pressão no superior. E aí lembro que devo beijá-lo de volta.

Os nervos enviam pequenas ondas de choque pelo meu peito, e minha mão treme conforme a levo até os ombros dele. Pressiono a boca no lábio inferior de Isaiah enquanto meus dedos acariciam a lateral de seu pescoço. Ele estremece. De um jeito bom, eu acho.

Abro a boca para fazer uma pergunta quando seus lábios se movem em desespero sobre os meus, sugando meu lábio inferior, provocando uma explosão de calor e excitação em meu corpo, o resultado desse encontro divino derretendo cada pedacinho meu.

Solto um gemido, e os braços de Isaiah me apertam, levando meu corpo mais para perto do dele. Meus lábios manobram nos dele em resposta. Um sim por ele ter me puxado mais para perto. Um sim para os seus lábios tomando os meus. Um sim por ele me deixar retribuir o mesmo beijo suculento.

Não consigo evitar. Permito que a ponta da minha língua encoste em seu lábio inferior. Isaiah enrosca meu cabelo no punho, e eu adoro o modo como meu toque o afeta, me afeta. Envolvendo meu outro braço no pescoço dele, perco toda a sensação de independência com seu sabor doce.

Eu gosto disso. Gosto muito disso.

Isaiah assume o controle de novo e me beija delicadamente uma vez mais. Duas vezes. Na terceira, um pouco mais demorado. E aí seus lábios me deixam ir.

Isaiah

Rachel sorri.

É um sorriso lindo. Um sorriso que ilumina o sótão infestado de ratos. Ninguém nunca sorriu para mim desse jeito até hoje. Ninguém. Tudo dentro de mim se contorce com a necessidade de mantê-la perto.

Eu devia estar puto da vida. Vai saber se um dia vou ver o dinheiro do Eric. Vai saber se o Noah e eu vamos perder o apartamento alugado, o que vai me mandar de volta para o lar adotivo. Neste momento, não me importo com porra nenhuma. Estou tocando um anjo.

Sinto um calafrio na coluna quando a janela perto da escada de incêndio geme. Aperto Rachel com mais força e a levo comigo conforme me levanto. Uma perna passa pela abertura, e eu escondo Rachel atrás de mim. Todos os meus instintos gritam para eu proteger a garota, para lutar. Automaticamente amplio meu corpo, estendendo os braços na lateral, disposto a levar o tiro que vem pela frente, disposto a atacar o canalha assim que ele entrar.

Com metade do corpo para dentro, Noah para no batente da janela. Seus músculos ficam tensos quando ele me analisa, preocupado.

— Noite difícil, cara?

Abaixo os braços.

— A gente tem uma porra de uma porta, Noah.

Ele fecha a janela e tenta trancá-la, mas xinga quando lembra que a trava ainda está quebrada.

— Esqueci a chave na casa da Echo. E o seu carro não está lá fora, então achei que você não estava em casa.

Ele caminha em direção ao quarto e para quando seu olhar encontra o que suponho ser a Rachel.

— Ah, desculpa. — Noah gira nos calcanhares e volta em direção à porta da frente.

— Noah, espera. — Envolvo o braço no ombro de Rachel e a trago para o meu lado. — Não vai embora.

— Tudo bem. — Ele leva uma das mãos até a maçaneta e esfrega os olhos com a outra. — Esqueci uma coisa no carro.

— Fica. — Olho para o relógio. Já passa de uma da madrugada. Ele tem trabalhado no turno da manhã e precisa acordar daqui a poucas horas. O cara está cansado e com olheiras profundas, mas quer me apoiar porque acha que estou tentando me dar bem. — Eu ia levar a Rachel até o carro dela.

— Tem certeza? — Ele aponta para a escada com o polegar.

— Claro. Sem estresse. Rachel, Noah. Noah, essa é a Rachel.

As sobrancelhas dele se erguem devagar e desaparecem embaixo do cabelo. Ele e eu não apresentamos um para o outro as garotas que levamos para casa. No passado, algumas das garotas-de-uma-noite-só ficaram grudentas, e nenhum de nós queria que o outro tivesse de lidar com essa situação. Claro, o Noah não é mais assim. Agora ele tem a Echo.

Os olhos do Noah se alternam entre mim e ela.

— E aí, Rachel?

— Beleza — ela responde, como se estivesse se perguntando se a resposta estava correta. Ela se inclina mais para perto de mim, e eu acaricio seu ombro num ato de consolo e na esperança de que Noah perceba que a Rachel é mais do que uma transa. — Acho que deixei minhas pulseiras no banheiro. — Como um pequeno pássaro em voo, Rachel atravessa a sala correndo e fecha a porta do banheiro com tudo depois de entrar. Pedaços de gesso caem do teto e se espalham pelo chão da cozinha.

A boca do Noah se curva.

— Acho que isso significa que vamos perder nosso cheque caução.

Abro os braços e meio que sussurro e grito ao mesmo tempo:

— Que merda é essa? Ela não é uma prostituta.

— Eu nunca disse que era. — Ele atravessa a sala e abre a geladeira. — Quer uma cerveja?

Claro. Por que não aproveito e acendo um baseado também? Sigo Noah e coloco a mão na porta aberta da geladeira para chamar a atenção dele enquanto ainda sussurro.

— É sério. Ela não é dessas. Trata ela com respeito.

Noah gira a tampa de uma cerveja e me analisa enquanto bebe.

— Achei que estava tratando vocês dois com respeito. — Ele também abaixa a voz quando aponto para o banheiro para indicar que não preciso que a Rachel ouça a conversa sem querer. — Eu tentei ir embora.

— Você fez a Rachel pensar que ela era só uma transa. — Bato a porta da geladeira com força.

— Desculpa de verdade. Achei que fosse. — Ele aponta a cerveja para mim. — Você não tá namorando. A última garota com quem você ficou foi a Beth.

Meus punhos se fecham ao ouvir o nome dela, e Noah me dispensa com um gesto.

— E nem começa com essa merda. Ela foi embora, está feliz e não vai voltar. E, sim, eu ainda falo com a Beth porque ela é a coisa mais próxima de uma irmã que eu tenho, então posso falar o maldito nome dela se eu quiser.

— Noah — alerto.

— Beth — sussurra ele, me provocando. — Beth, Beth, Beth, Beth, Beth. Se você vai me bater, cara, bate logo, porque estou cansado de pisar em ovos por causa da Beth.

Meu coração se rasga de novo cada vez que lembro da existência dela. Noah precisa parar, e precisa ser agora. Especialmente com a Rachel aqui. Eu estou gostando dela e não preciso que ele estrague tudo me lembrando de um passado que nunca vai mudar.

— Você é um filho da puta mal-humorado quando tá cansado.

A tensão entre nós desaparece quando Noah dá uma risadinha e toma um gole de cerveja. Não sou bom em muita coisa, mas sou bom em desviar o assunto. Ele esfrega os olhos de novo e solta uma longa respiração.

— Olha, eu entro em casa à uma da manhã e encontro você abraçado com uma garota bonita usando sua camiseta.

Ele está certo. Eu exagerei.

— Noah — interrompo.

— Espera que eu ainda não terminei. Parecia que vocês estavam se pegando, então achei que vocês estavam se pegando. Desculpa. Sinto muito. Sou o babaca da história. Passou, então supera essa merda. Quanto a fazer ela se sentir uma garota de uma transa só, até onde eu sei, dizer "e aí" não significa "obrigado por trepar com meu melhor amigo". E você quer me dizer por que diabos estou sussurrando na minha própria casa?

— Porque eu gosto dela.

Noah pisca, porque palavras como essas não saem de mim com facilidade. Ele inclina a garrafa, bebe o resto e coloca a garrafa vazia sobre o balcão.

— Isso muda tudo.

— Como amiga — acrescento rapidamente, mas depois percebo que amigos não se beijam. Merda, estraguei tudo.

A porta do banheiro se abre, e nós dois olhamos para Rachel. Ela está brincando com as pulseiras de ouro.

— Desculpa ter demorado tanto. As pulseiras caíram atrás da pia e... levei um tempinho pra tirar de lá.

Até mesmo Noah se encolhe visivelmente ao pensar em alguém colocando a mão no espaço de cinco centímetros atrás da pia.

— Você devia ter me chamado — digo. — Eu teria pegado pra você.

Seu olhar se alterna entre mim e Noah.

— Tudo bem. Eu peguei. Então... — ela se balança sobre os dedos dos pés — você tá pronto?

— Sim. Vamos nessa.

Rachel pega o casaco no sofá e para quando Noah diz seu nome. *Merda, Noah, não estraga tudo.*

— Rachel — ele repete, obviamente procurando alguma coisa boa para dizer. — Foi bom te conhecer. Você devia voltar. Conhecer minha namorada, a Echo. A gente pode sair ou fazer qualquer merda dessas.

Ou fazer qualquer merda dessas. Quero bater a cabeça dele na parede — e a minha também.

— Tudo bem. — Ela está com aquele olhar pasmado que as pessoas ficam quando assistem a reality shows. — Foi bom te conhecer também.

Quando ela vira de costas para nós, balbucio para Noah: "Ou fazer qualquer merda dessas?"

Ele balbucia de volta: "Estou tentando".

Destranco a porta e, quando ela sai para o corredor, sussurro para ele:

— Muito elegante, cara. E as garotas achavam você safo, porra.

Noah ri.

— Eu sou safo, cara. Mas agora só sou safo com a Echo.

Pouco antes de fechar a porta, mostro o dedo do meio para Noah. Sua risada ecoa no corredor.

Depois de descer a escada, Rachel me espera abrir a porta da frente. Nunca vi uma garota esperar assim nem conheci uma que pudesse supor que um cara abriria a porta para ela. Rachel provavelmente foi criada para esperar que os homens abram as portas, e provavelmente vive cercada de muitos caras que aprenderam a fazer isso.

Eu gosto do fato de ela esperar, e gosto de abrir a porta para ela. Quando eu era criança, preferia que a minha mãe namorasse caras que faziam essas coisas malucas.

O ar frio se agarra aos meus braços nus quando saímos para a calçada. A temperatura caiu drasticamente desde que nos encontramos na corrida de arrancada. Um momento que parece ter acontecido há séculos.

Rachel estremece e coloca as mãos nos bolsos do casaco, me deixando sem saber o que fazer. Ela está com frio e eu devo colocar o braço sobre seu ombro ou ela está me dizendo para ficar longe? Os músculos tensionam no meu pescoço, e eu balanço a cabeça para afastar o caos. *Se controla, cara.* Como posso ficar confuso por causa de uma garota?

— Seu colega de quarto parece legal — diz ela com uma leveza forçada.

Sua tentativa de nos deixar bem me sacode de um jeito bom. Não consigo pensar em muitas pessoas que tenham tentado fazer as coisas funcionarem comigo.

— O Noah é ótimo, mas hoje ele estava meio surtado.

— Tudo bem. Tenho certeza que foi estranho encontrar uma garota no apartamento dele.

Puxo meu brinco inferior. Já estive com outras garotas. Aquelas que estavam interessadas em ficar por uma noite com o cara tatuado e com brincos. Nunca me importei em ser usado. Mas, com a Rachel, tem uma suavidade que atinge seus olhos quando ela olha na minha direção, e isso está acabando comigo.

— Diz pra ele me desculpar por estar lá tão tarde — continua ela. — Não quero que ele pense mal de mim.

— Você... hã... — *Não entendeu que ele achou que você era uma garota-de-uma-noite-só?* — Não ficou com medo do Noah?

Rachel meio que ri.

— Não. — Ela faz uma pausa. — Eu devia ter ficado? Ele pareceu simpático.

— Não, ele é legal. Você correu pro banheiro e...

Ela abaixa a cabeça e, quando passamos por um poste de luz, percebo o vermelho invadindo suas bochechas.

— Desculpa por isso. Eu *realmente* esqueci as pulseiras e *realmente* deixei cair, mas foi estranho, sabe, conhecer alguém à uma da manhã.

— É. — E o mais estranho ainda? Ela estava lá à uma da manhã e eu não tinha ido para a cama com ela. Enfio as mãos nos bolsos da calça jeans e me xingo em silêncio.

Dou uma olhada para Rachel e ela desvia o olhar rapidamente quando percebo que ela está me espiando. Que diabos ela vê quando olha para mim? Se ela visse o que tem por dentro, estaria gritando. A parte externa é uma projeção modesta.

Rachel não pode gostar de mim, porque ela não me conhece. O verdadeiro eu. Para a Rachel, a vida ainda é luz do sol, arco-íris e unicórnios cor-de-rosa malditos e fofinhos. Eu não passo de escuridão, nuvens e ratos.

Eu nunca devia ter beijado a Rachel nem a levado para minha casa. Ela merece coisa melhor do que a destruição dentro de mim. Vou me agarrar à noite de hoje. Queimar na minha mente a lembrança do modo como ela me olha, porque isso é o mais próximo que vou chegar de algo assim. Além do mais, se ela me visse à luz do dia, longe da imundície em que eu vivo, ia mudar de ideia.

Assim como a Beth fez no instante em que saiu da cidade.

Mais rápido do que eu gostaria, chegamos ao estacionamento da oficina mecânica.

— E o seu carro? — pergunta ela enquanto digito o código de segurança.

O motor geme conforme a porta da garagem sobe.

— Vou lá agora pra consertar o pneu.

— Quer ajuda? Levo jeito com macaco e chave de roda.

Eu me viro para dizer que não e paro quando vejo seu rosto. Juro: ela está brilhando. Seus olhos reluzem como estrelas e seu sorriso irradia luz própria. Minha garganta se fecha. Não quero desistir dela.

— Não. Eu não quero que você fique encrencada em casa.

— Viu, você *é* mandão. — Ela finalmente tira as mãos dos bolsos e cutuca meu bíceps com um dedo delicado.

Meu coração vacila com o carinho, e, quando ela abaixa o braço, estendo a mão rapidamente e entrelaço meus dedos nos dela. Tão perto de deixar a garota ir embora, eu não devia tocar nela, mas, em minha defesa, ela me tocou primeiro.

— Não sou mandão. Sou preocupado. Sério, Rachel, quero saber se você se sente segura para ir pra casa.

— Tudo bem. O Ethan teria me mandado uma mensagem se tivesse algum problema. Minha mãe e meu pai provavelmente ainda nem voltaram pra casa.

É. Eu conhecia bem guardiões que ficavam até tarde na rua para curtir. Acho que ter dinheiro não muda nada no reino dos pais de merda.

— Me diz que seus irmãos te protegem. — Porque, se não protegerem, eu vou ter que me encontrar com eles num beco escuro um dia e ensinar a eles como tratar a irmã.

— São do tipo superprotetores.

Saboreio a sensação da pele macia da mão dela. Nenhuma garota que eu toquei até hoje tinha mãos tão macias.

— Isso não é ruim.

Rachel solta um suspiro frustrado.

— Sabe, estou começando a achar que te julguei mal. Você parece irritantemente com os meus irmãos.

Rachel está certa numa coisa: ela me julgou mal, mas não como pensa.

— Ótimo. Sou a favor da superproteção.

— Mandão.

Dou uma risada, e o som a faz sorrir. Vou sentir falta desse sorriso. *Diz pra ela que acabou, babaca.* Diz que vocês vêm de mundos diferentes e que nunca ia dar certo. Diz que o beijo dela significou mais para você do que ela jamais poderia imaginar. Diz que vai sonhar com ela e pensar nela, mas que tudo acaba aqui.

A cor desaparece do seu rosto, e sua mão fica frouxa na minha. Será que ela descobriu sozinha que eu sou encrenca? Ela vai até o carro.

— Você está com as chaves?

Pego as chaves no meu bolso e jogo para ela. Com o clique de um botão, o carro destranca e ela abre a porta do carona. Ela fica de costas para mim por um segundo, depois vira com um pedaço de papel na mão.

— Aqui o meu telefone. Quase esqueci de te dar.

Engulo em seco enquanto encaro o número. *Diz pra ela. Simplesmente fala.*

— Rachel...

— Você vai ligar, né? — E a pontada de dor em sua voz golpeia meu coração.

Eu a envolvo em meus braços e apoio sua cabeça no meu peito. O cheiro dela é bom. Como o oceano. Como o casaco dela. Tento memorizar a sensação do seu corpo no meu: todo macio e quente e cheio de curvas. O papel na mão dela se amassa quando ela envolve um braço, depois o outro, na minha cintura. Ela se encosta em mim, solta um suspiro contente, e eu fecho os olhos com o som.

Dez segundos. Vou ficar com ela por mais dez segundos.

Quero ficar com ela.

Dois.

Não devia.

Quatro.

Talvez ela consiga ver além do que eu sou. Não precisamos ser mais. Podemos ser amigos.

Sete.

Posso dar um jeito nisso.

Nove.

Posso dar um jeito em tudo.

Dez.

— Vou ligar.

Com os olhos brilhando, ela enfia o número na minha mão.

— Tá bom. Espero falar com você logo, logo.

Faço que sim com a cabeça e, sem mais nenhuma palavra, Rachel desliza para o banco do motorista, liga o motor e sai da oficina com o Mustang. Juntando minha linha da vida com a dela, observo enquanto as luzes traseiras vermelhas desaparecem ao longe.

Sorrio, depois solto um gemido ao inspirar.

Consigo reconhecer três garotas pelo cheiro. Hoje à noite aprendi que a Rachel tem o cheiro do oceano. A Beth me lembrava o de rosas amassadas. E essa garota tem cheiro de mel selvagem. Posso não vê-la, mas ela está aqui. Cada grama de felicidade desaparece com a percepção de que a minha vida não pode ser mudada.

— O que você quer, Abby?

A sombra de uma silhueta magra vem como um fantasma na minha direção pela lateral da oficina, na calçada.

— Não sabia que você tinha encontrado um brinquedinho novo.

Cruzo os braços sobre o peito.

— Não encontrei.

Ela dá um passo para debaixo do poste de luz, jogando o cabelo comprido e escuro sobre o ombro do moletom justo com capuz.

— Por que você tá tão irritado, Isaiah? Ela parecia bonitinha. Corajosa. Eu gosto da combinação de bonitinha e corajosa. Eu tive um coelhinho assim uma vez, um daqueles grandes e fofos.

— Você não parece ser o tipo de garota que tem coelhinho.

— Não sou. — Seus olhos escuros brilham com maldade sobre mim.

— Por isso o *uma vez*.

— O que você quer? — repito, olhando para o relógio inexistente em meu braço. — Está tarde.

Abby e eu temos uma amizade estranha, o que é esquisito, já que ela não é do tipo de ter relacionamentos. A curva sarcástica em seus lábios indica que, neste momento, ela colocou nossa amizade temporariamente em banho-maria.

— Ora, ora. Como estamos emotivos hoje. Mas, para responder à sua pergunta, eu estava indo até o seu apartamento porque temos negócios a tratar, mas decidi adiar os planos quando vi a bonitinha corajosa.

Ela faz uma pausa, esperando que eu fale sobre a Rachel. A única resposta que ela recebe é o zumbido do poste de luz.

— Isso quer dizer que você finalmente esqueceu a Beth?

Se a Abby estivesse agindo como minha amiga, eu poderia contar a ela. Mas a vida para a Abby, sobretudo aqui nos últimos tempos, é só negócios. Mesmo que ela esteja só perto de completar dezessete anos.

— Vai direto ao assunto.

— Você não é divertido — diz ela enquanto enfia a mão no bolso traseiro da calça jeans praticamente pintada no corpo dela e pega um bolo de dinheiro. — Encontrei o Eric hoje à noite. Quer dizer, eu escondi o Eric hoje à noite.

Isso chama minha atenção.

— Você odeia o Eric. — E o Eric odeia a Abby. Os "negócios" dos dois costumam se chocar nas ruas.

— Gosto da ideia do Eric me dever um favor. — Faz sentido. A Abby está sempre procurando uma vantagem.

— O que isso tem a ver comigo?

Como uma criança de cinco anos no parquinho, Abby agarra o poste de metal com a mão estendida e caminha em círculo, lentamente.

— A gente tinha que matar o tempo, por isso ficamos conversando.

— Vocês conversaram?

— Ãhã. — Ela me mostra a língua. — Sou capaz de conversar, às vezes. Tipo, será que a Universidade do Kentucky vai ficar entre as quatro melhores este ano, será que o Guns N' Roses original vai se reunir um dia, será que vou terminar o ensino médio, e que pessoas conhecemos em comum. Adivinha quem apareceu na nossa conversa?

Dou de ombros e finjo uma expressão inocente.

— Eu?

Ela comprime o rosto de fada.

— Caras inteligentes me deixam com tesão, mas, infelizmente, você não faz nada por mim. Te conheço há tempo demais.

— Abby — digo com certa impaciência. — A gente vai terminar esse assunto ou não?

— O Eric disse que te devia uma grana, e eu me ofereci pra fazer o papel de mula.

— Isso foi extremamente gentil da sua parte. — Meus instintos dão um alerta. Ela quer alguma coisa.

— É, foi. Mas isso não vem ao caso, porque agora, meu caro, você me deve.

Balanço a cabeça antes que ela termine de falar.

— Errado. Você se ofereceu pra ser mula do meu dinheiro. Não te devo nada.

Abby ri, e minha boca fica seca. Aonde diabos ela quer chegar?

— A gente não falou só de você, seu bobo. O Eric tinha muito pra contar sobre dois universitários que deram a dica pra polícia pra poder criar um caos e depois apontar uma arma para o Eric e arrancar uma grana dele.

Eu me concentro para impedir que minha expressão mude. Abby não dá informações porque gosta de falar. Ela está jogando verde para colher maduro.

— Quanto ele perdeu?

— Cinco mil dólares. E deixa eu te falar, o Eric não está feliz.

Tenho certeza que não. Enganado no próprio território e ainda perdeu dinheiro. Tenho certeza que o Eric está em pé de guerra.

— Se o Eric foi roubado, por que ele está me pagando?

— Você conhece o Eric. Ele não acredita em bancos nem em investimentos, o que é uma pena com a quantidade de dinheiro que ele ganha. Um dia desses alguém vai dar um tiro na cabeça dele e encontrar seu esconderijo secreto cheio de grana.

Parte de mim se pergunta se a Abby vai ser a pessoa que vai fazer isso. Solto um suspiro. Fui longe demais. A Abby só quer saber de negócios quando se trata de vender drogas, mas ela não é uma assassina. Pelo menos por enquanto.

Ela continua:

— Você salvou alguns dos caras dele hoje à noite quando viu a polícia. Então ele só queria garantir que ia pagar a dívida com você.

— Não que eu não te ache interessante, mas me dá logo a minha grana.

— Gosto mais quando você está perto dos carros. Você fica menos tenso. Enfim. — Ela desliza o bolo de dinheiro pelos dedos. — Acho que vou ficar com essa grana como recompensa por manter a boca calada.

— Me dá a porra do dinheiro, Abby. — Estou cansado dos joguinhos dela.

— Tudo bem, mas você precisa saber que o Eric não estava apenas interessado no paradeiro dos dois universitários; ele também quer saber de uma loira que nós dois acabamos de ver indo embora. Vocês pareciam fofos juntos, você e a loira. Tenho certeza que o Eric vai pagar bem pra saber que você estava pegando a garota.

Um rugido enche meus ouvidos enquanto todos os meus músculos ficam tensos. Ninguém vai chegar perto da Rachel.

Ninguém.

Rachel

Ele não me ligou. Eu esperei. E ainda assim ele não me ligou. O que eu tenho dificuldade para entender é por que estou chateada por perder uma coisa que obviamente nunca foi minha.

A algumas mesas de distância, meus irmãos riem. Cada um deles segura uma garrafa de cerveja. Para esconder que meus irmãos mais novos bebem antes da idade permitida, Gavin e Jack ficam na frente de West e Ethan. O ar frio invade a grande tenda branca que abriga centenas de convidados e esfria meus tornozelos. Os aquecedores no alto me mantêm aquecida, mas o álcool mantém meus irmãos mais aquecidos ainda.

Uma vela votiva flutua dentro de uma tigela de cristal cheia de água e pedras translúcidas. Minha mão flutua sobre a única chama cintilante. Cada mesa coberta com uma toalha branca contém um arranjo desses. Aposto que sou a única convidada que se pergunta até que ponto posso descer a mão sobre a vela sem me queimar.

Sentada à mesa mais distante dos casais dançando músicas lentas na frente do palco, cruzo as pernas. É um movimento constante para impedir que minhas pernas fiquem dormentes, e, cada vez que me mexo, aliso o tecido do vestido dourado como se seus vincos fossem causar a minha morte. Acho que estou bem bonita hoje à noite, e é por isso que, quando vejo meu reflexo no espelho, meus olhos ficam marejados. Eu queria que o Isaiah me visse assim.

— Quer dançar?

Meu coração bate duas vezes e eu olho para cima, esperando e rezando para que, de alguma maneira, Isaiah tenha me encontrado, apesar de eu estar numa festa exclusiva de Ano-Novo na casa do vice-prefeito. Quero dizer, é possível. Pelo menos nos sonhos acordados que eu tive desde que sentei a esta mesa de canto há mais de uma hora. Forço um sorriso quando vejo Brian Toddsworth me encarando de cima. Um mês atrás, eu teria adorado se ele me chamasse para dançar. Hoje... Por que o Isaiah não me ligou?

Sacudo os ombros nus enquanto balanço a cabeça. Um calor cobre meu rosto quando me dou conta de que tenho de responder e que estou transmitindo tantos sinais diferentes com gestos que provavelmente parece que estou tendo um ataque.

— Não, obrigada — mal consigo sussurrar.

Brian pertence a um reino de popularidade diferente do meu, e a ideia de falar a coisa errada e me tornar alvo de risadas faz minhas entranhas se encolherem. Como se estivesse chocado com a resposta, ele recua a cabeça.

— Tem certeza?

— Bela festa, Brian. — Meu irmão gêmeo, o Ethan, sai da mesa dos meus irmãos e surge perto de mim. Todos eles estão observando Brian e a mim atentamente. Meio como abutres observam o mais recente animal atropelado numa estrada.

Brian estende a mão fechada para Ethan, e os dois se cumprimentam batendo os punhos. Eles são amigos desde o jardim de infância. Brian e eu nunca fomos amigos.

— A festa tá terrível — diz Brian. — Todo mundo do colégio tá na casa da Sarah. Passar o Ano-Novo tagarelando pelos meus pais é um saco. Uma parte minha espera que ele perca as eleições na próxima primavera.

Ethan inclina a cabeça em minha direção, como se eu fosse uma garota de cinco anos que não consegue acompanhar uma conversa.

— O que você está fazendo com a Rachel?

O rosto do Brian fica vermelho.

— Sua mãe falou pra minha mãe que ninguém estava falando com a Rachel, e você sabe o que aconteceu na semana passada, então não estou em condição de discordar.

Uau, o Brian nem tentou fingir que não ia dançar comigo por pena. Quando meus saltos batem no piso temporário de madeira, os dois evidentemente se lembram da minha existência.

Ethan aponta para o Brian e depois para mim com a cerveja.

— Você pode tentar ter um pouco de tato quando se tratar da Rach? Ela é minha irmã.

Gêmea. Prefiro usar *irmã gêmea*. Gavin, Jack e West são meus irmãos. Sinto uma conexão especial com o Ethan. Brian reconhece minha presença com uma olhada.

— Eu não quis ser grosseiro. Meus pais me deixaram de castigo quando encontraram minha erva e, se eu fizer o que a minha mãe quer, ela vai largar do meu pé.

Encaro minhas mãos entrelaçadas sobre o colo. Eu sempre quis que alguém me dissesse que dançar comigo é uma punição reservada para os piores criminosos. Brian, acho, repensa as palavras e volta atrás.

— Não que você não seja bonita. Você é.

— O que foi que você disse? — pergunta Ethan. Mordo o lábio inferior. *Cala a boca, Ethan.* Como meu irmão gêmeo e eu não conseguimos conversar telepaticamente, ele continua: — Você está a fim da Rachel?

— Claro que não.

Fantástico. Que garota não quer ouvir isso?

— Você disse que ela é bonita — Ethan cospe as palavras, como se esse comentário fosse um insulto.

— Ela é — diz Brian. — Mas não estou a fim dela.

Os ombros do Ethan afundam de alívio.

— Que bom.

Ótimo. Acho que vou enfiar um garfo na barriga do meu irmão.

— Olha. — Brian vira para mim. — Você é legal, mas você é a Rachel, sabe?

Sim, estou bem consciente de quem eu sou: a garota obsessivamente tímida e ansiosa que tropeça no próprio nome. Aquela com irmãos ridiculamente protetores.

— Tudo bem.

Não está tudo bem. Mas o que eu posso fazer? O único cara que demonstrou uma pontinha de interesse por mim nunca me ligou, então por que as outras coisas da minha vida deveriam ser diferentes?

— Pede desculpas pra minha irmã — diz o Ethan.

Brian franze a testa.

— Por quê?

— Por existir.

Brian ri e bate de novo no punho do Ethan.

— Me desculpa por existir, Rachel. Ethan, te encontro mais tarde na festa da Sarah.

Mais tarde? Com o maconheiro assumido? Inclino a cabeça enquanto Ethan fecha os olhos por um breve instante. Ajeito as costas, dou um tapinha na cadeira a meu lado e cruzo as mãos com elegância sobre os joelhos.

— Entãããão. O que você tem pra contar?

Ethan se joga na cadeira e apoia a garrafa de cerveja na mesa.

— Não é nada. Esquece isso.

Pisco várias vezes e sorrio como uma mocinha inocente e burra, porque ele deve achar que sou idiota, se acredita que vou aceitar essa desculpa.

— Não me pareceu que não era nada.

— O Brian experimentou maconha. Nada de mais.

— Isso significa que você experimentou maconha?

Ele estica as pernas e continua em silêncio. Desisto de interpretar a beldade sulista e me inclino na direção dele.

— Se essa conversa acontecesse entre o West e um amigo dele, eu deixaria pra lá. O West faz coisas idiotas. Ele nasceu pra isso. Mas você... você não faz coisas idiotas.

Ethan vira a cabeça para mim, e eu só vejo olhos e cabelos escuros — um lembrete de que ele é o oposto de mim.

— Eu estava com ele, mas não experimentei, tá? — Ele levanta o dedo mindinho. — Eu juro.

Abaixo seu dedo e dou um tapinha no joelho dele. A oferta de um dedinho sempre foi o suficiente para nós dois. Se ele jura, eu acredito.

Ethan dá uma olhada para o meu celular sobre a mesa.

— Está esperando uma ligação?

A descrença na voz dele machuca.

— Não. — Infelizmente. — Não estou.

Mas isso não me impede de olhar para o dispositivo desprezível. Porque encará-lo durante dez horas seguidas vai magicamente lembrar ao Isaiah que eu dei meu número a ele.

— Estive pensando... — diz o Ethan.

— Isso nunca é bom — interrompo. — Só acaba estressando os seus neurônios que funcionam, e aqueles dois merecem um descanso.

Ele me dá um sorriso forçado.

— Sabe, se você saísse da sua concha e fosse você mesma perto das outras pessoas, talvez esse celular tocasse sem parar, você poderia ir a uma ou outra festa sem adultos e não teria que depender do Brian pra dançar com você por pena.

Mais uma vez, me concentro no meu colo e aliso o vestido. Fui eu mesma com o Isaiah, e olha aonde isso me levou.

— Essa *sou* eu.

— Você detesta receber atenção... eu entendo. Mas eu detesto a forma como todas as pessoas te veem. Se isso me incomoda, sei que deve te incomodar também.

Minha nuca se arrepia, e minha coluna se empertiga. O Ethan nunca foi tão direto, e eu não gosto disso.

— Desculpa se não consigo ser perfeita como você. — Artilheiro da equipe de lacrosse, votado para o grêmio estudantil, popular... não sou eu. Assim como o resto dos meus irmãos fabulosos.

— Vamos lá — diz ele. — Não seja assim. Só estou falando o que você já sabe. Todo mundo pensa que você é quieta, tímida, um pouco fechada por causa dos ataques de ansiedade no ensino fundamental e...
— Ele diminui a voz e mexe no rótulo da cerveja. — E todos acham que você está doente.

Meu olhar salta até o dele.

— Não estou doente. — Não sou a Colleen.

Há uma raiva que eu não conheço crescendo em seus olhos.

— Eu também achei que não, mas aí eu segurei seu cabelo uns dias atrás, quando você vomitou no banheiro. Então, se não estava doente, o que você tinha?

— Eu não estava doente.

— E você diz que superou os ataques de pânico. Então, qual dos boatos é verdade? Você é a garota que passou um tempo no hospital no nono ano porque estava sempre doente, ou é a garota que passou um tempo no hospital porque teve ataques de pânico?

Detesto esta palavra: *doente*. Também detesto as palavras *pânico*, *medo* e *covarde*. Um nó se forma na minha garganta, e eu não consigo decidir se estou com raiva, magoada ou as duas coisas.

— Isso é golpe baixo.

— Mentir pra mim é golpe baixo.

Minha boca se abre, e nenhuma palavra sai. Parte de mim está louca para contar a ele. Para deixar alguém entrar no meu pesadelo pessoal, mas cheguei até aqui escondendo meu segredo e, se ele souber, será que vai contar para a minha mãe?

— Um ataque de pânico. Só isso.

— Você está mentindo, Rachel.

— Não estou.

Ele se inclina para frente.

— Está, sim.

Por causa da nossa relação, ele consegue ler minha cara de blefe como ninguém. O surpreendente é que, depois de dois anos, ele está começando a perceber a mentira apenas agora.

— Você consegue convencer a mamãe que não é uma garota obcecada por Cobras, você lê *Motor Trend*, escapa depois do jantar pra se lambuzar em graxa e ignora o horário de voltar pra casa pra poder dirigir o próprio carro. Se você consegue fazer isso, acho que é capaz de mentir pra mim sobre ter superado os ataques de pânico.

Bato a mão com força na mesa, e as pessoas próximas nos olham. Ethan acena para elas enquanto eu abaixo a cabeça, envergonhada.

— Você realmente quer a verdade? — sussurro.

— Desculpa, Rachel. Eu nunca soube que nós dois tínhamos parado de contar a verdade um pro outro.

Hipócrita.

— O que você faz na sua noite de anistia de gêmeos?

Um músculo perto de seu olho estremece.

— Mentir e omitir informações são duas coisas diferentes.

— Ótimo. A verdade? Nós dois sabemos que eu não posso ser eu. Essa outra pessoa não é o que a mamãe quer.

— Isso não tem a ver com a mamãe — ele sussurra de volta, de um jeito áspero. — Tem a ver com você e comigo.

Meu lábio inferior treme. Deixei meu irmão, meu melhor amigo, o meu único amigo, com raiva de mim. Ethan aperta a minha mão, depois me solta e deixa o assunto morrer.

— Não chora. Detesto quando você chora.

Ele termina a cerveja em dois goles.

— Você se pergunta como seria se a gente tivesse nascido em outra família?

Meu estômago dói com a verdade bruta da pergunta.

— O tempo todo.

— Rachel! — chama minha mãe. Quando ela tem certeza de que chamou minha atenção, faz um sinal para eu me aproximar.

Forço meu sorriso ensaiado.

— É por isso que eu não posso ser eu. Você consegue imaginar como as amigas dela iam reagir se eu falasse sobre afogadores e turbocompressores? Esses eventos... foi pra isso que ela teve outra filha. É por isso que estou viva.

Seguro meu vestido e me levanto. Ethan puxa minha mão, e eu sei que ele quer que eu olhe para ele, mas me recuso.

— Você faz a mamãe feliz, Rach. E nós te agradecemos por isso. Ninguém gosta quando a mamãe está triste.

Solto a respiração, procurando meu lugar feliz inexistente.

— Fico cansada de interpretar esse papel.

— Eu sei. — Ele puxa minha mão de novo, e desta vez eu cedo. Ele me dá seu sorriso brincalhão. — Nem eu sei o que é um afogador.

Dou um soco no braço dele, e meu sorriso fica relaxado quando ouço sua risada.

Minha mãe está linda em seu vestido justo vermelho de lantejoulas e o cabelo loiro preso para trás. Como sempre, ela é o centro do grupo. As pessoas são naturalmente atraídas para ela, e ela naturalmente adora a atenção.

A banda passou a tocar jazz, e os movimentos da minha mãe parecem fluir com o ritmo. Preciso ir ao banheiro, mas deixei passar tempo demais, na esperança de que a minha mãe levasse sua rede de contatos para longe da frente da tenda. Isso não aconteceu, então aqui estou — em pé e com a bexiga cheia, usando um vestido dourado, sendo observada por um grupo de mulheres de meia-idade. O sorriso fica mais difícil de manter.

— Oi, mãe — eu meio que sussurro e engasgo ao mesmo tempo. Existem olhos demais sobre mim.

— Essas são as senhoras da Fundação da Leucemia. Vocês se lembram da minha filha mais nova, a Rachel. — Minha mãe me lança um sorriso que eu achei que era reservado apenas para meus irmãos: um sorriso orgulhoso.

Todas elas comentam como é ótimo me ver e como estou linda e perguntam à minha mãe onde compramos meu vestido. Eu me balanço como um joão-bobo enquanto meus dedos suados se retorcem em minhas costas.

— Adorei o discurso que você fez na outra noite — diz uma senhora mais velha à minha direita. Seu perfume forte me atinge de um jeito ruim, e eu me concentro para não ter ânsia de vômito. Faço que sim com a cabeça, e o gesto a estimula a falar mais.

À esquerda e um pouco à minha frente, vejo uma mulher da idade da minha mãe tocando em seu braço. Minha mãe nos apresentou mais cedo: Meg é o nome dela, acho. Era a enfermeira particular da Colleen. As duas me encaram, e meu coração afunda ao perceber que devo ser o assunto da conversa.

— Você está certa — diz Meg para minha mãe. — Ela se parece com a Colleen.

A mulher à minha direita continua a falar sobre o discurso que eu fiz no evento da Colleen. Faço um contato visual breve, porque estou mais interessada em ouvir a minha mãe.

— Ela não é tão extrovertida quanto a Colleen — acrescenta Meg.

— Não — minha mãe responde com um toque de tristeza. — A Rachel é mais quieta. — Uma pausa muito dramática. — Mas o pai dela e eu estamos ajudando nisso. Ela melhorou muito nos últimos dois anos. E sozinha. — Percebo o orgulho. — Tudo sem terapia.

Sinto falta da terapia. Sinto falta de ter alguém com quem conversar, alguém que sente empatia pela sensação de entrar num ambiente e o medo e a ansiedade te consumirem até você não conseguir respirar. Mas o que eu não sinto falta na terapia é de como a minha família me considerava frágil, como se eu fosse fraca.

— A cada dia, ela me lembra um pouco mais a irmã — diz minha mãe.

Eu lembro a Colleen para a minha mãe. Eu devia ficar feliz. Estou me tornando o que ela quer. Mas, neste momento, eu quero chorar.

— Desculpe — interrompo a senhora mais velha, que ainda está tagarelando. — Preciso me retirar.

Isaiah

Estou em pé na beirada da mureta de tijolos decadente construída para proteger as pessoas de uma queda de nove metros. Ao longe, prédios altos reluzem e milhares de luzes brancas piscando circulam a cidade. Cada luz representa um bairro, uma casa, um lar, uma família, uma pessoa — pessoas que são queridas. É a última noite de dezembro e está fazendo uns dez graus. Ótimo para um cara sem casaco.

Quarenta e oito horas se passaram oficialmente desde que conheci a Rachel. Pensei nela: sua beleza, sua risada, o sorriso tímido, nosso beijo. Ela descobriu um buraco profundo no meu peito e, de alguma forma, o preencheu com sua existência. Agora ela foi embora, me deixando sozinho, me deixando vazio.

Olho ao redor do cenário panorâmico e sei que teria trazido a Rachel aqui. Este lugar está abandonado há décadas, e poucos se importam com o fato de que ainda é possível dirigir subindo a colina íngreme depois de retirar as frágeis barreiras de madeira.

Sessenta anos atrás, os adolescentes se agarravam aqui. A lenda diz que os mais corajosos tiravam racha na estrada sinuosa e brincavam de se arriscar no topo, onde não existem muretas. Quando me balanço no parapeito, eu me pergunto se os motoristas que voaram para a queda tentaram parar ou se estavam implorando por uma desculpa para acabar com tudo.

Eu teria adorado ver a expressão da Rachel quando olhasse a cidade daqui. Mas o Eric e a sua gangue estão observando todo mundo de perto enquanto procuram a Rachel e os dois universitários. Eu me recuso a ser o vínculo entre ele e a garota. Ela está mais segura sem mim. Ela está melhor sem mim. Além do mais, não é como se alguma coisa fosse acontecer entre nós.

O movimento no arbusto chama minha atenção, então me viro e vejo uma sombra emergir.

— Você é muito previsível — diz Abby. Eu finalmente identifico sua fisionomia quando ela se junta a mim na mureta. Como sempre, ela está vestindo moletom azul justo com capuz e uma calça jeans ainda mais apertada.

Tenho um milhão de perguntas, mas fico com a mais importante.

— O que você tá fazendo aqui?

— Tradição, seu babaca. — Sem se importar com o fato de que nove metros abaixo só existem rochas afiadas, ela senta na mureta e balança as pernas sobre o penhasco. — Tenho um presente pra você.

Ainda com raiva de ter perdido o dinheiro do aluguel, inclino meu corpo para longe dela.

— Vai embora, Abby.

— Corta essa. Aquilo foi um negócio. Isso aqui é amizade. Você quer o presente ou não?

Nós dois temos um relacionamento estranho. Eu e a Abby nos conhecemos quando tínhamos dez anos. Meu pai adotivo da época costumava me levar para a oficina mecânica em que eu trabalho agora, e ela costumava brincar no beco atrás da garagem. Criamos uma amizade que nunca acabou e nunca deixou de ser estranha. A Abby é o relacionamento mais longo que eu já tive com alguém, o que a torna especial.

Especial significa que eu aguento as merdas dela. Com um suspiro, eu me sento, deixando vários centímetros entre nós.

— Como foi que você chegou aqui?

Ela coloca a mão no bolso do moletom.

— Pedi pra um cliente me deixar perto e depois pedi carona.

Um cliente significa um comprador, porque ela é uma vendedora.

— Você não devia entrar no carro deles.

— Não se preocupa, papai. Eu normalmente não entro. Mas esse cara é tranquilo.

— O que significa que você definitivamente devia tomar cuidado. Imagem não quer dizer nada. — O que as pessoas projetam para o mundo nunca mostra o que está escondido lá dentro.

— Você gostou dela, né? — pergunta Abby, ignorando o que eu disse.

— Da coelhinha fofa e bonitinha?

Não respondo nada e observo o lado nordeste da cidade. Ela está em algum lugar ali. Será que a Rachel está feliz por eu não ter ligado, ou será que eu parti o coração dela? Por mais que eu odeie a ideia, espero que ela esteja aliviada. Ela merece coisa melhor do que eu.

— Sabe o que eu acho interessante? — pergunta Abby.

— O quê?

— Que você ainda mente para o Noah sobre aonde vai na noite do Ano-Novo.

— É coisa minha. Não dele.

— Também acho curioso que a Coelhinha Fofa não esteja aqui com você, já que você gostou tanto dela.

— Eu nunca trouxe a Beth aqui — digo na defensiva.

— Você nunca sorriu pra Beth como eu vi você sorrir pra ela.

Eu me remexo, desconfortável, porque a Abby viu uma coisa tão íntima entre mim e a Rachel.

— Você disse que tinha um presente.

Ouço o plástico roçando na mão dela e, como a Abby carrega pouca coisa, deve ser um saquinho de maconha.

— Paciência, Gafanhoto. Se vou dar esse tipo de presente, quero saber se é por uma boa causa. Me responde sobre a garota.

Inundado pela vontade de contar para alguém, puxo o brinco inferior.

— É. Eu gostei dela. — Porque dizer isso torna a situação real, e foi real mesmo. — Mas, mesmo gostando, a gente só poderia ser amigo.

Ela está em silêncio, exceto pelo barulho do sapato batendo ocasionalmente na mureta de tijolos.

— Eu gostei de um cara no ano passado, mas despachei depois de uns dias. Ele vinha de um lar bacana e era um cara legal. Às vezes é melhor a gente deixar os bons partidos irem embora, sabe?

Seus pés continuam batendo na mureta. Abby não é de falar muito, então essa declaração deve ter custado muito para ela.

— É. Eu sei.

— Ouvi dizer que você precisa de dinheiro — diz ela.

Isso chama minha atenção.

— Quem disse?

— Ninguém. — Abby dá um sorriso forçado. — Você não participa de corridas de rua e participou de uma. O único motivo que eu consegui pensar foi que você está sem grana.

— Quer devolver o meu dinheiro?

— Claro que não.

Tenho que respeitar a garota por isso.

— Sei de alguém que tá interessado nas suas habilidades com carros, Isaiah. Ele está te observando faz um tempo e paga bem.

— Seu amigo dá recibo de autônomo?

Abby dá uma risadinha.

— Mil pratas em dinheiro pra cada carro que você roubar. Você só precisa de um estacionamento cheio de carros e do seu talento para fazer ligação direta.

— Não estou interessado.

— Se mudar de ideia...

— Não vou mudar. — Não estou interessado em me tornar um criminoso. Depois que você entra para o mundo da ilegalidade, alguém em algum lugar vira seu dono.

Ela pega um baseado no saquinho.

— Esse é o último do meu estoque. Depois que acabar, juro que não vou mais vender durante o resto do ano.

Promessa fácil, já que só faltam alguns minutos para o novo ano começar. Abby não é fã do que faz, mas é boa no negócio e nas vendas. Se ela conseguisse sair da maldita rua, provavelmente se tornaria alguém.

— Você não precisa vender — digo.

— Você não precisa correr nas ruas.

Entendi a mensagem.

Abby encara as luzes piscantes da cidade.

— Vi o meu pai hoje. — Percebo o sofrimento na sua voz.

Meu coração dói por ela. Antes que eu consiga pensar em alguma coisa para dizer e fazer a garota se sentir melhor, ela continua:

— Eu ia dividir isso com você, mas agora acho que não quero. — Abby me dá o baseado. — Pode ficar com ele.

Reviro o baseado entre os dedos: fino e com cinco centímetros de comprimento. A primeira vez que fumei foi no oitavo ano, e detestei a perda de controle. Mas, depois de andar com as pessoas que eu conhecia e de sobreviver nas casas onde morei, aprendi rapidamente a me misturar e me adequar. É incrível como você consegue convencer as pessoas só de encostar um baseado nos lábios.

— Tem certeza que não quer?

Ela balança a cabeça. Coloco o baseado entre o polegar e o indicador e o jogo na queda de nove metros. Abby bate palmas.

— Muito bom. — Ela uiva e depois grita: — Feliz Ano-Novo, natureza. Pega essa merda de volta.

Abby fica em silêncio. Em algum lugar ao longe, lá embaixo, ouvimos vidro se quebrando. Provavelmente uma casa sendo invadida. A parte triste é que nenhum de nós estremece.

— Eu sabia que você estava limpo — diz Abby. — Retiro o que eu disse: não que você seja limpo, mas que você não pega tão pesado quanto todo mundo pensa.

— Eu sei — respondo. Abby é a única pessoa que sempre soube. Quando todo mundo estava mais alto do que pipas, ela olhava ao redor e percebia que eu estava sóbrio, porque ela também estava.

— Se eu tivesse pedido, você teria fumado comigo — diz ela.

Faço que sim com a cabeça. Porque ela não ia querer fazer isso sozinha, e porque o único motivo para ela fumar seria a dor intensa de ter visto o pai.

— Eu teria dado um tapa. — Um. Porque isso é o meu máximo com qualquer pessoa.

O celular dela apita.

— Um minuto para o Ano-Novo.

Eu a encaro em choque.

— Você ativou o alarme?

Abby ergue o rosto para o céu.

— Talvez o próximo ano seja melhor. — Ela diz isso desde sempre. Coloco a mão no bolso da calça e pego um isqueiro. Abby sorri porque sabe o que estou prestes a fazer. — Quer que eu faça a contagem regressiva? — pergunta ela.

— Você que sabe.

Abby observa o celular e conta de dez a dois. No instante em que ela diz um, acendo o isqueiro e seguro a chama na noite.

É isso aí, mundo: mais um ano se passou e eu ainda estou aqui, porra.

Rachel

Dormi demais. Na noite passada, demorei para pegar no sono porque minha mente repassou os eventos das férias de inverno. Eu estava preocupada com o Isaiah e o Ethan e o colégio e a minha mãe e as mentiras e... o Isaiah. Como sempre, o sono acabou chegando, mas não sem consequências.

Estou atrasada. Não atrasada de verdade, do tipo as-aulas-vão-começar-daqui-a-pouco. Mas atrasada do tipo tenho-uma-rotina-e-não-vou-seguir. West chama isso de superstição. E eu o chamo de idiota. Meus dias são melhores quando sigo a tradição: uma maçã e uma fatia de torrada no café da manhã, ver os primeiros minutos do noticiário matinal, verificar a mochila duas vezes, dirigir até o colégio e ficar sentada no carro durante cinco minutos antes de caminhar até o prédio.

Minha mãe me parou ontem e eu perdi o café da manhã. Esse desvio criou um efeito bola de neve que terminou comigo tendo que ler um poema em voz alta na aula. Eu mal consegui esconder o pânico que me invadiu, e detestei como os olhos agora observadores do Ethan perceberam o modo como o calor subiu pelo meu pescoço.

Com um suéter por cima do uniforme do colégio, saio correndo do banheiro, pego meus livros espalhados na cama e tento enfiá-los na mochila enquanto desço correndo a escada em espiral.

Vozes altas ecoando do escritório do meu pai me fazem parar no meio da descida.

— De novo? — grita meu pai, e meu estômago afunda. É o West. Meu pai só grita assim com o West. — Quatro brigas desde que o ano letivo começou. Quando é que isso vai acabar?

As brigas. O arranhão na armadura perfeita do meu irmão. Sinceramente, o West entrou em muito mais do que quatro brigas no colégio desde o começo do ano letivo, mas essas foram separadas por uma autoridade. Só Deus sabe em quantas ele entrou fora dos muros da escola. O West é um cara bastante tranquilo, mas, quando alguém força demais a barra, ele não costuma ficar quieto. Parte de mim inveja essa falta de medo.

— A briga foi na semana passada — responde West, num tom baixo. — Sua secretária acabou de te contar, ou só agora você conseguiu me encaixar na sua agenda? — Minha mãe deve ter saído, já que eles estão discutindo tão abertamente.

Um dos livros que estou tentando enfiar na mochila escapa da minha mão e, em câmera lenta, escorrega pelos meus dedos. Em vez de cair na direção da mochila, ele se inclina para longe de mim, cai e começa uma queda rápida pelos degraus, com um *tum* barulhento de cada vez até anunciar sua entrada triunfal no hall com um *BAM!* ressoante.

Minha coluna endireita com o silêncio incomum, e eu não tenho dúvidas de que chamei a atenção do meu pai e do West.

— Rach? — Meu pai chama do escritório, no andar de baixo. — Tudo bem?

Respiro fundo para me acalmar. Ele nem precisa olhar para saber que sou eu. Ninguém mais na minha família cometeria um ato tão desastroso. Desço correndo as escadas e paro na entrada ampla do escritório.

— Só fui desastrada.

Os lábios do meu pai tremem como se ele quisesse rir, como se eu fosse uma palhaça em um espetáculo. Como ele consegue mudar de emoções tão rapidamente eu nunca vou saber, e desejo, cheia de inveja, que ele compartilhe seu segredo. Provavelmente é por isso que ele nunca entendeu por que eu não conseguia controlar os ataques de pânico.

Quando demonstro estar incomodada, o tremor no lábio para. Ele lembra que odeio que riam de mim — e odeio o fato de ele lembrar.

Dou uma olhada para o West, que enfia as mãos nos bolsos e encara o chão. Minha mãe não sabe das vezes em que o temperamento do meu irmão o venceu. West consegue fingir perfeição, enquanto eu sempre erro de um jeito excruciante.

— Talvez eu devesse fazer teste para um circo — digo, para aliviar o clima. — Eu seria uma ótima malabarista de porcelana.

E funciona. Meu pai ri... de mim.

— Ainda bem que seu nome do meio não é Graça.

Mantenho o olhar entre West e meu pai, enquanto West sai do escritório e eu o observo.

Meu pai se afasta da enorme mesa de carvalho, fica de pé em seu um metro e oitenta e faz um gesto para eu me juntar a ele. É assim que o Ethan vai ser um dia: alto, cabelo castanho-escuro, olhos castanhos ainda mais escuros e cheio de confiança. Minha mãe disse que se apaixonou pelo meu pai no instante em que o viu na orientação na faculdade.

Ele senta em uma das duas poltronas em frente à sua mesa e indica que devo ocupar a outra. Giro a pulseira de ouro uma vez. Tenho uma rotina, e ele está estragando tudo.

— O cara provocou o West. — Isso tinha que ser dito. — Ouvi falar isso no colégio e...

— Não quero falar sobre o West.

Mais um giro na pulseira. West e meu atraso iminente estão concorrendo por atenção na minha cabeça.

— A mamãe saiu?

— Ela saiu cedo para um café.

Eu devia estar tomando meu café da manhã. Por que ele não me deixa sair e continuar com a minha rotina?

— Eu queria dizer que estou orgulhoso de você — diz ele. Apesar da tensão da manhã, tudo dentro de mim explode de alegria. — O que você fez no evento de caridade da semana passada foi sensacional. Se você me dissesse, dois anos atrás, que ia fazer um discurso em público, eu não teria acreditado. Você me surpreendeu, Rachel, e me deixou orgulhoso.

Meu sorriso vai durar uma semana.

— Obrigada.

Meu pai se inclina para frente, apoia os braços nos joelhos e junta as mãos.

— Você sabe como perder a Colleen foi difícil pra sua mãe e pra mim.

Minha alegria se esvai, me fazendo sentir frio. Como eu poderia esperar algo diferente? Estou aqui para ele poder recitar o mesmo discurso de todo janeiro. Olho para os porta-retratos na prateleira atrás da sua mesa. Existem mais fotos da Colleen do que dos outros. Eu devia saber. Eu as conto desde que tinha seis anos.

— Sei.

— E você sabe como essa época do ano é difícil pra sua mãe.

Faço que sim com a cabeça. O aniversário da Colleen era no dia 28 de dezembro. O baile de caridade e as diversas festas de fim de ano mantêm minha mãe ocupada, mas, depois que os enfeites de Natal são guardados e as doações são contabilizadas, ela cai numa espiral de depressão que dura um mês.

— Depois que a Colleen morreu, eu não tinha ideia de como a sua mãe ia conseguir seguir em frente, mas aí ela descobriu que ia ter você: uma menina. O dia do seu ultrassom foi a primeira vez que eu vi sua mãe sorrir depois de meses. Você sempre deu esse impulso extra pra ela.

Pisco duas vezes para meu pai não ver as lágrimas. Será que ele tem ideia de como odeio esse sermão e o papel que desempenho na família? Estou cansada de ser a substituta da Colleen.

Meu pai me dá um sorriso forçado surpresa.

— Você me lembra muito a sua mãe.

Inclino a cabeça, chocada com essa reviravolta no velho discurso.

— Sério? — Eu daria qualquer coisa para ser como ela. Ela é linda e equilibrada e corajosa. Meu coração para com uma pontada de dor. O Isaiah me chamou de corajosa.

— É — diz ele, enquanto seu sorriso aumenta. — E a Colleen também.

Esfrego a testa para ele não ver a dor grudada em meu rosto. O que vai acontecer se um dia eles descobrirem que não sou nada parecida com a Colleen?

— Feminina da cabeça aos pés. Eu não conseguia manter a Colleen longe da maquiagem, e a sua mãe gosta mais de ser mulher do que qualquer pessoa que conheço.

E meu pai adora tratar minha mãe como uma rainha. Meus olhos vão para a foto da Colleen aos oito anos, vestida de Cinderela e posando perto do castelo na Disney. Quando eu tinha oito anos, fiz minha mãe chorar quando insisti para ir com meus irmãos na Space Mountain em vez de fingir que era uma princesa idiota. Até hoje eu odeio o lugar mais feliz da Terra.

Meu pai continua:

— Apesar de ser o aniversário da sua irmã, sua mãe teve um dia ótimo na semana passada. Ela gostou de passar um tempo com você.

Ele está se referindo às horas que passamos no spa, na preparação para o baile de caridade. Afinal, essa não é uma reviravolta na história, é apenas um jeito novo de dizer as mesmas coisas de sempre. Para ajudar minha mãe a superar a depressão prestes a chegar, meu pai vai me dar folga do colégio, como faz todo mês de janeiro desde que eu tinha dez anos, e me mandar com a minha mãe para Nova York durante uma semana, com tudo pago, com direito a compras e massagem para relaxar no fim do dia.

Não sou fã de compras. Prefiro enfiar pregos na cabeça a ter alguém lixando minhas unhas do pé. E não poderia me importar menos com o nome do estilista que criou uma roupa. Fingir que estou me divertindo fabulosamente num ambiente que me parece tão estranho quanto a vida em Marte é exaustivo, mas o tempo que passamos juntas alegra minha mãe. Isso já vale a viagem, e às vezes eu levo alguma vantagem. No ano passado, consegui encostar numa Ferrari.

— Ok — digo, dando o golpe preventivo. — Quando partimos?

Meu pai pisca.

— Desculpa, não vai ter viagem para a Big Apple este ano.

Oba!

— E a mamãe?

— Acho que estou lidando de um jeito errado com a sua mãe. O baile de caridade a mantém ocupada em dezembro, mas ela precisa desse sentimento o ano todo. Na festa de Ano-Novo, conversei com a diretora da Fundação da Leucemia, e eles concordaram em dar um cargo de arrecadação de fundos pra sua mãe.

É como se alguém tivesse tirado duzentos quilos do meu peito.

— Isso é ótimo.

— É mesmo. — Ele aponta para mim. — Mas sua mãe só vai aceitar o cargo se você fizer isso com ela. Você abriu vários talões de cheques com seu discurso na semana passada. Ela quer conseguir mais dinheiro pra financiar as pesquisas sobre a doença que levou a sua irmã, e ela quer que você faça os discursos.

O peso volta com um golpe esmagador sobre a minha cabeça. Esse é um exemplo excelente de por que eu nunca devia me desviar da rotina.

Isaiah

Enquanto espero no estacionamento do colégio, meus dedos deslizam pelo pônei gravado no volante e meus pensamentos se voltam para Rachel. Três horas — o tempo que passei com ela. Não foi muito, mas havia alguma coisa nela, um brilho que a tornou... inesquecível.

Não entendo por que ainda penso nela. Três horas com uma pessoa não são suficientes para conhecê-la, mas ela não se encaixa em nenhum clichê ou contexto. É como se ela fosse um mistério que eu estava prestes a resolver, mas então fui afastado do caso.

O maldito sol nem nasceu ainda, e as aulas começam daqui a pouco. Sete horas de tortura me esperam. Eu preferia estar na oficina, trabalhando no Chevelle que um cara levou na noite passada. Que inferno, eu preferia trabalhar num Ford Focus. Preferia estar com a Rachel.

Meus olhos escapam para seu número, que está no porta-copos. Ela escreve exatamente como eu esperaria que uma garota como ela escrevesse: letra feminina redonda e tinta cor-de-rosa. Balanço a cabeça. Quem é que mantém uma porra de uma caneta cor-de-rosa à mão? A Rachel. Ela mantém. Ela faz isso, e eu gostei disso nela.

Um músculo em meu maxilar se contrai e minha mão esquerda agarra o volante. Todo mundo nas ruas sabe que o Eric está procurando por ela e por aqueles dois universitários babacas. Ninguém além da Abby sabe que saí da corrida com a Rachel nem do dinheiro que dei à Abby para comprar seu silêncio. Contanto que eu fique longe da Rachel, ela nunca vai ser encontrada.

A porta do meu carro geme quando a abro, e faço uma anotação mental para colocar óleo na filha da puta quando for trabalhar mais tarde.

— Isaiah!

Um fluxo nervoso de adrenalina invade minhas veias quando ouço a voz da Echo. Saindo do lado do carona do carro do Noah, ela me chama de novo. Vou imediatamente na direção dela. Foda-se a escola. A Echo e o Noah são minha família.

Com os braços cruzados na frente do corpo e os cachos vermelhos caindo no rosto, Echo coloca um pé na frente do outro, num movimento hesitante na minha direção. Noah fica perto do carro. Olho para ele, esperando uma pista da merda que está acontecendo, mas ele não me diz nada enquanto fica recostado no para-lama. Seu olhar vai até a Echo e, por um segundo, vejo um brilho de preocupação no seu rosto.

— Echo — digo assim que ela se aproxima. — O que aconteceu?

Minha mente dispara pensando nas possibilidades. Ela falou que o irmãozinho tinha demonstrado alguns sinais de alergia. Será que ele está doente? É a sua mãe fodida? Será que ela tentou machucar a Echo de novo?

Ela afasta o cabelo e expõe os olhos injetados de sangue.

— Estou tentando falar com você desde ontem à noite. Por que você não foi pra casa?

Olho de novo para o Noah. O fato de eu passar a noite fora nunca foi um problema. Noah é o meu melhor amigo, não minha babá.

— Trabalhei até tarde e apaguei na oficina. — Tudo num esforço inútil para apagar a Rachel da minha mente.

O pé da Echo batuca no asfalto enquanto ela passa as mãos nos braços.

— Tentei o seu celular.

— Está morto. — Porque eu queria matar a tentação de ligar para a Rachel.

Echo joga a cabeça para trás e inspira fundo.

— Fiz uma merda e eu sinto muito. Sinto muito mesmo. Mas ela não pode contar pra ninguém. Eu garanti isso. Deixei escapar na minha sessão de ontem, e o que é dito durante a sessão é confidencial. Eu a ameacei... se ela falar pra alguém, eu denuncio.

Meu estômago começa a cair numa espiral. Eu odeio o que vai acontecer.

— Você disse o que e pra quem?

— Sem querer eu contei pra sra. Collins que você está morando com o Noah. Desculpa, Isaiah.

O tapa das palavras me faz dar um passo para trás. Merda. A Echo contou para a terapeuta dela, que é orientadora no meu colégio, que eu não estou morando com a minha família adotiva. Todos os músculos que eu tenho se contraem de raiva.

Sua voz falha, e ela passa a mão sobre os olhos.

— Sinto muito mesmo. Juro por Deus que eu denuncio se ela disser uma palavra. Juro.

Outra lágrima escorre pelo seu rosto. A Echo está falando sério, apesar de a sra. Collins ser a única pessoa que pode ajudá-la a lidar com seus problemas. Estou puto. Sem dúvida. Mas famílias se apoiam.

— Vai dar tudo certo — digo a ela, apesar de não ter ideia se essa declaração é verdadeira. Perdoar a Echo não apaga o fato de que ela pode ter destruído a minha vida. — E, se não der, eu conserto.

Como a Echo é uma garota sentimental, ela me abraça. Eu a abraço de volta ao mesmo tempo em que encontro o olhar do Noah. Ele entende que a namorada dele e eu nos amamos como irmãos. Noah faz um sinal de positivo com a cabeça, e eu faço o mesmo. Como diabos eu vou sair dessa?

Rachel

— Sabe do que eu preciso? — Eu me afasto do capô do suv do West e limpo os dedos numa estopa, com cuidado para não encostar na minha roupa. O West me trouxe até aqui depois do jantar, para a enorme garagem "das crianças", alegando uma emergência de vida ou morte.

— De uma vida? — West, meu irmão, que é quase um ano mais velho que eu, se apoia no meu Mustang. Com a calça jeans larga e uma camiseta preta de marca, ele se encaixa perfeitamente em alguém que quer ser parte de um gueto suburbano.

— Desencosta do meu bebê.

— É um carro, Esquisitossaura. Você tem noção que a maioria dos caras não são obcecados como você? — Como sabe que estou falando sério, West se afasta do carro.

Solto a estopa e bato o capô.

— Não vim aqui pra ser insultada. Vai lá dentro, engatinha até o papai e diz pra ele que você esqueceu de trocar o óleo de novo, e vamos ver como essa história acaba.

West tira o boné da cabeça e bate com ele na perna.

— Merda. O óleo. Esqueci de trocar. Foi por isso que a luz acendeu.

Pego meu casaco e estou estendendo a mão para abrir a porta quando ele entra no meu caminho.

— Eu estava brincando. Você sabe. Eu provoco, você cai na pilha. É o nosso jogo.

Deslizo para a direita.

— Cansei de jogar.

Ele me imita.

— Não, você não pode ir embora. O papai vai ficar puto se descobrir que eu não troquei o óleo de novo. Você já viu como ele é comigo. Vamos lá, Rach. Seja boazinha. Você sabe que é a minha irmã preferida.

— Sou sua única irmã. — Bom, a única viva.

— O Gavin é meio feminino.

Dou uma risada.

— Não é, não.

West dá um sorriso safado. Eu rio, então ele sabe que está ganhando.

— Por favor, você já viu as sobrancelhas do cara? Não é normal pra um homem. Aposto dez dólares com você que ele depila.

Sem querer me render, suspiro e cruzo os braços.

West cai sobre um joelho.

— Por favor, Rach. Por favor. Estou implorando.

— Tá bom.

— Ótimo. — Ele se levanta num pulo, rouba meu casaco de mim e coloca o boné na cabeça virado para trás.

— Com uma condição — digo.

— Pode falar.

— Troca o óleo. Regularmente. Você não precisa esperar a luz acender no painel e não tem que deixar até estar quase totalmente seco. Não é tão complicado. A cada cinco mil quilômetros ou a cada três meses. Eles colocam um adesivo de lembrete no topo do para-brisa.

— Tá, claro. Que seja. — E nós dois temos consciência de que teremos essa mesma conversa daqui a alguns meses.

Abro o armário e vasculho algumas caixas para encontrar os filtros de óleo extras que comprei para o SUV dele.

— Se eu tivesse um leitor de diagnóstico, poderia te dizer se tem outro motivo pra luz de manutenção ter acendido.

West senta no capô do meu carro, e eu jogo uma estopa nele.

— Pelo amor de Deus, sai do meu carro. Se encostar nele de novo, eu quebro o seu motor.

— Desculpa. — Arrependido, West vai para o outro lado da garagem que minha mãe e meu pai construíram para abrigar os carros dos meus irmãos e o meu. Nossos pais são os únicos autorizados a usar a garagem ligada a casa. — Achei que você tinha dito que eu só precisava de óleo.

— Sim, mas você pode ter estragado outras coisas, porque o carro precisava de óleo fazia muito tempo.

West se apoia na parede, e eu digo uma coisa para deixá-lo feliz.

— Não se preocupe. Vai ficar tudo bem.

A esperança se espalha pelo seu rosto.

— Você consegue consertar?

— É, consigo. — Com o filtro novo na mão, reabro o capô e começo a tarefa de salvar o SUV do West. — Mas o leitor seria legal pra quando for alguma coisa além da troca de óleo esquecida.

O celular do West apita, e ele o pega para ler uma mensagem.

— Você devia ter pedido de aniversário ou de Natal.

— Eu pedi — resmungo, mas West está concentrado demais digitando a resposta no celular para me ouvir. Pedi o leitor com algumas coisas "de menina", esperando que meus pais não percebessem e simplesmente marcassem o item na lista quando fossem fazer compras, mas isso não aconteceu. Eles me compraram um novo e-reader e joias. Nada de leitor.

O tique, tique do West digitando no celular continua à minha direita.

— Ouvi dizer que o papai te pediu pra trabalhar com a mamãe na Fundação da Leucemia.

Será que alguma questão da minha vida não é assunto na família?

— É.

— Você sabe que ela só vai aceitar o cargo se você concordar em fazer discursos.

— É — digo mais baixo. Odeio a culpa que se espalha nas minhas entranhas.

— E você também sabe que — diz ele numa voz feliz demais —, se assumir o cargo, ela vai ficar com aquele jeito maníaco de estou-planejando-alguma-coisa o tempo todo.

E eu vou estar constantemente à beira de um ataque de pânico e vou ter que esconder isso constantemente. Com esse tipo de ataque, eu vomito. E vomitar foi o que me levou para o hospital uma vez.

Como não digo nada, West continua:

— Ela vai ficar feliz. — Ele faz uma pausa. — Só estou comentando.

Inspiro profundamente. Por que a felicidade da minha mãe sempre depende de mim?

— Você já deu uma resposta pro papai?

— Não. — Eu queria dizer não para o meu pai, mas não consegui. Mas também não consegui dizer sim. Como uma covarde, escapei quando o telefone do meu pai tocou inesperadamente. Mais tarde, meu pai disse que me dava até sexta-feira para pensar no assunto. Estamos na noite de quarta, então eu tenho mais um dia até o fim do prazo. Gavin e Jack me caçaram depois para me dar a opinião deles sobre o assunto, ou seja, superar meu medo de falar em público e trabalhar com a minha mãe.

— Você devia fazer isso, Rach — diz West com os dedos ainda se mexendo no celular.

Levanto a cabeça e jogo o cabelo para liberar meu ouvido.

— O quê? O que foi isso? Eu ouvi o papai te chamando?

— Tá bom. Retiro o que eu disse. — West enfia o celular no bolso da calça jeans. — Meu carro vai ficar pronto até sábado? Tenho um encontro.

Quando é que o West não tem um encontro?

— Com quem?

Mexendo nas ferramentas, meu irmão pega uma das minhas catracas e a gira, fazendo um som em espiral.

— Uma garota que eu conheci na aula de francês.

Claro que ele sabe o nome dela. Quer dizer, ele chamou a garota para sair, e suponho que era com ela que ele estava conversando por mensagem. Coloco a chave para filtro de óleo e hesito.

— As garotas com quem você sai significam alguma coisa?

— Significam alguma coisa? — Ele encara o nada por um instante. — Não sei. Talvez. Gosto mais de umas do que de outras.

Meu rosto queima, e eu preciso esfregar os olhos, mas, se fizer isso, vou espalhar graxa na pele, e a minha mãe vai saber que eu andei "mexendo naqueles carros de novo". Ela tenta entender meu fascínio, mas eu sempre vejo a decepção nos olhos dela. Então eu escondo minha paixão e converso sobre algum assunto que li numa de suas revistas de moda. Minha mãe adora moda.

Pergunto tão baixinho que, se o West não escutar, vou saber que não era para ele responder.

— Você já falou pra uma garota que ia ligar e nunca ligou?

O som em espiral da catraca para, e o peso do silêncio me faz levantar o olhar. Incomumente solene, ele me encara.

— Que papo é esse?

Eu me concentro de novo no filtro.

— Nada.

— Não. — Os tênis do West gemem no piso de concreto enquanto ele se aproxima de mim. — Isso é alguma coisa. Você anda carregando o celular pra todo lado como... como uma adolescente normal, em vez de deixar no quarto, como sempre. E você anda agindo de um jeito estranho desde o baile de caridade. Você conheceu algum cara? Ele não te ligou?

Faço força com a chave, mas o óleo no filtro criou uma superfície escorregadia.

— Faz alguma coisa de útil e pega aquele cárter. O óleo vai escorrer quando eu abrir isso aqui.

Com uma bufada, West faz o que eu peço e se inclina sobre o motor perto de mim.

— Quem é, Rach? Quem é o babaca que não te ligou?

— Ninguém. — Só um cara muito gostoso que me deu o meu primeiro beijo. Trinco os dentes e coloco toda a minha força na chave.

— Me diz quem é. Eu vou comer o rabo dele. — A pura maldade no seu tom me dá arrepios. West tem um temperamento muito esquentado quando é pressionado, e ele sabe dar uma surra quando alguém ultrapassa os limites. Mas eu nunca acreditei que ele machucaria um cara por mim... até agora. — É o Brian? — A raiva dentro dele cresce como uma bola de neve. O cárter treme na sua mão. — Eu vi ele falando com você na festa. Se for, fica longe dele. O cara é um canalha.

Abro a boca para lhe dizer que tipo de amigos ele tem, já que foram eles que me levaram para a corrida de arrancada e me deixaram sozinha para me defender. Mas aí lembro que ele iria me crucificar se soubesse que eu andei com aqueles caras, participei de uma corrida, fugi da polícia e beijei um cara quando nós dois estávamos sozinhos no apartamento dele.

West movimenta o cárter para pegar o óleo vazando enquanto tiro o filtro antigo.

— Não tem cara nenhum, tá bom? Só estou curiosa. Você sai com tantas garotas, e eu fiquei me perguntando se você liga pra todas elas. — Limpo a tampa do filtro e termino o que preciso dizer. — E o que significa quando você não liga.

Meu irmão fica estranhamente calado enquanto eu termino de trocar o filtro velho pelo novo e reponho o óleo. Quando faço um sinal com a cabeça de que ele pode afastar o cárter, West finalmente responde:

— Não ligo de volta pras que eu não gosto.

Meus lábios se curvam para baixo, e uma dor se espalha no meu peito. Jogo o filtro velho no lixo, pego as chaves do West na bancada de ferramentas e abro a porta do motorista para dar partida no motor e ver se há algum vazamento. Eu queria estar sozinha agora.

— Isso era tudo o que eu precisava saber.

West começa a dizer mais alguma coisa, mas eu viro a chave na ignição e bombeio a gasolina para que o barulho alto do motor em movimento abafe sua voz. As palavras do West confirmaram o que eu já sabia pelo silêncio: o Isaiah nunca gostou de mim.

Coloco a mão no bolso e desligo o celular. Por que continuar esperando uma ligação que nunca vai chegar?

Isaiah

A sra. Collins esperou até quinta-feira para me arrancar da aula. Apesar de eu não ficar surpreso com o chamado, o atraso me pegou desprevenido. Entro no escritório principal e congelo quando vejo a pessoa sentada na sala dela. Meu coração para. *A vaca chamou a minha maldita assistente social.*

No meio da frase, Courtney me vê e grita imediatamente:

— Nem pense em fugir, Isaiah. — Seu cabelo loiro esvoaçante transmite aquele efeito cavalo-de-corrida-puto-da-vida de novo.

Preciso reconhecer, ela sabe o que estou pensando. Jogo meus livros na fileira de cadeiras alinhadas na parede e vou até o escritório da sra. Collins. A probabilidade é de que eu não precise mais dessa merda. Um erro como esse significa ir para um lar comunitário. Não que eu fosse deixar a coisa chegar tão longe. Vou fugir antes que alguém me obrigue a colocar os pés num inferno assim.

Depois que eu entro, me apoio na parede perto da porta. A sra. Collins, uma versão de meia-idade da Courtney, gira de um lado para o outro na cadeira executiva enorme. Pilhas inclinadas de papel se amontoam na mesa e parece que vão cair. Essa mulher tem a habilidade de organização de um colecionador.

— Quer sentar? — pergunta a sra. Collins com um sorriso agradável.

— Não. — Cruzo os braços. A única cadeira disponível é a que me deixaria com a saída bloqueada. Só estou interessado na facilidade de sair.

— Isaiah, você devia sentar... — começa a Courtney, mas a terapeuta da Echo interrompe.

— Tudo bem. Pode ficar em pé.

Claro que eu posso.

— O que você quer?

Courtney se balança na beirada da cadeira, como se estivesse pensando em se juntar a mim perto da parede. Ela odeia quando eu fico em pé e ela está sentada.

— Você não retornou nenhuma das minhas ligações.

— E daí?

— E daí? Meu trabalho é ficar de olho em você. Quero ter certeza que você está bem.

— Você me encontrou. — Faço um movimento de "tã-dã" com as mãos. — Estou vivo. Posso ir?

Courtney é uma coisa minúscula. Ela se mexe na cadeira de modo que seus joelhos ficam inclinados na minha direção.

— Sua mãe ainda quer conversar.

Meus braços caem na lateral do corpo e eu me afasto da parede.

— Minha mãe pode ir à merda.

A cadeira da sra. Collins geme quando desliza em direção à mesa.

— Isaiah, a Courtney está aqui porque eu pedi pra ela vir por causa de um assunto escolar. Se você não quer falar sobre a sua mãe, não precisa.

— Mas... — Courtney lança um olhar confuso para a sra. Collins, e até eu percebo o sacudido sutil da cabeça da psicóloga.

A sra. Collins pronuncia destacadamente as palavras num tom suave.

— Ele não precisa.

E não vou.

— Pedi ao sr. Holden para se juntar a nós — continua a sra. Collins.

— Ele deve chegar em instantes.

Tentando não demonstrar que estou desesperadamente curioso para saber por que a sra. Collins está envolvendo meu instrutor automotivo, volto para a posição apoiada na parede.

A sra. Collins batuca com um lápis na mesa.

— Como foram as férias de inverno, Isaiah?

Noah me alertou sobre essa mulher. Quando ele foi chantageado para fazer terapia no ano passado, ele disse que ela gostava de torturá-lo com perguntas.

— Ótimas.

— Que bom! — O lápis continua batendo na mesa. — Como está o Noah?

— Ótimo.

— Fantástico. E você o viu recentemente?

E é aí que percebo: a sra. Collins não contou a uma alma viva sequer que estou morando com o Noah. Essa reunião toda é um blefe.

— Sim.

— Quando?

— Hoje de manhã.

Seus olhos se iluminam.

— Você viu o Noah tão cedo? Você estava na casa dele?

— Não. — Eu estava na nossa casa. — Também vi a Echo.

O lápis para de batucar.

— E como está a Echo? Ela tinha alguma coisa interessante pra te dizer?

Dou de ombros.

— Nada. Exceto que ela não gosta de dedo-duro.

Uma sombra atravessa seu rosto, mas ela se recupera bem.

Courtney alisa o rabo de cavalo.

— Por que estou com a impressão de estar perdendo alguma coisa aqui?

O som grave de um apontador de lápis no escritório principal preenche o silêncio enquanto a sra. Collins e eu nos encaramos. Isso é muito divertido.

— Porque você está mesmo — respondo.

Courtney arrasta os pés. Ela é jovem, novata e detesta estar por baixo. A sra. Collins apoia o cotovelo na mesa. Se ela tivesse armas de grande porte, estaria usando-as neste momento.

— Como estão seus pais adotivos?

— Ótimos. — Não ouvi dizer que eles morreram, então imagino que a frase seja verdadeira.

— E o Natal com eles foi...

— Muito bom. — Gostei de não ver a cara deles.

— E eles te deram...

— Um cachorrinho. — Agora estou brincando com ela.

Sua boca se contrai. É possível que ela também esteja curtindo o jogo?

— Eles te deram um cachorrinho?

— Ãhã.

— De que tipo?

— Um vira-lata.

— E você deu o nome de...?

— Euganhei.

A sra. Collins passa os dedos sobre a boca.

— É um nome esquisito pra um cachorro.

— É. Mas eu gosto dessas palavras saindo da minha boca: eu ganhei. — Porque eu realmente ganhei.

Courtney pigarreia.

— Seus pais adotivos te deram um cachorrinho?

— Não se preocupa achando que eu vou estragar tudo — digo sem olhar para ela. — Ele fugiu.

— Ah, Isaiah. — Ela coloca a mão sobre o coração. — Sinto muito.

Meu Deus, eu odeio pessoas obcecadas por animais. O mundo que sangra por um cachorro desnutrido fica muito feliz em ferrar pessoas como eu.

— As coisas vão embora. É assim que o mundo funciona.

O sr. Holden entra, girando os óculos de proteção na mão.

— Sra. Collins — diz ele como cumprimento. E faz um sinal com a cabeça para mim. Repito o movimento. Usando o típico macacão azul de mecânico, meu instrutor preferido olha para a Courtney como se ela fosse um híbrido na presença de bebedores de gasolina.

— Sr. Holden — diz a sra. Collins. — Essa é a assistente social do Isaiah, Courtney Blevins.

Courtney se movimenta como se fosse estender a mão, mas recua quando o sr. Holden a cumprimenta rapidamente com a cabeça.

— Estou no intervalo de uma aula, sra. Collins.

Ela abre um notebook e desce a tela.

— Obrigada por se juntar a nós, sr. Holden. Me dê um segundo enquanto acesso os arquivos do Isaiah.

O sr. Holden dá uma risadinha.

— Como está esse negócio de acabar com o papel?

— Um tédio, mas eu gosto da proteção de senhas. Finalmente... Sr. Walker. Atualmente morando com...

— Shirley e Dale Easum. — Termino por ela.

— Sim, é isso que diz aqui. — Ela levanta o olhar do computador. — Sr. Holden, o senhor conseguiu verificar o que conversamos ontem à noite?

— Não tive problema — responde ele. — O talento do Isaiah facilitou.

Minha cabeça vira na sua direção. Ele não é um cara de elogiar com facilidade.

— Conversei com o proprietário da Pro Performance. — O sr. Holden agora fala diretamente comigo. — Ele vai te dar a chance de um emprego em tempo integral depois que você se formar.

O sr. Holden e eu conversamos sobre essa possibilidade várias vezes. A Pro Performance trabalha com carros de ponta e com carros tunados adaptados para corrida. É o emprego dos meus sonhos, mas a empresa tem uma exigência que não consigo cumprir.

— E o estágio?

Para conseguir o emprego em tempo integral, preciso fazer um estágio com eles neste semestre. Ser estagiário significa não ter grana, e eu preciso de dinheiro.

— Você pode trabalhar na Pro Performance nas tardes de terça e quinta, quando estaria nas minhas aulas. Pode manter o emprego na oficina do Tom à noite e fazer o estágio durante o dia. A Pro Performance vai nos dar uma nota pelo seu trabalho lá. A sra. Collins está chamando isso de experiência extracurricular.

Minha mente fica vazia. De jeito nenhum isso está acontecendo comigo. Posso ganhar dinheiro e ter a chance de realizar meu sonho: trabalhar com carros que andam rápido — muito rápido.

— Vocês estão de sacanagem comigo?

— Não. A única outra exigência é conseguir uma certificação da ESA até a formatura, o que deve ser moleza pra você.

A certificação de Excelência em Serviços Automotivos. Estou estudando para essa prova e acumulando horas na oficina para a certificação há mais de dois anos.

A sra. Collins levanta a mão.

— Na verdade, há mais uma exigência. A empresa me ligou para saber os créditos e as notas do Isaiah. Eles falaram sobre três cartas de recomendação.

A parte de trás da minha cabeça bate na parede. Posso conseguir duas cartas. Uma do sr. Holden. Outra do meu atual emprego. A terceira? Os adultos costumam me evitar. Eu nunca deveria ter sentido esperança.

O sr. Holden me conhece melhor que a maioria.

— Eu te dou uma. O Tom também — diz ele. — Você consegue pensar em mais alguém?

A sra. Collins murmura:

— Quem seria um adulto responsável que pudesse saber do que o Isaiah é capaz?

Eu odeio essa mulher. De verdade. Como é que a Echo e o Noah aguentam ela?

— Eu dou a carta. — Courtney estava tão quieta que eu tinha me esquecido dela. — Com uma condição.

— E qual seria? — Esfrego o pescoço para aliviar a pressão crescente.

— Você vai atender as minhas ligações e vai se encontrar comigo quando eu pedir.

A sra. Collins mal contém a empolgação. Essa reunião nunca foi um blefe. A psicóloga tinha um full house na mão o tempo todo.

Com as mãos no colo, Courtney espera minha resposta pacientemente. Detesto ficar preso numa coleira. Só quero liberdade; sair de baixo de tudo que me prende. Com a Courtney, não vou estar apenas numa maldita coleira; ela vai me manter num enforcador. Mas a oportunidade é única. A grana que a Pro Performance paga é ótima.

— Está bem.

Courtney dá um sorriso cheio de dentes.

— Excelente. Nossa primeira reunião é na próxima quinta. Logo depois da aula.

Sentindo o puxão da coleira no pescoço, seguro a gola da minha camiseta.

— Tudo bem.

Courtney se levanta.

— Sra. Collins, obrigada pelo convite. Mas eu preciso me apressar. Reunião de trabalho.

— Vamos conversar de novo em breve — responde a sra. Collins enquanto a Courtney sai porta afora.

O sr. Holden sai sem se despedir de ninguém. O som do ponteiro do relógio tiquetaqueando é o único barulho na sala. A sra. Collins se recosta na cadeira e cruza as mãos sobre o colo.

— Agora que estamos sozinhos, tem alguma coisa que você queira me contar?

— Não.

— Alguma coisa sobre seus pais adotivos ou sobre o Noah ou onde você tem passado as noites?

— Não.

Seus olhos vão para a bússola intrincada tatuada na parte interna do meu braço direito.

— O que essa tatuagem significa?

— Nada que seja da sua conta. — Ela precisa ficar fora do que é pessoal. — Você acha que é esperta armando pra cima de mim, pra Courtney ficar de olho em mim, não é?

Um sorriso satisfeito cruza seus lábios.

— Às vezes consigo ser esperta. Não importa como você vê a si mesmo; você ainda é menor de idade. O sistema pode não ser perfeito, mas existe para te manter em segurança.

Diz a mulher que não foi criada no sistema não perfeito desde os seis anos. O relógio faz um tique. Ela interrompe o silêncio.

— Foi interessante o que você disse antes.

Meus músculos ficam tensos.

— O quê?

— Você disse que as coisas vão embora.

Não estou interessado em ser analisado, por isso mudo de assunto.

— Estou liberado?

— Eu posso te ajudar — diz ela numa voz tranquilizante que provavelmente faz pessoas com insônia dormirem. — A Echo confia em mim, e o Noah também.

A Echo e o Noah precisavam de ajuda. Que inferno, eles tinham problemas que podiam ser resolvidos.

— Não sou eles.

— Não. — Seus olhos perfuram os meus. — Você não é, mas isso não significa que eu não posso te ajudar.

Eu me afasto da parede.

— Na verdade, é exatamente isso que significa. — E vou embora.

Irritado, soco um cartaz que serpenteia pendurado no teto. Estou atrasado para a sexta aula. A sra. Collins podia ter escrito um bilhete para mim, mas prefiro me arriscar à detenção a ficar no mesmo ambiente que ela. Viro a esquina e paro de repente quando vejo a Abby no chão, perto do meu armário.

— Já era hora de aparecer — digo. Ela já faltou dois dias esta semana. Ela levanta a cabeça num pulo, e seus olhos arregalados me apavoram.

— O que foi?

Abby se levanta depressa.

— O Eric. Ele encontrou a Rachel.

Rachel

A Escola Particular Worthington tem um estacionamento enorme e, por causa da quantidade de alunos que têm carros, a administração permite que também se estacione perto do estádio de futebol quando o lugar está lotado. É aqui que eu estaciono toda manhã — a alguns metros da bilheteria. Meus irmãos, em contrapartida, que vão em carros diferentes por causa dos milhões de atividades depois da aula, estacionam o mais perto que podem das portas da frente, mesmo sem ter um adesivo de deficiente.

Ao estacionar aqui, não preciso me preocupar se algum idiota com carteira de habilitação provisória vai bater no meu carro nem com algum fanático abrindo a porta e arranhando a pintura. Também posso ficar sentada sozinha sem as pessoas observarem a irmã Young solitária que não sabe se virar.

O último número no relógio do carro muda e minha boca fica seca. Hoje vai ser difícil. Pego a mochila no banco do carona, saio e estremeço com o ar de janeiro. Os primeiros raios da manhã brilham sobre a geada na grama.

A pressão dentro de mim parece um elevador cheio de lama subindo devagar até o andar mais alto. As portas estão implorando para abrir e despejar tudo.

Jack e Gavin estão me pressionando para eu ajudar a minha mãe com a instituição de caridade. Hoje de manhã meu pai lembrou que meu prazo para dar a resposta expira hoje à tarde e terminou dizendo que sabia que eu ia tomar a decisão certa. A combinação esmagadora da pressão dos meus dois irmãos mais velhos e do West e Ethan me incitando a aceitar a oferta do meu pai quase me deixa maluca. Tudo isso é uma receita perfeita para um ataque de pânico, e eu não posso ter outro ataque com o Ethan me observando como um abutre.

— Rachel Young — diz uma voz atrás de mim.

Não conheço essa voz. Vasculhando o estacionamento extra, percebo como estou sozinha. Os raios de sol contornam a escola, mas a escuridão ainda domina a maior parte do céu. Viro devagar e prendo a respiração quando reconheço um rosto que nunca pensei que fosse ver de novo. É o cara da corrida de arrancada. O que me assustou. O Eric.

Um fluxo de adrenalina dispara pelo meu corpo. Para alguns, a adrenalina faz ficar mais forte e aguça as reações. O fluxo me faz congelar. Penso em gritar, mas, mesmo que eu conseguisse retomar o controle dos músculos da minha garganta, será que alguém iria me ouvir? No estacionamento principal, baixos ressoam de vários veículos caros com sistemas de som ainda mais caros.

É assustador ver o Eric. Ele se encaixava na corrida de rua, mas aqui, entre caras que usam camisa branca e gravata para ir à escola, ele parece... apavorante. Ele é alto, loiro, e seu corpo tem mais ossos que músculos, como um homem magrelo que eu vi uma vez num vídeo de prevenção ao uso de drogas. Meu coração acelera. Por que ele está aqui? Como ele sabe o meu nome?

— Rachel Young — repete ele. — Você tem uma coisa que me pertence.

Minha cabeça balança de um lado para o outro, e eu me pergunto se é meu corpo tremendo.

— Não tenho nada que seja seu.

Ele forma uma concha com a mão no ouvido.

— O quê? Não te ouvi. Você devia falar mais alto.

O sorriso em seu rosto diz que ele está zombando de mim, mas não entendo por quê. Não fiz nada contra ele.

Eric está muito perto, invadindo meu espaço pessoal, e eu imploro para meus pés se mexerem. Em vez disso, fico presa ao chão como uma pedra. Minha respiração sai mais rápido, e não consigo inspirar ar suficiente para compensar a perda. Ele vem na minha direção e toca o meu cabelo. Sua mão é cinzenta, cheia de manchas, e eu quero muito que ele desapareça.

— Você é bonita — diz ele. Meu cabelo dourado cai de seus dedos como chuva. — E interpretou bem o papel de inocente. Eu caí naquele dia, mas não vou cair agora. Me dá a porra do meu dinheiro ou meus caras vão te mandar para o hospital.

Minha voz treme.

— Não sei do que você tá falando.

— Mentira! — solta ele. Sua raiva me dá coragem para cambalear para trás.

Ele avança para cima de mim com a mão balançando no ar.

— A polícia não pode tocar em mim. Seus pais não podem tocar em mim. Mas eu posso tocar em você. A única coisa que vai impedir isso é se você me der meu dinheiro.

O mundo gira, e todos os pensamentos na minha cabeça se embolam. Não consigo respirar. Não consigo. Instintivamente, meus braços envolvem meu estômago, enquanto eu oscilo.

Mãos brutas agarram meu rosto, e tudo o que eu vejo são olhos sem alma.

— Ah, não. Você não cair fora. Me dá meu dinheiro ou me diz onde ele está.

Meu estômago dá voltas, e um zumbido agudo afasta a voz dele. Não consigo pensar. Não consigo respirar. Eric aperta ainda mais o meu queixo, provocando dor, me impedindo de abrir a boca para respirar. Ele vai esmagar meu crânio.

Minhas vias aéreas não funcionam mais. Pequenas luzes flutuam nas minhas laterais, e a boca do Eric se move como se ele estivesse gritando. Não consigo ouvir por causa do zumbido alto na minha cabeça. Fecho os olhos. Uma mão agarra meu ombro e me sacode como se eu fosse uma boneca. O zumbido se transforma num rugido.

A pressão em meu queixo, em meu ombro, desaparece e me deixa flutuando no nada até a gravidade me obrigar a cair. Eu me encolho, ofegando. Estremeço drasticamente com as ânsias de vômito. O sangue lateja em todos os pontos de pressão. Eu me inclino para a frente e coloco as mãos no asfalto frio para impedir que meu rosto atinja as pequenas pedras soltas.

Inspiro, e o som é um assobio. Inspiro de novo, levanto a cabeça e, com uma visão estreita desorientada, avisto uma sombra empurrando Eric contra o meu carro. Alguém veio me socorrer. Um salvador.

Ele se vira e então reconheço esses olhos. Isaiah.

— Rachel!

Sento sobre os joelhos e me balanço quando um novo flash de tontura me desorienta.

Com um punho agarrando o tecido do casaco de Eric e um braço enfiado na traqueia dele, Isaiah o arrasta para cima do meu carro.

— Que merda você fez com ela?

Eric fala como se também estivesse com dificuldade para respirar.

— Pode atacar, meu irmão. Mas, se for fazer isso, é melhor me matar, porque você não vai gostar da minha retaliação.

Vidas inteiras se passam enquanto Isaiah encara os olhos do Eric. Com um empurrão final, Isaiah o solta.

— Fica longe dela.

Eric alisa a camisa e ajeita o casaco. Ele se inclina na direção do Isaiah.

— Não sou seu inimigo. Essa garota... — ele aponta para mim — ela roubou o que é meu. Para de pensar com o pau e coloca a cabeça no jogo. O dinheiro também era seu.

Os dois continuam se encarando, e Eric desvia o olhar primeiro. Isaiah olha para mim, e eu me encolho de terror. Esse não é o cara que me protegeu no bar e me beijou naquele apartamento. Como uma tormenta cruzando o céu, ele é enorme, forte, e está vindo em minha direção. Os músculos dos seus braços ficam evidentes enquanto ele anda.

Minha respiração continua curta. Isaiah se agacha a meu lado. Seus olhos são uma tempestade cinza; sua expressão está fria e sem emoção.

— Rachel.

Não me lembro de a voz dele ser rouca. Não me lembro de ele estar tão assustado como agora.

Ele levanta a mão e hesita quando eu estremeço. Seus lábios formam uma linha pressionada.

— Ele vai me pagar por ter encostado em você.

Alguns metros atrás de Isaiah, Eric grita:

— Quando vocês estiverem prontos para discutir a situação, estou bem aqui.

Meus olhos disparam para trás do ombro do Isaiah, mas ele se mexe e ocupa minha linha de visão.

— Estou do seu lado, Rachel. Você precisa confiar em mim.

Confiar nele. Seus olhos se acalmam e ficam cor de prata líquida e, pela primeira vez, consigo encher o pulmão de ar. Então sinto o cheiro dele: seu aroma picante tranquilizador. Isaiah já tinha me assustado antes, quando eu o conheci, mas depois ele me salvou, como está fazendo agora.

Faço que sim com a cabeça, e Isaiah acaricia meu rosto. Seus dedos são quentes sobre minha pele congelante.

— Preciso de você forte, está bem? — sussurra ele. — O Eric se aproveita da fraqueza dos outros. Preciso que você se levante e me deixe cuidar disso.

Umedeço os lábios secos e testo minha voz.

— Ele disse que eu estou com o dinheiro dele. — *Ele disse que vai me machucar.* — Eu não entendi.

Isaiah coloca o dedo sobre meus lábios. Meu coração tropeça. É um toque tranquilizante, mas igualmente forte.

— Eu sei. Vou dar um jeito em tudo.

Ele não me ligou. É isso que eu quero dizer, mas, no momento, aceito sua mão estendida e me levanto com as pernas trêmulas.

Isaiah obstrui parcialmente a visão do Eric sobre mim e cruza os braços. Deixo os dedos da minha mão direita se apoiarem na sua omoplata esquerda. Isaiah me dá uma olhada e inclina a cabeça para dizer que meu toque é bem-vindo. Expiro de alívio. Preciso dessa conexão. Preciso da força dele.

— Você quer conversar, Eric? — diz Isaiah. — Então vamos conversar.

Numa postura desleixada, Eric se inclina para a esquerda com as mãos nos bolsos da calça jeans.

— Os caras dela denunciaram a garota ontem. Disseram que ela estava envolvida no roubo e que tá com o meu dinheiro.

Abro a boca para protestar, mas um olhar furioso do Isaiah me faz ficar em silêncio.

— Os caras não eram dela, e ela não estava envolvida.

— Ela apareceu lá com eles.

— E eles abandonaram a Rachel quando a polícia chegou. Nós tivemos que sair voando escondidos pelos becos pra não sermos pegos. Ela arriscou o pescoço por mim. Tenho uma dívida com ela.

Essa obviamente não era uma notícia que o Eric estava preparado para ouvir. Ele coça o maxilar.

— Você tem uma dívida com ela?

— Isso — responde Isaiah, simplesmente.

Um sorriso fraco surge nos lábios do Eric.

— Você nunca deve pra ninguém.

Isaiah vira uma estátua e não responde nada. Meus dedos relaxam, de modo que a palma da minha mão se conecta com as costas dele. Mesmo através da camisa, minhas mãos absorvem o seu calor e a sua energia. Eu me concentro no movimento constante da sua respiração. Inspira... e expira. Inspira... e expira. Um ritmo que não demonstra medo.

— Eles roubaram cinco mil dólares de mim — diz Eric. — E eu quero tudo de volta. Não me importa quem vai pagar nem como. Ninguém me rouba, e essa mensagem precisa ser pública.

— Pode mandar a mensagem que quiser, mas deixa a Rachel fora disso.

Eric avança contra Isaiah. Isaiah não se mexe enquanto Eric enfia um dedo no seu rosto.

— Ela apareceu com eles, e eles me fizeram de bobo! Ninguém me faz de bobo!

O dedo desce devagar, mas Eric continua perto do rosto de Isaiah. A expressão de Isaiah nunca muda: um olhar contínuo, frio como pedra.

— Ninguém te vê como bobo. Todo mundo na rua soube que você mandou aqueles universitários pro hospital. Ninguém duvida da sua força.

— Não é o suficiente — rosna Eric.

— Acho que chaves de roda e bastões de beisebol contra a pele são bastante convincentes.

Eric recua e olha para mim.

— Ela é sua?

Isaiah fica em silêncio.

Eric desliza para o lado, agindo como se fosse contornar Isaiah para se aproximar de mim, mas para no instante em que Isaiah fala.

— Se você chegar perto dela, vai se juntar aos caras no hospital.

Perigosos — os dois. Mas Isaiah me assustaria mais se não estivesse me protegendo. Meus olhos disparam entre um e outro. Os dois machos diante de mim são animais pouco civilizados lutando por domínio e controle.

Eric observa Isaiah.

— Ela apareceu com eles, por isso estão achando que ela estava envolvida. Se eu não agir em relação à garota, as pessoas vão acreditar que eu tenho um ponto fraco. Ela vai sofrer uma punição. Se ela me der o dinheiro, fica com a ficha limpa. Minha decisão já foi tomada. A não ser que você me mate, Isaiah, não vou mudar de ideia.

— E se ela não pagar? — pergunta Isaiah.

Eric dá um sorriso cheio de dentes.

— Ela é bonita.

Engulo uma ânsia de vômito e coloco a mão sobre a boca.

Um músculo do maxilar do Isaiah pulsa.

— Eu assumo a dívida dela.

Isaiah

Meu estômago desaba com as últimas palavras que eu disse: *Eu assumo a dívida dela*. Cinco mil dólares ou o Eric vai ser meu dono pelo resto da vida. Que inferno, com essas palavras, ele já é meu dono.

Arrisco quebrar o contato visual com o Eric por um breve segundo para observar ao redor. Sua ameaça anterior, de que ou eu o matava ou não iria gostar da sua retaliação, indicava que ele não estava sozinho. Claro, no estacionamento principal, dois de seus guardas de confiança estão de olho.

Eric ri, mas não vejo nada de engraçado.

— Não é uma reviravolta esquisita? Isaiah Walker, o cara que não deve nada pra ninguém, assume a dívida de uma garota.

— Isaiah?

Fecho os olhos ao ouvir meu nome na boca da Rachel. Ela quer ser tranquilizada, e eu não posso consolar a garota. Não com o Eric inspecionando cada movimento meu. Ele já sabe que eu me importo com a Rachel, e isso é ruim para nós dois. Ela acabou de se tornar uma responsabilidade minha.

Tento reprimir os pensamentos em relação à Rachel: sua beleza, sua doçura, como ela estava assustada quando a encontrei. Emoções são algo maligno. Preciso de água gelada fluindo nas veias.

— Nenhuma garota deveria enfrentar a sua ira.

— É — diz Eric, fingindo não acreditar. — Você tá se vendendo pra mim pra eu não bater numa garota. Conta outra.

A situação oscila entre perigosa e mortal. O Eric vai usar a Rachel contra mim se perceber que ela é mais do que alguém com quem eu tenho uma dívida. Ele vai me manter como um cachorro acorrentado, usando-a como arma. Não posso fazer isso comigo. *Merda*. Não posso fazer isso com ela. E Deus nos ajude, porque eu vou precisar fazer.

— Ela não significa nada. Tenho uma dívida por ela ter me salvado e, como você mesmo disse, não costumo ter dívidas.

A mão dela sai das minhas costas, e eu a ouço inspirar com dificuldade. Os olhos observadores do Eric percebem a reação dela, e ele então descobre uma nova pessoa com quem brincar.

— Quer dizer que ela foi só uma foda.

Já cansei disso.

— Quando vence o prazo do pagamento?

— Agora.

Mesmo que a Rachel tivesse cinco mil dólares, coisa que eu duvido, ela não teria no bolso.

— Preciso de mais tempo.

Eric gira um ombro como se estivéssemos discutindo o preço de um item numa oficina, e não minha vida e a segurança dela.

— Como eu sempre gostei de você, duas semanas.

— Oito.

— Seis. E, se a garota não pagar, fico com o carro dela e sou seu dono. Estamos entendidos?

Claro como cristal. Porque, para o Eric e o seu bando, a surra é o pagamento. Pegar o carro dela é só por prazer.

— Ninguém encosta nela, Eric.

Depois de conseguir o que veio buscar, Eric tira as chaves do bolso e vai em direção ao estacionamento principal.

— Desde que alguém pague... Mas, se não pagar... — Ele olha por sobre o ombro e desliza os olhos pela Rachel. Meus dedos se fecham quando eu penso em estrangular o cara. — No seu caso, garota bonita, prometo que não vou usar bastões de beisebol.

Observo até ele sair com o carro, depois analiso a Rachel. Ela é tão linda que dói. O cabelo loiro-dourado cai abaixo dos ombros. Os olhos violeta maravilhosos não deviam estar tão arregalados de medo. Eu sonhei em estar tão perto dela de novo. Sinto vontade de abraçá-la e mantê-la longe dos perigos do mundo... ser seu protetor, mas não posso ser esse cara.

— Você tá bem? — pergunto.

Rachel move a cabeça como se dissesse sim, mas a resposta é não. Depois de ser tocada pelo Eric, como ela pode estar bem? Passo a mão na cabeça. Merda.

— Entra no carro.

Rachel brinca com os botões enormes do casaco preto, depois ajeita a saia, chamando minha atenção para suas pernas nuas. Seu hálito quente forma ondas de fumaça no ar como uma neblina branca.

— Estou atrasada pra aula.

Eu também.

— A gente precisa matar aula hoje.

É difícil distinguir o balanço da sua cabeça, já que seu corpo está tremendo de frio.

— Meus pais vão me matar.

Esfrego os olhos com as duas mãos.

— O Eric vai matar nós dois. Meu carro... agora.

Sem me olhar, Rachel pega sua mochila e vai até o lado do carona do meu Mustang preto. A porta do motorista ainda está aberta, e o motor ainda está rugindo. Quando entrei no estacionamento auxiliar, vi as mãos dele em cima da Rachel e meu mundo todo ficou vermelho.

Ela bate a porta com força antes de eu ter a chance de contornar o carro e fechar para ela. Não quero que ela me odeie. Não quero que ela tenha medo de mim. Mas ela foi testemunha de quem eu realmente sou, e agora não tenho como evitar a realidade.

Deslizo para o assento e coloco o carro em primeira marcha.

— Seu irmão pode te dar cobertura na escola?

— É — ela mal sussurra. — Talvez. — Rachel pega o celular na mochila. A tela se acende quando ela o liga, e eu a vejo ficar paralisada. — Você me ligou.

Muitas vezes. A cada meia hora, desde que a Abby me contou que o Eric tinha encontrado a Rachel.

— Você não atendeu.

— Desliguei o celular. — Uma pontada de dor invade seu tom de voz. Quero garantir a ela que vamos ficar bem. Mas não devo fazer isso.

Rachel digita no celular. Dirigimos em silêncio enquanto ela encara o telefone, possivelmente esperando uma resposta. Ele apita, e ela suspira de alívio.

— Meu irmão gêmeo, o Ethan, disse que vai me dar cobertura, mas quer saber por que estou matando aula.

Diz pra ele que eu estou salvando a sua vida. Mudo de marcha quando entro na rodovia em direção ao centro da cidade. Só existe um lugar ao qual eu consigo pensar em levá-la para garantir sua segurança.

— Pra onde estamos indo? — pergunta ela.

Mexo no meu brinco inferior de argola.

— Pra delegacia.

Seu cabelo voa quando ela vira a cabeça para mim de repente.

— Para a... Onde? Não! — grita ela. — Não. A gente não pode ir pra lá.

Hora de ser sincero com ela.

— *Nós* não vamos. *Você* vai. É o único jeito.

Uma das suas mãos agarra a borda do assento. A outra agarra a porta. Os nós dos dedos de ambas perdem a cor.

— Tem que ter outro jeito. A polícia vai ligar pros meus pais.

— Melhor ficar de castigo do que no hospital — resmungo.

— Isaiah...

Eu interrompo.

— Você tem cinco mil dólares?

— Não — responde ela rapidamente.

— Você tem os documentos do seu carro?

Ela assente.

— Olha. — Eu me obrigo a ficar calmo, apesar de tudo dentro de mim estar distorcido de raiva. Eu quero consertar isso. Cacete, eu quero consertar nós dois. — Vai até a polícia. Diz que você cometeu um erro e participou de uma corrida de arrancada ilegal uma vez. Diz que o cara que recebia as apostas te ameaçou se você não correr pra ele de novo. E, pelo amor de Deus, não fala o nome de ninguém. Diz que você não ouviu os nomes. Diz que estava morta de medo.

Passamos por uma fileira de caminhões, e eu aperto mais fundo o acelerador. Estamos a cento e dez quilômetros por hora. Meus olhos se estreitam na pista. Sinto vontade de chegar a cento e trinta e depois a cento e quarenta. Sou louco por velocidade.

Suas mãos se agitam no ar, sinalizando que uma histeria se aproxima.

— O que é que isso vai resolver, além de irritar os meus pais?

Reduzo a marcha e, relutante, reduzo a velocidade quando vejo a saída.

— A polícia está atrás do Eric faz um ano. Eles sabem quem ele é e do que ele é capaz. No instante em que você falar *corrida de rua* e *ameaçada*, eles vão juntar as peças do quebra-cabeça. Eles vão te proteger de um jeito que eu não consigo.

Ela inspira várias vezes.

— Ele também te ameaçou. Por que você não vai comigo?

Flexiono os dedos e depois agarro o volante de novo.

— Porque não sou dedo-duro.

Rachel se endireita no assento, e eu vejo a mesma fagulha de atitude da noite em que nos conhecemos.

— E eu sou?

Saindo da rodovia, faço uma curva fechada para a esquerda, entro num estacionamento abandonado e desligo o motor.

— Você não precisa viver pelas regras que eu vivo. As ruas onde você brincou uma vez *são* a minha casa. Eu não volto para um condomínio protegido quando decido que não quero mais passear na periferia. Você participou de uma corrida de rua e se queimou. Estou tentando garantir que você não morra por causa desse erro. E daí se você não for para uma festinha porque está de castigo. Você vai estar em segurança.

Seus olhos ficam marejados.

— Você não entende. Isso vai destruir a minha mãe. Minha tarefa é fazer com que tudo na vida dela seja bom. Ela não pode saber. Isso vai destruir a minha mãe.

— Droga, Rachel — grito. — Você não pode ser tão burra, merda!

Ela abre a porta e dispara para fora do carro. Bato no volante e saio correndo atrás dela.

— Aonde você pensa que vai?

— Pra escola! — grita ela. Com um pé na frente do outro, ela atravessa o estacionamento... na direção errada.

— Volta pra merda do carro!

— Não! Eu vou dar um jeito. A dívida não é sua, é minha. Me deixa em paz!

Vou atrás dela, agarro seu braço e a viro para mim. Meu rosto desce até o dela.

— Você acha que isso é um jogo? Você acha que pode ignorar a situação e ela vai simplesmente desaparecer? Não vai, Rachel. Ele sabe quem você é e onde você estuda. O Eric nunca vai parar de te perseguir até conseguir o que quer.

— Para de falar palavrão comigo! — Seu corpo todo treme. Ela volta a ser a garota apavorada no bar depois que derramaram cerveja nela. Talvez sua vida seja mais complicada do que eu pensei.

Rachel puxa o braço numa tentativa inútil de se libertar, mas eu aperto com força. Ela precisa entender o perigo da situação.

— Tira as mãos de mim — grita ela. — Não, eu não moro perto de você, mas isso não me torna burra. Ele me ameaçou. Não a você. Você quer que eu busque ajuda na polícia, mas não posso. Vou cuidar disso sozinha.

Sozinha? Ela vai ser assassinada, e isso vai levar meus problemas que já são sérios com o Eric para o reino da fatalidade. Se ele machucar a Rachel, ele morre. E aí os caras dele vão me caçar como um cão e me matar. Meu objetivo é sair dessa porra de situação sem toda aquela merda de Romeu e Julieta.

Minhas duas mãos deslizam até seus ombros.

— Você sabe o que algumas gangues da cidade fazem como iniciação?

— O quê? — A histeria desaparece por um segundo, enquanto ela tenta entender minha pergunta.

— Eles têm que estuprar alguém.

Seus olhos analisam meu rosto.

— O que isso tem a ver com o Eric? Comigo?

Hesito, com as palavras congeladas na boca. *Os caras dele podem te estuprar, Rachel.* Falei nesse assunto de propósito, para ela entender a realidade letal do Eric. Para afastar a garota de mim e em direção à polícia. Mas a inocência e o pavor em seus olhos me impedem. Será possível assustar um anjo até a morte?

Eu devia resistir, mas é como se eu fosse fisicamente atraído para ela. Solto seu ombro e permito que uma das minhas mãos acaricie seu rosto. Sua pele queima sob meu toque.

— Você tá em perigo e, sem os cinco mil dólares, não posso te proteger do meu mundo.

Abaixo de mim, o corpo da Rachel se encolhe em defesa. Ela oscila, e eu a envolvo com o braço para impedir que ela caia.

— A gente dá o meu carro pra ele — sussurra ela. — Ele vale três vezes esse valor.

Meu polegar traça o contorno da sua maçã do rosto. Senti saudade dela. E vou sentir saudade de novo quando ela perceber que estou certo sobre a polícia.

— Se o Eric quisesse o seu carro, ele teria levado o seu carro.

— Mas ele disse... — começa ela, num misto de exaustão e frustração.

Ela está buscando esperança, e eu não tenho nenhuma para oferecer. Não há um pote no fim do arco-íris. Nenhum feitiço para desfazer o que foi feito. Não estamos num conto de fadas, e sim num pesadelo.

— Ele disse que ia pegar seu carro se você não pagasse a dívida. Ele quis dizer depois de me surrar até a morte e te... — *estuprar* — machucar. Não se trata do dinheiro. É de controle que ele está falando.

Seu corpo faz força no meu braço para se soltar, e eu a deixo sair. Ela cambaleia para trás, e eu me xingo em silêncio. Dei à Rachel a verdade, mas uma verdade que uma garota como ela nunca deveria ouvir. Seu peito se move rapidamente, e ela puxa o tecido do suéter como se estivesse sufocando. Eu entendo. A cada segundo que passa, sinto o nó que o Eric colocou em mim se apertando.

O lábio inferior da Rachel se agita, e as palavras saem tropeçando.

— Não posso ir à polícia. — Seus olhos se fecham, e o modo como ela luta para impedir que as lágrimas escorram me rasga ao meio. — Minha família vai me odiar, e eu vou destruí-la. Fazer minha mãe feliz é o único motivo pra eu estar viva.

Suas palavras não fazem sentido, mas a agonia pura no seu tom de voz me diz que ela está falando sério. Ela puxa o suéter de novo, ameaçando rasgá-lo.

— Por que isso está acontecendo?

Não importa o motivo. Está acontecendo. Diminuo a distância entre nós e envolvo seu corpo pequeno no meu. No início, ela luta contra mim e soca o meu peito. Cada golpe dói, mas não é nada como a dor que está me atingindo por causa da sua dor. Em certo momento, ela para de bater e apoia a testa no meu peito. Seu corpo sacoleja com os soluços.

— O que eu vou fazer? — sussurra ela.

Beijo a parte de cima de sua cabeça. O sol da manhã aquece o cabelo dela, e eu me demoro ali para poder inalar o cheiro delicioso de jasmim misturado com ondas salgadas. Eu desisti dela uma vez, e tocar nela de novo desse jeito... Eu me recuso a abandoná-la outra vez. Ela precisa de mim.

— Vou dar um jeito nisso. — Não faço ideia de como, mas não consigo suportar suas lágrimas. — Me dá vinte e quatro horas e eu dou um jeito nisso.

Rachel

Em pé na garagem da minha casa, encaro o número do Isaiah em meu celular. Ele disse que ia dar um jeito na situação com o Eric, mas o que isso significa para nós? Para o nosso relacionamento? Ou nossa falta de relacionamento? Se ele tivesse me dado seu número na semana passada, eu teria ficado muito feliz. Agora... me sinto cansada.

O Isaiah disse ao Eric que eu era uma dívida.

O Eric disse que eu era uma foda.

Fecho os olhos e me encolho com a última palavra. Será que o Isaiah estava certo? Ele me chamou de burra. Devo ser, porque eu realmente acreditei que o beijo no apartamento dele tinha significado alguma coisa para ele. Que o nosso momento juntos, que o meu primeiro beijo, tinha sido mais que um caminho para... para... o sexo.

Com um suspiro, coloco a mochila no ombro e vou para casa. É cedo. Ainda não são nem dez horas. De jeito nenhum eu posso voltar para a escola, não com minha mente numa bagunça turbulenta envolvendo Eric e Isaiah e cinco mil dólares. Tudo parece sufocante e impossível. Provavelmente é, mas Isaiah me disse para não ficar preocupada. Ele me disse para ter esperança. Estou dividida entre as duas emoções.

As mesmas palavras ficam dando voltas na minha cabeça: sou uma dívida. Sou. Uma. Dívida.

Destranco a porta dos fundos, entro na cozinha e desarmo o alarme. Meu pai está no trabalho, West e Ethan estão na escola, minha mãe está... vai saber onde? Meus dedos alisam o local onde o Isaiah acariciou meu rosto antes de nos separarmos. Meu coração flutua e depois desaba e para. Sou uma dívida. Uma dívida.

Eric aparece na minha mente, e minha pele se arrepia porque ele encostou no meu cabelo. Minha cabeça começa a doer. Eu preciso de uma ducha quente e forte e de uma nova linha de pensamento.

Sou uma dívida.

— Rach? O que você tá fazendo aqui?

Um pulo me faz soltar a mochila e virar. Meu irmão mais velho, Gavin, está em pé perto da despensa, com um saco de batatas chips na mão. *É só o Gavin!*, grito dentro da minha cabeça, mas, depois do Eric, tudo parece uma ameaça. Especialmente o Gavin. Meu irmão é enorme; ele jogou futebol americano na faculdade e era bom nisso. É inteligente e teimoso e me intimida.

— Perguntei o que você tá fazendo aqui — ele exige saber.

Meus dedos se entrelaçam e desentrelaçam.

— Eu não estava me sentindo bem, por isso vim pra casa. — A mentira vem com facilidade. A culpa vem em seguida.

Seus olhos descem até minha mochila no chão, aos meus pés.

— Você é nova demais pra assinar a sua própria saída.

— Eu nem cheguei a ir pra aula. Fiquei sentada no estacionamento até me sentir bem o suficiente e voltar pra casa. — *Por favor, acredita em mim. Por favor, acredita em mim.*

— A mamãe sabe?

— Não. — Droga. Minha mãe. Não estou preparada para encarar a minha mãe. — Mas eu vou contar. Ela tá em casa?

Gavin coça a nuca, e o saco de batatas chips estala na sua mão. Olho ao redor da cozinha e percebo que tudo neste momento está errado.

— Cadê os empregados?

— A mamãe dá as manhãs de sexta de folga pra eles — responde Gavin.

Eu não sabia disso.

— E a mamãe?

— Saiu — diz ele. — Você devia subir, se não está se sentindo bem.

É, porque você sempre se preocupa comigo — e ao dizer sempre eu quero dizer nunca.

— O que você tá fazendo aqui? Você não devia estar no trabalho?

O saco estala de novo, e é aí que eu percebo uma sacola de ginástica cheia de comida no chão. E a calça jeans que ele está usando... e a camiseta.

— O que tá acontecendo?

Gavin solta o saco de batatas chips e vem na minha direção. Lembrando-me do Eric, cambaleio para trás. Já fui ameaçada por um cara hoje. Não quero ser ameaçada por outro. Mais rápido que eu — porque, vamos falar a verdade, quem não é —, Gavin agarra meu pulso para me segurar enquanto eu caio sobre a geladeira.

— Calma, Rach. O que deu em você? — Ele não espera minha resposta e continua: — Eu perdi o emprego.

Tudo em mim afunda.

— Ah, Gavin. Sinto muito. Quando? — Gavin tornou-se consultor no setor elétrico depois de terminar a faculdade. Meus pais ficaram muito orgulhosos. Como minha mãe anunciava nas festas: um na faculdade de medicina, falando do Jack; e outro indo para o topo no mundo dos negócios.

— Umas semanas atrás — ele se apressa em dizer. — Logo, logo encontro outro.

Minha cabeça se inclina quando eu entendo.

— Você não contou pra mamãe e pro papai.

— O papai sabe. — Ele omite que minha mãe não sabe e solta minha mão. — Ele quer contar pra mamãe depois que você concordar em fazer discursos nos eventos de arrecadação de fundos para a fundação. Aí ela vai estar feliz, e não triste.

Tento afastar as rugas de preocupação que se formam na minha testa. Por que sempre sou eu quem tem de consertar tudo?

— Isso não é justo.

— A vida não é justa — solta ele. — Quando é que você vai crescer e aceitar isso?

É demais. Tudo. O Eric e o dinheiro e o Isaiah, e agora o Gavin.

— Eu nunca quis isso.

— E eu quis? — diz Gavin. — Você acha que essa é a vida que eu e o Jack queríamos? Ver a nossa irmã morrer? Ver a alma da mamãe morrer? Mas foi o que aconteceu. Temos papéis para interpretar, Rachel, e eu estou cansado de ficar te lembrando do seu.

Ele coloca as mãos nos quadris, um sinal de sermão iminente, mas pelo menos suaviza o tom.

— Olha, a gente sabe que você é a melhor de nós. Você é doce, gentil, possivelmente a única de nós que tem a capacidade natural de ficar longe de encrencas. Então por que você está sendo tão egoísta? Você pode fazer a mamãe feliz e está optando por não fazer. Você é uma pessoa melhor do que isso.

Não sou. Meu braço encosta no puxador da geladeira enquanto eu me afasto dele.

Meus dedos massageiam a pulsação dolorosa que invade o lóbulo frontal do meu cérebro. Gavin abaixa a cabeça para olhar nos meus olhos. Não tenho medo de ele ver uma mentira. Eu realmente me sinto péssima. Meu estômago revira com o estresse.

— Você não está com uma aparência muito boa, garota — diz ele. — Quer que eu fique em casa? Que eu veja uns filmes com você?

Meus lábios se franzem e tremem. O Gavin me ama, e tudo o que eu faço é mentir.

— Ah, Rach, desculpa. — Ele me envolve num abraço de urso de quebrar os ossos. — Me desculpa por ter gritado, e sinto muito por você não estar se sentindo bem. Só estou com muita coisa pra resolver no momento.

Apoio a cabeça no seu ombro. O Gavin me ama. Ele sempre me amou, só que do jeito dele de irmão mais velho. Será que o Eric poderia machucá-los? A minha família? Ou será que o Gavin poderia conseguir afastar a ameaça se eu contasse tudo a ele?

— Você já esteve numa encrenca? — pergunto.

Gavin me solta.

— Você está com medo de a mamãe ficar chateada por você voltar do colégio sem pedir? Rach, eu posso ver, você está com uma aparência péssima. Ela não vai se importar. Bom, ela vai se importar, mas do jeito preocupado, não do jeito irritado.

E mais uma vez ele me lembra de que tudo envolve a reação da minha mãe e de que os meus irmãos nunca me imaginariam numa encrenca.

— Vou deitar um pouco.

— Eu fico, se você quiser — diz ele enquanto pego a mochila e me viro em direção à escada.

— Estou bem. — Mas não estou. Nem sei se um dia as coisas vão voltar a ficar bem. Subo a escada devagar. Já subi essa escada correndo um milhão de vezes. Deslizei pelo corrimão até minha mãe me pegar, quando eu tinha sete anos. Hoje, minhas pernas latejam como se eu estivesse subindo uma montanha.

Cinco mil dólares. Como é que o Isaiah e eu vamos conseguir cinco mil dólares?

No topo da escada, viro para a esquerda, para longe dos quatro quartos dos meus irmãos: dois que atualmente abrigam West e Ethan e outros dois, de Jack e Gavin. Passo por um dos quartos de hóspedes e uma náusea repugnante ataca minha corrente sanguínea quando avisto a porta entreaberta do quarto em frente ao meu. Só uma pessoa entra no quarto da Colleen: minha mãe.

Deixo a mochila apoiada no batente da minha porta, inspiro devagar e espio dentro do quarto que eu queria que desaparecesse. As paredes são cor-de-rosa, a cor preferida da Colleen. A cama com dossel está arrumada com perfeição. Uma boneca e um urso de pelúcia ainda aguardam, no travesseiro, a volta da sua dona.

No chão, uma casa de boneca é uma réplica perfeita da nossa casa. Como sempre, no interior da casa, a figura que foi feita para representar minha mãe está ao lado da que foi feita para representar Colleen. Meus irmãos disseram que minha mãe dormiu com a Colleen nas últimas semanas de vida da nossa irmã e que nunca deixou de rezar por um milagre.

— Rachel? — uma voz baixa que mal parece a da minha mãe sussurra no quarto. O Gavin não deve ter percebido que ela tinha voltado. Engulo em seco para me acalmar. Eu odeio esse quarto e odeio ainda mais entrar nele.

Abro a porta, e as dobradiças gemem dolorosamente. Sentada com as pernas encolhidas sob si, minha mãe passa a mão no tapete branco macio e felpudo perto da casa de boneca. Na outra mão, ela segura com força um cobertor de lã rosa-bebê do tamanho certo para um recém-nascido. Seus olhos azuis estão vazios enquanto ela me observa.

— O que você está fazendo em casa?

Passo o polegar da minha mão esquerda na palma suada da mão direita.

— Não estou me sentindo bem.

Seu rosto é consumido pela preocupação, e eu me obrigo a entrar no quarto para impedir que ela se levante num pulo.

— Estou bem — digo. — É só uma dor de cabeça.

Ela fica de joelhos.

— Você não tem enxaqueca há anos. — Porque a enxaqueca costuma ser efeito colateral de um ataque de pânico.

— Não tenho mesmo. — Mentira descarada. Eu me aproximo do tapete e balanço as mãos num movimento para baixo, indicando que ela deve ficar onde está. — Não é nada. Provavelmente é só a minha menstruação.

O conflito entre analisar demais a minha saúde ou ficar onde ela sente uma conexão com a Colleen se estende pelo seu rosto. O que eu mais temo acontece. Minha mãe decide que não consegue escolher e quer as duas coisas. Ela estende a mão para mim, e eu percebo que suas unhas compridas estão recém-pintadas de rosa. Tiro os sapatos, aceito sua mão e me junto a ela no tapete. Será que a minha mãe sabe que ainda está segurando o cobertor que ela usou para trazer a Colleen do hospital?

Minha mãe analisa o quarto. Bonecas de porcelana perfeitamente vestidas com babados e rendas se enfileiram em várias prateleiras. A única indicação de que a Colleen chegou perto dos treze anos é o antigo discman com fones de ouvido sobre a mesinha de cabeceira, ao lado de seu diário e um livro, aberto na última página, que ela leu.

— Sonhei com ela ontem à noite. — Minha mãe aperta minha mão.
— Ela estava me chamando e, por mais que eu tentasse, não conseguia encontrá-la.

Mas eu estou aqui. Bem do seu lado. Olha pra mim. Me enxerga. Aperto sua mão de volta. O gesto em nada ajuda a arrancá-la do pesadelo que prende sua mente.

— Eu sempre me perguntei se a morte da Colleen foi uma punição pelos meus pecados antigos — diz ela.

Meus músculos ficam tensos de nervoso, o mesmo sentimento que eu teria se estivesse me equilibrando num parapeito. Minha mãe às vezes se comporta assim. Seu corpo está aqui, mas sua mente está bem longe. Ela diz coisas que me tornam incapaz de respirar. A mão da minha mãe aperta mais a minha, e de repente eu me sinto claustrofóbica.

— Eu cometi erros — diz ela. — Quando era mais nova. Antes de conhecer o seu pai. A Colleen era uma menina tão boa. Tão boa...

Olha pra mim, mãe. Sou sua filha e estou bem aqui.

— Mãe?

Ela pisca e vira a cabeça, o brilho de vida voltando aos olhos azuis. Inspiro de alívio. Minha mãe ajeita meu cabelo sobre meu ombro.

— Você também é uma menina muito boa.

Meus olhos se fecham. Não sou. Descumpri o horário de voltar para casa, participei de uma corrida de arrancada e agora devo cinco mil dólares para um cara que minha mãe ia desmaiar se visse. Estou em perigo, coloquei o Isaiah em perigo e estou arriscando a felicidade da minha mãe — da minha família — porque não sou uma boa menina. Sou exatamente como o Gavin descreveu: egoísta.

— Mãe... — Um nó se forma na minha garganta. — O papai me falou da oportunidade incrível de ajudar a Fundação da Leucemia. Eu... eu quero falar em nome da Colleen.

O rosto da minha mãe explode num sorriso. Os olhos azuis reluzem como uma luz dançando sobre o mar. Ela solta o cobertor e me abraça. Reações como essa da minha mãe são, teoricamente, meu motivo para viver, mas não consigo aproveitar. Estar no quarto da Colleen, entender o que eu acabei de fazer, é como se eu tivesse concordado com uma sentença de morte e ficado paralisada em seguida.

Isaiah

Ando de um lado para o outro na frente da oficina, me sentindo inquieto, meio selvagem.

Eric.

Rachel.

Cinco mil dólares.

Passo a mão sobre o tigre tatuado no meu bíceps direito. Eric não é o primeiro predador que eu enfrento.

Uma vez fui ao zoológico num passeio do ensino fundamental. Eu era a menor criança da turma e mal conseguia ver alguma coisa além da parte de trás da cabeça de alguém. O zoológico tinha construído uma casa de vidro de três andares sobre a área reservada para os tigres. Todo mundo na turma correu para o andar de cima para ver o filhote de tigre brincando com uma bola. Fiquei onde eu sabia que devia ficar: no andar de baixo.

Eu me apoiei no vidro para encarar as trilhas de lama gastas. Era ali que o tigre que não interessava a ninguém ficava andando. Sua pele era meio esfarrapada, parecia pendurada no corpo, a pelagem não tinha nenhum brilho, a orelha era meio mastigada — uma criatura patética. Um animal resgatado, disse minha professora, que morreria no mundo selvagem.

Do nada, o velho tigre atacou pela direita, bateu com as duas patas enormes no vidro e rosnou. Meu coração saiu pela boca; meu corpo tremia da cabeça aos pés, mas eu não me mexi e não parei de fazer contato visual. O tigre andou de um lado para o outro na minha frente, a cabeça chicoteando a cada virada, sem me deixar de fora do seu olhar turbulento.

Na verdade, eu soube naquele momento que não queria mais ser o menor da turma, o menor no meu lar comunitário. Desejei ser aquele tigre bravo com quem ninguém mexia. Minha professora, como todos os adultos, estava muito errada: esse tigre teria dominado o mundo selvagem.

Não domino as ruas. Esse título pode ficar com outra pessoa, mas ninguém mexe comigo. O Eric sabe disso, e ele passou anos tentando me colocar sob seu comando. Não vou permitir que isso aconteça; e não vou permitir que ele machuque a Rachel.

Para proteger a garota, tenho um plano para colocar em ação. Um plano que depende de um "sim". Respiro fundo e entro na oficina.

Os aquecedores na velha oficina estão tão ferrados que deve estar mais quente lá fora. Sem nenhum carro suspenso e nem parado no estacionamento, Tom, o proprietário da oficina que me emprega, está sem trabalho e cheio de tempo para histórias. Ele e o mecânico em tempo integral, o Mack, estão sentados no escritório abarrotado e dão risadas diante de uma garrafa de uísque compartilhada.

— Isaiah. — Tom pega sua bengala como se fosse se levantar. Tudo na oficina é velho, ultrapassado e gasto. Como ele só ganha o suficiente para pagar ao Mack e, de vez em quando, a mim, o único motivo para o Tom manter o lugar funcionando é que a esposa dele morreu uns anos atrás e ele detesta ficar sozinho. — Como foi a primeira semana de aula?

— Tudo bem. — Eu me pergunto se ele tem consciência de que hoje é sábado de manhã e que, quando encontrei com ele ontem, contei as novidades. Sua mente anda mais no passado que no presente. — A Eastwick vai me deixar fazer estágio às terças e quintas na Pro Performance.

— Você me contou isso — murmura ele.

Tom alisa o cabelo branco ralo e se recosta na cadeira. Ele dá um tapinha no bolso da camisa de flanela vermelha, sem dúvida procurando um maço de Marlboro e um isqueiro, apesar de o médico o ter mandado parar um ano atrás. Seus olhos azul-claros gentis disparam enquanto sua mente tenta distinguir o que está na memória e o presente. Hoje é um bom dia, porque seu rosto se ilumina com o raro conhecimento retido.

— Você me contou isso. Eles vão te dar um emprego depois que você se formar.

— Sim, senhor. — Minhas entranhas relaxam com essas palavras. Não gosto dos dias em que ele esquece as coisas.

O velho e o Mack sempre foram bons comigo. Um amigo deles foi meu pai adotivo por um tempo. Depois, a única família boa que eu tive saiu da cidade, e o sistema me mudou para a casa da Shirley e do Dale, e esses dois velhos colocaram na cabeça que iam me contratar aos treze anos, mesmo sem experiência.

— Ótimo — diz Tom para si mesmo e depois encara o Mack. — Não é bom?

Veterano aposentado depois de servir durante trinta anos, Mack aponta seu boné de beisebol dos fuzileiros navais em minha direção.

— Não vá fazer merda.

— Não estou planejando fazer.

— Ótimo. — Mack reitera os sentimentos do Tom. — Esse emprego vai te levar pra algum lugar.

Olho ao redor da garagem vazia.

— Nada de trabalho?

Mack balança a cabeça. Tom pode ser o dono da oficina, mas é o Mack quem administra. Assim como Tom, Mack não precisa trabalhar. Mas ele prefere a garagem ao seu apartamento vazio.

— Terminei o Chevelle.

— Você se importa se eu fizer uns trabalhos paralelos durante o dia? Já que não tem nada pra chegar? — Duvido que a Rachel possa ficar na rua até tarde.

Desde que eu tinha catorze anos, faço trabalhos paralelos para amigos. Eles encontram as peças, eu faço o trabalho manual em troca de um pagamento, de peças para tunar o meu próprio Mustang ou de uma dívida que eles pagam depois. O trabalho paralelo normalmente espera até o horário de a garagem estar oficialmente fechada, à noite, mas, como os negócios estão lentos, talvez eles me deem esse tempo ocioso.

Mack toma um golinho de uísque da garrafa.

— Sem problemas. Em que você tá trabalhando?

Em qualquer coisa que eu consiga arrumar para ganhar um dinheiro a mais.

— No meu carro. — Pigarreio. — E num Mustang GT 2005.

Uma sombra de sorriso aparece nos lábios do Mack, provocando fendas profundas ao redor da sua boca.

— Finalmente guardou dinheiro suficiente pra tunar o seu carro?

Não.

— Vou cobrar uns favores.

É mais como se eu estivesse cobrando dívidas que as pessoas têm comigo. Dívidas que eu guardei para quando precisasse de ajuda — tipo uma fiança. Algumas dessas pessoas vão pagar em dinheiro. Outras que não têm fluxo de caixa podem me dar peças. Eu detesto usar minha "poupança", mas dever para o Eric pode ser pior do que ir para a cadeia.

— E suponho que é por isso que você me chamou? — pergunta a Abby atrás de mim.

Mack, Tom e eu viramos a cabeça. Ela acena para mim, cumprimenta o Tom e, como sempre, ignora o Mack. Ele termina o uísque, joga a garrafa vazia no lixo e sai do escritório. Ele vai ser um combatente desaparecido pelo resto do dia. Abby nunca me contou por que os dois se encaram de lados opostos no campo de batalha, e, como a respeito, eu nunca perguntei.

Tom dá um tapinha no bolso de novo, ainda procurando os cigarros.

— Deixe sua política fora da minha garagem, senhorita Abby.

Política significa as drogas dela. Tom é a única pessoa para quem eu vi a Abby se dobrar.

— Eu sempre faço isso.

— Ótimo. — Pelo modo como os olhos do Tom ficam vagos, percebo que nós o perdemos para uma lembrança.

Vou até o outro lado da garagem, e a Abby me segue.

— Todo mundo sabe do acordo que você fez com o Eric — diz ela.

— Ele tá falando sério, Isaiah, e quer a sua cabeça e a da Coelhinha Fofa numa bandeja. O Eric ameaçou se vingar de qualquer pessoa que tentar te ajudar a conseguir o dinheiro.

Merda. Isso complica tudo. Eu esperava conseguir metade dos cinco mil cobrando dívidas. Agora vou ter de depender exclusivamente das peças.

— Vou respeitar qualquer decisão sua, mas você precisa falar agora. De que lado você está, Abby? Você é minha amiga ou minha inimiga nisso?

— Não posso te ajudar — diz ela.

Coloco as mãos na bancada de ferramentas e me inclino sobre ela. Não é o que eu queria ouvir.

— Abby...

— Não posso te dar dinheiro. — Seus olhos disparam para os meus. — Eu preciso do que eu ganho. O Eric pode ser dono de algumas ruas, mas ele não manda em mim. Vou te ajudar do jeito que eu puder, mas tenho que me proteger.

Porque ninguém mais vai fazer isso. Ela não precisa dizer essa parte. Porque a vida também é assim para mim. Eu me endireito. Essa é a resposta dela, e eu tenho de aceitar.

— Tenho uns favores pra cobrar e queria ajuda nisso.

— Conta comigo. — Com uma inclinação de queixo, ela encarna a modalidade negócios. Eu detesto esse olhar vazio, mas essa expressão é o motivo para eu pedir a ajuda dela. A quantidade de trabalho a ser feita normalmente levaria semanas. Não tenho esse tempo todo. Vou gastar alguns dias numa tarefa que precisava terminar ontem à noite.

Pego uma lista no meu bolso traseiro e digo a ela o nome das pessoas que ela deve visitar. Conforme ela escuta, a única mudança na sua expressão é uma sobrancelha que se ergue lentamente e depois relaxa na mesma velocidade. Ela enfia a lista no bolso da calça jeans.

— Você andou ocupado brincando de escoteiro pra muita gente rica.

É, andei mesmo.

— Gosto de saber que vou ter ajuda quando precisar.

— Ou você poderia guardar o full house pra outra jogada e aceitar a oferta de roubar carros. Você poderia facilmente roubar cinco carros por noite. O Eric ia sair do seu pé, e a Coelhinha Fofa ia se jogar nos seus braços assim que a igreja abrisse as portas amanhã de manhã.

Balanço a cabeça antes de ela terminar.

— Vou fazer isso do jeito limpo. — A corrida ilegal nas ruas me colocou nessa confusão, e eu não quero me arriscar a estragar as coisas ainda mais.

— Limpo? — Sua boca vira uma linha fina. — Como você acha que essas pessoas vão arrumar as peças de carro que você está pedindo como pagamento? Você sinceramente acha que elas vão entrar numa loja e comprar?

Não. Não acho. Mas estou disposto a fingir que não sei de nada.

— Vou dizer pela última vez. Decide agora se você vai me ajudar.

— Meu Deus, como você tá mal-humorado. O que aquela garota vê em você?

Não faço ideia.

— Ela gosta das minhas tattoos.

A expressão sem emoções desaparece, e ela ri.

— Você é um filho da puta maluco. Muito bem, pode desperdiçar uma lista boa como essa com peças de carro. Eu volto mais tarde. — Sem dizer outra palavra, Abby sai da garagem.

Passo a mão na cabeça e penso em ligar para a Rachel. Quero ouvir sua voz de novo, mas ela vai querer respostas, e eu só tenho hipóteses. Depois que eu falar com a minha lista de pessoas, vou saber mais e aí posso dizer para ela vir.

Ainda não sou bom o suficiente para uma garota como ela, mas ela está de volta na minha vida e precisa de alguém para protegê-la. Vou assumir esse papel e mergulhar o máximo que eu puder na sua luz, antes que ela me deixe para trás na escuridão.

Rachel

Quando eu tinha quatro anos, sentia paixão por tomadas elétricas. Buracos escuros que sumiam parede adentro e, se eu ligasse alguma coisa ali, a máquina começava a viver. Eletricidade! Como seria a aparência da eletricidade? Como seria a sensação? Cedendo à tentação, enfiei o dedo na tomada no instante em que alguém ligou o aspirador de pó. Meu corpo deu um pulo com o choque. Aprendi duas lições naquele dia. Um: não enfie o dedo na tomada. Dois: eu gostei da sensação.

Fecho a porta do Mustang e brinco com os botões do meu casaco de inverno preto. Meu sangue pulsa com o mesmo zumbido da energia elétrica. Vou ver o Isaiah.

Ele não me ligou, lembro a mim mesma. Isaiah não me ligou, mas me olhou dentro dos olhos no bar e disse que tinha uma dívida comigo. As mesmas palavras que ele disse ao Eric no estacionamento do meu colégio. *Para de sonhar acordada que ele se importa. Ele não se importa. Sou uma dívida. Nada mais.*

A pequena oficina imunda parece diferente durante o dia. Estranhamente, naquela noite, esse lugar se tornou um farol, um abrigo. Agora, com nuvens cinza flutuando baixo no céu e as rachaduras na parede do lado de fora, sou lembrada de que estou longe do meu ambiente.

Puxo a porta pesada e entro. O calor de uma selva me sufoca e descongela meus dedos frios. Meu cabelo voa no rosto quando um vento frio subitamente me atinge no momento em que a porta se fecha atrás de mim. Um rádio toca uma música alta raivosa e cheia de guitarras. Sem camisa, Isaiah está inclinado sobre o capô aberto do seu Mustang. As duas mãos estão mergulhadas no carro.

O rabo em chamas do dragão que eu vi no seu bíceps na noite em que o conheci sobe pelo ombro e se enrosca nas costas. Os olhos verdes da criatura vermelha maléfica me espiam como uma sentinela protegendo seu mestre. Perto da omoplata de Isaiah, o fogo escapa da boca do dragão. Com uma chave de tubo na mão, Isaiah trabalha no carro num movimento fluido. Os músculos largos e fortes em suas costas ficam mais pronunciados quanto mais rápido ele trabalha.

Isaiah se mexe, conseguindo uma posição melhor para o que está fazendo. Minha boca fica seca, e sensações estranhas aquecem meu corpo. Isaiah é absolutamente lindo.

Minha bolsa desliza da mão e cai no chão, fazendo um "tum" embaraçoso. Sua cabeça se levanta com tudo, e ele me vê de boca aberta. Um sorriso perspicaz desliza pelos seus lábios, fazendo o calor subir pelo meu rosto. Se pelo menos eu pudesse morrer.

Ele se endireita, e eu tento não encarar o jeito fluido como ele se movimenta. Pego minha bolsa, deixo cair de novo, e pego mais uma vez. Por que eu sou sempre tão desastrada?

— Oi, Rachel — diz ele com facilidade naquela voz profunda que faz meu coração parar de bater mais vezes do que deveria. *Ele não me ligou. Ele não me ligou*, repito. *Ele não me quer. Sou uma dívida.*

— Oi — respondo, orgulhosa por não gaguejar numa palavra pequena.

Pegando uma camiseta preta na bancada, Isaiah a veste e acena para que eu me aproxime.

— Desculpa pelo calor. Temos o calor dos trópicos ou o frio do ártico. Pode escolher.

— Trópicos — respondo. — Detesto frio.

— Eu também — concorda ele. Então temos pelo menos uma coisa em comum, além dos carros, da corrida ilegal, do Eric...

Paro do outro lado do capô aberto e aprecio descaradamente a máquina envolvida na lataria. Ele estava certo numa coisa: não é o motor original de um Mustang GT 94.

— Você fez um upgrade.

— Reconstruí. — Isaiah analisa o carro com uma intensidade que sugere um mergulho profundo no pensamento. — Encontrei a carcaça destruída num ferro-velho quando tinha catorze anos e passei os últimos anos ajeitando a lataria e juntando peças até conseguir fazer com que ele funcionasse. No papel, eu devia ter mais torque e potência, mas muitas peças não estão mais em boas condições.

Minhas mãos estão suando, não pelo calor, e eu agarro a alça da bolsa. Eu a balanço um pouco, de modo que ela bate de leve em meus joelhos. Sinto falta de como nós dois agimos naquela noite. Sinto falta dele gostando de mim.

— Desculpa — digo.

Seus olhos disparam até os meus.

— Por quê?

Por não ser alguém de quem você poderia gostar de verdade.

— Por tudo. — Abaixo a cabeça e observo minha bolsa bater em minhas pernas repetidas vezes. — Eu sei que você acha que tem uma dívida comigo, mas você não tem. Isso é problema meu. Eu vou resolver. — Apesar de não ter a menor ideia de como fazer isso.

Seus olhos escurecem novamente, para o carvão sombrio que eu me lembro de ter visto quando ele jurou sua promessa para mim.

— Esse problema é nosso.

Sou uma dívida. Ele disse que eu não significo nada. Dei meu primeiro beijo no Isaiah, ele não me ligou e eu sou uma dívida. Eric me chamou de uma foda, e o Isaiah concordou em silêncio. Tenho muitos problemas, e a última coisa que eu quero é obrigar um cara a me ajudar porque ele acha que me deve alguma coisa. Não quando eu tenho sentimentos por ele, e ele não tem nenhum por mim. Não quando vê-lo vai esmagar minha alma continuamente.

— Isaiah...

Ele me interrompe.

— Uma coisa que você precisa aprender sobre mim: eu não discuto.

A bolsa para de balançar.

— O quê?

Seus olhos ficam num tom prateado lindo.

— Isso não é problema seu. É problema nosso. E eu sei como a gente vai resolver.

— Sabe? — pergunto, meio sem fôlego. Ah, os olhos dele são lindos. Tem calor demais ao redor do meu corpo e, com um dedo, eu puxo o colarinho do casaco.

Seus olhos seguem o movimento.

— Você devia tirar o casaco — diz ele, e meu coração dá um pulo no peito só de pensar em tirar alguma coisa na frente dele. — Está quente aqui dentro.

Quente. O aquecedor quebrado. Certo. Pigarreio, desabotoo o casaco e o tiro. Isaiah o pega da minha mão, e de repente eu me sinto sozinha e nua enquanto ele atravessa o ambiente para colocar o casaco num gancho na parede.

— Vamos participar de corridas de arrancada — anuncia ele.

Solto uma bufada.

— Porque isso funcionou muito bem na primeira vez.

Ele me dá aquele sorriso estonteante, que desaparece tão rápido que eu nem tenho certeza se realmente existiu.

— Correr nas ruas foi um erro que eu não pretendo repetir, nem você.

Isaiah faz uma pausa como se estivesse esperando eu protestar. Não protesto. Lição aprendida: nada de corrida nas ruas. Ele continua:

— Você já ouviu falar na The Motor Yard?

— Não.

— É uma pista de duzentos metros na parte sudoeste da cidade.

— É autorizada?

— Sim. E é lá que vou ganhar o dinheiro que a gente precisa pra pagar o Eric. — Em pé no meio da garagem, Isaiah irradia confiança. Eu sinto inveja dele.

— De que maneira correr lá é diferente de correr nas ruas?

— Porque o lugar é legalizado e familiar. Os caras que correm lá vêm de várias gerações: pais, tios, avôs, bisavôs. Vou ganhar dinheiro com as apostas paralelas. O dinheiro por aposta não vai ser muito alto, mas espero ganhar o suficiente para compensar.

Já estou balançando a cabeça. Não parece um plano muito bom.

— Quer dizer que nós dois vamos correr e *ter esperança* de ganhar algumas apostas paralelas ao longo do caminho, e *pode ser* que tudo isso dê um total de cinco mil dólares?

— Nós dois, não — diz ele sem justificativa. — Eu vou correr e ganhar com o seu carro.

Eu pisco.

— Meu carro.

— Isso — diz ele sem qualquer hesitação. — Seu carro.

De jeito nenhum ele vai fazer isso — conseguir tanto dinheiro numa corrida que ele *espera* vencer. Meus lábios se contraem para o lado direito enquanto eu penso no que ele disse. Ele acredita, mas eu... eu não consigo.

Isaiah se concentra na minha boca. Com dois passos tranquilos, ele atravessa a distância entre nós e coloca os dedos sob o meu queixo. Seu polegar quente alisa o contorno dos meus lábios, e meu coração flutua. Ele faz o movimento provocante mais uma vez... mas agora mais devagar, e minha boca reage relaxando. Paro de respirar e de pensar. Senti tanta falta do toque dele.

— Eu te falei pra não se preocupar — sussurra ele.

Engasgo com uma risada sarcástica e viro a cabeça para respirar sem sentir o cheiro dele. Sou ótima em me preocupar.

— Não estou preocupada.

— Está, sim — responde ele rapidamente. — Quando eu digo que vou fazer uma coisa, eu faço.

Não é verdade: ele disse que ia me ligar e não ligou. Brinco com um fio solto na bainha da minha manga enquanto meu coração afunda. O que eu faço se ele conseguir o dinheiro? O que eu faço se não aceitar a proposta dele? Talvez eu pudesse pedir ajudar ao West e ao Ethan. Talvez eles tenham dinheiro.

Levanto a cabeça e percebo que ele está me encarando.

— Estou feliz por você estar aqui, Rachel. — Seus dedos deslizam no meu pulso, e o toque da sua pele na minha derrete meus músculos como manteiga quente.

Imediatamente uma repulsa me atravessa. Sou muito patética. Ele não me ligou. O Isaiah nunca me ligou e, com poucas palavras e algumas carícias, volto direto para o ponto onde comecei: como uma garota ingênua e burra.

Eu me afasto e tiro a franja do rosto. Não posso fazer isso. Não posso deixar o Isaiah brincar comigo. Tenho um pouco de dinheiro que economizei no aniversário e no Natal. Posso penhorar algumas joias. Vou implorar ao Eric por mais tempo. Qualquer coisa para o meu coração não ser partido.

— Isso é um erro. Vou dar um jeito sozinha.

Quando passo por ele, em direção ao meu casaco, em direção à porta, Isaiah agarra a minha mão.

— O que está errado. — Não é uma pergunta. É uma contestação.

— Você disse que eu era uma transa de uma noite. — Puxo minha mão, mas ele não cede. A raiva me incendeia, e eu puxo com mais força. — Você disse que eu não significo nada!

Sua mão escapa.

— Eu nunca disse que você era uma transa de uma noite. Rachel... eu nunca poderia pensar em você como uma foda.

Eu me encolho ao ouvir a palavra saindo da sua boca e odeio como ele inclina a cabeça com pena quando percebe minha fraqueza.

— Mas o Eric disse — comento. — E você não discutiu.

— Desculpa — ele diz simplesmente, como se isso pudesse apagar uma semana me ignorando.

Minha garganta queima enquanto as lágrimas ameaçam meus olhos. Eu devia ficar de boca fechada e sair. Em vez disso, fico e digo palavras idiotas.

— Eu esperei você me ligar. Você disse que ia ligar. Você disse que gostava de mim. E depois você disse pro Eric que eu não significo nada.

— Eu apareci lá por você. — Uma pitada de irritação escapa na sua voz. — Enfrentei o Eric por você.

— Porque você tem uma dívida comigo! Porque eu parei meu carro e deixei você dirigir até a gente escapar da polícia.

Sua expressão se torna uma tempestade crescente.

— Não é assim.

Jogo os braços para o lado fingindo que não me importo, mas a verdade é que eu me importo. Eu me importo tanto com esse cara que ele está me rasgando em pedaços.

— Quer dizer que você não tem uma dívida comigo?

— Meu Deus — murmura ele enquanto suas mãos formam punhos na lateral. — Eu tenho uma dívida com você, sim.

Ele quer falar mais, mas não consigo ouvir mentiras.

— Pode falar, Isaiah. Para com isso e diz que eu fui um jogo. Diz que eu fui a garota rica, burra e patética com quem você tentou transar. Pode falar, aí a gente vai descobrir um jeito de sair dessa encrenca sem você precisar me conquistar pra fazer o que você quer. — *Sem você destruir o que sobrou da minha alma.* — Pode falar!

Mas, antes que ele possa dizer alguma coisa, a porta da garagem geme. Viro a cabeça, relutante, a tempo de ver duas pessoas que parecem ter mais ou menos a nossa idade entrando. O cara é alto, assomando-se sobre a garota que, se isso for possível, é mais baixa que eu. Seus olhos disparam para mim e Isaiah e acabam parando nele.

— Oi, Isaiah — diz ela.

A calça jeans rasgada e o cabelo loiro com mechas pretas revelam que ela se dá bem com o perigo. Ela é linda e, pelo jeito como se porta, é confiante — forte. Seco os olhos e viro o corpo na direção oposta a ela. Meu peito se move com a batida pesada do coração, e uma lágrima imbecil e traidora escorre.

Isaiah abaixa a cabeça e murmura um xingamento. Percebo, pelo modo como ele tenta não olhar para ela mas continua fazendo isso, que essa garota significa alguma coisa para ele. Acho que Isaiah acabou de ser pego em flagrante por trair essa garota — comigo.

Isaiah

— Oi, Isaiah.

Meu nome na boca de poucas pessoas pode fazer meu mundo parar. Como se estivesse em câmera lenta, viro a cabeça e a vejo entrar na minha vida como se nunca tivesse ido embora.

— Merda — resmungo. Seria muito difícil o maldito universo me dar um tempo? Rachel joga o cabelo loiro sobre o ombro para evitar que eu veja seu rosto.

— Estou interrompendo? — pergunta Beth enquanto entra na garagem. Um milhão de perguntas se formam na minha mente, mas a volta da dor cega no meu corpo me impede de fazê-las. Ela ainda está linda: uma fadinha minúscula e revoltada, mas o cabelo está diferente. Está na altura do queixo agora, e o loiro substituiu o preto, exceto por duas faixas da cor que eu conheci.

— Está — respondo com raiva demais. Beth percebe e levanta uma sobrancelha de um jeito zombador.

Um cara que eu não conheço entra atrás. Eu me endireito e sinto meus músculos se flexionando. Mas que merda é essa? Será que ela já dispensou o cara por quem me trocou e veio aqui para mostrar o outro? Beth olha para trás antes de voltar o olhar para mim.

— Isaiah, esse é o Logan. Ele é meu amigo... e do Ryan.

Vestido com um casaco de atleta com um B enorme na frente e seu nome bordado abaixo, o garoto acena com a cabeça para mim. No braço branco do casaco, dois bastões de beisebol cruzados. O cara por quem a Beth se apaixonou, o Ryan, também era jogador de beisebol.

Giro os ombros. Não quero dar à Beth a oportunidade de me rasgar em pedacinhos de novo. Não agora. Não quando tudo virou uma merda. Não com a Rachel na minha vida.

— Você precisa ir embora.

— Eu tentei te ligar — diz ela, ignorando a mim e o fato de a Rachel estar completamente destruída a menos de meio metro de nós. — E mandar mensagem.

Ela fez isso mesmo. Desde o Dia de Ação de Graças, mas eu não estou preparado para perdoar.

— Vai embora.

Beth para na frente da Rachel e dá uma olhada de cima a baixo.

— Eu sou a Beth — diz ela. — Já que o Isaiah perdeu a educação.

Rachel levanta o queixo. Uma explosão de orgulho flui pelo meu sangue. De jeito nenhum ela vai permitir que a Beth pise nela.

— Sou a Rachel.

— Ela está comigo — digo, fazendo Rachel me olhar nos olhos. *Vamos lá, meu anjo, sei que a gente tem coisas pra resolver, mas fica comigo. É a Beth quem não devia estar aqui.*

Beth pigarreia. Ela quer minha atenção, mas não vai conseguir.

— O Logan recebeu um carro de herança, e eu falei que você podia ajudar a consertar. Falei que você era o melhor.

— Só faço favores pra amigos — respondo enquanto mantenho o olhar da Rachel. *É isso mesmo. Gruda esses lindos olhos violeta em mim. Instintivamente, você confia em mim. Continua assim.*

Preciso de um tempo com a Rachel. Tempo para explicar por que eu não liguei; tempo para explicar que nossa única noite juntos significou alguma coisa e por que eu disse aquelas palavras para o Eric e a magoei tanto. Tempo para entender por que diabos eu me importo tanto com o fato de ela estar com raiva de mim. Como o mundo nunca funciona a meu favor, eu não tenho esse tempo.

— Eu costumava ser a sua melhor amiga — Beth desdenha. — Ela é sua amiga agora?

Claramente curiosa pela resposta, Rachel coloca o cabelo atrás da orelha, como se quisesse me escutar melhor. Não quero mais a Beth envolvida na minha vida, e não sei o que dizer sobre mim e a Rachel. Eu gosto dela. Ela é um mistério. E estou seriamente atraído por ela. Acho que somos amigos, mas alguma coisa me impede de dizer isso em voz alta.

— A oficina está fechada, Beth.

Rachel fecha os olhos e, quando os abre novamente, olha para Beth.

— Ele me deve um favor.

Beth relaxa visivelmente os ombros, e eu me pergunto por que ela se importa com a pessoa com quem estou passando meu tempo. A Beth me deixou.

— Então, Isaiah, que tipo de favor você deve pra ela?

— Eu preciso de dinheiro — Rachel responde com uma coragem que poucas pessoas já tiveram com a Beth. A raiva me consome. Esse negócio é estritamente entre mim e ela. Não é uma informação para a Beth.
— E o Isaiah vai participar de corridas de arrancada com o meu carro pra me ajudar a conseguir esse dinheiro. Então, quando eu terminar essa história com ele, você pode ficar com o seu *amigo* de volta.

O sorriso sádico que eu lembro muito bem ser de quando a Beth se sente ameaçada atravessa seu rosto.

— Obrigada, mas eu não preciso da sua permissão.

Rachel coloca a bolsa no ombro e inclina a cabeça para mim.

— Se você quer correr com o meu carro, tudo bem. Pode correr com o meu carro. Me manda uma mensagem com os detalhes de quando e onde, e eu apareço lá. E não se preocupa em conseguir a quantia toda. Posso arrumar um pouco de dinheiro.

— Rachel... — começo.

Mas ela já está do outro lado da garagem. Seu casaco cai do gancho quando ela bate a porta da frente com força.

Que merda. Passo pela Beth e olho pela pequena janela da porta. O motor do Mustang dela rosna ao sair do estacionamento. Pego seu casaco. Tem o cheiro dela — cheiro de oceano. Eu o coloco de volta no gancho com delicadeza.

— Sai da minha vida, Beth.

— Beth — diz o atleta. — Vamos embora.

— Agora que você decidiu falar — digo a ele —, pega a Beth e sai daqui, porra.

— Não, Logan — interrompe Beth. — Me dá uns minutos com o Isaiah.

O cara de cabelo escuro solta uma respiração frustrada.

— Prometi pro Ryan que não ia deixar você sair do meu campo de visão, então o que você tiver que falar ou fazer... — Ele dá de ombros.

Espero a Beth dizer ao cara onde enfiar o que ele disse. Ela apenas cruza os braços. Solto uma risadinha sarcástica. A garota foi domesticada. Vou em direção ao meu Mustang, decidindo que é melhor ignorar os dois.

Beth me segue e fica a trinta centímetros de mim.

— O Noah e eu nos falamos — diz ela.

Silêncio.

— Você e eu fomos amigos antes e podemos voltar a ser amigos.

Mais silêncio.

— Sinto saudade de você.

Ela foi longe demais. Viro para o atleta.

— De que tipo de trabalho você precisa? — Estou desesperado por dinheiro extra, e talvez ele possa pagar.

Logan mexe a cabeça de um jeito quem-é-que-vai-saber.

— Ele anda, mas faz uns barulhos estranhos quando chega a uns sessenta por hora. Eu queria que ele não explodisse na rodovia e que andasse mais rápido.

— Você pode pagar?

— Posso.

Beth sabia que eu podia ajudar.

— Traz o carro outra hora. Sem *ela*.

Ele aponta para trás com o polegar.

— Tá aí fora, no estacionamento.

Ele fala como se o carro não significasse nada. Então lembro que ele pode pagar.

— Traz pra dentro.

Logan analisa Beth de um jeito que diz que ele já aturou as palhaçadas dela antes.

— Posso te deixar por dois segundos sem você começar uma guerra mundial?

— Eu gostava de você — diz ela para Logan.

Ele sai, e a Beth fica. Por que ela voltou? Para me ferrar? Para esfregar na minha cara que está feliz? Olho para ela pelo canto do olho. Ela toca na fita cor-de-rosa amarrada no pulso, a que o babaca do Ryan deu para ela. Ele faz a Beth feliz. Eu odeio o cara.

— E aí, você tá a fim dela? — pergunta Beth.

— Seu tio sabe que você está aqui? — Aperto o botão para abrir a porta da vaga na oficina e depois me ocupo com umas chaves de parafuso. Rachel é o oposto da Beth, com seu sorriso brilhante e sua risada alegre. Um raio de luz. Mesmo quando eu estava a fim dela, a Beth não passava de escuridão.

— Sabe — ela responde imediatamente.

Um muxoxo abafado escapa da minha garganta, porque eu não acredito nisso.

— Tá. Ele não sabe. E, antes que você pergunte, o Ryan sabe.

Vou até as chaves de fenda.

— Quando foi que você virou um cachorrinho na coleira?

— Vai se foder — ela rosna e depois suspira. — Eu não virei. O Ryan sabe que eu sinto saudade de você e sabe que é ele que eu amo. Ele não se importa de eu ser sua amiga.

Ah, tá. Tenho certeza de que ele prefere não ser o idiota que diz não, por isso está confiando que eu vou mandar a garota embora. Pelo menos o babaca acertou com essa intuição. Viro a cabeça ao ouvir o som de um motor barulhento e dou um leve sorriso quando vejo o Chevy 57 vermelho entrar na vaga.

Beth anda ao meu lado.

— Eu sabia que você ia gostar dele.

Dele. Porque a Beth sabe quanto eu amo carros. Na verdade, ela sabe demais sobre mim. A Beth é como uma bad trip. Sempre foi, e eu não quero mais andar com ela.

— Vai embora.

— Não. Não enquanto a gente não voltar a ser amigo.

Logan desliga o motor, sai do carro e abre o capô.

— O que você acha? — pergunta ele.

Acho que eu poderia ficar de pau duro com um carro como esse.

— Esse carro foi feito pra correr.

Logan presta atenção.

— Você acha que consegue fazer ele correr?

Faço uma pausa enquanto analiso o garoto. Estava lá na voz dele e ainda está presente na maneira esperançosa como ele se porta. Velocidade. Ele deseja isso. Ele quer isso. Talvez o atleta não seja tão ruim.

— Você está interessado em manter o carro legalizado pras ruas?

— Estou mais interessado na velocidade. Você pode me arrumar uma corrida quando terminar?

Coloco as duas mãos no carro e me inclino para inspecionar o motor. Não é o original, e isso é bom — caso contrário, eu ia odiar mexer nele.

— Se você estiver procurando velocidade, tem uma pista na parte sudoeste da cidade. O lugar vai abrir na próxima semana.

— Você corre lá? — pergunta ele.

— Corro. — E planejo passar muito tempo lá nas próximas seis semanas.

— Isaiah. — Beth tenta ficar entre nós, mas Logan se posiciona de um jeito que ela não consegue. — Não foi pra isso que eu trouxe o Logan aqui.

Um brilho insano atinge os olhos do cara e de repente sinto uma conexão com ele. Uma contração nos seus lábios demonstra que ele pode ser o meu tipo de doido.

— A que velocidade os carros andam lá?

— Alguns caras chegam a duzentos quilômetros por hora em duzentos metros.

— Não! — Beth bate com o pé no chão. — Não. Prometi pro Ryan que nada maluco ia acontecer. Logan, não foi pra isso que eu te trouxe aqui.

— Você já chegou a essa velocidade? — Ele acena com a mão para a Beth como se ela fosse uma mosca, conquistando meu respeito. A maioria dos caras teria pânico de ter as bolas arrancadas por dispensar a Beth desse jeito.

— Dirigindo o meu carro, não — respondo com sinceridade. Mas espero fazer isso com o carro da Rachel e com o meu, depois de algumas modificações. — A velocidade pode ser comprada. Só depende de quanto você quer gastar.

Logan me estende a mão.

— Sou o Logan.

— Isaiah — digo enquanto aperto a mão dele.

— Merda — resmunga Beth.

Rachel

Meu quarto é púrpura. As paredes, o tapete sobre o carpete branco, meu edredom, travesseiros, as cortinas penduradas do teto ao chão — tudo púrpura. Lilás, na verdade, mas esse é só um jeito diferente de dizer a palavra *púrpura*. Eu detesto púrpura, mas minha mãe não gosta de verde.

Estou sentada no meio da minha cama com dossel e reconto o dinheiro. Quinhentos dólares. É isso que eu tenho. Várias joias estão sobre o travesseiro ao meu lado. Quatro delas eu acho que a minha mãe não ia perceber se sumissem.

Se meus vestidos de festa não estivessem no armário dela, eu poderia tentar vendê-los. Enquanto minha mãe não consegue desenvolver a capacidade de ver quem eu sou por dentro, ela observa a parte de fora como um falcão.

Alguém bate à porta. Viro o travesseiro para esconder as joias e pego o dinheiro. A porta se abre, e Ethan vê as notas bem quando as estou colocando dentro da caixa de joias. Ele entra no meu quarto e se joga sobre a cama. O travesseiro se mexe, e eu olho de relance para ver se as joias ainda estão escondidas.

— O que você está fazendo? — pergunta ele enquanto encara a caixa cheia de dinheiro.

— Nada.

— Vai comprar uma peça nova pro seu carro? — Porque, na mente do Ethan, esse é o único motivo para eu precisar de dinheiro. Depois de um sermão do meu pai, Ethan sabe que eu não compro as peças do meu carro com o cartão de crédito.

Não. Vou pagar um psicopata.

— Talvez.

Eu e meus irmãos somos mimados. Cada um tem um cartão de crédito para comprar o que quiser, mas essa liberdade financeira também tem um preço. Meu pai se reúne com a gente todo mês e analisa nossas despesas. Dois anos atrás, quando gastei demais com peças para o meu carro, eu me perguntei se as mulheres julgadas por bruxaria em Salem tinham suado tanto quanto eu. Hoje à tarde, durante breves trinta segundos, pensei em sacar dinheiro no cartão, mas o West fez isso uma vez, e meu pai reclamou com ele em menos de vinte e quatro horas. Parece que o meu pai ativou alguns alertas.

— Preciso de anistia — diz o Ethan.

Claro.

— Hoje à noite?

— Isso.

Um sopro de ar sai da minha boca e move meu cabelo.

— E se eu tiver planos? É sábado à noite. — Ele e o West sempre supõem o pior de mim no que diz respeito à vida social.

O rosto do Ethan fica pálido.

— Você tem? E, se tiver, com quem?

— Talvez eu queira dirigir.

Ele revira os olhos.

— Você pode dirigir sempre que quiser.

— Está bem.

Ethan joga os pés para fora da minha cama.

— Você é o máximo. — Ele para no batente da porta. — Falando nisso, o que você acha de estender a anistia de gêmeos?

Remexo no tecido sobre a cama.

— Para quantas?

Meu irmão inclina a cabeça como se ainda não tivesse escolhido um número.

— Sem limites.

Um peso surge no meu peito. Ethan e West às vezes costumam ficar fora a noite toda, e nem sempre sou tão criativa nas mentiras que invento para proteger os dois.

— Não sei.

— Dorme e pensa no assunto. E, Rach. — O modo como ele se concentra nos tênis torna o silêncio desconfortável. Uma coisa que raramente acontece entre nós. — Estou feliz porque você vai ajudar a mamãe.

Esfrego o espaço entre as sobrancelhas, lutando contra pensamentos que podem me levar à ansiedade. No canto da minha penteadeira, me provocando, está um discurso que eu preciso decorar até a próxima semana.

— Você... — Ele fecha a porta do quarto e se encosta nela como se quisesse trancar todo mundo lá fora ou me prender aqui dentro. — Você vai contar pra mamãe se sentir enjoo?

Aperto um travesseiro contra o peito.

— Me deixa em paz, tá?

— Talvez você devesse falar com a mamãe e o papai.

— E depois? — Jogo o travesseiro para longe da cama. — A mamãe surta? O papai fica decepcionado? Você, o West, o Gavin e o Jack ficam no meu pé por eu ser fraca? Não, obrigada. Onde estava a sua pena quando o Jack me pressionou na outra noite porque eu ainda não tinha dito sim?

— Eles não teriam pedido se soubessem que você ainda tem ataques de pânico.

A repulsa surge em minha voz.

— Olha nos meus olhos e diz que essa família não está mais feliz porque eu estou escondendo algo com que todos vocês não conseguem lidar. — Com que eu não consigo lidar.

— Talvez eu devesse contar pra eles. — Há um toque de seriedade no seu tom que provoca um medo tipo filme de terror.

— Você não faria isso. — Procuro as palavras. — Você quer a mamãe feliz, como todo mundo.

— Eu sei, mas fico pensando em você naquele maldito chão de banheiro, vomitando até a alma...

Meu celular vibra, e meu coração idiota tropeça, porque só uma pessoa poderia me ligar ou mandar mensagem: Isaiah.

Ethan espia meu celular.

— Quem está te mandando mensagem?

Agarro o telefone e tento não tremer quando vejo o nome do Isaiah.

— O West — minto. — Ele teve problemas com o SUV porque esqueceu de trocar o óleo de novo.

— Idiota — resmunga Ethan e depois me olha de novo. — Pensa no que eu disse. Pelo menos em relação à anistia.

— Tá bom. — Faço um esforço para manter o foco em meu irmão e não no telefone enquanto ele sai do quarto. Se eu não encontrar um jeito de controlar minhas emoções malucas, o Isaiah só vai me magoar ainda mais daqui a seis semanas, quando pagarmos o Eric.

> Me encontra na pista às sete.

Meu celular vibra de novo com as instruções para chegar lá.

Arremesso o celular do outro lado da cama e me jogo nos travesseiros com uma bufada alta. Uma exigência. Não um pedido, nem mesmo um "por favor". Uma exigência. Como se ele soubesse que é lindo e misterioso e que eu não consigo parar de pensar nele obsessivamente. Eu não devia ir. Não devia responder. Devia manter minha posição.

O telefone vibra de novo. Com um suspiro dramático demais para lançar mão sem um público, chuto o celular em minha direção. Leio as palavras e depois me sufoco com o travesseiro.

> traz seu carro com o tanque cheio

Porque eu não passo de uma dívida. Sou muito, muito burra.

Meus faróis iluminam Isaiah enquanto estaciono ao lado do seu Mustang preto. Com as costas apoiadas na porta do carona e os braços cruzados, ele espera no estacionamento exatamente como disse nas mensagens. O cascalho sob meus pneus range, e eu detesto pensar nas pedras pulando e atingindo a pintura.

Inspiro, depois expiro devagar. Sou uma dívida. Não significo nada para ele. Eu não vou perder a cabeça. Não vou gritar. Vou ficar calma e controlada e tudo o mais que não sejam as emoções agitadas e a ansiedade que cresce dentro de mim. Ele não vai saber que me magoou. Posso ser fraca, mas sou boa em esconder como realmente me sinto. Fingir que ele não partiu meu coração deve ser fácil.

Eu quase tropeço saindo do carro, quando a porta se abre sem eu tocar nela. Isaiah me estende a mão como se eu precisasse de ajuda. Como isso é um gesto estranho e me pega desprevenida, eu aceito e depois me xingo por dentro quando sua mão forte envolve a minha. Droga. Eu gosto das mãos dele em mim.

— Oi — diz ele.

Isaiah fecha a porta, e nós dois ficamos ali de mãos dadas, nos encarando em silêncio. Bom, quase em silêncio: o som de dois motores sendo ligados ao mesmo tempo chama minha atenção. Isaiah dá um sorriso forçado quando me inclino para a esquerda para espiar o que há atrás das arquibancadas de metal.

Seu dedo desliza pelo dorso da minha mão de um jeito que provoca um choque elétrico pelo meu corpo. Os faróis barulhentos na pista formam uma sombra em Isaiah, e eu estremeço ao ver como ele parece à vontade na escuridão.

— É um barulho agradável — diz ele em relação aos motores, mas eu só escuto sua voz profunda.

Dou de ombros como se não me importasse, mas, sim... esse som é demais — os motores e a voz dele. *Tira sua mão da dele, Rach. Ele está brincando com você.* Um dos dedos dele se move lentamente na minha pele de novo, e eu sinto arrepios nos braços. A voz irritante na minha cabeça repete o alerta, mas eu não escuto.

— Eu não tinha certeza se você ia aparecer.

Ele parece um pouco magoado e aliviado ao mesmo tempo. Ótimo. Não consigo conter a curva discreta em meus lábios. Eu apareci, mas me mantive firme não respondendo às mensagens dele.

— Você deixou seu casaco na garagem. Está no meu carro, mas parece que você encontrou outro.

Tudo bem, isso é fofo, mas eu ainda vou manter minha posição.

— Vamos lá, Rachel — diz ele com uma suavidade que lembra seda. — Fala comigo.

Dou de ombros outra vez. Bom, eu sei, totalmente imatura. Não faço esse jogo com meus irmãos há anos, mas é assim que o Isaiah merece. Somos parceiros de negócios; ele e eu. Sou uma dívida. Ele quer usar meu carro para podermos pagar ao Eric. Nenhum ponto desse acordo diz que eu tenho que falar.

Num movimento rápido, encontro coragem para tirar minha mão da dele e enfiar no bolso do casaco, para ele saber que me tocar não é permitido. É uma noite quente para janeiro, mais de dez graus, mas eu uso o casaco como escudo.

— Tudo bem. A gente conversa mais tarde. — Ele puxa o brinco inferior. — Deixa eu te mostrar o lugar.

Sigo atrás dele, e meus olhos se arregalam quando vejo as fileiras de carros ao redor das arquibancadas de metal, todos esperando a vez de entrar na pista. Mustangs, Camaros, Chargers, Novas, Chevelles, Corvettes. Ai, santa mãe de Deus, a lista é infinita. Todos lindos. Todos pintados em tons de vermelho ou amarelo ou preto ou branco ou azul ou laranja — um arco-íris maravilhoso. Todos rugindo com o som de incríveis motores rápidos.

Reunidos sob postes menores, alguns caras estão apoiados em seus carros ou de pé em pequenos grupos e chamam o nome do Isaiah. Ele faz um sinal com a cabeça ou diz alguma coisa como cumprimento. Meu mundo congela quando percebo a beleza negra incrível perto da frente de um grupo.

— É um Mustang Cobra 2004 — digo. Minha cabeça vira de repente para Isaiah, e então repito o que eu disse, enfatizando cada palavra. — É um Mustang Cobra 2004.

Ele umedece os lábios numa tentativa patética de disfarçar o sorriso. É, tanto faz, estou falando, então ele venceu, mas quem se importa? É um Mustang Cobra 2004. *Esse* é o carro que eu sempre sonhei em ter.

— Eu conheço o dono — diz ele. — Quer olhar mais de perto?

— Tá brincando? — pergunto dando um pulinho que tenho certeza de que me faz parecer uma criança de cinco anos. — Eu quase quero deitar no capô e abraçar esse carro.

Isaiah dá a mesma risada daquela noite no bar. Aquela que provoca uma animação energizada. Aquela que bagunça minha cabeça e aquece meu sangue. Minha empolgação diminui quando eu lembro: o Isaiah não me quer.

No alto-falante, o locutor anuncia a corrida. Os grupos se desintegram rapidamente, e os motoristas voltam para seus carros.

— Eu te apresento o cara mais tarde — diz Isaiah. — Vamos assistir.

Contornamos os carros, passamos pelas arquibancadas e ficamos parados em pé na cerca, perto da linha de partida. Eu nunca vi nada assim: uma faixa reta de rua com barreiras de concreto seguindo os duzentos metros. Perto do fim, há dois placares eletrônicos sobre as laterais da pista. Um grupo de números em cima, outro embaixo.

O rugido de um motor me faz voltar a atenção para a linha de partida. Alguns caras andam ao lado de um Camaro vermelho. Um deles acena com a mão, indicando que o motorista deve se aproximar um pouco.

— O que ele tá fazendo? — pergunto.

Isaiah apoia os braços na cerca.

— Eles espirram água no início da pista para o burnout. É melhor quando você coloca os pneus numa camada de água.

Caramba, um burnout. Já vi isso centenas de vezes na TV, mas nunca ao vivo. No momento exato, os pneus traseiros do Camaro despertam, girando, lançando uma fumaça branca pesada no ar enquanto o motorista aquece os pneus para conseguir tração melhor na pista. O cheiro doce de borracha queimada enche meu nariz. Os pneus finalmente se prendem no chão, e o carro dá um salto para a frente.

O motorista abre a porta e abana várias vezes para tirar a fumaça de dentro do carro. Depois que consegue se libertar do abafamento, ele retorna para dentro do veículo, fecha a porta e obedece ao sinal da mão do amigo, que diz para ele seguir para a linha de partida.

— Como eles sabem onde colocar o carro para iniciar a corrida?

— Tudo é feito com lasers — explica Isaiah. — Você precisa acertar o primeiro laser sem ir muito longe. Aquele cara que faz os sinais com a mão está guiando o motorista até a linha. Quando ele chega ao laser, uma luz acende.

O carro concorrente termina o burnout e vai até a linha sem ajuda e sem a fumaça infiltrando o carro.

— Por que o outro motorista precisou de ajuda e ele não?

— Com a velocidade que alguns desses carros atingem, não se pode usar um cinto de segurança comum. Se a gente conseguir fazer o seu motor cantar, vamos ter que instalar um cinto de segurança especial no seu carro. Às vezes, o cinto te mantém tão preso no encosto que você não consegue ver a linha. Às vezes o capacete te impede de ver a linha. Às vezes os amigos só querem ajudar.

Ele me perdeu quando falou em instalar um cinto especial no meu carro. O pânico consome minhas entranhas.

— Você vai modificar meu carro?

Isaiah observa os carros na linha.

— Primeiro eles têm que atingir a linha para o pré-posicionamento. Está vendo aquela coisa ali no meio, entre os carros? Aquilo que parece um semáforo?

— Sim. — Não. Não muito. Quer dizer, estou vendo. Para os dois corredores, a torre do "semáforo" tem duas fileiras de luzes brancas no topo, três fileiras de luzes amarelas, uma fileira de verde e, por fim, uma fileira de vermelho. Mas o que eu realmente vejo é que Isaiah está fugindo do assunto. — Então... Você vai fazer uma modificação física no meu carro?

— Vou — responde ele com calma, como se não tivesse acabado de anunciar que vai pegar a única coisa que eu amo na vida e estragar. — É chamado de árvore de Natal. As luzes brancas no topo são o pré-posicionamento para o início da corrida. Elas acendem quando a frente do carro atinge o primeiro raio. Quando você chega ao segundo raio, a segunda fileira de luzes acende para avisar que você está pronto para correr. Quando os dois carros estão preparados, você tem segundos antes de as luzes da árvore apagarem.

É. Claro. Tanto faz.

— O que mais você está planejando fazer com o meu carro? — Agarro a cerca quando uma nova onda de tontura me deixa zonza. Meu carro. Não quero ninguém mexendo no meu carro.

Ou ele está me ignorando ou está muito concentrado na corrida.

— As luzes amarelas apagam na ordem decrescente, a intervalos de meio segundo. Se você partir antes da luz verde, a luz vermelha acende.

Isso me tira da quase histeria.

— O que significa se você receber uma luz vermelha?

Isaiah olha para mim.

— Significa que você perdeu.

A compreensão me dá um soco no estômago. É por isso que eu não vou correr: fiquei parada na linha de partida na rua e, se eu ficar em pânico, possivelmente vou ficar parada de novo. Se eu me empolgar demais e partir antes da luz verde — e, vamos admitir, eu faria isso —, vou perder a corrida antes de chegar a trinta quilômetros por hora.

— Você não confia na minha reação na linha de partida.

Ele chuta a parte inferior da cerca, e eu percebo que ele não quer responder.

— Precisamos de um carro rápido, Rachel. A velocidade ainda significa alguma coisa, mas, aqui na pista, quem percebe a luz branca primeiro costuma vencer.

Os carros na nossa frente rugem. O torque faz a frente do Camaro se erguer, e eu dou um passo para trás, meio que esperando o carro virar totalmente de costas. Ele não vira. Os pneus da frente batem de volta no asfalto. O Camaro passa correndo pelo Mustang numa velocidade ofuscante. O sinal no fim se acende. Numa pista de duzentos metros, o Camaro atinge cento e cinquenta e quatro quilômetros por hora em 6,94 segundos.

Meus olhos se arregalam e meu coração bate com força.

— Quero muito fazer isso.

Isaiah

Com os braços firmemente cruzados e os pés afastados, observo de longe enquanto Rachel conversa animadamente com Zach, o dono do Mustang Cobra. Seu cabelo lhe cai pelas costas como uma cachoeira, e suas mãos se movem graciosas enquanto ela conta uma história que envolve seu Mustang numa estrada do interior.

Zach encosta no braço direito dela, acima do cotovelo, e diz alguma coisa que lhe provoca risos. Um músculo salta em meu maxilar. Conheço o Zach desde o primeiro ano. Fizemos o curso automotivo juntos, e eu estava lá quando ele comprou o Cobra por uma ninharia. Se o garoto continuar paquerando a Rachel, talvez eu não seja amigo dele até o fim da noite.

— Ei, Isaiah.

Tiro os olhos da Rachel por um segundo para cumprimentar o Logan.

— E aí?

— Pensei em dar uma olhada na ação — diz ele, seguindo meu olhar até a Rachel.

Num movimento que eu guardei na memória, Rachel morde o lábio inferior de um jeito tímido. *Não faz isso. Não olha pro Zach com esses olhos maravilhosos, querendo que ele seja a sua resposta, do jeito que você fez comigo.*

Os músculos do meu pescoço relaxam quando ela joga o cabelo por sobre o ombro e dá um passo atrás, fazendo-o tirar a mão. Distraindo Zach, ela aponta para o Cobra e se aproxima do carro.

— O que você achou? — pergunto ao Logan, esperando me distrair. Ver a Rachel rir com outro cara me dá nós no estômago.

— Foi uma merda maluca. — Uma jaqueta jeans substitui o casaco da escola de Logan, e ele quase se encaixa no ambiente com uma camiseta e calça jeans, mas o cabelo preto ainda tem o estilo careta alisado com gel.

— Você acha que consegue dirigir um carro que anda tão rápido, cara?

Um sorriso lunático atravessa seu rosto.

— Acho.

Antes de a Beth se apaixonar pelo amigo do Logan, o Ryan, ela me contou umas histórias que envolviam esse garoto. Ela disse que o combustível dele era a adrenalina.

— Você é um filho da puta maluco, né?

— Sou — diz ele imediatamente. — Algum problema com isso?

— Não — respondo. — Mas tenho um problema com a Beth. Você quer que eu trabalhe no seu carro, e por mim tudo bem, mas deixa ela longe da oficina. — E fora da minha vida.

Zach abre a porta do seu carro para a Rachel, e ela treme de empolgação quando senta no banco do motorista. Parte de mim adora ver essa garota feliz. A outra parte quer enfiar o Zach num saco de defunto.

— Olha — diz Logan. — Faltam algumas semanas pra eu ganhar o suficiente para comprar um supercompressor usado de um amigo, e tenho a sensação de que vamos precisar substituir alguns tubos do escapamento.

Várias partes da sua declaração me pegam desprevenido.

— Você entende de carros, não é?

— E se eu entender?

E se ele entender? Como não respondo, ele continua:

— A Beth ouviu falar do carro e ficou maluca, sabendo que isso dava uma desculpa pra ela te ver. Ela sente a sua falta, mas está com o Ryan.

Logan espera suas palavras entrarem na minha cabeça. É, já entendi. A Beth está apaixonada pelo melhor amigo dele.

— O Ryan não precisa se preocupar comigo. — E essa é a maldita verdade. Nenhuma parte de mim quer a Beth.

Ela está apaixonada por outra pessoa e, depois de ter meu coração arrancado e queimado até virar cinza, não quero brincar com ela de novo.

— A Beth é minha amiga, por isso banquei o idiota que não entende nada de carros. Ela precisava de uma desculpa pra te ver, e a gente queria uma desculpa pra alguém ir com ela.

Porque a Beth é um maldito furacão e teria aparecido lá independentemente do que os outros poderiam pensar ou desejar. É, eu também entendi isso. Posso não gostar do que aconteceu entre mim e a Beth, mas posso respeitar o cara por ser leal a ela.

— Mas, pra ser sincero — diz Logan —, vai ser bom contar com a sua ajuda. — Ele aponta para a pista. — E nada em Groveton pode me oferecer esse tipo de adrenalina.

— Você pode me pagar? — pergunto.

— Não se eu comprar o supercompressor. Mas, se você concordar em me ajudar a fazer a instalação dele e mais outras modificações, te dou tudo que eu ganhar na pista.

Eu tinha planejado pedir ao Noah para me ajudar a participar das corridas de arrancada para escapar da dívida, mas ele anda esmagado pelos próprios problemas.

— Você já participou de corridas de arrancada?

— Ilegalmente, em estradas vazias e com o carro de outros caras.

— Você é bom nisso?

Ele dá de ombros. Pelo modo arrogante como seus ombros se flexionam, percebo que o garoto é um ás. Ou pelo menos ele já ganhou dos amigos caipiras.

— Já ganhei algumas.

Não acredito que vou explicar isso nem que vou fazer essa oferta. Ninguém além de mim dirige o meu carro, mas, em épocas de desespero...

— A Rachel e eu estamos numa baita encrenca. Vou correr com o carro dela pra ganhar dinheiro. Se você quiser, pode correr com o meu.

As peças que eu pretendo adicionar ao carro dela vão gerar uma velocidade que vai me colocar contra os melhores corredores. E corredores melhores significam apostas mais altas.

— Vocês devem dinheiro — diz Logan. Uma declaração, não uma pergunta.

— Pra pessoa errada. E essa pessoa não vai pegar leve com quem resolver ajudar a gente.

Seu sorriso se amplia, provando que o garoto é um louco de pedra.

— Uma dívida, um vilão, velocidade e péssimas chances. Eu definitivamente quero fazer parte disso.

Satisfeito, balanço a cabeça. Vou unir forças com um maldito atleta do interior. Estendo a mão.

— Temos um acordo.

Ele tem um aperto forte e não tem medo de contato visual. Eu já gosto do filho da puta. Logan aponta para Rachel com o polegar.

— Ela é sua namorada?

Meus olhos disparam até os dele, e ele imediatamente levanta as mãos.

— A Beth é minha amiga e, com esse aperto de mão, você também é. Sou território neutro.

— Somos amigos — respondo em relação à Rachel.

Ela passou a primeira parte da noite tentando me ignorar. Depois acabou se rendendo e conversando sobre carros, mas é óbvio que ela estava falando sério na oficina: ela e eu vamos trabalhar juntos e mais nada.

Zach apoia a mão no teto do carro e se inclina para colocar a cabeça mais perto do rosto da Rachel. Ela ainda está sentada no banco do motorista com as duas mãos no volante. Como o destino tem pena de mim, ela está totalmente absorvida pela máquina, e não por Zach. É como se ele desconhecesse o conceito de espaço pessoal.

— Você não dá a impressão de que vocês dois são só amigos — diz Logan.

— Estou só cuidando dela.

Prometi à Rachel e a mim mesmo que ia protegê-la — do Eric, do mundo.

— Quer dizer que você está afundado numa ilusão de merda?

Minha coluna se endireita.

— O que você disse?

Sem dar a mínima para o fato de que estou a dois segundos de dar um soco na sua cara, Logan coloca preguiçosamente os polegares nos bolsos e se inclina para o lado.

— Eu tenho um amigo, o Chris. Ele se apaixonou por outra amiga nossa, a Lacy, mas não queria admitir. Falou que era amizade, como você, mas durante seis meses ele olhou pra Lacy do mesmo jeito que você está olhando pra Rachel.

— Que jeito?

— Como se ela tivesse amputado uma parte sua e levado embora.

— Não, você entendeu tudo errado. — Mas, enquanto meu olhar volta para Rachel, uma dor cresce no meu peito. — A Rachel e eu somos complicados.

— Seu amigo sabe que você está num relacionamento "complicado" com ela? — pergunta Logan.

Como eu nunca tinha levado uma garota para a pista, era de esperar que meu "amigo" fosse reservado.

— Não tenho certeza.

— E você está a dez metros de distância porque...

— Ela queria ver aquele carro.

— Você podia ter ido ver com ela.

— Podia.

— O ciúme é uma merda — provoca Logan. — E um sintoma.

— Por que você se importa? — Estalo o pescoço para o lado. Se eu analisar bem o motivo por que decidi manter distância entre mim e o Zach, é porque o cara é um jogador e, se eu ficasse mais perto, ia acabar com ele, e a Rachel nunca ia ver o carro.

— Não me importo — responde ele. — Por algum motivo, tenho mania de declarar o óbvio. Só quero dizer que você está a fim dela. Se essa merda em que vocês estão metidos é tão ruim, é melhor você descobrir o que está acontecendo com vocês dois primeiro. Pra evitar o drama de um naufrágio no meio do caminho, sabe?

Esfrego as mãos no rosto e sinto que estou prestes a entregar os pontos. Que merda, estou com ciúme, e isso é uma péssima notícia. Querer a Rachel é uma coisa, beijá-la num momento de fraqueza é outra. Mas ter sentimentos por ela? Esse é o tipo de merda que quase me matou com a Beth.

— A expressão no seu rosto é o motivo pra eu nunca me apaixonar — diz Logan. — Vou levar o meu carro pra você durante a semana.

Faço um sinal de despedida com a cabeça e tento me acalmar antes de ir até o Cobra. O carro pode ter o nome de um réptil, porém o dono dele é a maldita serpente.

— Mas por que você mexeria no motor original? — Rachel desliza os dedos no volante como se estivesse de luto. — Ele é lindo do jeito que nasceu.

Zach finalmente me vê quando meu cotovelo cutuca sua lateral, enquanto abro caminho entre ele e a Rachel. Ele se endireita e murmura só para mim:

— Caramba, ela me deixa de pau duro. É linda e entende de carros.

— Sugiro que você fique longe dela, porra — resmungo.

Ele dá um sorriso forçado.

— Ei, foi você que deixou ela aqui comigo.

— Do que vocês estão falando? — pergunta Rachel.

— Carros — respondo. — Você disse que tinha que estar em casa às dez. São nove e meia.

Ela pisca como se tivesse acabado de acordar.

— Droga. Tudo isso?

Dou um passo para o lado e libero espaço para ela poder sair do banco do motorista. Como Rachel é a fantasia de todos os homens, Zach implora para ela ficar: ela pode ver o motor, pode entrar no carro dele, pode dirigir o carro dele. Cada uma das tentativas que ele usa para poder atraí-la me faz pensar em mais um jeito de esconder as partes do corpo dele depois que eu o matar. Rachel ri para dispensar o cara e, felizmente, me acompanha até o estacionamento.

O cascalho é esmagado sob nossos pés, e eu penso em um milhão de maneiras de tirar aquele sorrisinho arrogante do rosto do Zach enquanto ela descreve, em detalhes, cada centímetro do Cobra. Uma pressão constante aumenta a cada palavra que sai de sua boca. Lembro a mim mesmo que fui eu que apresentei a Rachel para o babaca.

— ... e o interior estava perfeito. — Rachel tagarela com um nível de empolgação que eu achava que só era possível em crianças de quatro anos. — Como se tivesse acabado de sair da fábrica. Bom, não de verdade, mas dá pra ver que ele fez um ótimo trabalho para recriar a sensação...

Ela está impressionada com ele. Impressionada com o carro dele. Simplesmente impressionada. E não é comigo. Chegamos aonde nossos carros estão, e a pressão sobe ao nível da explosão.

— Você gosta dele?

— O quê? — Ela quase engasga.

— Do Zach. Ele te chamou pra sair. Você quer sair com ele?

Rachel faz uma careta.

— Ele não me chamou pra sair.

— Chamou, sim. Ele te chamou pra dar uma volta com ele no próximo fim de semana, e você passou direto pela pergunta. Você queria dizer sim, mas não disse porque eu estava lá?

Ela abre e fecha a boca várias vezes.

— Ele não fez... Sou eu, então ele não faria... Por que você se importa?

Merda

— Porque sim.

A adrenalina invade minha corrente sanguínea com as palavras, e meus olhos disparam pelo rosto dela esperando ver algum tipo de sinal indicando que o que eu falei é importante. Que eu sou importante.

— Me dá alguma coisa, Rachel. — Uma palavra. Um olhar de compreensão. Qualquer coisa.

Seus lindos olhos se arregalam e, como ela deve ser do tipo que gosta de brincar com fogo, seu olhar desce até minha boca.

— Te dar o quê?

Minha pulsação dispara. Eu daria qualquer coisa para beijar essa garota de novo. Sem perceber, dou um passo para a frente, e ela recua em direção ao carro. Mantendo seus olhos presos aos meus, estendo a mão lentamente, abraço a curva estreita da sua cintura e então, como ela não diz nem faz nada para me impedir, eu me aproximo, deixando meu corpo deslizar contra o dela.

Ela inspira, e eu adoro o som. O calor do seu corpo se expande e me aquece, e eu queria poder abraçá-la totalmente. Quero muito me perder na curva do seu pescoço e ser envolvido pelo cabelo sedoso. Rachel tenta abaixar a cabeça, mas eu levanto a mão e toco o queixo dela.

— Não.

Inclino sua cabeça para cima, ocupando toda a sua linha de visão. Ela vai me ver, e nada mais. Nada de carros, nada de Zach, nada dos outros babacas que tentaram chamar sua atenção durante a noite. O aroma doce de jasmim entrelaçado com o cheiro salgado de praia toma meus pulmões. Umedeço os lábios, querendo beijá-la, mas estou com energia demais para ter coragem de deixar meus lábios tocarem os dela.

Sob meus dedos, sua pulsação está alucinada.

— Eu não te entendo, Isaiah.

— Então temos alguma coisa em comum, porque eu também não te entendo nem um pouco. — Nem entendo a pontada de raiva e confusão que começa a correr pelas minhas veias.

Rachel devia ser uma lembrança queimada no meu cérebro. A garota que eu beijei, a garota que me deixou querendo mais. Porém ela foi mais fundo que o físico, ficou incrustada, e eu não sei como tirá-la de mim.

— Eu não devia gostar de você.

Ela pisca várias vezes enquanto seus olhos ficam brilhantes, mas as lágrimas que eu espero não aparecem. Em vez disso, ela levanta o queixo, e eu tiro a mão.

— Acho que isso ficou claro. Você me beijou e depois não me ligou.

— Se o Eric soubesse que eu me importo com você, ele usaria isso contra mim. — Toneladas de pessoas que o Eric conhece podem estar nos observando, ligando para ele, contando que eu estou muito perto da garota que ele acha que o traiu. Isso vai dar a ele uma vantagem sobre mim. Vai permitir que ele conheça minhas fraquezas, mas a ideia da Rachel aceitando sair com outro cara supera qualquer pensamento racional.

— Isso me parece uma desculpa conveniente. — Ela envolve os braços na própria cintura, mas não me afasta. Parte dela me quer. Uma parte que ela não entende, provavelmente igual à parte que eu não consigo controlar. O momento é crucial. Estamos os dois oscilando para um lado ou para o outro. Preciso das palavras certas.

— Naquela noite, fiquei sabendo por uma amiga que você estava em perigo. Eu não podia deixar o Eric achar que eu gostava de você, não com sua vida em risco. Você nunca seria uma foda, e eu não liguei porque eu não podia ser o vínculo que levaria o Eric até você.

Ela balança a cabeça enquanto eu falo.

— Você disse pro Eric que eu não significava nada!

Minha voz aumenta ao nível da voz dela. Qual é a parte que ela não entende?

— Eu estava te protegendo!

Rachel coloca as duas mãos no meu peito e me empurra.

— Eu te dei o meu primeiro beijo! Eu merecia coisa melhor do que ficar esperando. Eu merecia coisa melhor do que ser tratada como nada! E merecia coisa melhor do que você esfregar sua namorada na minha cara!

Namorada?

— Que merda você está falando?

— Beth — responde ela, gaguejando.

— A Beth não é minha namorada! — grito, e o som de todas as conversas ao redor desaparece. Estamos os dois respirando com dificuldade, como se tivéssemos corrido quilômetros. Ela está certa. Ela merecia coisa melhor naquele momento e merece coisa melhor agora. Ela pisca, e eu odeio não conseguir decifrar a sua expressão. — O que você quer de mim? — exijo saber. Já tentei explicar. Já tentei ficar numa boa e não foi o suficiente. Da mesma maneira que foi com a Beth, nada que eu faça vai ser o suficiente.

Rachel vira a cabeça para o outro lado e encara a noite escura. Nenhuma resposta. Nenhuma palavra. Mergulhada na própria mente.

Foda-se tudo. Estou aqui sangrando, e ela não dá a mínima.

— Você pode me ignorar, Rachel, e pode tentar me tratar como amigo, mas nada disso vai apagar o fato de que eu penso em te beijar a cada segundo que estou acordado e que eu sonho à noite com minhas mãos no seu corpo. E com certeza não vai apagar o fato de que eu estou apavorado por gostar tanto de você.

Estou tremendo, e meus instintos me mandam fugir. Falei além da conta e estou sentindo coisas que são perigosas demais. Seus olhos disparam para os meus, mas ela não diz nada. Não faz nada. Meu coração afunda quando percebo que sou um idiota. Sou só um cara que feriu o orgulho dela. Não significo nada para essa garota.

É demais. Tudo isso.

— Esquece — murmuro enquanto saio de perto e evito contato visual.

Eu vou embora sem conseguir olhar para trás. Logan está a certa distância, conversando com alguém, e eu aponto para onde deixei a Rachel.

— Dá um jeito de ela entrar no carro e ir embora.

Logan sorri porque eu provei que ele estava certo.

— Claro. Pra onde você vai?

— Pra pista. — Preciso de velocidade.

Rachel

Bufando de raiva, viro de novo na cama. É domingo à noite, e eu tenho algumas horas até ir para a aula, mas não consigo dormir. Não é um bom presságio para manter minha rotina de manhã. O mesmo pensamento circula pelo meu cérebro como um daqueles letreiros de notícias no rodapé da TV: Isaiah.

Ele disse que gostava de mim. E a maneira como ele falou, o jeito como seu corpo estava pressionado ao meu e como suas mãos seguravam meu corpo... não é do tipo gostar-como-amiga. Possivelmente é o mesmo que sinto por ele. O tipo de gostar em que fico meio louca quando não o vejo e depois fico mais louca ainda quando vejo. O tipo em que ele toma conta dos meus pensamentos e eu não consigo dormir.

Como agora.

Isaiah disse que gostava de mim, e eu não disse nem uma palavra.

A dor nos olhos dele, o modo como seus ombros se encolheram quando ele virou de costas para mim... Sou uma pessoa horrível. Puxo as cobertas sobre a cabeça. O que há de errado comigo? Um cara ótimo de verdade, lindo de verdade, diz que se importa comigo, e eu congelo. E, o que é pior, a coragem para entrar em contato com ele foge totalmente de mim.

Agora entendo por que tantos animais são atingidos por carros.

Saio das cobertas e pego o telefone. A tela se acende no instante em que eu toco nela. Uma da manhã. Quem mais no mundo está acordado à uma da manhã? Ninguém. O resto do mundo sabe dormir. O resto do mundo não estragaria o melhor momento da vida.

Repasso a lista de contatos até encontrar o Isaiah. Abaixo da foto dele, seu nome e número. Minha boca fica seca enquanto penso na possibilidade. Eu podia mandar uma mensagem.

O nervoso faz meu coração bater mais rápido. E se eu mandar uma mensagem e ele não responder? Mas e se eu mandar e ele responder?

Sem me dar tempo para analisar demais a decisão, digito rápido e aperto a tecla de enviar.

Isaiah

A iluminação da rua brilha pelas frestas da persiana, criando uma escada de luz no piso de madeira. Caí na cama uma hora atrás e, à uma da manhã, ainda não consegui dormir.

O colchão do Noah geme quando ele rola e joga os braços para fora como se procurasse alguma coisa. Ou alguém, o mais provável. Quando não encontra, ele abre ligeiramente os olhos. A Echo vai ficar no dormitório hoje à noite, e ele está aqui porque vai trabalhar logo de manhã. Noah bagunça o cabelo e solta um suspiro decepcionado enquanto se acalma.

Jogo as pernas para fora da cama, e meus pés descalços atingem o piso frio. Esfrego meu peito nu, na esperança de despertar o resto de mim. Meu corpo está cansado, mas minha mente não quer desligar. Quero ir atrás da garota, mas não sei como. Além de ir à casa dela e escalar o muro como um Romeu idiota, não tenho ideia de como conquistar a Rachel. Além do mais, essa merda de Romeu não é o meu estilo.

Talvez dirigir me ajude a aliviar a cabeça.

— O que está te consumindo? — pergunta Noah com os olhos fechados.

— Nada.

— Mentira.

Exceto pelo fato de ele ter falado, Noah parece estar dormindo. Ele tem trabalhado demais entre a faculdade, os estudos, as visitas aos irmãos e a Echo, e depois encaixando o máximo de horas possíveis fritando hambúrgueres para nos manter vivos. Eu só vejo o cara quando ele dorme em casa. Ele é quase um cadáver ambulante.

— Você está preocupado com o dinheiro do aluguel, não é? — murmura Noah.

Merda. Passo as duas mãos no rosto e depois cubro a boca e o nariz. Além de dever para o Eric, eu devo o dinheiro do aluguel para o Noah. Não acredito que esqueci.

— Foi mal, cara.

— Desencana — diz ele. — Eu que peço desculpas. Não quero falhar com você.

— Você não vai falhar. Não está falhando. — Meus ombros caem para a frente como se eu tivesse um maldito avião de carga nas costas. Pensei em contar a verdade para o Noah algumas vezes, mas não contei. Só porque nunca parece ser uma boa hora, mas agora não posso contar. Não posso colocar esse peso nas costas dele. Não quando ele já tem tanta coisa para carregar. — Vai dar tudo certo.

Noah abre os olhos e me analisa.

— É, vai sim, então não faz nada de errado por causa disso.

A pressão aumenta no meu pescoço, porque eu já sei do que ele está falando.

— Tipo o quê?

— Tipo correr nas ruas. Ver a Beth algemada foi minha cota de delegacias pelo resto da vida. Não preciso que você faça o mesmo.

Meu celular apita no bolso traseiro da minha calça jeans no chão. Fecho os olhos. Deve ser a Beth. Ela é a única que me mandaria uma mensagem tão tarde.

Noah joga o braço sobre o rosto.

— Responde, Isaiah. A Beth está ficando louca com o seu silêncio.

— Não estou interessado em fazer com que ela se sinta melhor.

— Olha que loucura: talvez eu esteja mais interessado em ver você se sentindo melhor. Se você conseguisse encontrar um jeito de esquecer a Beth, talvez eu pudesse te ver feliz de novo. Como na noite que você trouxe a Rachel aqui em casa.

A raiva se contorce no meu corpo. Noah está falando de coisas das quais ele deveria ficar longe.

— Vai se foder.

Noah levanta a mão e me mostra o dedo do meio.

Pego minha camisa e começo a sair da cama, mas, quando meus olhos vão para a calça jeans no chão, eu me deixo cair de volta com a bunda no colchão. Para o inferno com isso. Para o inferno com ela. A Beth se apaixonou pelo Ryan. Durante semanas ela agiu como se não conseguisse aguentar o cara, mas, conhecendo a garota como eu conheço... como eu conhecia, a Beth não gostava de pessoas que a faziam sentir alguma coisa.

E, inferno, ela sentia alguma coisa por ele.

Sem pensar muito, pego o telefone na calça jeans. Se a Beth quer conversar, então vamos conversar. Vou dizer tudo o que eu penso sobre ela e o Ryan e a sua ideia de que podemos ser amigos.

O celular se acende e meu coração para. Não é a Beth.

É estranho como a raiva e a tensão recuam. O que me agita mais é o fluxo de expectativa e nervoso. Como oscilar, prestes a ficar chapado ou bêbado. A mensagem da Rachel é simples, mas a mão estendida é cheia de significado.

> Oi.

Encaro como se fosse a resposta para a vida após a morte. Merda, no meu caso, provavelmente é.

> E aí?

> Não consegue dormir?

> Não. E você?

Sinto minha pulsação em cada ponto de pressão do corpo. Segundos se passam, e há uma pausa mais longa enquanto espero a próxima mensagem. Vamos lá, meu anjo. Não me deixa esperando uma resposta como você fez no sábado à noite.

> Na pista de corrida, você disse que gostava de mim.

Abaixo a cabeça. Ela vai me obrigar a dizer isso por escrito. Eu nunca me senti um macaco de circo tanto quanto agora.

> É, eu gosto de você. Muito.

Estalo o pescoço para o lado. Quanto tempo demora para escrever uma resposta, merda?

> Eu também gosto de você e também estou com medo.

Inspiro e solto o ar como um homem que foi tirado do fundo de um lago. Ela gosta de mim.

> Quero te ver amanhã de manhã.

> Tenho aula.

> Te encontro lá.

Rachel responde imediatamente.

> Você tem aula. E a sua começa antes da minha.

Dou uma risadinha. Como foi que eu acabei atrás de uma garota ingênua como ela?

> Isso se chama matar aula.
> Que horas você chega no colégio?

> Isaiah!

Dou mais uma risadinha quando imagino aqueles lindos olhos violeta se arregalando e as bochechas ficando vermelhas ao pensar em fazer alguma coisa errada.

> Eu vou matar aula. Você não.

Noah vira na cama para me encarar.

— Você riu, cara?

— Se eu passar no Malt and Burger amanhã, você pode me arrumar o café da manhã?

Ele me analisa e analisa o celular.

— Se isso fizer você calar a boca e ir pra cama.

Um sorriso se forma nos meus lábios.

— Vai pro inferno.

— Vai se foder.

— Muito original, cara. Acho que eu disse isso antes.

— Diz pra Rachel que eu mandei um oi. — Meu melhor amigo me conhece.

Meu celular vibra de novo.

> Posso chegar às oito.

Viro para ficar de costas e levanto o telefone enquanto digito de volta:

> Te vejo lá.

Rachel

Solto uma respiração trêmula quando entro no estacionamento do meu colégio. Uma hora antes do primeiro sinal, a Worthington parece uma cidade fantasma distópica. Baguncei toda a minha rotina matinal, mas ou vai valer a pena de verdade, ou o resultado vai me levar a um ataque de pânico nunca visto pela humanidade. Só o tempo vai dizer, e o simples fato de pensar no Isaiah é suficiente para me obrigar a sair da minha concha.

Passo por todas as vagas vazias e viro na via de mão única até o estacionamento auxiliar e milhões de borboletas começam a bater asas em meu estômago quando vejo Isaiah encostado em seu Mustang preto. São dez para as oito da manhã. Ele chegou cedo e está me esperando. Isso é totalmente irreal.

Paro meu carro atrás do dele, e minhas mãos tremem quando engato o ponto morto e giro a chave da ignição.

Respira. Ar para dentro. Ar para fora.

Respira.

Mantendo o fluxo de ar, brinco com as chaves no colo. Dirigir até aqui foi a parte simples. Simples. Eu queria fazer com que eu e o Isaiah fôssemos simples.

Levanto o olhar, e ele me observa através do para-brisa. No instante em que nossos olhos se encontram, ele ergue uma sacola branca. A porta parece pesada quando a abro, e o ar frio da manhã pinica minhas pernas. Quando me aproximo do Isaiah, ajeito um cacho do cabelo e aliso o casaco e depois a saia. Eu gosto dele. Ele diz que gosta de mim. Pela primeira vez na vida, eu realmente quero estar bonita para alguém porque... bom, porque eu quero que ele me veja como especial.

Com uma calça jeans surrada e camiseta preta, o sol atinge Isaiah com perfeição, destacando-o como se ele fosse um tigre relaxado no calor da manhã. A luz reflete nas fileiras duplas de brincos de argola, e tem um brilho nos seus olhos que me faz sentir que ele tem um segredo, mas não do tipo que ele vai esconder de mim. Não, é do tipo que sugere que eu estou nele, e que isso envolve eu estar sem roupa.

E talvez ele também.

Como se eu tivesse dito meu pensamento em voz alta, Isaiah ergue um pouco a camiseta para coçar um ponto acima do osso do quadril. Meu bom Deus, como ele é gato. Exploro a visão dos músculos do seu abdome como se eu fosse uma planta no deserto do Saara, só que isso não acalma minha sede. Só deixa minha boca seca.

Isaiah sorri como se soubesse o que eu estou pensando, então o calor lambe meu corpo e se acumula em meu rosto. O que realmente faz meu sangue dar piruetas é o brilho malicioso nos olhos dele. É uma fagulha que diz que ele já fez coisas muito indecentes das quais eu nunca ouvi falar.

— Eu trouxe comida — diz ele.

Meu estômago ronca com as palavras, e minha cabeça pende para trás porque ele deve ter ouvido. Meu Deus, por que eu sou sempre um desastre iminente?

— Não tomei café da manhã. — E perdi o resto da rotina matinal.

— Então isso é ótimo.

A sacola faz barulho em sua mão quando ele a estende e eu me aproximo o suficiente para pegá-la. Minha boca fica cheia de água quando o cheiro de bacon, carboidratos torrados e linguiça flutua no ar.

— É muita comida. Você come criancinhas como aperitivo?

— Não sabia do que você gostava, então... — Ele não termina a frase e de repente se interessa pelo campo de futebol americano ali perto.

Afasto a franja do rosto e me esforço para não dar pulinhos. Ele trouxe café da manhã para mim. Mordo o lábio para impedir o sorriso, mas depois o solto. Estou feliz e não me importo que ele saiba.

— Obrigada.

— Tudo bem.

No meio da sacola tem um bagel com cream cheese escorrendo pelos lados. É como se eu tivesse morrido e ido para o céu. Eu o pego e devolvo a sacola para Isaiah enquanto aponto para ele com o bagel.

— Você quer?

— Não sou o tipo de cara que gosta de bagel. — Isaiah escolhe um sanduíche com mais carne que pão. Divido o bagel em dois pedaços e como enquanto ele morde o dele. Tudo em nós é diferente, mas, pelo pouco que sei, algumas coisas são iguais, como o amor pelos carros.

Mas esse provavelmente é o problema. Eu não o conheço. Ele não me conhece. Eu gosto do que vi. Gosto da maioria das coisas que vivi com ele, mas será que isso é suficiente? Na metade de um lado do bagel, lambo os dedos e o embrulho de novo.

— Eu sou um pouco bagunçada.

Isaiah mastiga mais devagar, e eu observo enquanto ele engole.

— Tenho que dizer que essa é a primeira vez que uma garota fala isso pra me provocar.

Solto uma risada sem pensar, depois bato com a mão na boca porque fico chocada de tê-la deixado escapar.

— Eu não estava te provocando.

Seus olhos demoram tempo demais no ponto em que a saia do meu uniforme termina, acima dos joelhos.

— Tem certeza? Porque essas pernas estão me dizendo outra coisa.

Meus joelhos se juntam quando eu me ajeito. Nunca estive tão consciente do meu corpo como quando estou perto do Isaiah. Do lado de fora, de dentro, tudo — até mesmo nos lugares em que eu nunca pensei muito. Lugares que meio que despertam na presença dele.

— Eu estava tentando te dizer uma coisa. Algo importante.

Isaiah enfia o resto do sanduíche na sacola e a coloca sobre o capô do carro. Ainda estou segurando o bagel, e ele se torna aquela coisa evidente na minha mão e eu não sei o que fazer. O nervoso fechou minha garganta, me impossibilitando de terminar de comer, mas não vou jogá-lo fora de jeito nenhum. O Isaiah trouxe para mim.

Como se fosse telepata, Isaiah estende a mão.

— Vai continuar quentinho dentro da sacola. — Dou o bagel para ele, e ele pergunta: — Então, o que você estava tentando me dizer?

Por que eu não podia ter me contentado em comer o bagel?

— Sou complicada.

Ele dá de ombros como se não fosse nada de mais.

— Eu também.

— Não. — Meus dedos se fecham em punho. — Minha família é muito, muito... — Errada. — Complicada.

— Você já me disse isso — comenta ele. — No meu apartamento.

Disse mesmo.

— Você corre perigo em casa? — pergunta ele.

— Não — respondo imediatamente. — Só que eles esperam muito... de mim.

Ele faz que sim com a cabeça, como se entendesse.

— Sair comigo vai ser um problema?

Apesar de uma voz opressiva estar gritando que sim no fundo da minha mente, tem um sorriso se contorcendo no meu rosto, e eu cruzo as mãos na minha frente, me sentindo tímida de repente. Ele acabou de dizer...?

— Quer dizer que vamos sair juntos?

Isaiah toca num dos brincos.

— É. Acho que sim.

Minha cabeça balança para a frente e para trás porque eu preciso saber mais.

— Como mais que amigos?

— Podemos ser amigos, se você quiser. Mas...

— Mas o quê? — Meu estômago começa a afundar. Será que eu entendi tudo errado?

Seus olhos cinza encontram os meus com uma intensidade que eu nunca vi em ninguém.

— Eu quero mais.

— Mais? — sussurro.

— Quero te beijar de novo.

Uma onda de calor atinge meu corpo, e eu puxo o colarinho do casaco de inverno. Eu podia tirar esse negócio e provavelmente iria continuar suando. As lembranças da boca do Isaiah se movendo na minha e de como suas mãos pressionaram meu corpo inundam meu cérebro. Umedeço os lábios em expectativa. Quero muito que ele me beije de novo, mas...

— Você vai me ligar depois?

Um pequeno sorriso brinca nos seus lábios.

— Você não vai me dar uma folga, né?

É como se ele estivesse me implorando para provocá-lo e, sem pensar, volto a ser a garota corajosa do bar.

— Isso é um problema?

Ele balança a cabeça.

— Não se for você.

Isaiah se afasta do carro e invade meu espaço pessoal. Seu aroma profundo me envolve, e meu coração literalmente pula algumas vezes enquanto tenta continuar a bater. Apesar de ele não me tocar, é como se Isaiah estivesse em toda parte. Apenas centímetros nos separam, mas seu calor me envolve como uma bolha.

Tenho de me obrigar a levantar o queixo para olhar para ele. Seus olhos cinza ficam mais suaves, e ele está com uma aura divertida, acompanhada de uma curva perturbadora na boca.

— Eu me sinto um ratinho com você — sussurro. — Aquele que já foi pego pelo gato.

É aí que ele toca em mim. Isaiah passa a mão no meu cabelo, e todas as células do meu corpo vibram com o contato delicado.

— Rachel.

— Sim. — É difícil respirar.

— Me beija.

Isaiah não espera minha resposta. Em vez disso, seus lábios encontram os meus, e seus braços envolvem meu corpo. Toda a hesitação que eu senti na primeira noite em que nos beijamos se evapora como uma névoa numa tempestade de verão. Em segundos, nossa boca se abre, e Isaiah desliza a língua na minha. Fico perdida, gostando de como meu corpo se curva ao redor do dele, gostando de como minhas mãos exploram como se tivessem vida própria, e adorando o modo como Isaiah agarra meu cabelo enquanto passa a mão nas minhas costas.

Arrepios e ondas de choque e terremotos e furacões. Tudo isso acontece ao mesmo tempo enquanto nossa boca não se move rápido o suficiente. Nada parece rápido o suficiente. Quanto mais eu me aproximo, mais Isaiah pressiona, e, quanto mais ele pressiona, mais eu quero me encolher e viver nesse mundo delicioso de calor e de uma fome fabulosa.

Isaiah envolve um braço na minha cintura, e eu inspiro quando ele nos vira e me joga contra a porta do seu Mustang. Meus olhos se arregalam, e eu o encaro de baixo para cima enquanto ele me encara de cima para baixo. Nosso peito se move em uníssono, assim como nossa respiração. Meus dedos se curvam nos músculos dos seus braços, e eu fecho os olhos por um instante, adorando o modo como o corpo dele se encaixa no meu.

Por mais que eu adore... isso é muito, muito novo.

— Esse foi um segundo beijo incrível.

— Concordo. Que tal o terceiro?

Dou uma risadinha, e aquele raro sorriso genuíno atravessa o rosto dele.

— Que tal a gente tentar nosso terceiro beijo em algum lugar que não seja o estacionamento do meu colégio?

Isaiah alisa o ponto sensível no meu ombro, bem perto da curva do pescoço.

— Acho que é um ótimo plano.

Olho para o estacionamento principal e vejo que alguns carros começaram a ocupar as primeiras fileiras. Por mais que eu deseje que esse momento dure para sempre, ele não pode. Especialmente porque eu tenho dois irmãos que iam perder a cabeça se me vissem assim com o Isaiah.

— Não sei o que fazer com a minha família.

— Você gosta de mim, certo?

Faço que sim com a cabeça.

— Isso é tudo o que importa. Vamos dar um jeito nisso, pagar o dinheiro para o Eric e depois a gente cuida do resto.

O sangue desaparece do meu rosto ao ouvir o nome do Eric, e eu desço as mãos dos ombros dele para envolver seu estômago.

Como se soubesse que o Eric me assombra, Isaiah coloca os braços ao meu redor, criando um cobertor de proteção. Apoio a cabeça no seu peito sólido e ouço o som do seu coração. Eu poderia me acostumar com isso.

Depois de alguns segundos, Isaiah beija o topo da minha cabeça.

— Vou te manter em segurança.

— Confio em você. — Muito a contragosto, eu me afasto dele. — Você vai voltar pra aula, não vai?

— Vou. — Isaiah resgata o bagel da sacola, e eu o pego desejando voltar para o abraço dele. — Vai pra aula, Rachel. Um de nós não devia quebrar todas as regras.

— Acho que sou uma quebradora de regras — digo. — Quer dizer, eu participei de uma corrida de arrancada ilegal.

Isaiah dá uma risadinha.

— Você é uma criminosa, com certeza.

Com um sorriso bobo grudado no rosto, pego minha mochila no banco do carona do meu carro e aceno para Isaiah antes de me afastar.

No meio do estacionamento, meu celular toca, e eu tenho de equilibrar o bagel para atender antes que a chamada vá para a caixa postal. Engulo um pedaço rapidamente e atendo.

— Alô?

— Ei, Rachel? — diz Isaiah.

Viro para trás e de longe o avisto apoiado no carro de novo.

— Sim?

— Eu liguei.

Uma alegria me percorre dos dedos dos pés para o resto do corpo, a ponto de eu olhar para baixo para checar se não estou flutuando.

— É, você ligou.

Isaiah

Eu me encosto na lataria de um Nova 76 e ouço os caras da turma falarem merda durante os últimos minutos de aula. Hoje, alguns alunos da minha classe e eu ensinamos aos calouros como remover tinta. Depois de terminar a tarefa, eles continuam a conversa imbecil sobre um atleta do colégio que foi pego no exame antidoping. A vida deve ser um saco quando você tem pais com dinheiro para gastar em esteroides.

Pego o telefone e releio a conversa da noite anterior com a Rachel. A gente conversa por mensagens. Às vezes por telefone. Por causa dos pais e dos irmãos, é difícil ela sair para me ver, e eu não quero que ela assuma um risco que gere sinais de alerta quando temos outros dias que vão exigir que ela saia de casa.

Tento não analisar demais o que está acontecendo com a Rachel. Eu gosto dela. Ela gosta de mim. Em algum momento ela vai mudar de ideia, mas, por enquanto, vou curtir o lance.

Em outro mundo, ela seria o tipo de garota que eu levaria para jantar e para ver um filme. Eu bateria na porta da frente da casa dela, conheceria seu pai, encantaria sua mãe, levaria flores e faria toda aquela merda de paquera que os caras devem fazer quando querem conquistar uma garota.

Mas essa porcaria toda significa que eu teria vivido outra vida. Uma vida com pais que se importam. Eu teria uma casa e talvez um estrado para o colchão, talvez um quarto. No intervalo de uma semana, fiz as duas coisas que o sistema me ensinou a nunca fazer: sentir demais e sonhar com uma vida diferente. Pensamento livre e sentimentos levam a um desastre iminente.

Afasto isso tudo. Tive um passado que não promete futuro, então é melhor me manter no presente.

Na noite passada, os últimos favores que eu cobrei chegaram. Procuro o nome da Rachel para enviar uma mensagem. É hora de nos encontrarmos de novo.

> Onde vc tá?

O lado direito da minha boca se curva para cima com a resposta imediata.

> Estágio na biblioteca. Última aula.

> Consegui as peças pro seu carro. Vem amanhã.

> Quinta com minha mãe, lembra?

Ela havia dito no início da semana que tinha planos com a mãe naquela noite.

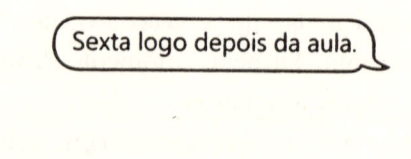

> Sexta logo depois da aula.

> Tá.

Como ainda não quero me despedir:

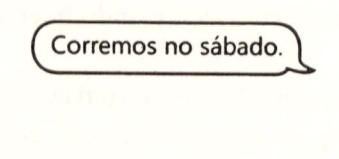

> Corremos no sábado.

> :)

— Isaiah — diz Zach no meio do grupo. — Você tá sorrindo?

É, acho que estou. Guardo o celular de volta no bolso e tiro o sorriso do rosto. Minha imagem tem me mantido vivo, e eu interpreto o papel com perfeição: durão, fiel, pronto para uma briga.

— Você está me encarando, Zach?

Ele levanta a mão.

— Foi mal. Você vai fazer a prova da ESA na próxima semana?

Faço que sim com a cabeça e observo o segundo ponteiro do relógio. Apenas mais alguns segundos até o sinal tocar.

— Estamos preocupados — diz Zach. — Sobre passar.

Já fracassei em muitas provas na vida, mas essa é uma em que eu sei que posso arrasar. Os dez caras com quem eu estudo desde o primeiro ano se concentram em mim. Para a maioria deles, incluindo eu mesmo, a ESA é a chave para evitar se tornar atendente de lava-rápido com salário mínimo.

— Holden nos deu um guia de estudos.

— Nós sabemos que você vai passar — diz Zach. Aquela sensação de zumbido que me diz que algo está errado vibra debaixo da minha pele. Vários dos caras se entreolham com cuidado.

Como se estivesse me preparando para uma briga, fico maior.

— Qual é o assunto dessa conversa?

A maioria desvia o olhar ou se afasta. Zach também desvia o olhar, mas continua falando.

— Você sabe que é por computador, não sabe?

— Sei.

— E que todos nós vamos estar na mesma sala?

— Sei.

— E se a gente desse um jeito pra você nos ajudar durante a prova?

Os músculos dos meus ombros se flexionam, e os caras mais perto de mim voltam a atenção para o equipamento atrás deles.

— Eu carreguei vocês durante quatro anos, mostrando as mesmas merdas nos carros várias e várias vezes. Acho que isso já foi ajuda suficiente.

O sinal toca e todo mundo dispara porta afora — todo mundo menos eu e o Zach. Passar cola nessa prova poderia custar a minha certificação, e eu não vou permitir que ninguém estrague meu futuro. Seus ombros afundam, e eu vou em direção à saída.

— Isaiah — diz ele quando meu braço bate no dele. — Ouvi dizer que você tem uma dívida com o Eric.

Eu congelo, nossos braços ainda se tocando.

— E daí?

Ele dá de ombros, mas não está indiferente.

— Só estou repetindo o que ouvi. Não quero que as coisas piorem.

Eu me mexo de modo a ficarmos peito com peito e inclino a cabeça para olhar na cara dele.

— Isso é uma ameaça?

Zach murcha, porque o babaca sempre foi covarde.

— Não se você lembrar quem são seus amigos. — Ele escapa para o corredor e vira no último instante. — E, se era para a Rachel que você estava mandando mensagem, diz que eu falei oi.

Certas verdades são óbvias: nas ruas, não existem amigos. Zach pode estar jogando os dados agora, sabendo que estou endividado com o Eric, e tentando pegar carona nos meus medos, mas ele nunca foi do tipo criativo.

Aquele sexto sentido terrível continua vibrando no meu cérebro. Se o Zach se tornou cachorrinho do Eric, minha vida e a da Rachel entraram num outro nível de complicação, porque isso significa que o Eric aumentou as apostas no jogo.

Arrisco vinte pratas que, enquanto a Rachel e eu estávamos movendo peões, o Eric estava movendo a sua torre.

Rachel

Na menor sala de reuniões do escritório do meu pai, onze mulheres usando terninhos e vestidos de cores diferentes ocupam as cadeiras estofadas de encosto alto. Minha mãe está sentada à ponta da mesa, conversando alegremente com a mulher à sua direita. À esquerda dela, continuo espalhando a salada caesar com frango no prato para minha mãe achar que comi.

Meu pai fecha as persianas — um conforto no meio da tempestade. Pelo menos os funcionários não vão espiar quando passarem por ali. Minha mãe me liberou do colégio para essa farsa. Eu chamo de discurso. Minha mãe chama de apresentação. Sério, os poucos parágrafos são mentiras.

As mulheres reunidas à mesa são as poucas amigas de minha mãe escolhidas para ajudar com sua nova posição voluntária de coordenadora de arrecadação de fundos para a Fundação da Leucemia. Minha mãe explicou ontem à noite que vão começar com pequenos chás, depois almoços e, em poucas semanas, um jantar. E em todos eles ela planejou minha presença... e discurso.

— Senhoras — diz minha mãe. — Vamos fazer um intervalo de vinte minutos antes de começar a reunião. Isso vai dar tempo para o bufê fazer a limpeza e podemos ligar para a nossa família.

Elas dão risadinhas, mas eu não sei do quê. Algumas mulheres se dividem em grupos de duas ou três e sussurram fofocas particulares. Algumas vão para o corredor, para usar o celular, ou para o banheiro. Fico encarando um croûton na minha salada.

Ainda sentada, minha mãe dá um tapinha em minha mão.

— Está pronta, querida? Você vai ser a primeira a falar.

Meus pulmões se contraem.

— Ãhã.

Decorei o que ela quer que eu fale, mas o texto se tornou uma confusão em minha mente. Meio como um jogo de palavras-cruzadas feito por alguém com dislexia.

— Meredith — chama uma das amigas da minha mãe do outro lado da sala. — Você precisa ver isso.

Minha mãe me dá um sorriso que me lembra por que estou me torturando e sai. Comi duas garfadas da salada, e a alface e o frango não estão se entendendo no meu estômago. Na verdade, acho que eles declararam guerra.

Inspiro para me acalmar. Apenas onze pessoas. Vinte e dois olhos. Minha pulsação acelera, e eu umedeço os lábios subitamente secos. Uma dor forte atinge meu estômago, e eu puxo o colarinho da blusa porque está difícil respirar. Está quente aqui dentro. Quente demais. O suficiente para eu desmaiar, caso tente levantar, bater com a cabeça e sangrar no carpete novo do meu pai.

E aí ele vai ficar decepcionado comigo.

E aí minha mãe vai ficar decepcionada comigo.

E aí meus irmãos vão descobrir e vão enlouquecer.

Minhas mãos estão suando, e eu esfrego as palmas na saia preta. O que minha mãe queria que eu falasse? Eu vejo as palavras. Elas flutuam em minha cabeça, mas não ordenadamente. Não vou conseguir.

Eu me levanto de repente, surpreendendo as mulheres conversando reunidas atrás de mim. Forçando um sorriso, faço um sinal em direção à porta, na esperança de que elas entendam que estou pedindo licença. Quase tropeço ao sair, quando sinto meu estômago se contorcer.

A melhor amiga da minha mãe toca meu braço quando eu viro para a esquerda.

— Você está bem?

— Banheiro. Quer dizer, estou tentando achar o... — E fico sem fôlego.

— O banheiro é pra lá.

— Obrigada. — Não faço ideia de por que estou agradecendo e, pela maneira como franze a testa, ela também não. Aqui é o escritório do meu pai, e era de esperar que eu soubesse onde fica o banheiro. Sigo na direção que a mulher indicou, rezando para que ela não mencione meu comportamento esquisito para minha mãe. Antes de chegar ao banheiro, viro à esquerda nos cubículos e corro para a sala do meu pai.

Por favor, que ele não esteja lá. Por favor, que ele não esteja lá. Por favor. Por favor. Por favor.

Eu quase choro quando vejo a luz apagada e a cadeira vazia. Fotos minhas e dos meus irmãos estão sobre a mesa, perto da janela. A única foto na mesa de trabalho é da minha mãe e da Colleen. Tudo sempre foi por ela: Colleen. Seu nome flutua em minha mente enquanto tento respirar para conter a ânsia de vômito. Em um movimento, acendo a luz do banheiro particular do meu pai e fecho a porta com força.

Isaiah

Como fui chantageado para dar minha palavra à Courtney, eu me obrigo a ir até o prédio do serviço social e faço uma careta quando vejo as pessoas arrasadas na área de espera. Crianças choram. Mães gritam. Cada som é uma lâmina na minha pele. É tão clichê que meus dedos se retorcem: não tem um homem à vista. Claro que não — eles são conhecidos por abandonarem a família.

— Isaiah — diz Courtney de trás da janela da recepcionista. Seu sorriso hesitante está esperançoso demais. — Vem aqui.

A porta apita e depois abre, e eu escapo por entre duas crianças pequenas no chão que estão puxando uma zebra de pelúcia já arruinada. Quando a porta se fecha atrás de mim, o barulho diminui, mas minha pele ainda está contraída.

Hoje a Courtney está usando um laço azul no rabo de cavalo.

— Obrigada por vir.

— Achei que não era opcional.

Seu sorriso se amplia.

— Não é, mas eu gosto de fingir que você quer estar aqui. Faz meu dia ser mais tranquilo. Vamos lá. — Ela aponta com a cabeça para a direita e, como não me mexo, ela continua pelo corredor, olhando para trás para garantir que a estou seguindo.

Eu quase sinto o puxão da coleira no meu pescoço.

— Os outros reféns que você tortura te destroem por você usar uma fita no cabelo?

Ela para num cubículo e pega uma pasta suspensa.

— Clientes, não reféns. Ajudo, não torturo. E você é o único adolescente. Os pequenos adoram minhas fitas.

— Talvez você devesse me transferir. — Para alguém que não se importa com a coisa toda e vai me deixar em paz, porra. — Você poderia escolher um refém que você goste.

— Cliente. — Courtney para do lado de fora de uma porta fechada. — Eu gosto de você.

Isso me pega de surpresa.

— Não gosta, não.

— Gosto sim — diz ela devagar, como se minha reação fosse uma surpresa. — De verdade. Isaiah, eu pedi pra ser sua assistente social.

Olho para trás, meio que esperando que haja uma criança menor também chamada Isaiah.

— Por quê?

Ela bate levemente na porta.

— Porque sim. — A mão dela repousa na maçaneta. — Você e eu concordamos em ter trinta minutos.

— Você já desperdiçou cinco.

— Eu mandei a carta de recomendação. Cumpri minha parte do acordo e espero que você cumpra a sua. Eu ligo, você atende. Eu marco reunião, você vem e fica trinta minutos.

— Você gosta de esfregar na cara, né? — Mas eu vou aparecer porque dei minha palavra.

— Ótimo. Agora que estamos firmes no acordo, preciso te avisar que sua mãe está aqui.

Eu me elevo sobre Courtney.

— Que merda.

Ela não se abala. Em vez disso, inclina a cabeça, fazendo o rabo de cavalo deslizar sobre o ombro.

— Você vai manter a sua palavra ou não?

Os músculos do meu corpo viram chumbo. Quero fugir mais que qualquer coisa; entrar atrás do volante do meu carro e ligar o motor. A vaca baixinha que está na minha frente me encurralou. Esfrego o pescoço, sentindo como se a coleira que ela colocou ali tivesse pregos.

Courtney abre a porta, e a raiva corre como veneno pelas minhas veias. Entro na sala e jogo minha bunda na cadeira mais distante da mulher que já está sentada à mesa.

— Vinte e dois malditos minutos, Courtney. E, se eu fosse você, sairia daqui, porque você é a última pessoa que eu quero ver... além daquela coisa ali.

— Isaiah — diz Courtney de um jeito defensivo. — Não posso deixar vocês dois sozinhos com você sentindo tanta raiva.

— Tudo bem — diz *ela* do outro lado da sala. Abaixo a cabeça nas minhas mãos. O som da voz suave que eu me lembro da infância ressuscita memórias demais... emoções demais. — A gente vai ficar bem.

A gente vai ficar bem. As mesmas palavras que ela me disse antes de a minha vida toda ir para o inferno.

— Acho que isso não é aconselhado — diz a Courtney. — Eu nunca vi o Isaiah tão irritado.

A cadeira ao meu lado se move, e eu sinto o perfume fraco da Courtney.

— Sua mãe só quer te ver.

— Ela *não é* minha mãe. — Minha voz treme, e uma nova onda de raiva me toma. Minha mãe não vai me magoar de novo. Levanto a cabeça e busco controle. — Não tenho mãe.

— Então me chama de Melanie — diz ela com a mesma maldita voz calmante que costumava cantar para eu dormir. — A gente não se conhece.

Olho para ela e imediatamente desvio o olhar, porque essa visão me provoca uma dor estranguladora. Minha cabeça atinge a parede, e eu cruzo os braços sobre o peito.

— Quantos *malditos* minutos ainda faltam?

— Você está bonito, Isaiah — ela me diz. E, como não consigo evitar, olho de novo para ela. Seus lábios estão formando uma linha fina, e a testa está tensa de ansiedade enquanto ela me encara. Os pensamentos na sua cabeça e as palavras que ela diz não estão em sintonia. Ela não gosta do que vê: um punk.

Os piercings, as tatuagens, é, eu acho essa merda legal, mas o que eu realmente gosto é de como isso diz às pessoas para ficarem longe. Pelo modo como seus olhos passeiam pelos meus braços, "Melanie" entende a mensagem em alto e bom som.

— Você está velha — digo com todo incômodo que consigo reunir. Ela não parece velha... apenas de meia-idade. Ela me teve ainda bastante jovem, mal tinha saído do ensino médio. Eu nunca soube a idade dela. Que garoto de seis anos saberia? Eu nem sei quando ela faz aniversário.

Seu cabelo castanho-escuro está cortado na altura dos ombros. Ela é magra, mas não como uma viciada em drogas. Seus brincos de argola enormes balançam quando ela ajeita o cabelo atrás da orelha. A jaqueta jeans combina com a calça e, sob a jaqueta, vejo uma regata cinza. As botas de caubói marrons surradas em seus pés me levam a pensar em fazer um teste de DNA.

— Como você está? — pergunta Melanie.

— Quer dizer, como eu estive nos últimos onze anos?

Ela coça a testa. Ótimo, consegui irritá-la.

— É. Isso também.

Estico as pernas, colocando um pé com coturnos arranhados sobre o outro.

— Vamos ver. Dos seis aos oito, o tempo passou rápido. Descobri que Papai Noel não existia. Tenho quase certeza que o pai adotivo número dois deu um tiro no coelhinho da Páscoa com a espingarda dele numa das suas aventuras de caça no quintal. A mãe adotiva número um gostava de me bater até eu parar de chorar. Ela citava versículos da Bíblia enquanto fazia isso, porque Jesus obviamente era a favor do amor bruto.

Melanie fecha os olhos. Tentando redirecionar minha atenção, Courtney aproxima sua cadeira de mim.

— Isaiah, talvez a gente devesse fazer uma pausa.

— Não, Courtney — digo com um sorriso falso. — Você só não quer que eu conte pra ela sobre o lar comunitário onde eu morei entre oito e dez anos e como os meninos mais velhos costumavam me bater só pra se divertir.

Estendo a mão para Melanie, num sinal claro de que agora ela teria de ouvir.

— Não me entenda mal. Eles puniam os outros garotos e documentavam meus machucados nos arquivos arrumadinhos deles. Chamavam um médico. Podia até ser um terapeuta, mas isso nunca impediu os garotos de agredirem o menor.

— Sinto muito — diz Melanie numa voz bem baixa.

— É. — digo. — Acho bom sentir mesmo. E o que realmente é foda é descobrir que a mulher que te deu à luz foi libertada da prisão dois anos atrás e nunca se preocupou em saber o que aconteceu com o filho. Isso... — Eu me inclino para frente. — Isso é o que realmente incomoda.

Melanie fica branca como defunto, e suas mãos tremem enquanto ela toca o próprio rosto.

— Posso explicar.

E eu não quero ouvir. Eu me levanto.

— Preciso mijar. Onde é a porra do banheiro?

— No corredor. — Courtney massageia as têmporas. — À esquerda.

Saio da sala de repente, a porta batendo com força na parede. De seus cubículos arrumados e seguros, várias pessoas me olham. Soco a porta do banheiro e bato com força para trancá-la.

Com a palma das mãos na porta, inspiro algumas vezes e engulo o nó na garganta. Minha mãe. Minha mãe. Minha maldita mãe.

Quero voltar e dizer que eu ainda a amo — assim o tempo pode voltar e ela pode me abraçar como fazia quando eu tinha seis anos. Quero muito que ela me diga que tudo vai ficar bem. Mas é tudo mentira. Minha vida toda é uma grande mentira de merda. Um som estranho e magoado escapa dos meus lábios enquanto meu corpo treme. Todas as partes de mim imploram para chorar, e isso é simplesmente triste demais.

Abro a porta do banheiro e encontro a Courtney esperando do outro lado.

— Ela foi embora.

Ótimo.

— É, essa é a especialidade dela.

Courtney perdeu seu entusiasmo, e parte de mim odeia isso.

— Aprendi a lição — diz ela. — Não vou forçar isso de novo. Achei... achei...

— Que, se você jogasse nós dois na mesma sala, a gente ia fazer as pazes e viver felizes para sempre?

Ela solta um suspiro alto e patético.

— Na verdade, não. Olha, eu sei que essa é a última coisa que você quer ouvir, mas você devia dar mais uma chance pra ela.

Que inferno...

— Não.

— Pensa nisso e, se mudar de ideia, eu marco outra reunião.

— Já terminamos?

— Sim. Na próxima vez, seremos só nós dois. Vou comprar sorvete.

Eu pisco.

— Parece que eu tenho cinco anos?

Ela dá de ombros e quase sorri.

— Às vezes você age como se tivesse.

E eu quase sorrio também. Ela acabou de fazer uma piada à minha custa?

— Engraçadinha. — Saio em direção à saída e, quando olho para trás, vejo que seu sorriso cresceu.

As nuvens cinza estão baixas no céu. Ouvi na noite passada que o restante do inverno vai ser ameno. Espero que isso aconteça mesmo. A pista só fica aberta se estiver quente. Quando me aproximo do meu carro, vejo uma mulher de cabelo castanho curto e jaqueta jeans. Acelero o passo.

— Isaiah — ela chama e vem na minha direção.

Essa mulher é uma maldita masoquista?

— Talvez eu tenha sido sutil demais lá dentro, então vou deixar claro. Vai embora, porra.

— Por favor — diz ela. — Por favor, espera.

Com as chaves na mão, aponto para ela.

— Até eu sei que você não tem permissão de me ver sem uma daquelas pessoas malucas lá dentro perto de nós. Caso não saiba, porque, vamos falar a verdade, você não deve saber, eu tenho dezessete anos e estou sob a proteção deles. Você está em liberdade condicional, então sai de perto.

Eu não dou a mínima se ela quebrar as regras e voltar para a prisão, mas vou usar essas leis para afastá-la de mim. Ela não para de avançar.

— Quero te ver de novo. Promete que você vai deixar a Courtney marcar outra reunião. Eu faço qualquer coisa para você me dar essa chance.

Com a mão na fechadura, eu congelo.

— Qualquer coisa?

Seu rosto fica cheio de esperança.

— Qualquer coisa.

— Cem dólares em dinheiro por visita. E a Courtney não pode saber do dinheiro.

Melanie pisca enquanto a esperança desaparece. Ela não tem o dinheiro. Eu sei que ela não tem. Foi por isso que fiz essa exigência.

— Por que você precisa do dinheiro? Você está usando drogas?

— É — digo. — Sou viciado. Você vai pagar ou não?

Ela tira o cabelo do rosto.

— Eu vou pagar.

Rachel

Sinto uma pulsação dolorosa na cabeça. Ela irradia pela testa e envolve minhas têmporas, as bochechas e o nariz. A luz piora a dor. O barulho quase me mata. Esse é o efeito colateral do meu ataque de pânico.

Minha família não está em casa; todos saíram para uma reunião importante ou jogo ou evento social. As luzes do meu quarto estão acesas, meu iPod toca baixinho ao lado da porta fechada, caso alguém resolva voltar para casa antes do horário estipulado de onze horas — os homens, por mais que isso seja sexista, têm uma hora a mais que eu.

O objetivo é parecer normal, para disfarçar a enxaqueca. Isso me faz ficar deitada na cama com um travesseiro sobre a cabeça e rezando para a dor sumir.

Depois de vomitar no banheiro do meu pai no trabalho, eu me limpei e voltei para a sala de reuniões. Onze pares de olhos observavam enquanto eu ficava em pé na frente, ao lado da minha mãe, e anunciava como eu estava honrada de falar em homenagem à Colleen.

Meu celular toca, e o som ecoa violentamente na minha cabeça, mas ao mesmo tempo um fluxo de adrenalina me atinge. Isaiah é a única pessoa que me liga. Ajeito o travesseiro para poder ver o identificador de chamadas. Meus lábios se curvam para cima quando vejo o nome dele.

— Alô?

— Rachel? — a voz dele soa questionadora.

— Sou eu. — Só eu, minha enxaqueca dolorosa e minha sensibilidade à luz e ao som.

— Você parece mal.

Pigarreio.

— Eu estava descansando.

— Posso te ligar depois.

A ansiedade dispara pela minha corrente sanguínea ao pensar nisso.

— Não. Estou feliz de você ter ligado.

— É — diz ele. — Eu queria ouvir a sua voz.

Acordo quando percebo a tensão na voz dele. De repente, minha cabeça não está doendo tanto, e eu tiro o travesseiro do rosto e o jogo na cama.

— Você está bem?

— Sim. — Um carro buzina. — Me conta como foi o negócio com a sua mãe.

— Bom — digo e coloco o travesseiro de novo sobre a cabeça. Todas as partes de mim estão tensas. Eu não quero mentir para o Isaiah também. Mas, se eu contar sobre meus ataques, ele vai me ver como fraca, e isso vai estragar o que há entre nós. Talvez eu não tenha de mentir. Posso deixar alguns detalhes de fora, exatamente como o Ethan faz comigo quando usa a anistia de gêmeos. — Na verdade, foi horrível.

Ouço uma porta de carro se fechar.

— O que aconteceu?

— Talvez a gente pudesse se encontrar em algum lugar e conversar?

— Tá. Me fala onde.

Jogo as pernas para fora da cama para me levantar, mas a dor de cabeça martela com força, latejando. Um som de dor escapa dos meus lábios, e eu me encolho porque o Isaiah deve ter ouvido.

— O que tá acontecendo, Rachel? — Isaiah de repente se tornou muito sério.

— É só uma dor de cabeça, eu juro. Eu estava pensando que a gente podia se encontrar numa cafeteria...

Ele me interrompe.

— Você não vai dirigir, se está com dor.

Deito de volta quando minha visão duplica. Com um toque no iPod, a música para de tocar nos alto-falantes. Eu me esforço para ouvir algum som, e tudo que ouço é um silêncio glorioso.

O que estou prestes a fazer é errado. Muito errado. O oposto de tudo que os meus pais esperam de mim e, por esse único motivo, parece certo.

— Você quer vir até aqui?

Isaiah

O segurança se inclina para fora da casinha de tijolos na entrada do condomínio da Rachel e me analisa como se eu fosse um assassino em série que escapou do corredor da morte.

— Quem você disse que queria ver?

— Rachel Young.

Ele coloca a mão no quadril como se estivesse armado, mas tanto o guardinha de aluguel quanto eu sabemos que a única coisa que ele está carregando são os treze quilos a mais de cerveja e nachos na barriga.

— Acho que você está no condomínio errado, filho.

Não estou no clima para esses joguinhos, então aperto a tecla de rediscagem no celular e a Rachel atende imediatamente:

— Você chegou?

— Estou no portão. Você se importa de informar pro guardinha aqui que eu não vim pra estuprar e roubar?

Ela suspira.

— Chama o Rick.

Com a boca formando uma linha de irritação, ele pega meu celular e vira de costas para mim. Suas palavras sussurradas têm certa tensão, e, depois de alguns segundos, ele me devolve o telefone. O portão se abre à minha frente, mas meu carro continua parado ao lado dele.

Olho para ele pelo canto do olho.

— Não conta pros pais dela.

— Ou o quê? — pergunta ele.

— Ou isso mesmo que você está pensando. — Coloco o pé na embreagem e mudo a marcha. Não é uma ameaça que eu vou cumprir, mas é uma que vale a pena dizer para manter a Rachel segura e feliz.

Seguindo as instruções que ela me mandou pelo celular, passo pelas mansões do tamanho de castelos em miniatura com mais terra entre elas do que é necessário para uma família.

No fim da rua, a casa da Rachel está totalmente iluminada contra o céu noturno. A construção tem colunas brancas e degraus de mármore branco. Que merda ela está fazendo comigo?

Contorno a entrada em círculo e desligo o motor. Terapeutas, assistentes sociais, professores... todos passaram anos me olhando de cima para baixo, mas tiveram dificuldade para fazer com que eu me sentisse abaixo de merda. Estar aqui, na frente da casa da Rachel, conseguiu o que poucos foram capazes.

Eu me obrigo a sair do carro, subir os degraus e, antes que eu possa tocar a campainha, a porta se abre e Rachel me cumprimenta com um sorriso.

— Oi.

Ela está usando uma calça de moletom e camiseta, e o cabelo está preso no topo da cabeça, com fios soltos caindo no rosto. Nem um grama de maquiagem, e ela está descalça. As unhas dos pés estão pintadas com um vermelho suave. Exceto pelas olheiras, eu nunca vi nada tão lindo na vida.

— Oi.

Rachel acena para eu entrar, e eu enfio as mãos nos bolsos da calça jeans quando avanço. As pessoas têm um nome esnobe para esse tipo de área da casa, e, como não sou esnobe, não sei qual é. É uma entrada que é uma sala, mas é maior que alguns dos lares adotivos em que eu morei.

— Acho que ninguém vai chegar antes das onze, mas, se não se importa, acho que é melhor você ficar só uma hora, para garantir.

— Virando uma gângster com os limites. Gostei. — A provocação está na minha voz, mas não consigo me impedir de vasculhar o lugar. Escada em espiral gigantesca. Uma claraboia acima de mim. Várias salas com portas duplas nas laterais e provavelmente uma ala inteira seguindo o corredor à nossa frente.

Rachel tenta alisar o cabelo, mas os fios caem de novo sobre os ombros.

— Desculpa por estar vestida assim. Eu devia ter trocado de roupa, mas...

É aí que eu percebo como ela está pálida, como parece doente, e uma sensação de alerta sobe pela minha coluna. Alguma coisa está errada.

— Você está linda.

Rachel abaixa a cabeça, mas percebo que ela gostou do elogio.

— Podemos ver um filme ou ouvir música ou... — Ela fecha os olhos e, em vez de pálida, fica totalmente sem sangue. Sua testa está franzida, como se ela estivesse com dor, e eu estendo a mão para segurá-la quando ela se inclina para a esquerda.

— Isso não é só uma droga de dor de cabeça — rosno.

Ela inspira pelo nariz.

— Enxaqueca. Tenho de vez em quando, mas vou ficar bem.

Foda-se tudo. Dobro os joelhos e pego Rachel nos braços antes que ela possa protestar.

— Onde é o seu quarto?

Sua boca se abre completamente.

— Você precisa dormir. Posso ficar com você ou posso te deixar no chão e ir embora. Você decide.

— Isaiah — ela protesta.

— Rachel. — Uso o mesmo tom que ela.

— Tá bom. Subindo, à esquerda. — Cedendo, ela coloca o braço ao redor do meu pescoço e apoia a cabeça no meu ombro. Não consigo evitar de perceber que ela se encaixa com perfeição.

Subo a escada de dois em dois degraus, viro à esquerda e faço uma pausa quando chego a duas portas abertas. Um quarto é pintado de rosa. O outro, de púrpura. Os dois parecem muito femininos e perfeitos. O quarto rosa parece mais jovem, mas nenhum dos dois se encaixa na minha imagem da Rachel.

— Qual dos dois?

Ela aponta para o quarto púrpura.

— Aquele é o meu.

Dou mais uma olhada para o quarto rosa antes de entrar no da Rachel e a coloco delicadamente sobre o colchão da cama com dossel. Os lençóis e os cobertores estão revirados de um jeito que parece que ela teve um sono agitado. Cinco travesseiros estão no chão, e três continuam na cama. Rachel se ajeita e dá um tapinha no espaço ao seu lado.

— Você se importa?

A pergunta é: Ela se importa? Olho por sobre o ombro, meio que esperando que o pai dela ou a polícia apareça e, como não vejo nada, sento na cama, deixando os pés com botas pendurados. Se eu continuar de sapato, vou me lembrar de não ir muito longe com uma garota que eu só beijei duas vezes e que está morrendo de dor por causa de uma enxaqueca.

Rachel brinca com as unhas e me dá algumas olhadas com intervalos de segundos. As garotas costumam ser diretas comigo. O tipo que mexe comigo sabe o que quer, o que eu vou dar, e está preparada para agir de modo que consiga isso. Essa mudança de ritmo me deixa quase tão nervoso quanto ela.

Estico o braço para deixá-lo nas suas costas, mas minha mão fica estendida para ela saber que, se quiser que eu a abrace, ela vai ter de vir na minha direção. Rachel imediatamente desliza para se apoiar, coloca a cabeça no meu peito e se enrosca em mim. Eu a puxo para perto e esfrego o nariz no topo da sua cabeça.

Tudo dentro de mim relaxa, e eu nem sabia que estava tenso. Lembrando que ela está com dor de cabeça, minha mão sobe e eu começo a massagear sua têmpora. Não gosto da ideia de ela estar com dor.

— Eu não sabia que você tinha uma irmã mais nova — digo com suavidade.

— Não tenho. Aquele é o quarto da Colleen. Ela morreu antes de eu nascer.

Meus dedos congelam.

— Sinto muito.

— Não sinta. Eu sei que vai parecer uma coisa horrível, mas isso não me incomoda. Quer dizer, incomoda, porque os meus pais e os meus irmãos mais velhos sofrem seriamente por isso, mas eu nem a conheci. Minha mãe quer que eu sinta saudade dela, mas não consigo. Principalmente quando ela fica jogando a Colleen na minha cara a cada cinco minutos.

Tem uma tensão na voz da Rachel que eu nunca ouvi.

— O que aconteceu com a sua mãe hoje?

Rachel tira bolinhas de tecido da minha camiseta, e os pequenos beliscões das unhas dela atingem minha barriga. Fecho os olhos e me mexo só um pouquinho para me impedir de pensar no fato de que ela está tocando na minha barriga, embora seja através de um tecido fino.

Depois de tirar todas as bolinhas que serviram de distração, Rachel finalmente responde:

— Minha irmã morreu de câncer, por isso minha mãe arrecada fundos para a Fundação da Leucemia.

— Admirável. — Apesar de eu sentir um desvio iminente da boa ação. Já vi essa porra várias vezes em pessoas ricas. Elas vão lá, fazem uma boa ação por ano e limpam a alma de todas as merdas que fazem durante os outros trezentos e sessenta e quatro dias. E, na maioria das vezes, estragam esse único dia também. — Mas você ainda não me contou o que aconteceu com a sua mãe hoje.

Rachel solta um "hum" estrangulado.

Começo a massagear sua cabeça de novo, só que agora cedo à tentação e passo a mão no seu cabelo entre uma massagem e outra. Os ombros da Rachel relaxam, e ela se derrete em mim. O cheiro doce de jasmim alcança meu nariz, e eu só quero ficar deitado assim para sempre.

— Estou esperando, Rachel.

— Minha mãe me obriga a fazer discursos em homenagem à Colleen.

Rachel fica desconfortável quando eu a encaro por mais de dez segundos. Não consigo imaginar essa garota na frente de uma multidão.

— E você quer fazer isso?

Ela balança um não com a cabeça no meu peito.

— Então, por que você faz?

— Porque eu quero fazer a minha mãe feliz.

Sem ter uma mãe para eu querer fazer feliz desde os seis anos, fico confuso sem saber o que dizer, então passo a mão para cima e para baixo nas costas dela. Posso não entender, mas eu me importo.

— Posso te contar um segredo? — sussurra ela.

— Ãhã.

Um silêncio pesado surge entre nós, e eu começo a contar as batidas silenciosas do coração. Uma. Duas. Três. Quatro.

— Às vezes eu odeio a Colleen — ela sussurra como se estivesse num confessionário. — Isso faz de mim uma pessoa horrível?

Penso em como reagi ao ver a minha mãe hoje e na raiva que ainda se agita lá no fundo. Se alguém tivesse me falado que ela havia morrido quatro anos atrás, quando estava na prisão, será que eu sinceramente teria sentido falta dela? Se alguém me dissesse que o pai que eu nunca tive morreu, posso garantir que não haveria lágrimas. Se a Rachel é uma pessoa horrível, eu devo ter parentesco com o diabo.

— Não.

Rachel tira a cabeça do meu peito, e seus olhos violeta têm um brilho que mostra a extensão da sua dor de cabeça.

— Você só está dizendo isso por dizer?

Passo os dedos sob suas olheiras, desejando que meu toque possa fazê-la se sentir melhor.

— Vi a minha mãe hoje.

Ela pisca, e uma dor enche meu peito. Quando abri a boca, não era isso que eu tinha pensado em falar.

— Você a vê sempre?

— É a primeira vez que vejo a minha mãe desde que eu tinha seis anos.

— Ai, Isaiah. — Rachel aperta os dedos da minha mão direita e apoia nossas mãos unidas na minha barriga. — Você está bem?

Começo a responder que sim, mas aí penso na Rachel me contando sobre a mãe dela e Colleen.

— Não.

Ela aperta minha mão e eu aperto de volta, feliz porque ela não fala nada. Não existem palavras para o que aconteceu hoje. Nem para mim nem para a Rachel. Nascer é o maior jogo de azar que existe. Alguns nascem com sorte, outros não. Pela primeira vez, vejo que essa regra transcende o dinheiro.

— Queria poder te fazer sentir melhor. — Rachel coloca o queixo no meu peito e suas pálpebras piscam como se fosse muito difícil ficar de olho aberto. Ela está com dor e quer assumir a minha dor.

Sem saber como lidar com essa declaração, aliso sua têmpora de novo enquanto guio sua cabeça para ela continuar apoiando o rosto no meu peito.

— Isso me faz sentir melhor.

Rachel mexe a boca para o lado, claramente sem acreditar.

— Como você está? — pergunto para desviar do assunto.

— Cansada — murmura ela.

Eu também, mas, quando estou com a Rachel, o peso dos meus problemas não parece tão cansativo.

— Dorme. Prometo que vou embora antes que alguém perceba que eu estive aqui. E lembra de ir pra oficina amanhã depois da aula.

— Depois da aula — repete ela.

Rachel se aninha em mim, e eu a abraço com mais força. Tenho a sensação de que hoje à noite vou ficar virando na cama procurando por ela, porque este momento é o mais próximo que eu cheguei de ter paz em muito tempo.

Rachel

O motor muda de um rosnado para um ronronado quando diminuo a marcha e paro na vaga da oficina do Isaiah. Meu coração faz aquela combinação nauseante de parada, aperto, batida no instante em que o vejo. Seus olhos voam direto para os meus, e a leve inclinação de sua boca me faz estremecer.

Incapaz de sustentar seu olhar, encaro o console enquanto coloco o carro em ponto morto. Ai, meu Deus, ele *está* feliz de me ver. Pelo menos eu acho que está. Minhas entranhas explodem ao ver que ele está vindo na minha direção. Na noite passada, dormi nos braços dele e acordei hoje de manhã, encontrando meu celular no travesseiro ao meu lado com a mensagem "Amanhã" digitada numa janela aberta.

Achei que as aulas não iam acabar nunca.

Isaiah abre a porta do meu carro, e seus animados olhos prateados sorriem para mim.

— Oi.

Tiro a franja dos olhos.

— Oi.

Ele me oferece a mão, e eu aceito. Seus dedos envolvem os meus, e o calor sobe pelo meu braço, esquenta meu pescoço e vira um vermelho no meu rosto. Ele me puxa com delicadeza, e eu saio do carro. Não tenho certeza se meu corpo está vibrando com o barulho da porta da garagem se fechando ou do sangue latejando nas minhas veias.

Nossos dedos se entrelaçam, e sua outra mão envolve meu quadril com suavidade. Inspiro fundo, surpresa por alguém tocar em mim com tanta tranquilidade e cuidado.

— Você está bonita — diz ele.

— Estou de uniforme. — Camisa branca, saia xadrez marrom e preta e tênis Keds brancos. Nada de espetacular.

— Eu sei. — O tom sedutor em sua voz provoca arrepios na minha nuca.

— Oi!

Viramos a cabeça para a direita e, se não fosse o Isaiah estar me segurando, eu teria caído para trás. Praticamente em cima de nós está uma garota com cabelo castanho-escuro, moletom preto com capuz e a calça jeans mais apertada que eu já vi. Automaticamente eu a odeio, porque a calça jeans fica ótima nela.

Isaiah suspira fazendo barulho.

— Rachel, essa é minha *amiga*, a Abby. Abby, essa é minha *namorada*, a Rachel.

Tenho que me segurar para não dançar. Ele me chamou de namorada.

— Prazer em te conhecer.

— Qual é a sua cor preferida? — pergunta Abby.

— Verde? — Essa é uma pergunta mais do que esquisita... Quer dizer, é normal, mas não é.

— Tacos ou espaguete?

— Tacos.

— Disney World ou Disneylândia?

— Nenhuma das duas.

— Rolling Stones ou Beatles?

— Beatles.

Ela espreme os lábios para a direita.

— Ah, quase foi, mas não posso deixar passar a última. — Abby olha para Isaiah com a mesma familiaridade que eu tenho com meus irmãos.

— Podemos ficar com ela, mas pode ser que a gente precise criar um esquema de visitas. Você sabe, problemas de controle e tal.

Minha sobrancelha se ergue.

— Ficar comigo? — As palavras da Abby se agitam na minha mente. — Problemas de controle?

Ela aponta um dedo para si mesma.

— Meus problemas. Não dele. Você e eu vamos ser amigas, e eu não trabalho com amizades. Bom, normalmente não faço isso — acrescenta ela enquanto seu dedo aponta preguiçoso para Isaiah. — Mas ele não conta. Sabe, a gente se conheceu dentro de uma caçamba de lixo aos dez anos.

Meus olhos se arregalam a ponto de eu começar a me perguntar se um dia vou voltar a piscar.

— Abby — diz Isaiah, interrompendo a garota antes que ela possa continuar. — Cala a porra da sua boca.

— Ok. — A música "Miss You", dos Rolling Stones, toca no telefone dela. — Merda — diz Abby. — Espera um segundo. — Ela atende e sai da oficina.

— Uau. — É a única coisa que consigo pensar.

— Esse é um jeito de descrever essa garota. Olha, se você não quiser lidar com ela...

— Não — interrompo. — Ela é sua amiga...

E ele me interrompe.

— Mas se ela te deixar desconfortável...

Minha vez.

— Eu gosto dela. — No instante em que ela disse que íamos ser amigas, eu gostei dela.

Eu me afasto do Isaiah e paro perto do capô aberto do carro dele. Caramba, ele andou ocupado.

— Você instalou uma válvula de admissão de ar frio. — Isso vai ajudar a aumentar a potência do carro.

Isaiah passa a mão sobre o cabelo castanho-escuro recém-cortado à máquina. Ele manteve a barba sombreada no maxilar. Se isso for possível, a combinação o torna ainda mais sexy e perigoso.

— Estou falando sério sobre a Abby. Ela é diferente. Eu aguento a garota porque a conheço há mais tempo que qualquer outra pessoa. Esse tipo de coisa é importante pra mim, mas, se a Abby te perturbar, vou dar um jeito de ela ficar longe.

Toco na peça curvada que ele acrescentou ao motor.

— Vocês realmente se conheceram dentro de uma caçamba de lixo?

Como ele não responde imediatamente, dou uma espiada pelo canto do olho. Suas mãos estão nos quadris enquanto ele encara o chão.

— É. Nós dois estávamos procurando comida.

Fecho os olhos quando sinto uma dor no coração. Não consigo imaginar como foi a vida dele.

— Não quero a sua pena — diz ele com um misto de dor e orgulho.

— Não estou sentindo pena. — Compreensão, talvez, mas não pena. Não é muito, e não é nem perto do mesmo nível, mas o fato ainda me dói o suficiente para eu não conseguir encará-lo. — Não tenho amigos. Tenho meus irmãos e umas garotas na escola com quem eu sento no almoço se quiser, mas elas não se incomodam quando eu não apareço. Eu sou... sou esquisita.

Suas botas batem no chão quando ele vem na minha direção.

— Não é, não.

Fico tensa, irritada e cansada de todo mundo me dizer o que eu sou.

— Quantas garotas você conhece que mexem em carros, gostam de velocidade e podem te dizer com facilidade como é uma válvula de admissão de ar frio?

Isaiah coloca os dedos sob meu queixo e inclina minha cabeça na sua direção.

— Só uma, e ela é o meu tipo de garota.

Um turbilhão de pétalas de rosa gira em meu peito. Engulo em seco e me lembro de respirar. Ele abaixa a cabeça enquanto eu umedeço os lábios. Seu hálito quente se mistura ao meu e, bem quando nossos lábios estão quase se unindo, a porta da garagem se abre com um rangido.

Eu me encolho como se tivesse sido atingida por uma corrente elétrica e imediatamente me afasto de Isaiah. Ele dá uma risadinha baixo. Uma plateia obviamente não o incomodaria. Lanço um olhar de reprovação para ele que só o faz rir ainda mais.

— Vocês têm companhia — diz a Abby. Logo atrás dela está o cara que apareceu com aquela garota, a Beth. Minha mão vai até o estômago, que se encolheu na mesma hora. Isaiah e o cara apertam as mãos rapidamente.

— Logan, lembra da Rachel?

Ele faz um sinal com a cabeça para mim.

— E aí?

— Tudo bem. — Meus olhos disparam entre ele e a porta enquanto espero que *ela* apareça. Um desconforto estranho se enrosca entre minha pele e meus ossos. A Beth é bonita, autoconfiante e misteriosa: a antítese de mim, e tudo que um cara como o Isaiah deve querer.

Durante a semana, Isaiah me explicou que o Logan vai correr com o carro dele, enquanto ele mesmo corre com o meu na pista. As peças melhores vão para o meu carro, já que ele está em condições mais satisfatórias.

Isaiah não falou nada sobre a Beth ajudar, e eu não perguntei. Depois que Isaiah me disse que ela não era namorada dele, achei que eu podia deixá-la de lado, mas a incerteza de qual era o seu relacionamento com ela antes de eu surgir na vida dele me consome a alma.

Isaiah junta as mãos e depois as esfrega.

— Temos um turbocompressor, uma válvula de admissão de ar frio, um desvio de escapamento para instalar e uma garota que tem horário pra voltar pra casa. Vamos trabalhar.

Com a ansiedade contida e equilibrada num instante, volto a um péssimo hábito: mordiscar as unhas. Eu costumava roer, mas minha mãe quase tinha um aneurisma quando via o que eu tinha feito com as minhas unhas bem-cuidadas.

Eu devia estar bem ao lado do Isaiah e do Logan enquanto eles trabalham no meu carro, mas não consigo. Estar no mesmo ambiente é ruim o suficiente. Como é que alguém pode assistir à cirurgia de um ser amado, quanto mais segurar o bisturi? Isaiah aperta um botão, e o gemido ensurdecedor do elevador acompanha a visão que eu tenho do meu carro flutuando no ar. O turbocompressor está instalado. Agora ele está colocando o desvio do silencioso. Depois que isso ficar pronto, meu bebê nunca mais vai emitir o mesmo som.

— Então — diz Abby. — O que melhores amigas fazem?

Meio como um personagem de desenho animado, viro a cabeça para Abby e para o elevador várias vezes. Ela ficou ao meu lado durante toda a experiência, compartilhando conversas quebradas e esquisitas sobre nada.

— O que você quer dizer? — *Com melhores amigas?*

— Eu nunca fui ao shopping.

E ela conseguiu minha atenção total.

— Nunca?

Abby retorce o cordão do seu capuz.

— Bom, quer dizer, já fui pra trabalhar, mas nunca pra passear. Você é uma dessas garotas? Dessas que vão ao shopping? Acho que eu poderia fazer isso. Passear no shopping sem motivo.

— Por que você nunca fez isso? — Não sinto vontade de responder que não passeio em shoppings. A maioria das garotas que eu conheço acha que meu ódio por tantas coisas à venda é esquisito.

Ela enrola o cordão com força ao redor do dedo três vezes.

— Shoppings são caros e, como eu disse antes, não faço amizades.

— Além do Isaiah — digo.

— Além dele — concorda ela. — E de você.

— Por que eu? — É uma pergunta ousada, mas tudo na garota é ousado.

— Porque sim — responde ela. Como nenhuma de nós diz alguma coisa por um tempo, ela finalmente continua: — Porque você gosta do Isaiah. Se você gosta dele, talvez possa gostar de mim. Além do mais, eu gosto de coelhinhos.

Tento não sorrir. Uma resposta estranha, mas normal para ela. Ficamos observando enquanto Isaiah e Logan mexem na parte de baixo do meu carro. Na verdade, Abby observa e eu evito olhar.

— Onde você trabalha?

Abby puxa o cordão com força, fazendo-o ficar irregular.

— O quê?

— No shopping — completo.

Ela coça a boca como se tentasse esconder o sorriso torto.

— Eu não trabalho no shopping.

Penso no que ela disse antes. Não, ela disse...

— Faço entregas para as pessoas no shopping.

— Ah. — Ela deve vender cosméticos ou algo assim. — Você tem um negócio em casa?

— Quem é o cara com o Isaiah? É seu amigo? Ele é gostoso.

— Não. É amigo da Beth. — Uma pontada de ciúme atinge meus ossos. O tênis da Abby geme quando ela chuta um ponto inexistente no chão. Embora eu nunca tenha perguntado ao Isaiah sobre a Beth, ele também não contou nada a respeito. Talvez a Abby possa me dizer algo, já que o Isaiah está de boca fechada. — Você conhece a Beth?

— Conheço — responde ela.

Não foi muito útil.

— Você era amiga dela?

— Claro que não. Ela manipulava tanto o Isaiah que nem eu conseguia respirar.

O aquecedor no alto clica três vezes enquanto todos nós gememos. Isaiah tinha desligado mais cedo, mas começamos a congelar. Dedos frios não são bons para o meu bebê, por isso ele voltou a ligar o aparelho. Isaiah xinga enquanto tira a camiseta.

Meu coração tropeça. Na noite passada, eu sonhei em tocar no corpo dele.

— Ele tem muitas tatuagens — digo, esperando que a Abby não perceba como eu encaro o Isaiah.

— É — responde ela. — Ele fez a primeira, o tigre, quando a gente tinha catorze anos.

Hum.

— Significa alguma coisa?

— Não sei. O Isaiah não fala sobre as tattoos dele. Ele faz os desenhos e segue em frente. — "Paint It Black" toca no celular dela. Abby coloca a mão na testa. — Tenho que vazar. — Ela então desaparece, me deixando sozinha com meus pensamentos.

Ela manipulava tanto o Isaiah que nem eu conseguia respirar. As palavras da Abby reviram na minha mente. O que foi uma tentativa de me fazer sentir melhor virou um enjoo subindo pela minha garganta.

Um assobio chama minha atenção. Isaiah me dá o sorriso mais maluco que eu já vi.

— Quase pronto, meu anjo. Você vai adorar quando ele cantar pra você.

Desta vez, quando eu sorrio, preciso forçar os músculos a obedecerem. Como posso competir com a Beth — a garota que o manipulava, e possivelmente ainda manipula?

Isaiah

Os deuses estão do nosso lado. O clima está quente — mais de dez graus —, com céu claro previsto para a noite de sábado. Com o quadril apoiado no carro da Rachel, analiso o Camaro que está parando ao meu lado na fila de espera atrás da arquibancada principal. Os carros adaptados para corrida estão se revezando nas filas. Os próximos são os carros de rua.

Rachel está em pé perto do capô, acariciando seu carro como o pônei que ele é.

— Promete que não vai bater.

— Vou tomar conta do seu carro.

— Isaiah, estou preocupada com *você*.

Comigo? Meu coração para no peito. Rachel, Logan e eu assistimos a algumas corridas antes de nos inscrever e, infelizmente, vimos uma batida. Ninguém se machucou, mas os carros tiveram perda total. O rosto da Rachel desbotou para um tom sobrenatural de branco quando um cara mais velho murmurou algo sobre como as regras da pista foram escritas com o sangue de outras gerações. Agora, quando a Rachel assiste às corridas, acho que só vê fantasmas.

Encontro seus olhos violeta.

— Vou ficar bem, Rachel.

Ela abaixa a cabeça, depois levanta e a deixa cair novamente. Não consigo entender muito bem, mas queria conseguir.

— O que está acontecendo na sua cabeça? — pergunto.

Rachel inspira fundo para responder bem quando o motorista do Camaro sai do carro. Ela faz o que eu pedi mais cedo quando uma possível aposta aparecesse: vai direto para a arquibancada principal. Seu cabelo comprido balança para frente, escondendo o rosto. Minhas pernas se agitam de vontade de ir atrás dela, de beijá-la e perguntar o que está errado.

Quando Rachel chegou à oficina ontem, ela estava cem por cento comigo, mas, quando terminei seu carro, estava distante de novo. Vou investigar qual é o problema hoje à noite. Agora eu preciso me concentrar e ganhar dinheiro para nós.

Dou uma olhada para Logan, atrás de mim. Ele está envolvido numa conversa com seu concorrente: um Dodge Charger. Vai ser uma boa corrida para o Logan. Aquele competidor sempre pula a luz verde.

O motorista do Camaro aprecia o carro da Rachel.

— Quando foi que vocês fizeram o upgrade?

Ele pode não saber meu nome, mas me reconhece pelo meu antigo carro. Estou na mesma posição em relação a ele.

— Esta semana.

— Ainda acha que pode me enfrentar? — pergunta ele.

— Fácil.

Ele faz um sinal com a cabeça em direção ao próprio carro.

— Também fiz umas atualizações.

— Isso não me preocupa.

Como eu esperava, ele tira um maço de dinheiro do bolso.

— Então você não vai se importar de colocar dinheiro na mesa.

Não. Não vou.

Rachel

Meus dedos apertam a cerca de metal frio enquanto observo Isaiah dirigir meu carro até a área de burnout. O acidente que vimos aconteceu um segundo depois do início da corrida. Um pneu estourou, fazendo o motorista perder o controle e atingir a lateral de um Chevy Comet.

Fiquei apavorada — principalmente quando um estouro de chamas saiu de um dos carros. Homens pularam por sobre as barreiras, levando os motoristas para um local seguro, usando extintores de incêndio no capô. Isaiah queria se jogar sobre a cerca para ajudar, mas meu aperto no seu braço o fez parar.

Nosso olhar se prendeu por alguns instantes e, quando meu corpo começou a tremer, ele colocou o braço ao meu redor.

Isaiah passa da linha de água, me fazendo voltar ao presente, e imediatamente vai para a área de espera. O movimento inesperado paralisa as aranhas de ansiedade que estão agitadas no meu estômago.

— Por que ele não vai fazer o burnout? — sussurro.

— Porque o carro não tem pneus slick — diz Zach enquanto se aproxima de mim e apoia um braço sobre a cerca. Seu cabelo loiro esconde o rosto. — Os carros de rua costumam evitar o burnout.

Certo. Pneus slick são um tipo de pneu que se prende melhor à pista. Zach foi legal na semana passada, mas ele me lembra dos caras da minha escola — o modo como fala, conhece todo mundo, e como tem várias garotas competindo por ele. Então, em outras palavras, ele me deixa tensa, e eu volto ao modo Rachel. Dou um passo para o lado quando ele invade meu espaço pessoal.

O motorista que vai competir com o Isaiah gira os pneus na linha de água, provocando uma névoa de fumaça branca. Como o Camaro tem pneus slick, será que vai ter alguma vantagem? Isaiah apostou tudo que tinha contra esse cara: cinquenta dólares. Se ele não ganhar, vamos para casa.

— Não vi você correr — digo para o Zach quando penso em alguma coisa coerente.

— O Cobra estava com um barulho estranho, então fiquei de fora.

Faço que sim com a cabeça para ele saber que eu ouvi, mas mantenho os olhos em Isaiah. *Por favor, por favor, por favor, Deus, cuida do Isaiah.*

— Aquele é o seu carro, não é? — pergunta ele.

— É. — Eu queria que o Zach ficasse calado. Se ele continuar falando, não consigo me concentrar e, se não me concentrar, Deus vai parar de ouvir as minhas orações.

— Por que você não está dirigindo? — pergunta ele.

O concorrente do Isaiah chega à segunda linha de espera. As luzes amarelas piscam para baixo e à direita; quando as luzes ficam verdes, meu carro dispara com uma potência que eu nunca acreditei que era possível, erguendo os pneus dianteiros. Isaiah corre na frente, com o Camaro a menos de um segundo atrás. Os dois carros passam voando por mim, com Isaiah facilmente na liderança.

Vamos lá, vamos lá, vamos lá... Isso! Isaiah cruza a linha de chegada primeiro. Abaixo a cabeça e inspiro. *Obrigada, meu Deus, por manter o Isaiah em segurança.*

— Você me ouviu? — pergunta Zach.

— Hum... — *Isso é constrangedor.* — Não. Desculpa.

— Falei que eu quero correr contra você.

As luzes vermelhas do meu carro brilham ao longe enquanto Isaiah sai da pista. Meu corpo automaticamente vira para a saída, como se houvesse uma atração gravitacional entre mim e Isaiah.

— Vou falar com o Isaiah.

— Não, Rachel. — Zach coloca a mão no meu braço, e seu toque indesejado parece estranho na minha pele. — Quero correr contra você quando você dirigir o seu carro.

Puxo o braço, fingindo coçar o ombro.

— Não vou correr.

— Por quê?

— Porque... — Não sei como explicar de um jeito que não me faça parecer fraca.

— Porque o Isaiah é um daqueles caras que acha que uma garota não deve ficar atrás de um volante.

Solto uma bufada.

— Não é isso.

— Eu tenho dinheiro. — Zach dá um sorriso forçado. — E ouvi dizer que o Isaiah está precisando. Fala pra ele que eu vou correr, mas só contra você. Ele sabe as minhas apostas.

Alguma coisa profunda em mim se agita, e não é um tipo bom de agitação.

— E, Rachel? — Zach começa a andar para trás lentamente. — Se você fosse minha garota, eu te deixaria correr.

— Ele não é assim — digo, mas Zach já virou de costas e está longe demais para ouvir. — Ele não é — repito. Pelo menos eu acho que não é.

Isaiah permitiu que o Logan dirigisse o carro dele sem ver como o garoto se sairia atrás do volante. Sim, eu errei uma vez, mas por que o Isaiah não me daria mais uma chance?

Talvez porque ele tenha descoberto meu segredo. Talvez ele já saiba que eu sou fraca.

Isaiah

Chegando aos cento e quarenta e três quilômetros por hora, diminuo a marcha e dou um soco no volante.

— É disso que estou falando, porra!

O fluxo de adrenalina correndo pelas minhas veias me faz sentir voando alto sem a perda de controle provocada pelo álcool ou pelas drogas. Essa é a única vez que eu me sinto vivo de verdade. Viro à esquerda no fim da pista e paro para meu concorrente se aproximar: um Nova com upgrades bacanas.

É minha última corrida da noite e, caramba, eu me sinto muito bem. Meu concorrente, um cara dez anos mais velho que eu, balança a cabeça enquanto sai do carro com cem pratas na mão.

— Eu devia ter te deixado na poeira, garoto. Debaixo do meu capô tem dez vezes o que você tem.

Ele está certo. Seus upgrades deviam ter arrasado comigo. Pego o dinheiro e resisto à vontade de dar um beijo nele.

— Boa corrida, cara.

— Seu tempo de reação à luz é insano — diz ele. — Quero uma revanche na sexta à noite.

Minha sorte deve estar mudando.

— Traz dinheiro e eu corro contra você a noite toda.

Nós nos cumprimentamos com um sinal rápido de cabeça, e dirijo o carro da Rachel até o local onde ela e o Logan me esperam. Ganhei todas as corridas hoje. Depois de estrear na pista e experimentar a sensação, Logan ganhou mais do que perdeu, colocando dinheiro na mesa.

No escuro, Rachel brilha tanto quanto o sol. Seu cabelo é um halo emoldurando o rosto, e os olhos são estrelas.

— Foi demais!

Em dois passos tranquilos, eu a alcanço, jogo os braços ao redor da sua cintura e tiro seus pés do chão. Meu anjo é tão leve que praticamente flutua.

— Isaiah! Você está maluco!

— Alucinado — respondo.

Ela apoia a testa na minha e entrelaça as mãos com força no meu pescoço.

— Essa foi por pouco. Ele quase te pegou no fim.

Adoro a sensação do corpo dela contra o meu. Mais tarde vou beijá-la de novo e, se ela deixar, explorar um pouco mais.

— Você duvidou de mim?

Ela sorri quando percebe a leveza na minha voz.

— Nunca.

É isso aí, meu anjo. Eu nunca vou te decepcionar.

Rachel se balança no meu abraço.

— Você é forte.

Meus lábios se contraem.

— Puro aço. — *Forte o suficiente pra te proteger.*

— Detesto interromper — diz Logan —, mas tenho jogo amanhã e um bolso cheio.

Coloco a Rachel no chão, mas a mantenho aninhada ao meu lado.

— Então vamos embora.

Apesar de considerar o Motor Yard um local seguro, não é boa ideia ficar mostrando dinheiro — especialmente a quantia que eu e o Logan juntamos hoje à noite.

Logan me segue de volta até o meu apartamento, onde ele tinha deixado o carro dele. Quando estacionamos na entrada, ele me dá o maço de dinheiro.

— Você já pensou em colocar um sistema de nitro? Aqueles carros estavam voando.

Balanço a cabeça.

— Isso colocaria a gente contra uma classe diferente de carros, e aí teríamos que partir pra corrida na modalidade bracket pra competir. Além do mais, nitro é uma merda maluca. Muita coisa pode dar errado.

Logan mostra seu sorriso não-tenho-culpa-por-ser-tão-insano.

— Mais um motivo pra fazer. E como é uma corrida na modalidade bracket?

Apoiada no carro dela, Rachel enfia as mãos nas mangas do casaco preto. Ela está com frio, e eu estou louco para aquecer essa garota.

— Te explico depois.

Os olhos do Logan vão até a Rachel.

— Entendi. Até mais então.

Ele se afasta no carro, e eu vou até o meu anjo.

— Quer ver quanto a gente ganhou?

— Claro.

Rachel permite que eu abra a porta para ela na entrada da escadaria e quando estamos no meu apartamento. Depois de entrar, ela tira o casaco e o coloca sobre a mesa da cozinha. Num gesto nervoso, ela entrelaça os dedos e olha ao redor.

— O seu amigo está em casa?

— Não — respondo. — Ele vai ficar com a Echo hoje à noite. Tem certeza que o seu irmão vai te dar cobertura com o horário?

Ela encara os próprios dedos.

— Dei cobertura pra ele ontem à noite, então ele concordou em me ajudar hoje.

Dou espaço para ela, me sento à mesa de cartas e começo a contar o dinheiro. Ela afunda na outra cadeira dobrável e também conta uma pilha. Por alguns breves segundos, o único som no ambiente é o do roçar de notas se movendo umas contra as outras e, graças à doida do andar de baixo, podemos ouvir Elvis cantando uma música sobre sapatos.

— Seiscentos — diz ela, maravilhada. Esses foram os meus ganhos.

— Quatrocentos e quarenta — digo a ela, segurando a pilha do Logan.

Rachel afunda na cadeira como se estivesse em choque.

— Com os seus cinquenta e os vinte do Logan, nós ganhamos mil e quarenta dólares. — Ela faz uma pausa. — Não é possível.

— É, sim. — Ela ainda não percebeu que, em *uma* corrida nas ruas, as apostas foram de cinco mil dólares? E aquela foi uma noite parada.

Ela sai da mesa e começa a andar de um lado para o outro.

— A gente vai conseguir, não vai? Vamos pagar o Eric e ficar livres dele, e meus pais nunca vão saber o que fiz. Quer dizer, já temos mais de dois mil dólares.

Minha mente fica vazia com essa informação.

— Como você chegou a dois mil dólares?

Rachel repete o círculo infinito que ela criou andando de um canto ao outro do sofá.

— Tenho mil dólares. Um pouco mais de quinhentos de dinheiro de aniversário e Natal. Penhorei algumas joias e consegui mais quinhentos. Ah, Isaiah. — Seu rosto fica vermelho. — Estamos a meio caminho de conseguir. Podemos pagar o Eric antes das seis semanas.

Ela é um misto de ansiedade e empolgação, e esses sentimentos se tornam contagiosos. Nós se formam no meu estômago e então penso nos milhões de maneiras que eu quero poder tocar e beijar essa garota e fazer com que ela saiba que é a única na minha vida.

O que eu devia lhe dizer é que hoje à noite vai ser nosso único fluxo grande de dinheiro. Agora que as pessoas sabem como eu e o Logan corremos, vão nos evitar ou não vão apostar alto. Não tenho dúvida de que vamos conseguir a quantia de que precisamos, mas ainda pode ser difícil.

Também decido manter só para mim que o Eric está de olho em nós e que ele vai ficar com raiva de saber que estamos ganhando dinheiro.

Rachel finalmente interrompe o caminho frenético que ela está marcando no piso. Seu rosto se ilumina. Ela é uma luz num mundo cheio de escuridão. Rachel está feliz, e isso é tudo o que eu quero.

— Podemos ficar juntos, Isaiah. Sem nos preocupar com o Eric, com dívidas ou qualquer outra coisa. A gente pode ser feliz.

A corrente elétrica dispara pelas minhas veias e me choca como se eu nunca tivesse vivido. Eu me levanto de repente, derrubando a cadeira dobrável. Meu coração está acelerado, e isso é uma coisa desconhecida. Uma coisa que eu não entendo. Uma coisa que provoca confusão, pânico.

Seus olhos brilham com adoração demais, com uma emoção exagerada que eu só vi os outros darem para pessoas *que não são eu*. Vejo amor em seus olhos, e isso me apavora intensamente.

— Você precisa ir embora — digo. Minha voz está mais profunda que o normal, e um tremor percorre meu corpo. Meus olhos queimam quando uma sombra atravessa o rosto de Rachel, apagando toda a sua luz. Eu devia ir para o inferno. Fui eu que criei essa tristeza. Se eu ficar com a Rachel, ela nunca vai conhecer a luz e a felicidade.

— Isaiah — diz ela com cuidado. — Não estou entendendo.

— Vai pra casa. — Pego o dinheiro sobre a mesa e vou para o quarto. Com três passos, dou a volta no ambiente e faço tudo de novo. Meu raciocínio está bagunçado, como se eu estivesse chapado ou tivesse levado um golpe forte na cabeça. Meus pensamentos se soltam da minha mente, do meu corpo.

— Você pode me dizer o que tá errado? — uma voz suave vem de trás de mim.

Por que ela não foi embora?

— Nada. Estou procurando um lugar pra esconder o dinheiro. Esse é um lugar de merda, Rachel, e coisas horríveis acontecem aqui.

— Como pessoas invadindo — diz ela.

É exatamente isso que pode acontecer.

— Vai embora.

Rachel parece pequena e indefesa quando apoia a têmpora no batente da porta. A luz fraca da cozinha desenha a silhueta do seu corpo. Obscurecido pela escuridão, não consigo ver seu rosto.

— Você pode deixar o dinheiro comigo. — Sua voz é tão tranquilizante que parte de mim se agarra ao som. — Onde eu moro é seguro.

Meus pensamentos colidem uns com os outros. A parte de trás das minhas pernas bate na cama, e eu afundo nela. Minha vida toda é uma longa corda grossa e cheia de nós e voltas nas quais as pessoas me enroscaram por dentro e por fora. Nada em mim é sólido ou resistente. Sou desgastado e esfarrapado.

— Eu não presto, Rachel.

Encaro o dinheiro nas minhas mãos. Meus dedos se apertam, e o dinheiro estala. Não vou levar a Rachel mais para o fundo do abismo. Isso acaba aqui. Isso acaba hoje à noite.

— Você tem que ir embora e nunca mais voltar. Vou correr com o meu carro. Vou pagar a dívida. Vai embora e saiba que eu sempre vou te proteger.

Silêncio. Nada vindo dela. Nada vindo de mim. Fecho os olhos, xingando a umidade ardente atrás das pálpebras. Não quero mais sentir. Sentimentos doem demais.

Passos silenciosos vêm na minha direção, e o dinheiro estala de novo no meu punho.

— Vai, Rachel. — Minha voz está tão rouca que não passa de um sussurro.

A cama se move e afunda à minha esquerda. Um toque tão suave que eu quase acredito que estou imaginando encosta no meu ombro.

— Acho que estou me apaixonando por você, Isaiah.

Minha cabeça afunda. *Acho que também estou me apaixonando por você, e isso me apavora.*

A pressão no meu ombro continua enquanto os dedos da outra mão de Rachel traçam a bússola tatuada no meu antebraço.

— Não sei o que é o amor nem como é a sensação, mas sei que, quando estou com você, gosto de quem eu sou, e isso nunca aconteceu comigo.

Eu gosto de quem sou quando estou com ela. A música sob nós é suave, lírica, com uma batida firme. A voz profunda de Elvis canta sobre mentes desconfiadas.

— Eu gosto de quem você é, Isaiah, e gosto de como você me olha. Mas o que eu realmente gosto é do alvoroço que me agita quando você está por perto.

Como Rachel sempre foi mágica, ela dá palavras à emoção que rasga a minha alma.

— As pessoas não se prendem a mim, Rachel.

Ela beija o meu ombro, e um tremor percorre meu corpo, incendiando cada célula.

— Então talvez elas não te conheçam como eu conheço.

O dedo que está contornando a tatuagem desliza até as minhas mãos.

— Me dá o dinheiro, Isaiah. Confia em mim pra mantê-lo em segurança.

Aperto o dinheiro com mais força, mas, quando as mãos dela envolvem as minhas, eu solto.

— Você percebe a confusão, o perigo que está assumindo?

Com os dedos segurando o dinheiro, ela sussurra:

— Sim.

Coloco minha mão sobre a dela.

— Solta.

— Mas, Isaiah...

Levanto a cabeça.

— Se você diz que vai manter o dinheiro em segurança, eu acredito, mas agora eu quero que você o coloque no chão.

Ela meio que dá um sorriso forçado com um brilhinho nos olhos.

— Você é mandão.

— É — admito. *Escuta o que eu estou dizendo, Rachel. Escuta o mandão por quem você está se apaixonando.* — Sou mesmo.

O dinheiro bate no chão, e minhas mãos imediatamente emolduram seu rosto. Ela tem uma pele tão macia que eu tenho medo de machucá-la mesmo com um toque delicado. Sua respiração tropeça quando meus lábios se aproximam dos dela. Vou beijar essa garota.

— Me fala que eu sou o que você quer. — Para eu saber que não estou me enganando.

Seu nariz desliza no meu enquanto ela faz que sim com a cabeça devagar.

— Não quero mais ninguém.

Que Deus nos ajude, porque ela está dando permissão ao diabo.

Rachel

O beijo é mais quente e rápido que antes. Nossos lábios se movem freneticamente, e uma fome cresce entre nós, parecendo que não pode ser saciada. Há um ritmo, uma dança e, de alguma forma, eu conheço os passos. Um instinto me diz para segui-lo, explorando mais, tocando.

Minhas mãos descem pelas costas dele e, quando sinto a pele incendiada perto da barra da camiseta, fico ofegante. Isaiah geme, e seus lábios deixam os meus para passear pelo meu pescoço. Meu coração acelera enquanto meu corpo vira uma corrente elétrica viva.

Sua língua gira na pele sensível onde meu maxilar se une ao pescoço. Eu estremeço e pressiono o corpo ainda mais junto ao dele. Quando encontra meus lábios de novo, Isaiah envolve os braços na minha cintura e me puxa mais para cima da cama. O calor do seu corpo ultrapassa minha roupa, minha pele, criando um inferno em meu sangue.

Um frio súbito faz meus olhos se abrirem de repente. Ajoelhado a meu lado, as mãos de Isaiah vão para trás da cabeça e puxam a camiseta, jogando-a no chão. Uma agitação de excitação e nervoso abala meu estômago. Engulo em seco e encaro o tigre dourado que acompanha o músculo de seu braço. Mordo o lábio e procuro coragem lá no fundo. Minha mão se estende. Para. E eu fecho os dedos.

— Tudo bem, Rachel. Pode tocar. — Ele se inclina para o tigre ficar mais perto de mim.

Contorno a tatuagem, admirando sua beleza.

— Eu adoro essa.

Nos feixes de luz da rua que invadem o quarto escuro pelas frestas das persianas entreabertas, observo os olhos de Isaiah se derreterem até o prateado.

— É a minha preferida — diz ele. — Um dia vou fazer uma tatuagem pra você.

O calor explode em meu peito, maravilhada por ele marcar o próprio corpo por mim.

— Não precisa.

— Preciso, sim. — Seus dedos contornam meu rosto, e calafrios de prazer descem pela minha coluna. — É isso que eu faço. Cada tatuagem representa as únicas lembranças felizes que eu já tive. E você, Rachel, é a mais feliz.

Meus lábios se curvam, e seus dedos roçam nele em resposta.

— Eu sonho com o seu sorriso. — Ele segue a curva como se fosse um artista. — Pensei em você todas as noites desde a primeira vez que nos encontramos.

Existe um poder que só sinto quando estou com o Isaiah. Uma coragem que nunca tive antes. Nunca, nem em um milhão de anos, eu teria imaginado que seria a garota que ia dizer que estava se apaixonando por um cara antes que ele falasse. Nunca, nem em um milhão de anos, pensei em estar na cama com um cara totalmente musculoso e sem camisa. Mas Isaiah tem esse efeito sobre mim. Ele faz com que eu me sinta mais forte do que realmente sou.

Há uma pulsação em meu corpo, vibrando em todos os pontos sensíveis.

— Eu gosto de te beijar.

Suas mãos descem até minha cintura.

— Eu podia te beijar pra sempre.

Olho preguiçosamente para ele.

— Só beijar. — Porque acho que vou entrar em combustão se fizermos mais que isso.

O lado direito de sua boca se contorce.

— Só beijar. E alguns toques. — Para provar seu argumento, as mãos de Isaiah acariciam minhas costas, mergulham em meu cabelo e deslizam para a curva da minha cintura.

Sim, definitivamente alguns toques. Inspiro fundo, lembrando a mim mesma que respirar ainda é uma necessidade.

— Concordo. Alguns toques. Nada de tirar a roupa.

Porque eu provavelmente ia desmaiar se pensasse nele sem calça. Ela já está solta em seu quadril. Baixa demais. Muito baixa. Baixa o suficiente para eu começar a imaginar o que mais tem ali.

Isaiah coloca a mão em minha nuca e a massageia profundamente, fazendo meus olhos revirarem em êxtase.

— Posso vestir a camisa, se quiser.

— Não — sussurro. — Estou gostando de você sem ela. — Mais do que gostando.

Umedeço os lábios enquanto seus dentes mordiscam o lóbulo de minha orelha. Entre meus músculos se derretendo sob seu toque, meu sangue latejando com a provocação na orelha e o modo como meu pé acaricia a panturrilha de Isaiah, meus pensamentos ficam enevoados.

Minha blusa sobe, e Isaiah movimenta o polegar em pequenos círculos na pele nua de minha barriga. A sensação me faz arquear as costas, e Isaiah geme quando beijo seu pescoço. Eu gosto dessas sensações. Na verdade, mais que gosto. Elas são viciantes, e eu adoro como cada pequena coisa que eu faço leva Isaiah a me beijar e me tocar ainda mais.

Ele rola na cama, e eu me mexo com ele. Nossas pernas enroscadas se soltam quando minhas coxas se separam, aceitando o peso dele. O corpo de Isaiah sobre o meu é mais pesado do que eu poderia imaginar, mas é um peso que eu desejei sem saber.

Isaiah beija meu pescoço e, quando seus lábios encontram os meus outra vez, ele mexe os quadris. De repente, partes muito conscientes dele estão encostando em partes muito conscientes minhas, e minha cabeça cai para o lado quando uma nova sensação perfura meu corpo. Uma que eu nunca senti. Uma que eu quero sentir de novo. Uma que...

Minha mão desliza para o peito do Isaiah, e eu o empurro.

— Isaiah.

Ele nos rola na cama de novo, só que agora suas costas estão no colchão, e ele me desliza para o seu lado. Seu peito sobe e desce num ritmo rápido, e é aí que eu percebo que a minha respiração está sincronizada com a dele.

— Você está bem? — pergunta ele.

Faço que sim com a cabeça, incapaz de pensar em alguma coisa coerente para explicar por que eu fiz o que fiz. Era tudo novo e rápido e glorioso e...

Isaiah coloca os dedos sob meu queixo e me faz olhar em seus olhos.

— Não tem problema parar.

— Eu sei — sussurro, mas, para ser sincera, não sei. Tenho dezessete anos. Toda garota que eu conheço já fez mais... algumas muito mais... algumas em territórios muito além e em terras que não sei se um dia vou visitar.

Isaiah deve ser mais experiente que eu. Provavelmente já esteve com garotas que não têm medo de forçar todos os limites. Será que não tem problema mesmo eu ser...

— Desculpa por eu ser devagar.

Ele ajeita meu cabelo sobre o ombro.

— Você não é devagar.

Ergo uma sobrancelha.

— Estou falando sério. — Quando vê que não estou convencida, ele esfrega a barba por fazer e começa de novo. — Não quero que você vá além do que deseja. O que torna isso especial é que você tá a fim. No instante em que você não estiver, eu me torno um canalha se pedir mais. Estou dizendo: não tenho problema em ir devagar. — Eu suspiro. São as palavras certas, mas... — Para de analisar. Rachel, já ouvi as mesmas coisas que você sobre caras que querem encontrar a garota certa e depois querem ir devagar porque acreditam que ela vale a espera. De verdade, eu nunca acreditei nisso, mas, depois de te conhecer... não é mais uma mentira.

O lado direito de minha boca se curva. Eu valho a espera.

Isaiah

O relógio na tela pisca quando atinge a marca de um minuto. Terminei a prova quinze minutos atrás, mas confiro as respostas várias vezes. É o meu futuro, e não há espaço para erros. Em menos de sessenta segundos, vou receber minha certificação da ESA.

O computador congela: o tempo acabou. A sala que antes estava silenciosa se torna barulhenta quando os outros caras da turma que fizeram uma "excursão" até o centro de provas relaxam na cadeira e conversam uns com os outros.

— Isaiah — chama Zach. — Como você foi?

— Bem. — Eu arrasei.

— Ótimo. — Ele deixa os amigos e apoia o quadril na meia-parede do cubículo feita para impedir a cola. — A Rachel te contou da minha proposta?

— Acho que você não tem que propor nada pra *minha* namorada. — O espaço entre minha pele e músculos vibra. Rachel não disse nada, mas não vou deixar o Zach saber disso. Assumo uma expressão neutra, estico as pernas para fora do cubículo para Zach precisar se mexer e dobro os braços para ele ver minhas tattoos.

Zach dá um passo inteligente de distância.

— Só estou tentando ajudar. Ouvi dizer que você precisa de dinheiro, e você sabe que eu cubro qualquer aposta.

— Se você quiser correr contra mim, fala comigo. Não com a Rachel. Ele vira um babaca arrogante quando sorri.

— Não quero correr contra você. Quero correr contra ela.

Minhas pernas se dobram quando eu me inclino para frente. Zach quase tropeça em si mesmo quando recua.

— Ela não vai correr. — Um silêncio sinistro paira sobre a sala enquanto todo mundo observa o espetáculo.

Depois de alguns segundos comigo encarando e Zach sem dizer nada, a sala volta ao normal.

— Dinheiro é dinheiro — Zach resmunga. — Quem se importa com quem dirige?

Sussurro para que só ele escute:

— Não estou correndo por dez pratas. Ganhei muito dinheiro, então vou apostar muito dinheiro.

Ele olha ao redor para verificar se todo mundo tinha voltado para os próprios assuntos.

— Estou ganhando muita grana agora. Eu cubro o que você tiver.

Eu o encaro e, como sempre, Zach desvia o olhar. Ele vem de um lar destruído, e eles sempre viveram à beira da assistência do governo. De jeito nenhum esse babaca ganhou dinheiro tão rápido sem brincar com o diabo.

— Me diz que você não virou capacho do Eric.

Zach ri de um jeito nervoso, mas, antes que ele consiga tentar negar, engancho o pé na cadeira ao lado e a jogo nas suas pernas.

— Senta.

Ele olha ao redor, tentando se salvar, mas senta assim mesmo. Houve uma época em que eu e ele podíamos ser considerados amigos e, por isso, estou dando essa folga para ele.

— Você e eu sabemos que o Eric é uma merda perigosa. Se você caiu na dele, talvez eu possa te ajudar a sair.

Zach abaixa a cabeça enquanto recua as pernas para baixo da cadeira.

— Ele só quer que a Rachel corra contra mim. Só isso.

Merda. Meus dedos se fecham em punhos.

— Ele quer acabar comigo e com a Rachel.

Ele levanta a cabeça de repente.

— Você está vendo isso tudo de um jeito errado. O Eric quer ajudar a gente. Ele disse que, se nós dois trabalharmos pra ele, ele paga em dinheiro. Dinheiro de verdade. Não o salário que a gente vai ganhar depois de se formar. Seremos reis, Isaiah. Não o lixo que somos agora.

Chuto a parede entre nós, e o teclado cai no chão.

— O Eric é seu dono agora.

— Ele não é meu dono. O Eric está me ajudando, do mesmo jeito que quer te ajudar.

Antes que eu consiga perguntar como diabos ele se tornou tão iludido a ponto de acreditar nessa merda, o sr. Holden entra na sala.

— O resultado da prova saiu. Vou chamar um de cada vez pra analisar a nota. Isaiah, vem.

Meu coração dispara e eu me levanto, tentando controlar a raiva. Então me abaixo e sussurro a ameaça:

— Fica longe da Rachel, porra.

— Você não pode encostar em mim — responde Zach.

Como ele está sob a proteção do Eric, talvez não, mas o Eric está subestimando o que eu faria para manter a Rachel em segurança.

Rachel

Com a mão parada sobre a equação, meu lápis balança de um lado para o outro. Física na terceira aula é uma tortura. Meus dois irmãos estão aqui, com mais da metade de seus amigos, e as pessoas restantes na sala de aula são aquelas que adoram fofocar sobre mim. Devíamos nos dividir em grupos de quatro, mas, sinceramente, não gosto de grupos.

O sol atravessa as janelas e me inunda de calor. Eu provavelmente poderia me concentrar mais se conseguisse parar de sonhar acordada com o Isaiah. Todas as vezes que eu penso em como ele nos rolou na cama e como seu corpo cobriu o meu, dou um sorriso.

— Você já conseguiu, Rach? — sussurra West.

Isso me arranca do meu devaneio. Ethan e West, é claro, estão juntos num grupo com mais dois amigos. Como a turma tem número ímpar, evitei estar num grupo, mas não posso dispensar meus irmãos. Eles flutuam perto de mim.

— Vocês são quatro, e eu sou uma. Eu diria que as chances de vocês são melhores do que as minhas — respondo. O lápis se move mais rápido na minha mão.

— Mas você é boa nessa merda — diz o West.

Com um arranhado de metal no chão de linóleo, Ethan desliza sua mesa para perto da minha.

— Ela tem a resposta. Me dá aqui.

Antes que eu consiga protestar, West pega minha folha e coloca no meio dos amigos.

— Obrigado, irmãzinha.

— Ainda não terminei — sussurro com gravidade. — Isso é só metade da equação.

— Melhor do que uma folha em branco — murmura Ethan.

— Além do mais — West pisca ao devolver minha folha —, está tudo em família.

— Sr. Young. — Nossa professora de física se aproxima do grupo.

— Qual deles? — pergunta West. — Somos dois de nós, e uma senhorita.

Nossa professora de física não gosta do West. Ele é metido a espertinho. O que significa que ela também não é muito fã de mim e do Ethan por associação.

— Não me lembro de a Rachel estar incluída no seu grupo.

Apoio a cabeça na mão e a inclino, de modo que fico olhando pela janela e não para a turma que está assistindo à disputa de poder.

— Ela é nossa irmã. Claro que ela está incluída no nosso grupo.

Ouço barulho de papel e espio para ver nossa professora examinando a folha de todos.

— É a mesma resposta, mas está pela metade.

West relaxa na cadeira, totalmente não afetado pela acusação de cola.

— Somos um grupo. Acho que é assim que funciona.

— Então explica — diz ela. — Explica como você resolveu metade da resposta.

A boca de West se abre de repente, mas ele a fecha.

— A Rachel estava no processo de explicar tudo para o grupo. Sabe, estamos meio perdidos, e não queremos atrapalhar a Rachel, então ela foi em frente com o trabalho e parou no meio do caminho pra poder ensinar pra gente.

Os olhos da nossa professora de física caem sobre mim. Os do West e os do Ethan também. E os olhos dos amigos deles e de todo mundo que zomba de mim desde o ensino fundamental.

— Muito bem, Rachel. — Num movimento muito dramático, nossa professora faz um sinal para eu ir até a frente da sala. — Já que você é tão generosa, por que não vai até o quadro e ensina para o resto da turma como fazer a primeira metade da equação?

Sangue e calor disparam para o meu rosto. Além do fato de esse ser um dos meus piores pesadelos, nem sei se acertei a equação. E se eu estiver errada? E se eu desabar? Pelo menos, na situação dos discursos, eu posso me preparar para o desastre iminente.

E isso... isso veio do nada. Implorando para escapar, olho desesperadamente para West e Ethan. West gruda os olhos no chão enquanto seus dedos tamborilam na mesa num ritmo raivoso.

— Isso *não é* necessário.

— Acho que é — diz a sra. Patterson. — A menos que você queira explicar o trabalho, mas saiba que o que vai para o quadro é a nota do seu grupo.

West se remexe na cadeira. Ethan se aproxima e sussurra:

— Ele vai se ferrar.

West está a uma detenção de ser suspenso, um fato que Ethan e eu temos ajudado a esconder da minha mãe, e as notas do Ethan caíram neste semestre. Ele não pode se arriscar a receber uma nota ruim.

— Eu faço.

A cabeça do West balança para frente e para trás, e o calor da sua raiva provoca pequenos círculos vermelhos no rosto dele. Ethan chuta nosso irmão por baixo da mesa. Os dois compartilham um olhar e ambos se concentram imediatamente no chão.

Quando chego ao quadro, meu corpo treme no momento em que eu pego a caneta marcadora. Pigarreio duas vezes, e meu couro cabeludo transpira. Algumas garotas no canto dão risadinhas.

Minha voz engasga quando explico de modo incoerente como resolvi metade da equação. Por causa da mão trêmula, os números mal parecem rabiscos. Pigarreio de novo, desta vez sentindo gosto de bile. Inspiro só para o ar parar antes de chegar aos pulmões. Minhas palmas estão suando, e a caneta desliza da minha mão. Ela bate no chão duas vezes antes de rolar para debaixo da mesa da professora. O mundo se torna um túnel. Ao meu redor, risadas explodem.

— Rachel. — A sra. Patterson parece distante, quase um eco. — Eu estava errada. Como professora, sou eu quem deve mostrar a equação para a classe.

Minha respiração está curta, superficial, e minha cabeça está com a sensação flutuante de quando estou com febre. Um zumbido preenche meus ouvidos. Todo mundo se levanta e pega suas coisas. Tento inspirar, mas meus pulmões não se expandem. Se eu não conseguir respirar, vou morrer.

Ethan aparece na minha linha de visão.

— Ela está bem, sra. Patterson. Não está, Rachel?

Faço que sim com a cabeça. Não, eu não estou bem. Ethan passa o braço ao meu redor e me conduz até o corredor. Um metal frio apoia minhas costas. Um cadeado pendurado aperta meu rim.

West aparece no túnel.

— Que porra é essa, Ethan? Achei que ela tinha superado essa merda.

— Arromba o cadeado e pega as coisas dela — diz ele. — A gente precisa levar a Rachel pro banheiro.

No horário do almoço, sou eu, West, Ethan e uma garrafa de Sprite. Como West faz todos os esportes imagináveis, ele conseguiu nos levar escondidos até o vestiário masculino. Sentada numa malha antiga que estava enfiada no abismo do armário do West, olho para o vaso sanitário que contém os restos do meu café da manhã.

Confiante de que vou sobreviver, dou descarga e espio meus dois irmãos, que estão ao meu redor desde a terceira aula.

— Viu? — digo com uma voz rouca. — Nada de sangue.

Mas minha garganta está arranhada e machucada. Se eu continuar a vomitar com os ataques, não vai demorar muito para os vasos sanguíneos da minha garganta se romperem.

Segurando a porta do reservado, os nós dos dedos do West ficam brancos.

— Há quanto tempo?

Bebo devagar, tentando ganhar tempo. Os dedos do West batucam uma marcha fúnebre. Ele não vai deixar pra lá.

— Nunca parou — respondo.

Ele vira a cabeça de repente para o Ethan.

— E você estava sabendo disso?

Ethan não para de encarar o vaso.

— Há algumas semanas.

Eu me encolho quando o West soca a porta do reservado ao lado.

— Ela foi parar no hospital por causa dessa merda. Você quer ver o corpo dela definhar de novo?

Lágrimas ameaçam meus olhos, e eu esfrego o nariz.

— Para.

— Parar?! — grita West. — Por que eu deveria parar? Você tem mentido!

— Que diferença faz? — Ethan cospe para West. — Você fingiu que não estava vendo. Eu também. Olha nos meus olhos... Não, olha nos olhos da Rachel e diz pra ela que você não suspeitou da verdade o tempo todo. Ela mentiu pra deixar a mamãe feliz, pra deixar a gente feliz, e você está putinho porque o sonho acabou.

West dá dois passos e fica cara a cara com Ethan. A raiva no ar entre eles é tão densa que eu quase vomito de novo. Eles têm a mesma altura: mais de um metro e oitenta. Ethan com cabelo e olhos escuros. West com cabelo loiro e olhos azuis. Irmãos com menos de um ano de diferença.

West coloca o dedo no peito do Ethan.

— Você devia ter me contado.

— Agora você sabe.

Depois de mais alguns segundos de tensão, West se afasta.

— E agora?

— Vamos guardar segredo — diz Ethan. — A mamãe está feliz. O Jack está cuidando do Gavin.

West vira uma estátua.

— Ela sabe do Gavin?

— É. Ela sabe que ele está desempregado. — Alguma coisa no modo como Ethan reforça as palavras me faz questionar o significado delas, mas West finalmente está se acalmando, e eu não quero arriscar mais uma explosão.

Os ombros do West relaxam visivelmente.

— E os discursos?

— Vamos ajudar a Rachel. Um de nós pode ir com ela aos eventos e desviar a atenção da mamãe se ela tiver um ataque. E a Rachel vai contar pra gente se os ataques de pânico provocarem sangue.

West pega a sacola que eu mantenho no armário do ginásio com roupas extras.

— Peguei isso. Você tem dez minutos pra tomar uma ducha e aparecer na quarta aula.

Meus dois irmãos me encaram, e eu puxo os joelhos até o peito. Eu odiava essa sensação no ensino fundamental, e odeio agora. Não importa o que eu faço na vida, os dois sempre me veem como alguém que precisa ser controlada.

Enquanto a sexta aula se desenrola, a escola está salivando com a novidade: a reclusa Rachel Young está esquisita de novo. Quando entro na biblioteca para meu estágio, sou recebida ao som de risadinhas. As palavras sussurradas entre jogadas de rabos de cavalo não se perdem de mim.

— Eu te falei que ela era estranha...

Risadinhas e sussurros mais baixos.

— ... surtou completamente na aula de física.

Incapaz de encarar as pessoas, eu me escondo atrás de uma das estantes de livros. Inspiro, não por causa de um ataque, mas para impedir as lágrimas. Por quê? Por que eu sou assim?

Na parede de trás, eu me afundo no chão bem quando meu celular vibra. Eu o pego e vejo a única pessoa que não me trata como esquisita nem incompetente.

> Olha pela janela.

Minha testa se franze. Pego a mochila e vou até as janelas que dão para o estacionamento dos alunos. Lá atrás, Isaiah está apoiado no seu Mustang preto. Meu sorriso aparece no mesmo instante.

> Estou te vendo.

> Mata aula comigo.

Matar aula. Além daquele dia com o Eric, nunca matei aula. Mas a falta daquele dia foi justificada depois com um bilhete da minha mãe. Sair hoje seria totalmente diferente. Seria escandaloso. Seria... tudo que eu preciso.

Isaiah

Encosto meu carro no meio-fio, e Rachel dispara para fora do colégio como um ladrão fugindo de uma loja de conveniência, o cabelo loiro ao vento voando para trás. Dou um sorriso e me estico para abrir a porta do carona. Ela cai no carro com as bochechas vermelhas do frio.

— Vamos!

Entrelaçando sua mão à minha, beijo seus dedos e coloco sua mão sobre o câmbio do carro, com minha mão cobrindo a dela. Aperto a embreagem e faço pressão na mão da Rachel, para ela mudar para a primeira marcha.

— Você vai me deixar dirigir seu carro? — pergunta ela.

— Trocar a marcha — corrijo. — Mas eu nunca deixei uma garota trocar a marcha do meu carro. Então se sinta honrada.

— Eu me sinto. — Rachel se aproxima e beija meu rosto. O aroma doce de jasmim e do mar me inunda. Na estrada aberta, a velocidade aumenta e, como uma máquina em perfeita sintonia, eu aperto a embreagem bem quando Rachel muda para a segunda marcha.

É difícil conter a empolgação, mas é estranho. Eu nunca estive ansioso para compartilhar uma notícia com alguém, e quero que ela fique empolgada comigo. O motor começa a fazer força e, numa coordenação sem esforço, ela muda para a terceira marcha enquanto eu aperto a embreagem.

Uma agitação no meu coração supera a empolgação por um segundo. Rachel é perfeita para mim. Ela nunca precisa de palavras porque entende o meu ritmo.

— Passei na prova de certificação da ESA — digo como se estivesse lhe contando que hoje é quinta-feira.

Rachel não me decepciona quando ofega.

— Ah, Isaiah! Isso é demais. Não, é fantástico. Não... a melhor notícia do mundo. Eu sabia que você ia passar. A gente precisa fazer alguma coisa pra comemorar! Mas o quê? Não sei. O que você quer fazer? Não importa o que seja, tem que ser especial.

Pelo canto do olho, olho para ela.

— Já estou fazendo.

Uma careta marca seu rosto.

— O quê? Dirigir? Você sempre dirige.

Como ela não consegue ver?

— Estou passando um tempo com você.

Silêncio. Exceto pelo ronronar do motor. O piso do carro mal vibra sob mim, e eu me pergunto se ela percebe essa sensação. Afasto o pensamento. Não preciso ter dúvidas sobre isso. Alguém como a Rachel saboreia a sensação de cada movimento de um carro — assim como eu.

— Estou orgulhosa de você — diz ela com a mesma simplicidade de quando anunciei que tinha passado na prova. Meu peito dói como se ela tivesse atravessado uma parede. Tiro sua mão do câmbio, beijo seus dedos outra vez e deixo sua mão encostada no meu rosto até precisar colocá-la de volta para ela diminuir a marcha.

Não entendo esses sentimentos dentro de mim, mas entendo a Rachel e sei que ela me entende. Eu quero essa garota na minha vida de um jeito que ninguém jamais esteve. Quando consigo falar sem minha voz tremer, digo a ela:

— Eu queria que você fosse a um lugar comigo. Não é especial, mas eu quero você lá.

Rachel

Depois que as aulas acabaram, Isaiah me levou de volta ao estacionamento do colégio para que eu pudesse pegar meu carro e o seguisse até a oficina para deixar meu Mustang lá. De volta ao carro de Isaiah, ele rodeia um pequeno parque a leste da oficina do Tom. Não é a leste o suficiente para chegar à minha área da cidade, mas é longe o bastante para eu não ficar apavorada. Por causa do dia frio e cinza, o parque está relativamente vazio.

Exceto pela mulher loira em pé ao lado de um carro a várias vagas de distância da nossa. No instante em que paramos, ela encara o Isaiah e a mim. No parque há também uma mulher de meia-idade com cabelo castanho-escuro curto. Sentada no banco mais perto dos balanços, ela nos observa com sutileza. Isaiah mergulhou em um silêncio pesado no momento em que colocou o carro em ponto morto.

— Não gosto que fiquem me encarando — digo baixinho. Isaiah olha para mim e depois para as duas mulheres.

— É a minha mãe — diz ele com um pouco de aspereza. — Aquela perto do carro é a minha assistente social. — Seus dedos se fecham em punho quando ele apoia a parte de trás da cabeça no assento. — Pedi pra encontrar a minha mãe, mas agora não sei se consigo.

— Você pode se encontrar com ela quando estiver preparado. — Entrelaço os dedos aos dele, e ele agarra minha mão como se eu fosse um bote salva-vidas. Eu não devia me alegrar com esse momento, mas me alegro. Ele está buscando força, e eu estou mais que feliz em poder oferecê-la. Na verdade, isso me faz sentir mais forte.

— Quer que eu vá com você?

Isaiah balança a cabeça.

— Não. Mas obrigado... por estar aqui. — Num movimento rápido, ele se aproxima e me beija. Sua boca mal se abre para ele provocar meu lábio inferior. Um movimento que faz meu coração tropeçar.

Antes que eu consiga beijá-lo de volta, Isaiah se afasta.

— Fica aqui.

Isaiah

Com seu longo casaco bege, que vai até os joelhos, Courtney me intercepta antes que eu pise na grama.

— Tenho um milhão de perguntas, Isaiah.

Enfio as mãos nos bolsos da calça jeans.

— Não sei, não me importo ou não é da sua conta.

— O quê?

— Todas as possíveis respostas para o seu milhão de perguntas.

Ela dá um sorriso forçado.

— Muito engraçadinho.

Eu não estava brincando.

Courtney olha para o meu carro com uma expressão presunçosa.

— Quem é ela?

— Resposta número três.

Minha assistente social me ignora e continua analisando a Rachel como se ela fosse um rato de laboratório.

— Ela é bonita. É do seu colégio?

— Sim e não. — Se eu não responder alguma coisa, ela vai continuar investigando. — Ela estuda na Escola Particular Worthington.

Courtney pisca rapidamente.

— Uau. Não brinca. Isso é... impressionante.

Aponto com o queixo para Melanie.

— Tenho coisas pra fazer.

Ela suspira.

— Tem certeza em relação a isso?

Não.

— Estou aqui, e ela está ali.

Courtney acena para eu ir em frente, e sinto o calor do seu olhar nas minhas costas enquanto caminho. Sem acreditar que eu tinha mudado de ideia, ela questionou minha motivação quando pedi para ela marcar esse encontro. Tenho que reconhecer... a Courtney sabe o que faz.

Aninhada numa jaqueta jeans, Melanie desliza para o lado no banco para me dar espaço. Eu me empoleiro na ponta mais distante dela. Mais uma vez, ela está usando botas de caubói e brincos de argola enormes.

— Você ouve música country, né? — pergunto.

— Ouço — responde ela. — Garth Brooks costumava ser seu preferido.

Esfrego a testa, sem querer ouvir mais nada do que ela tem a dizer sobre mim.

— Você lembra? — pergunta ela.

— Não. — Sim. — Trouxe o dinheiro?

— Trouxe. Vou te entregar quando a gente terminar.

Ao longe, um corvo grasna. Quanto tempo nós dois temos que ficar sentados aqui para satisfazer a curiosidade da Courtney em relação ao meu pedido de visita? Cinco minutos? Quinze? Na minha cabeça, trinta segundos foram longos o suficiente.

— Ela é sua namorada? — pergunta Melanie.

Estreito os olhos para o chão, confuso em relação ao motivo por que respondo.

— Sim.

Eu me odeio por querer contar a ela, mas o que mais odeio é a percepção de que eu trouxe a Rachel para mostrá-la à minha mãe, mesmo que de longe. Para provar que eu não precisei dela nos últimos onze anos e não preciso dela agora.

— Ela é bonita.

— Ela é muito mais do que isso.

— Tenho certeza que sim.

Tufos ocasionais de brotos verdes surgem no gramado seco amarelo e branco. Uma grande caixa de areia marrom acompanha os balanços. É o início da primavera, e o que eu sinto é cheiro de frio e de terra.

— Por que eu fui pra prisão... foi por você — diz ela. — Pra te proteger.

Uma pulsação perigosa lateja nas minhas veias.

— Você não pode falar sobre isso.

Melanie inclina o corpo na minha direção e abaixa a voz.

— Você quer o dinheiro, então escuta. Eu preciso te falar sobre isso.

— Não, não precisa. — A coleira imaginária ao redor do meu pescoço se aperta, e eu puxo a camiseta. — E o acordo foi que eu ia aparecer aqui, não que ia escutar.

Ela continua, como se eu não tivesse dito nada.

— A vida não é como nos livros e filmes, com felizes para sempre no fim. Às vezes, a opção que a gente tem é entre o ruim e o pior.

— Você acha que eu não sei disso? Durante um ano da minha vida, levei surras horríveis de outras crianças porque eu era o menor. Não se atreva a falar comigo sobre opções. Você teve uma e fez merda.

Melanie estende as mãos, implorando. Eu implorei àqueles garotos para pararem. Eles não pararam.

— Eu não tinha pra onde ir — diz ela. — Eu não tinha ajuda. Éramos eu e você, Isaiah. Eu estava sem dinheiro e achei que era o jeito mais seguro. Você tinha fome, eu tinha perdido o emprego, o aluguel estava atrasado, e eles iam despejar a gente. O abrigo te dava medo. Você foi tão pequeno por tanto tempo. Eu era a única responsável por você, por isso tomei a decisão...

Suas palavras começam a atravessar a minha pele, e eu me recuso a deixar essa mulher me dominar e me diminuir. Eu me levanto.

— Você não está aqui pra se sentir melhor. Me dá o dinheiro.

Melanie coloca as mãos sobre os lábios para esconder o tremor. Resisto à tentação profundamente enraizada de sentir pena dela.

— A porra do dinheiro, Melanie.

Ela se levanta e, inesperadamente, me abraça. Fico rígido, com os braços na lateral. Uma pressão no meu bolso traseiro me diz que ela está me dando o dinheiro.

— Elmont Way, 2345, Isaiah. É onde eu moro. Você quer o dinheiro, e eu vou continuar pagando. A Courtney pode agendar as visitas. Mas, se precisar de alguém, me procura. Elmont Way, 2345.

Eu me afasto e sigo em direção à Rachel, ciente de que nunca vou precisar da Melanie.

Entro no estacionamento da oficina do Tom, paro o carro ao lado do da Rachel e desligo o motor. Rachel me deu seu silêncio, e eu sou grato por isso. Achei que passar onze anos sem a minha mãe me deixaria imune a ela, mas não deixou. Só fez as dores antigas incomodarem ainda mais.

Como se sentisse o sangue gotejando nas minhas feridas internas, Rachel coloca a mão sobre a minha.

— Você tá bem?

Não.

— Minha mãe foi pra cadeia quando eu tinha seis anos. Ela saiu faz dois anos e, por algum motivo, quer voltar pra minha vida.

Não consigo olhar para Rachel, então encaro a janela do lado do motorista. Um novo grafite de gangue pintado de vermelho marca o armazém do outro lado da rua. Um homem velho usando touca de tricô, o macacão velho do Tom e luvas cor-de-rosa empurra um carrinho de compras lotado de cobertores e roupas. Rachel não pertence a este lugar, e não devia estar comigo.

Sua mão aperta a minha.

— Sinto muito.

— Eu amava a minha mãe. — E tudo dentro de mim queima de dor. Aterrorizado com a possibilidade de magoar a Rachel, tiro a mão da dela e agarro o volante. Aperto com tanta força que estou convencido de que o couro vai ceder. — Defendi aquela mulher durante anos, porque sempre achei que ela ia voltar pra mim.

Fecho os olhos e tento apagar as lembranças indesejadas do lar comunitário: como os garotos me provocavam por causa do meu tamanho e por eu acreditar que minha mãe ia voltar; o soco esmagador no meu rosto e na minha alma quando o mais velho quebrou meu nariz enquanto gritava que eu não era diferente de nenhum deles, que eu estava ali porque ela nunca ia voltar. Quando saí do lar comunitário, eu não acreditava mais na minha mãe nem no amor.

— Tudo o que conheci sempre foi decadente — falo. — Eu não quero te arruinar. Não quero que você entre no meu mundo e deixe tudo de bom em você pra trás.

— Isaiah, olha pra mim.

Eu olho. No mínimo porque tem um poder na voz da Rachel que eu não ouvia desde que ela me mandou ficar longe do carro dela na noite em que nos conhecemos.

— O único jeito de você me arruinar é se me deixar. Você é um ótimo cara, e um dia eu vou te fazer ver isso.

Rachel chega perto demais, e eu me afasto e giro as chaves na mão.

— Você precisa ir pra casa antes da corrida de hoje à noite?

Ela brinca com o punho do casaco, sem encontrar meus olhos. Sinto um incômodo por tê-la magoado quando me afasto.

— Não. Meu pai está viajando. Minha mãe está na fundação, e o West e o Ethan têm planos, mas disseram que me dariam cobertura se eu quisesse dirigir hoje à noite.

— Vamos comemorar mais tarde, depois que a gente ganhar algumas corridas. — Forço a alegria, esperando que isso traga de volta o brilho no olhar da Rachel. — Vou te levar a um lugar especial. — Um lugar para o qual nunca convidei uma garota.

Ela contorce o rosto.

— Você é sempre tão confiante.

— Sou mesmo. Quando digo que vou fazer uma coisa, eu faço. — Minha palavra é a única coisa da qual eu realmente sou dono.

— Então... onde é o seu lugar especial?

— Paciência — digo a ela enquanto abro a porta. — Você precisa de um pouco de paciência.

Rachel

Hoje ganhamos de novo, mais do que perdemos, e por isso o Isaiah vai me levar ao seu lugar especial para comemorar. Logan e Isaiah não ganharam tanto quanto na semana passada, mas Isaiah me garantiu que temos tempo suficiente para ganhar o dinheiro necessário para pagar a dívida.

A dívida. O Eric. Um arrepio percorre minha coluna, e eu reprimo qualquer pensamento que me leve a pesadelos.

Foi um dia longo: matei aula, Isaiah encontrou a mãe dele, passamos a noite na pista e agora isso. De acordo com o rádio do Isaiah, é 00h01, o que significa que é sábado. Estou abusando da sorte ficando na rua até tão tarde, mas o Ethan disse que ia me dar cobertura, então ele vai fazer isso.

Observo no espelho lateral enquanto Isaiah levanta uma barreira de madeira velha na estrada abandonada. A floresta é fechada ao nosso redor, e eu só consigo ver alguns metros à frente na noite escura. Arrepios se formam nos meus braços, e eu corro as mãos ao longo deles para aliviar o frio que as sombras provocam.

A luz interna se acende quando Isaiah volta para o carro e apaga com a mesma rapidez quando ele fecha a porta.

— Você está bem? — pergunta ele.

Faço que sim com a cabeça, mas me pergunto se ele não percebeu por causa da escuridão. O medo do desconhecido me empurra para um penhasco falso na minha mente, e eu preciso respirar fundo várias vezes para não cair. Cada vez que eu inspiro, o aroma do Isaiah enche meu nariz, e sou lembrada de que, não importa o que aconteça, não importa para onde ele está me levando, estou em segurança.

Isaiah nunca deixaria nada acontecer comigo.

O motor rosna quando Isaiah aperta o acelerador. É um caminho para cima, que se curva cada vez mais para o alto. Através de intervalos esporádicos entre as árvores, vejo luzes abaixo de nós e, por causa da velocidade, elas parecem vaga-lumes dançando na noite.

Só aí percebo onde estamos e o que vamos fazer.

— Aqui é o Salto dos Amantes.

A única resposta do Isaiah é uma leve inclinação de lábios. Eu me ajeito no assento, e minhas mãos pressionam o painel do carro enquanto tento ver pelo para-brisa um pouco da montanha rochosa que se tornou uma lenda urbana. Já vi o lugar lá de baixo, em segurança, quando passei pela rodovia. Meus olhos, como os de todo mundo, são atraídos para ver o local de onde, anos atrás, pessoas caíram de um penhasco durante uma corrida e morreram.

Existe algo de magnético e curioso no mórbido.

Mas, enquanto Isaiah corre pelas curvas da estrada, perco a sensação de melancolia e a substituo por curiosidade.

— É assustador?

— Não.

Abetos e carvalhos crescem tão próximos uns dos outros e perto da estrada que parecem se asfixiar até o ponto em que uma clareira desponta. Isaiah diminui a marcha e para. Com uma virada do pulso, ele desliga o motor e está com a chave na mão.

— Vem.

Isaiah sai do carro e o contorna pela frente até chegar a meu lado, antes que eu consiga sair do assento. Num movimento rápido, ele abre a minha porta, entrelaça nossas mãos e me puxa. Olho por sobre o ombro para a floresta atrás de mim e estremeço ao pensar no que pode estar ali esperando, mas Isaiah não tem interesse no que já vimos. Seus olhos e seu corpo estão voltados para frente.

— O que me diz? — pergunta ele.

Minha respiração fica presa na garganta quando vejo o panorama esplendoroso diante de mim. Milhares de luzes minúsculas brilham lá embaixo e, no meio da visão panorâmica, os arranha-céus de Louisville se assomam.

— É lindo.

— É. — Mas ele não está olhando para a vista, e sim para mim. Mordo o lábio e desvio o olhar.

— Então quer dizer que eu sou a primeira que você traz aqui?

— A Abby já veio, mas não fui eu quem trouxe. Ela me seguiu. — Isaiah solta minha mão e salta sobre a única coisa que nos separa de um pulo para a morte: uma mureta de pedra decadente.

Meu coração bate fora do peito.

— Cuidado!

— É seguro. — Isaiah estende a mão para mim. — Não vou te deixar cair.

Meus olhos disparam para o buraco escuro do outro lado da mureta. Lá de baixo, a queda parecia descomunal, mas Isaiah disse que não vai me deixar cair e, pela sinceridade em seu rosto, ele está falando mais sério do que nunca.

Como se estivesse num túnel, estendo o braço e, assim que meus dedos estão próximos dos dele, meu celular apita. As sobrancelhas do Isaiah se juntam, e meu sangue para de correr. Nós dois sabemos que deve ser o Ethan.

Isaiah desce num pulo, e eu tiro o celular do bolso. Com um toque, a luz se acende. Ethan.

> Você precisa voltar pra casa.

Meu pulso se acelera. Será que fui descoberta?

> Por quê?

Isaiah se mexe ao meu lado, mas continua paciente. Ele sabe que meu irmão gêmeo costuma me deixar em paz e que uma mensagem dele pode significar problema. Os segundos viram uma eternidade.

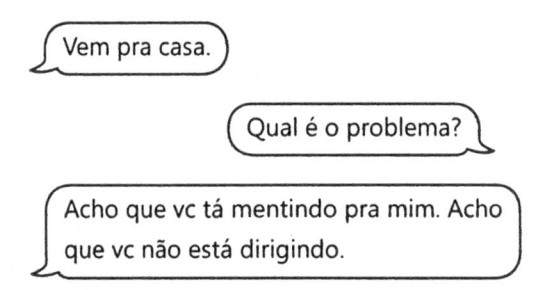

> Vem pra casa.

> Qual é o problema?

> Acho que vc tá mentindo pra mim. Acho que vc não está dirigindo.

O mundo todo balança para a direita e depois para a esquerda antes de voltar ao foco. O que o Ethan sabe? Atrás de mim, Isaiah lança os braços na minha cintura, me envolvendo no calor e na força do seu corpo.

— O que foi, meu anjo?
— Não sei.

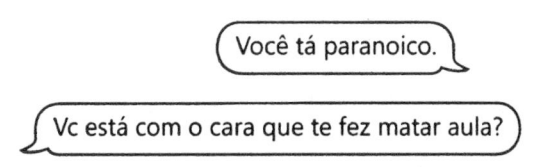

> Você tá paranoico.

> Vc está com o cara que te fez matar aula?

Um fluxo de adrenalina dispara pelos meus braços e chega até os dedos enquanto eu saio do abraço do Isaiah e aperto botões no celular.

— Rachel? — Os olhos do Isaiah se tornam nuvens de tempestade enquanto ele me observa levando o celular ao ouvido. — O que está acontecendo de errado?

— Não sei. — Olho para o lindo horizonte. Isaiah me trouxe aqui para comemorar as vitórias dele e do Logan na pista e a aprovação dele na ESA. Esta vista maravilhosa é o lugar especial do Isaiah, um lugar aonde ele nunca trouxe mais ninguém. Este momento era muito importante, e o Ethan está estragando tudo.

Ele atende no primeiro toque.

— Vem pra casa, Rachel.

O fogo me consome por dentro quando percebo a voz. Não é o Ethan; é o West.

— Passa o telefone pro Ethan.

— Não — diz West. — Vocês dois têm aquela coisa escrota de gêmeos, e ele vai te dar cobertura.

Vai mesmo.

— Isso é entre mim e o Ethan. Não entre mim e você. Ele me dá cobertura. Eu dou cobertura pra ele. E, caso nunca tenha percebido, nós dois damos cobertura pra você há anos.

Ouço ruídos, um botão apertado errado no celular e estática.

— Rachel — diz Ethan. Minha cabeça afunda. Eles me colocaram no viva-voz. — Vem pra casa.

— Temos um acordo! — Chuto uma pedra, e ela vai parar em um arbusto. — Anistia de gêmeos, lembra? Como você pode me entregar assim?

— A anistia era quando eu achava que você estava saindo para dirigir. — Tem uma tensão desconhecida na voz do Ethan. O mesmo tom que meu pai usou com o West quando ele foi pego brigando no colégio. — Quer saber o que acabamos de ouvir numa festa? Alguma coisa sobre você matando aula com um punk num Mustang preto. Falei que eles estavam malucos, e me mostraram a maldita foto no celular. Vou falar mais uma vez. Vem pra casa, Rachel, e vem agora.

Eu poderia esmagar um tijolo com a raiva que ferve em mim.

— Vocês dois são muito hipócritas!

— Não quero saber — diz o Ethan. — Parece que a gente não sabe mais quem você é. Andando com um punk, matando aula, mentindo sobre os ataques de pânico...

Alguma coisa se parte dentro de mim. Uma barreira que eu tinha criado ao longo dos anos para impedir todas as emoções indesejadas pela minha família.

— Você quer que eu minta sobre os ataques de pânico, lembra? Qualquer coisa pra manter a mamãe feliz!

Do lado de lá, o som vibra como se alguém tivesse agarrado o aparelho. West solta uma fileira de palavrões.

— Rachel! — grita ele. — A verdade é a seguinte, *irmãzinha*: você precisa de alguém pra cuidar de você. Sempre precisou. Nossa tarefa é impedir que você tome decisões ruins, e a que você está tomando agora é colossal. O que você tem feito prova que o Ethan e eu precisamos tomar decisões por você.

Desligo e jogo o celular no asfalto destruído e grito com toda a força dos meus pulmões. As palavras do West ficam girando na minha mente. *Você precisa de alguém pra cuidar de você. Sempre precisou.*

— Não é verdade! — grito na escuridão. — Não é. — Lágrimas queimam meus olhos.

O toque quente primeiro desliza pelo meu quadril, seguido de um carinho no rosto. Meus ossos ficam cansados, quase pesados demais para a minha pele. Isaiah ouviu a conversa. Ele ouviu quando admiti a minha fraqueza. Eu falei em voz alta, na frente dele, que tenho ataques de pânico.

— Você está encrencada em casa? — A urgência no tom de voz é clara.

Faço que sim com a cabeça, depois a balanço.

— Com os meus irmãos.

— Eles vão te dedurar?

Estremeço com o rancor no seu tom.

— Acho que não. Alguém me viu fugindo do colégio com você. E isso é ruim. Muito ruim. Sem meus irmãos pra me darem cobertura, não posso mais sair. E, se eu não sair, você não pode dirigir o meu carro.

E não posso mais te ver.

Sinto como se eu fosse uma boneca de pano sendo sugada para dentro de um tornado, totalmente dilacerada. Meus pensamentos se embolam, e meu corpo começa a sentir frio e calor ao mesmo tempo.

— E, se você não puder dirigir o meu carro, não vai poder correr, e não vamos ganhar dinheiro se você não correr, e tem o Eric...

— Tudo bem. — Isaiah envolve meu rosto e me guia para o seu peito. Seus lábios roçam minha testa quando ele sussurra: — Está tudo bem. Fica calma. Está tudo bem. Eu juro.

Não sei o que dizer e, por mais que eu tente me impedir de chorar, mais lágrimas enchem meus olhos. Respiro fundo, e cada inspiração me faz tremer. Fungo várias vezes, mas nenhum dos meus esforços impede o caos instalado dentro de mim de tentar escapar para o lado de fora.

— Não sei como fazer minha família gostar de você.

— Não me importo se eles gostam de mim. Só me importo com você. — Isaiah acaricia minhas costas e meu cabelo de um jeito tranquilizante.

Um vento de inverno sopra, congelando meu rosto, mas uma única lágrima traidora escapa dos meus olhos e eu abraço o Isaiah com mais força, apavorada, não querendo me soltar dele.

— Mas eles me dão cobertura. É assim que eu consigo te ver! E se eu não puder mais te ver?

— A gente vai dar um jeito. — Suas palavras são todas num tom baixo, gentis, mas o tornado girando dentro de mim se acelera e se torna um monstro.

— Não vai dar certo. — As palavras estranguladas surgem entre soluços, e eu prendo a respiração para evitar que outras mais se soltem. Sinto meu cérebro se afastando da minha mente sã; a tristeza e a raiva numa espiral que vai virar uma histeria de pânico. — Não quero ficar sem você. Eu gosto de quem eu sou quando estou com você, e não quero voltar a ser quem eu era antes.

— Eu te amo, Rachel. Então isso vai dar certo. Não importa o que ou quem estiver no nosso caminho.

Meu corpo se agita como se Isaiah tivesse usado um desfibrilador no meu peito. Ele me ama.

Suas palavras ganham força na minha cabeça... Ele me ama. Meu coração bate cada vez mais rápido. Não de ansiedade, mas de esperança. Reunindo ar nos pulmões, apoio a cabeça na camiseta dele, que está molhada com as minhas lágrimas. Seu coração tem um ritmo lento e constante. Que nunca entra em pânico. Que é sempre forte.

— Você me ama?

Isaiah

Envolvo o cabelo da Rachel no meu punho. Os fios sedosos acariciam o ponto entre meus dedos, e eu pressiono os lábios na cabeça dela. Meu coração dói e dispara e dói de novo, tudo ao mesmo tempo. Eu disse que a amo. Amo. Cada repetição da palavra confirma uma coisa que eu não sabia ou não queria saber, e me esforço para decidir se quero isso.

Eu a amo.

Rachel.

Amor sempre foi uma palavra suja. Minha mãe disse que me abandonou porque me amava. A Beth pegou as palavras que eu disse para ela e distorceu dizendo que era só amizade. Ela partiu meu coração. Minha mãe partiu meu coração. Se eu amar a Rachel, ela vai ter mais poder que as duas juntas, porque essa pulsação esmagadora no meu corpo... essa necessidade irresistível de proteger a Rachel e abraçá-la...

Acaricio o cabelo dela com o nariz e fecho os olhos, inalando o aroma doce de jasmim. Eu devia deixar a Rachel ir embora, simplesmente deixar que ela vá embora. Devia me afastar agora. Devia me agarrar ao que ainda resta da minha sanidade.

Mas, conforme Rachel me abraça com mais força, sei que fui longe demais para sobreviver sozinho. Estou apaixonado, fodidamente apaixonado, e peço ao Deus que me abandonou anos atrás que não use isso para me destruir.

— Eu te amo.

Rachel

Isaiah me prende ao seu corpo, e eu faço força contra os braços dele enquanto tento levantar a cabeça do seu peito. Ele disse que me ama. Eu. A garota tímida. A desajeitada. Aquela que nasceu para substituir a garota que todo mundo realmente queria. Quanto mais eu penso nisso, mais tento me afastar do abraço. Isso não faz sentido. Nenhum sentido. Por que ele ia querer me amar?

— Isaiah — sussurro e empurro de novo. Como ele não reage, coloco as duas mãos no peito dele. — Isaiah!

Seus braços cedem, e eu encontro seu olhar.

— Eu sei que você escutou o que eu disse.

Ele vasculha o meu rosto.

— O quê?

— Os ataques de pânico. — Agarro seus antebraços. — Eu tenho ataques de pânico. Muitas vezes. Você diz que me ama, mas será mesmo? Não depois que você vir quem eu sou de verdade!

— Ver quem você é? — Sua testa se franze. — Eu vejo exatamente quem você é.

Estou balançando a cabeça.

— Não vê. É falso. É uma miragem. O que você acha que vê é uma mentira!

— Rachel... — O peito de Isaiah sobe quando ele inspira. — Vem comigo.

Tomando minha mão, ele pega um cobertor surrado no banco traseiro do carro e vai até a área onde a mureta deteriorada termina e o chão acaba no nada. A alguns passos da borda, ele me solta, estica o cobertor e senta com as pernas dobradas e abertas.

Seco os olhos ainda molhados e afasto minha franja, sem saber muito bem o que fazer.

— Senta comigo — diz Isaiah. Quando vou me sentar a seu lado, ele me interrompe. — Aí não. Aqui. — Ele aponta para o espaço entre as pernas dele.

Desajeitada, eu me ajeito na frente dele. Isaiah, o rei da segurança, afasta toda a distância entre nós quando me puxa para o abrigo seguro do seu corpo. O sangue pulsa mais rápido nas minhas veias. Eu gosto de ficar assim tão perto dele. Talvez um pouco demais.

— Você é linda. — Seu hálito faz cócegas na pele atrás da minha orelha, e meus pelos se arrepiam com a sensação agradável. — Você é inteligente e divertida. Eu adoro como seus olhos brilham quando você ri.

Ele desliza os dedos na minha pele, provocando um arrepio viciante.

— Adoro o jeito que você entrelaça os dedos e tira o cabelo do rosto quando fica nervosa. Adoro como você se oferece totalmente pra mim... sem medo. Você é leal e forte.

— Não sou forte — eu o interrompo. Os ataques de pânico confirmam isso. Incapaz de continuar perto dele, tento me soltar, mas Isaiah se torna um muro sólido ao meu redor, e eu me agito nos braços dele em protesto.

Seu abraço delicado fica mais forte, e as palavras parecem poesia por causa do modo profundo e tranquilizante como ele fala.

— Você tá errada. Eu te vejo exatamente como você é.

A raiva some quando os lábios do Isaiah provocam a curva sensível da minha orelha. Engulo em seco, pensando na noite no quarto dele. Como seu corpo pareceu pesado sobre o meu e como eu adorei me sentir pequena sob o toque dele.

— Você só tá repetindo o que eu te disse.

— E o que você me disse? — pergunta ele, numa respiração quase sem som.

Estremeço de prazer. Meus pensamentos agora se tornam fragmentos, e eu me esforço para manter a compostura.

— Eu falei que você não se vê como realmente é. Você está usando as mesmas palavras que eu. — Palavras que não devem ser para mim.

Ele coloca a cabeça ao lado da minha. A barba por fazer no maxilar arranha meu rosto de um jeito sedutor, aguçando meus sentidos. Não quero que esta sensação desapareça: estar completamente imersa na força, no corpo e no amor do Isaiah.

— Quando estou com você, até meu passado parece um sonho ruim — diz ele. — Já fiquei sentado nessa colina centenas de vezes, e eu só costumava ver luzes que representavam lugares onde eu não era desejado, lugares aos quais eu nunca pertenci. Agora, quando você não está comigo, olho para o leste e sei que uma daquelas luzes representa você, aí não me sinto mais sozinho.

Encaro o lado leste da cidade. As luzes brilhantes nessa área são mais espalhadas que no lado sul.

— Onde fica a sua luz, Isaiah?

Ele se mexe enquanto sua mão vai até o bolso e tira um isqueiro. Num movimento suave, ele gira a roda contra a pedra, e uma chama se acende na escuridão. A pequena luz selvagem derrota a noite e luta para manter-se viva enquanto o vento sopra o topo da colina. Como uma mariposa, minha mão desliza por sobre a chama — desejando o calor, ousando me queimar.

Talvez seja isso que acontece quando você se apaixona. Por fora, um isqueiro não é nada surpreendente, mas contém todos os ingredientes que podem criar algo maravilhoso. Com alguns empurrões na direção certa, você pode inspirar algo tão brilhante que afasta a escuridão.

Enquanto Isaiah segura o isqueiro perto o suficiente para me aquecer, mas longe o suficiente para me manter em segurança, eu me pergunto se esse é o motivo por eu sempre ter me sentido atraída pelo fogo. Eu esperava me queimar. Eu esperava ser amada.

Viro a cabeça na direção do Isaiah. Seus olhos prateados cintilam enquanto ele me encara com a mesma intensidade da primeira noite no seu apartamento. Naquela noite, seu olhar me assustou. Hoje eu sei que isso significa amor.

— Você é a primeira pessoa que me vê de verdade — sussurra Isaiah ao soltar o isqueiro. Ele fecha a tampa e, num movimento rápido, pressiona o metal ainda quente na minha mão. — Quero que você fique com ele.

Minha boca se abre de repente. Ele tem ciúme desse isqueiro. Eu já vi como o Isaiah olha para ele, como o segura, e agora, entendendo o que significa, seria como eu dar o meu carro para ele.

— Isaiah...

— Quero saber que estou com você. É o que eu tenho pra dar, então, por favor, fica com ele.

Toco na fileira dupla de brincos de argola em sua orelha esquerda; contorno seu maxilar, o pescoço, desço pelo ombro até o rabo em chamas do dragão em seu braço. Ele se apoia no carinho, e meu corpo ferve com o modo constante como seus olhos me encaram. No primeiro instante em que o vi, na noite em que as pessoas abriam caminho para ele passar, tive medo. O cara com brincos e tatuagens e uma energia que irradiava perigo. Agora, por dentro e por fora, só vejo beleza.

— Isaiah... eu também te amo.

Isaiah

Uma rajada úmida e pesada de vento vinda do norte atinge a colina e Rachel começa a tremer. Gotas de água fria atingem minha pele nua. Há chance de o inverno suave ser trocado pela neve hoje à noite.

Eu me levanto, tiro o cobertor do chão e adoro a maneira como a Rachel automaticamente aceita minha mão estendida enquanto eu a conduzo até o carro. Ela hesita quando abro a porta do carona.

— Não quero ir pra casa ainda.

Há inocência em seus olhos, uma que perdi anos atrás, então sei que não há um significado oculto em sua fala. Ergo o banco, e ela entra na parte de trás. Gotas de chuva congelantes caem como projéteis enquanto eu a sigo. Bato a porta, e a chuva pinga no carro.

— Você se molhou? — pergunto.

Rachel balança a cabeça enquanto estende a mão para pegar o cobertor. Eu me inclino para a parte da frente, ligo o motor, giro o aquecedor e ligo a luz que ilumina o console. Deslizo de volta para o lado dela e me pergunto como acabamos assim.

— Nenhuma garota nunca sentou no banco traseiro do meu carro.

As rugas na sua testa gritam que ela não acredita.

— Não sou burra, Isaiah. Eu sei que não fui seu primeiro beijo nem... Você sabe.

Não foi mesmo.

— Parece horrível, mas eu respeitava meu carro demais pra ficar com garotas aqui... — Estou certo. Parece horrível.

Rachel fica calada. A chuva cai com mais força no para-brisa e, mesmo com o aquecedor ligado, a temperatura desaba.

— De verdade, você não me quer no seu carro?

— Rachel, você é a única garota que eu já quis nesse carro.

Seu corpo estremece, como se ela estivesse tendo um ataque.

— T-tem c-certeza?

Coloco as mãos sob suas pernas e a ergo para o meu colo. Rachel relaxa a cabeça na curva do meu pescoço enquanto eu nos envolvo no cobertor.

— Absoluta.

Apoio meu rosto nela e inspiro seu aroma doce.

— Você lembra o oceano.

— É o meu perfume. — Sinto o sorriso em sua voz. Sua mão escapa do cobertor, e eu entrelaço meus dedos aos dela.

— Minha mãe me levou até o mar uma vez — eu digo. — Acho que os pais dela moravam na Flórida, e ela foi lá pedir ajuda.

Não lembro de muita coisa além de a visita ter sido rápida, de muitos gritos e do papel de parede na entrada estar enrolado próximo do piso.

— Depois fomos embora e passamos o dia no mar antes de dirigir de volta até o Kentucky.

Rachel aperta meus dedos. Eu gosto do fato de ela não sentir necessidade de me deixar melhor com palavras quando eu conto alguma coisa do meu passado. Ela entende que tudo que eu preciso é da força do seu toque.

— Sempre me perguntei se os pais da minha mãe não receberam bem a gente por minha causa. Eles não quiseram ficar comigo quando minha mãe foi pra cadeia.

— Por que sua mãe foi presa?

Noah e Beth eram as únicas pessoas para quem eu tinha contado onde minha mãe estava, e eu nunca falei o motivo.

— Assalto a mão armada. — Além de negligência infantil.

Seu polegar acaricia meu pulso com um reconhecimento silencioso de que ela sabe quanto me custa contar a verdade e que não vai fazer mais perguntas. Beijo sua testa, um agradecimento por ela não me obrigar a visitar lugares que não posso.

Rachel se mexe para frente em meu colo, desabotoa o casaco e o tira.

— Está meio quente.

Pego o isqueiro que ela ainda está segurando com força e o coloco no porta-copos. Quando me mexo para tirar o cobertor, ela me impede se aninhando no meu corpo.

— Prefiro o cobertor do que meu casaco.

Hoje à noite tem sido uma troca constante entre nós, e eu queria que ela me desse um pouco mais.

— Você vai ao terapeuta por causa dos ataques de pânico?

Quando recebo apenas o som da chuva batendo no carro, mudo de tática.

— A namorada do Noah, a Echo... ela teve uns problemas e por isso faz terapia. Isso ajuda.

— Eu tinha um terapeuta. Na segunda metade do ensino fundamental e no início do ensino médio, mas depois parei. — A interrupção de Rachel acentua seu esforço para encontrar as palavras. — Minha mãe estava sempre preocupada. Não era normal. Ela não me deixava sair da vista dela. Meus irmãos mais velhos diziam que ela estava tão obcecada quanto na época em que a Colleen teve câncer. E aí eu tive vários ataques de pânico no ensino médio.

Sua respiração para, como se a lembrança provocasse uma dor física.

— Tive alguns ataques sérios num intervalo curto de tempo e fui parar no hospital. Eu... eu... — É como se as palavras estivessem programadas para não sair de seu corpo. — Eu detestei. Odiei como minha mãe ficava por perto. Odiei como meus dois irmãos mais velhos me comparavam com a Colleen. Odiei como o West e o Ethan me olhavam como se eu estivesse morrendo. Então... quando eu saí do hospital... encontrei um jeito de esconder os ataques... a ansiedade... e minha família acabou acreditando que eu tinha derrotado o pânico e, pela primeira vez na vida, eles não me viam como uma fraca.

Fraca. Odeio essa palavra, especialmente em sua boca.

— Se você ainda sofre com isso, devia procurar ajuda. Foda-se a sua família.

— De jeito nenhum eu consigo ajuda sem eles saberem. Isaiah, eu não posso...

— Eu te vejo, você me vê... lembra? Você vai ter que confiar em mim. Se você tem esses ataques, vamos resolver isso. Eu só me importo com você. Não com a sua família.

— Você é mandão.

— Protetor — retruco e passo a mão na perna dela.

Rachel solta um suspiro feliz.

— Eu queria poder ficar assim pra sempre.

— Vamos ficar. — Quebro uma regra capital e sonho com o futuro. Rachel é o tipo de garota com futuro, e eu vou ter que trabalhar muito para dar a ela um mundo em que valha a pena viver. — Com a certificação e o estágio, vou ter os melhores empregos. Não posso te dar o mundo, Rachel, mas vou te dar tudo o que tenho.

Seus lábios macios beijam meu maxilar, e a temperatura do meu corpo dispara. Abraçar a Rachel é como abraçar uma chama. É uma queimadura tranquilizante e viciante. Seu beijo é puro fogo.

— Estar com você é o suficiente. — Ela se ajeita para poder olhar para mim, e eu adoro o fato de o brilho ter voltado aos seus olhos. — Podemos abrir uma oficina pra gente.

Enrosco seu cabelo sedoso no meu dedo e o deslizo delicadamente.

— Você e eu sozinhos numa oficina, com você debruçada sobre o capô de um motor potente. Acho que posso viver com isso.

Ela fica corada com as minhas palavras, mas mantém a fantasia.

— A gente só vai aceitar carros rápidos ou clientes que queiram carros mais rápidos. Quanto mais rápido, melhor.

Eu gosto de como ela pensa.

— Se você vai encostar nos carros na nossa oficina, vai precisar tirar a certificação.

— Você vai ser o meu tutor?

Eu não devia, mas não consigo resistir. Envolvendo seu rosto, roço os lábios nos dela.

— Eu ensino tudo que você quiser aprender.

Ela apoia a testa na minha. Minha mão fica no seu rosto, e meu polegar desliza pela pele macia. O peito dela se move mais rápido, quase acompanhando o meu ritmo. A energia dispara pelas minhas veias, e o calor entre nós brinca à beira das chamas.

— Meus irmãos vão tentar nos afastar — sussurra ela, depois pressiona a boca no meu lábio inferior. Aperto sua cintura com mais força em resposta. — O que a gente vai fazer?

Não sei, mas o modo como ela se encolhe nos meus braços me faz sentir como um herói. Eu gosto de ser o herói dela. Gosto de como seus olhos brilham para mim, de como seu corpo se derrete quando eu encosto nela, dos lábios macios nos meus. Adoro seu calor e cada curva.

Eu a amo.

Meus dedos acariciam suas costas e se enroscam no seu cabelo.

— Eles nunca vão conseguir nos separar.

— Nunca — repete ela.

Nossos lábios se comprimem, nosso corpo pressionado um ao outro. Um inferno de lábios e mãos e movimentos que continuam ficando mais quentes. O cobertor cai quando Rachel desliza as pernas para sentar no meu colo, de frente para mim. Prestes a me incendiar por completo, solto um gemido e me agarro ao seu corpo franzino. Suas mãos escapam por baixo da minha camiseta, deixando um rastro quente por onde passam.

Agora nos tornamos uma fogueira. Quase impossíveis de apagar. Beijo seu pescoço e os sons que escapam da sua boca me estimulam a ir em frente. Minhas mãos roçam na pele sob sua blusa, sobem pelas costas, param durante alguns segundos perto do sutiã e eu mordo delicadamente sua orelha quando sinto a renda.

Imagens de como ela seria sem blusa e depois sem a calça jeans inundam minha mente. Meu punho agarra seu cabelo.

— Eu te quero, Rachel.

Então eu a beijo loucamente na boca — sem deixar nada para a imaginação. Todas as fantasias se tornam realidade com esse abraço. Depois, reunindo mais força de vontade do que eu realmente tenho, termino o beijo e apoio sua cabeça em meu peito.

Nós dois respiramos com dificuldade. O sangue pulsa em minhas têmporas, lateja pelo meu corpo todo. O desejo grita para que eu a coloque de volta em meus braços. Mas eu amo a Rachel, e a parte física entre nós pode ir devagar.

— Podemos ficar aqui? — pergunta ela. — Só mais um pouco? Podemos ficar aqui a vida toda.

— Sim.

Rachel

Meus irmãos me seguem até as salas de aula. Em todas as aulas. Deixo um irmão quando a aula começa e pego outro quando termina. Tentei despistá-los no almoço procurando refúgio na biblioteca, mas um ou os dois ainda me seguem. Estou furiosa com meus guarda-costas indesejados.

O sinal toca. O suspiro coletivo de alívio por ser sexta-feira na turma de inglês que está visitando a biblioteca é tangível. Livros e mochilas se fecham. Coloco os livros restantes nas prateleiras, pego minhas coisas e vou para o corredor. Minha pele parece que vai se despregar dos ossos. Não vejo o Isaiah desde sábado e sinto falta dele — desesperadamente.

Apoiado na parede dos armários, Ethan espera com as mãos nos bolsos da calça cáqui.

— Você nunca ficou tanto tempo sem falar comigo.

Pela primeira vez na semana, Ethan e eu nos olhamos sem raiva. Tento ignorar a dor nos seus olhos escuros, mas não consigo. Ethan é meu irmão gêmeo — meu melhor amigo.

— Você começou.

— Me diz que você não vai ver o punk e isso termina.

Aperto a mochila com força.

— Ele não é punk.

— O West e eu estamos tentando te proteger. Só isso. — Ethan estende a mão como se fosse pegar a minha, uma reação à minha dor e à dele. Um toque reconfortante que compartilhamos desde que éramos quase bebês. — Nós vimos a foto. Tatuagens. Brincos. O cara parece um maldito assassino em série.

— Ele não é.

O braço do Ethan cai na lateral. Minha mão se contrai, desacostumada a se sentir vazia.

Dou um passo em sua direção, implorando.

— Sei que ele parece durão, mas ele é um cara maravilhoso por dentro. Se você e o West tentassem conhecer o Isaiah...

— Então leva ele lá em casa pra conhecer a mamãe e o papai. Pra conhecer todos nós.

— Não posso. — Mudo o apoio do pé esquerdo para o direito. — Ainda não.

Porque, se a minha mãe e o meu pai descobrirem que estou namorando o Isaiah, eu nunca mais vou poder sair de casa. Isaiah e eu concordamos que precisamos primeiro pagar a dívida ao Eric antes de jogar a bomba do namoro em cima dos meus pais.

Ethan e West querem que eu termine com o Isaiah, e preferem que eu faça isso sem ninguém — ou seja, meus pais e nossos irmãos mais velhos — descobrir que ele existiu. Estou apostando que a necessidade que meus irmãos sentem de proteger a minha mãe e o meu pai, além do fato de que o Gavin e o Jack vão dar uma surra neles por me deixarem me aproximar de um garoto, vai impedir que eles me dedurem. Até agora eu estive certa. No fim de semana, pode ser que eu tenha de chegar em casa até as dez, já que o Ethan não vai me dar cobertura, mas pelo menos posso ir até a corrida.

Ethan se afasta dos armários.

— Você não quer apresentar o cara pra mamãe e pro papai porque ele é encrenca, e você sabe disso.

Reviro os olhos e ando ao lado do Ethan. Meu coração dói. Sinto falta do meu melhor amigo. Sinto falta de poder contar a ele tudo que está acontecendo na minha vida. Ele pode culpar o Isaiah pelo nosso relacionamento abalado, mas não é isso. Nosso relacionamento começou a se deteriorar anos atrás, quando eu comecei a mentir sobre os ataques.

Minha cabeça se inclina quando as palavras que ele disse para o West no vestiário na semana passada me assombram.

— Você disse pro West que sabia que eu estava mentindo sobre os ataques de pânico.

Ethan afunda a cabeça, como se estivesse contando os azulejos do chão.

— Eu te conheço melhor que ninguém. Pelo menos achava que conhecia. Eu sei quando você está sentindo dor. Sei quando você está sofrendo.

Nenhum de nós diz nada quando passamos por um grupo de alunos do último ano. Nós dois vasculhamos a multidão em busca do West. No meio, olhos azul-escuros que espelham os meus me encaram. O sorriso do West vacila, mas ele é rápido em esconder a preocupação. Meu peito dói. West e Ethan me amam.

— Se vocês dois suspeitavam, por que não falaram nada?

— Porque... — ele respira fundo. — Porque somos babacas egoístas, e a gente queria a mamãe por alguns segundos. Ela sempre foi tão obcecada com você e os seus ataques que a gente não recebia nada. Quando você disse que estava melhor, ela ainda ficava atrás de você, mas pelo menos a gente recebia alguma coisa.

— Eu nunca pedi isso — digo enquanto descemos as escadas. — Nada disso. Os ataques de pânico. Ser a substituta da Colleen.

— Eu sei — diz ele. — E, pra ser sincero, é por isso que o West e eu temos pena de você, e não ódio.

Como foi que a minha família se tornou tão problemática? Saímos do colégio, e Ethan coloca uma das mãos no meu ombro para me parar. Meu estômago se encolhe como se eu tivesse levado um soco quando ele tira o braço imediatamente. Estamos tão distantes que nem nos tocamos.

— Conversa com a gente... comigo e com o West. Conta toda a verdade sobre os ataques. A gente vai encontrar um jeito de tudo dar certo entre você e a mamãe e os discursos. E termina com o punk. Você não vai se encontrar com ele, de qualquer maneira. Não vou mais te dar cobertura, e, se eu não fizer isso, a mamãe vai começar a perguntar pra onde você está indo. De jeito nenhum você vai conseguir pensar numa desculpa boa o suficiente para explicar que de repente você quer ter uma vida.

Ethan está certo, e eu começo a me perguntar como vou chegar até a pista sem a ajuda dele. Se eu contar ao Ethan a verdade sobre o Eric, ele vai surtar e possivelmente me dedurar para os meus pais. Um movimento perto de onde estacionei o carro me faz olhar para trás do meu irmão.

Santo inferno. Num movimento rápido, passo pelo Ethan e tento pensar em algo coerente para dizer além de:

— O que você está fazendo aqui, Abby?

Usando uma camisa branca nitidamente parecida com a minha e uma saia de uniforme xadrez azul e verde, Abby está encostada no meu carro.

— Gostou? O Isaiah e eu matamos aula hoje à tarde e fomos até a Legião da Boa Vontade. Não é irônico a LBV ter roupas de colégio particular? Se você tem dinheiro pra frequentar um colégio particular, provavelmente não compra na LBV.

Minha boca se abre com um milhão de perguntas, mas, antes que eu consiga fazer alguma, Ethan aparece ao meu lado.

— Quem é você?

— Abby — diz ela. — E você?

— Ethan — respondo. — Meu irmão gêmeo.

Seus olhos disparam entre nós dois.

— Vocês não se parecem nem um pouco.

— Sou um cara. Ela é uma menina. Espero muito que a gente não se pareça — diz Ethan.

Abby dá um sorriso ousado.

— Gostei de você.

Ele ignora a declaração.

— De onde você conhece a Rachel?

— Somos amigas — responde ela. — Eu frequento aquele outro colégio de ricos.

Meus olhos se arregalam quando entendo. Uniforme azul e verde. Abby está fazendo de conta que pertence ao meu mundo, fingindo que frequenta um colégio que é aceitável para minha família.

— Academia Mason.

— Isso — diz ela. — Essa aí. Sou nova na cidade e conheci a Rachel no shopping.

Pigarreio porque o Ethan automaticamente não acredita em nada que envolva shoppings e eu.

— No estacionamento — acrescenta a Abby. — No estacionamento do shopping. Eu estava com o pneu furado. Ela me ajudou. Foi tudo de uma serendipidade incrível. Eu gosto de coelhinhos. Ela gosta de coelhinhos. A gente se deu superbem.

As sobrancelhas do Ethan se juntam enquanto ele me analisa.

— Você gosta de coelhinhos?

— Meu irmão me deixou aqui — continua a Abby — porque a nossa aula termina antes da sua, e você prometeu que a gente podia fazer coisas de garotas na sua casa.

— Abby — interrompo antes que ela fale mais alguma coisa. — Vamos.

— Te encontro em casa, Rach. — Ethan continua a observar a Abby.

Com Ethan em segurança no carro atrás de nós e Abby no banco do carona, deixo as perguntas fluírem.

— O que você tá fazendo? Como chegou aqui? O que tá acontecendo?

— Você fumou crack? Não responde. O Isaiah disse que você não pode mais chegar em casa depois do horário. Compramos essas roupas, ele me deixou aqui e tã-dã... sou sua nova melhor amiga: Abby, a garota rica, nova na cidade, que frequenta um colégio particular.

Olho de relance pelo espelho retrovisor. Ethan está bem no meu rastro.

— Não estou entendendo. Como é que isso vai ajudar?

— Me apresenta pros seus pais hoje à noite e eu te chamo pra dormir lá em casa amanhã.

Meu corpo todo se sente mais leve. Isaiah pensa em tudo.

— Serendipidade?

— Gostou? — Ela sacode as sobrancelhas. — Aprendi pra hoje.

Isaiah

Logan se debruça sobre o motor enquanto deslizo o corpo para debaixo do carro. Vou trocar o óleo de novo. O motor anda agindo de um jeito esquisito, e meu instinto diz que o carro está perto de superaquecer. As corridas de arrancada frequentes estão envelhecendo a minha boneca.

— Não estou sentindo que a grana vai rolar hoje — diz Logan.

— Nem eu. — O tipo de pessoa contra quem a gente corre faz isso por ninharias e risadas. As apostas paralelas são para aqueles que se sentem confiantes demais. Logan e eu arrasamos durante duas semanas seguidas. Hoje à noite, muitas pessoas vão correr contra nós para ter o direito de se gabar, mas poucas vão apostar dinheiro.

— Explica a corrida na categoria bracket — diz ele.

Minhas mãos hesitam enquanto eu trabalho. Corrida na categoria bracket. A ideia já passou pela minha cabeça.

— Acontece aos domingos. Se acha que consegue percorrer duzentos metros em dez segundos, você corre contra outros carros que fazem a mesma coisa. As mesmas regras se aplicam na linha de partida. Você não pode sair antes da luz verde, mas eles te dão uma vantagem. Se o concorrente é um segundo mais rápido que você, aí você tem o direito de sair um segundo mais rápido. Quem cruzar a linha primeiro sem queimar o verde ganha.

— Parece bem justo — diz Logan.

Saio de baixo do carro.

— Mas, se você disser que consegue fazer duzentos metros em dez segundos e alcançar a linha de chegada em 9,9 segundos, você perde. Você tem que ficar acima dos dez segundos.

— O quê?

— Você escolhe a meta, cara. É como um programa de jogos na TV. Você escolhe o número que acha que vai levar pra alcançar a linha de chegada. Se errar esse número, você perde.

Logan coça a parte de trás da cabeça.

— Isso significa que é preciso ter uma reação insana na linha de partida e tomar cuidado pra não ir rápido demais, mas rápido o suficiente pra derrotar o concorrente, tudo numa questão de segundos.

Faço que sim com a cabeça.

— E o mundo ficou complicado.

— Sempre fica.

— Qual é a aposta? — pergunta Logan.

— Tem um prêmio para os três primeiros. A grana para um carro de rua como o meu não vale o investimento, mas, se a gente colocar um sistema de nitro, podemos competir numa classe que a grana pode valer a pena.

Logan fica com aquele brilho maluco no olhar sempre que discutimos alguma coisa que envolve os carros ficarem mais rápidos.

— Então a gente devia colocar um sistema de nitro. Não consigo pensar em nada que te impeça.

Nós dois viramos a cabeça em direção ao som agradável do Mustang da Rachel se aproximando. Sentado no carrinho de mecânico, apoio os braços sobre os joelhos dobrados e observo meu anjo entrar na oficina.

Logan olha para ela e depois para mim.

— Acho que descobri o seu problema.

— É. — Nitro pode ser perigoso, e eu não quero esse sistema no carro dela.

Usando a calça jeans de marca e o suéter azul-claro que compramos na LBV, Abby parece uma pessoa totalmente diferente.

— Os irmãos dela são lindos. Chatos, mas lindos — anuncia a Abby. — Só tô comentando.

Eu me levanto, e a Rachel envolve os braços em meu pescoço. Beijo seus lábios.

— Oi, anjo.

— Oi. — Seu rosto fica um pouco vermelho. Talvez porque ela não me vê há uma semana ou porque vai passar a noite comigo.

— Você está bonita — diz Logan. Rachel e eu viramos e o vemos olhando para Abby.

— Eu já falei que os irmãos dela não são tão lindos quanto você? — Abby lança um sorriso sexy. Ela não exibe esse sorriso com frequência, e eu vejo sinalizadores por toda parte.

Reviro os olhos. Logan e Abby andando juntos não é uma boa ideia. Ela destrói os caras e... eu gosto do Logan.

— Logan, esqueci o meu dinheiro inicial das apostas. Dá um pulo ali comigo pra pegar?

— Claro.

Beijo os lábios da Rachel de novo.

— Volto em um segundo.

Rachel

Brincando com uma chave de fenda, ouço a Abby tagarelar entusiasmada sobre a minha família. Como meus pais são absurdamente legais e como é doido o fato de todos os meus irmãos serem bonitos. Admito: sou abençoada. Tenho muito mais que os outros e, vista de fora, minha família é absolutamente perfeita.

— Oi, Rachel.

Minha cabeça se ergue de repente, e a Abby fica em silêncio. Meu coração bate com força e um suor frio brota no meu corpo, na palma das mãos. Eu aliso as mãos na calça jeans no instante em que vejo o rosto que assombra meus pesadelos.

— Eric.

Ele entra na oficina a passos largos, como se fosse dono do lugar. A jaqueta verde do exército engole seu corpo esquelético.

— Fazendo novas amizades, Abby?

Ela se empertiga ao meu lado, e a garota que conheci nas últimas semanas desaparece. Toda emoção some de seu rosto e no lugar aparece uma dureza que me assusta.

— Aqui não é sua área, Eric. Essa área pertence a mim.

— Não, pertence à pessoa que você paga pra manter você e a sua família em segurança. — Eric faz uma encenação olhando sobre os dois ombros antes de se aproximar da Abby. Seu nariz quase encosta nela.

— E não estou vendo ele aqui.

Ela não se abala. Um sorriso sinistro aparece no rosto da Abby enquanto ela levanta a cabeça com tudo para poder encará-lo bem nos olhos.

— Um telefonema meu, Eric, e começa uma chuva de fogo e enxofre.

Se eu não soubesse quem ele é, pensaria ter visto medo reluzir em seus olhos.

— Você deixaria o Isaiah ser pego no meio disso tudo? Acho que não. — Eric desvia o olhar para mim. — Como tá indo com o meu dinheiro?

— Bem. — Esfrego os braços. Minha pele se encolhe enquanto ele invade meu espaço pessoal. Ele está tão perto que eu sinto o cheiro do seu hálito.

— A conversa nas ruas é de que você pode conseguir o dinheiro no prazo — sussurra ele enquanto seus olhos se fixam perto do meu peito.

Cruzo os braços, tentando esconder o que ele está olhando. A adrenalina começa a escapar para a minha corrente sanguínea, e eu rezo em silêncio para que o Isaiah entre pela porta. Isaiah pode dar um jeito nisso. Ele sabe como me fazer sentir segura.

— Não deixa ele te assustar, Rachel — diz a Abby. — Esse cara é como aqueles cachorros chatos com fome de atenção que ficam implorando pelos restos debaixo da mesa. É melhor fingir que ele não existe.

— Cuidado com o que você fala — resmunga ele.

— Você é patético e previsível. O Isaiah não vai cair nessa merda de intimidação, e acho que é por isso que você está aqui.

Eric desvia os olhos da Abby e agora encara os meus lábios.

— Quanto falta pra você me pagar? A gente pode fazer um acordo. Você faz uma coisa pra mim e eu te dou um desconto.

Abby aparece ao meu lado.

— Sai fora, Eric.

Ele dá um sorriso falso.

— Ou o quê, Abby? Você vai aumentar o preço das drogas que você vende? Estou sabendo da taxa de serviço que você cobra só de mim. É hora de começar a rever suas práticas comerciais.

Minha cabeça vira de repente, e a Abby hesita. Nossos olhos se encontram, e sua expressão calma e fria se quebra.

Eric ri.

— Ela não sabia que você é traficante?

Quando a Abby não diz nada, ele se aproxima mais. Eu me afasto para o lado, mas ele me segue. Sem perceber, eu acabo me prendendo contra uma parede. Não gosto do modo como o Eric olha para mim. O pânico começa a arranhar o meu peito, e eu engulo em seco. Preciso me controlar.

— Você sabia que o Isaiah é viciado? Usa tanto quanto o resto de nós, os ratos de rua. — Seus olhos sobem, depois descem. — Que tipo de moeda você está usando pra pagar o Isaiah e ele assumir a sua dívida? Não é dinheiro, imagino.

Eric levanta a mão, e todo o ar desaparece dos meus pulmões. Ofego assim que ele se movimenta para encostar na minha pele. Ele não pode me tocar. Não vou deixar. Minhas mãos fazem força e eu empurro o peito dele.

A raiva explode nos olhos sombrios e sem alma do Eric. Ele agarra o meu pulso, batendo-o na parede de concreto acima da minha cabeça. Eu grito.

A Abby grita.

Com a mão livre, começo a bater, e a chutar, e a Abby também, e de repente...

Ele desaparece.

O mundo gira, e eu não consigo encontrar o rumo. Ouço mais gritos e mais vozes. A gravidade me toma quando não consigo inspirar. Abby aparece na minha frente — olhos e cabelos escuros.

— Rachel!

Ela está livre do Eric. Nós duas estamos. Eu a agarro, ainda me esforçando para respirar, e saio arrastando nós duas enquanto tropeço para dentro do escritório. Preciso garantir que vamos ficar em segurança — eu e a Abby. Ela é minha amiga, e não posso deixá-la para trás.

Ela diz coisas que eu não entendo e alisa meu cabelo enquanto fala. Não consigo respirar. Não consigo.

Ela desaparece e, no seu lugar, surgem nuvens cinza de tempestade.

— Respira, meu anjo. Vamos lá.

Isaiah. Envolvo os braços em torno dele, e ele me segura com força. Ouço seu coração: a batida constante, o ritmo firme e, em poucos segundos, começo a respirar na mesma cadência. Inspiro fundo mais uma vez.

— Isaiah.

Ele envolve meu rosto e me obriga a encarar os seus olhos.

— Você está bem?

Faço que sim com a cabeça.

— E o Eric?

— Foi embora — diz Logan na porta do escritório.

Isaiah me ajuda a voltar para a garagem. Logan está certo. Estamos só nós quatro. Com os ombros encolhidos, Abby está ao lado do Logan. Ela levanta a cabeça apenas para compartilhar um olhar temeroso com ele, depois com Isaiah, mas não comigo.

— O que tem de errado? — pergunto. Porque eu sinto. Um peso que não estava ali antes.

Isaiah xinga entre dentes.

— Sinto muito.

Odeio as agulhas espetando meu estômago, uma sensação que prevê alguma coisa ruim.

— Por quê?

— Eu bati nele. No Eric. Entrei e vi vocês duas lutando contra ele, aí eu parti pra cima. Com força.

— Ótimo. — Estou falando sério. Se eu pudesse socar o cara até sangrar, teria feito isso, mas não sou tão forte.

— Ninguém bate no Eric. — Abby arrasta o pé no concreto. — Não sem consequências.

Meu estômago se encolhe.

— Ele vai te machucar? — Não, por favor, não. Minha mão flutua perto do rosto do Isaiah, apavorada com a ideia de o Eric machucá-lo. — Eu peço desculpas. Eu... eu... — Não tenho ideia do que fazer.

Isaiah pega minhas mãos.

— Ele mudou o prazo. Temos que pagar o dinheiro daqui a uma semana.

Minha cabeça fica leve, e eu oscilo. Isaiah coloca a mão na minha cintura para me apoiar.

— A gente não esperava isso — diz ele. — Mas não é impossível. Estamos perto do total. Vamos correr hoje à noite, depois contar os ganhos e ver o que podemos fazer.

Tudo bem. Ele está certo. Além do mais, Isaiah nunca mentiria.

— Tudo bem.

— Abby! — grita Logan. — Aonde você vai?

Com as mãos nos bolsos, ela se afasta da garagem. Isaiah me segura quando eu me mexo para ir atrás dela.

— Estou bem — digo a ele. — Preciso falar com ela.

Isaiah me solta, mas mantém o braço perto do meu cotovelo, para o caso de eu cair.

— Abby!

Ela continua a andar, e eu acelero o passo.

— Abby!

Ela para na calçada e não vira. Diminuo o ritmo enquanto me aproximo e penso nas palavras do Eric e na descrição do trabalho dela. Abby é traficante.

Traficante. Minha primeira amiga de verdade é traficante. Meu mundo todo parece de pernas para o ar, virando do avesso e depois voltando ao normal. Com novos olhos, eu a observo. Ela é exatamente como antes: moletom preto de capuz, calça jeans mais-corajosa-do-que-eu-jamais--seria e cabelo castanho comprido. É uma garota linda — um mistério para mim — e ousada, mas o que eu nunca tinha visto é como ela parece ter dezessete anos. Como ela é... jovem, como eu.

Abby é tudo o que eu deveria odiar no mundo, mas ela se tornou alguém que eu amo.

— Obrigada — digo.

Ela joga o cabelo por sobre o ombro.

— Por quê?

— Por me ajudar com o Eric.

— Ele é um babaca.

— É. É mesmo. — Hesito. Eric chamou o Isaiah de viciado. E a chamou de traficante. Traficantes são maus, e a Abby não é. Ela é boa. — Por quê?

Ela dá de ombros, sem fingir que não sabe o que eu quero dizer.

— Eu herdei essa confusão e um dia não vou mais fazer isso. Mas por enquanto existem problemas com a minha família, e eu sou a única que pode consertar.

Entendo a questão de herdar uma confusão. Meu direito de viver é compensar a morte da Colleen, e, quanto aos problemas de família, também entendo.

— Você pode ir com a gente hoje à noite? É ruim ficar sentada sozinha na arquibancada.

Abby me encara diretamente, como se não tivesse me ouvido falar.

— Eu não uso drogas. Juro por Deus que estou limpa. E nunca carrego nada quando estou perto de você.

— Eu acredito.

Ela estreita os olhos.

— Por quê?

Porque ela fica ao meu lado. Porque eu acho que ela me ama tanto quanto eu a amo.

— Porque somos amigas.

Abby sorri.

— Eu sabia que tinha um motivo pra eu ter te escolhido como melhor amiga.

É estranho isso ter me deixado incrivelmente feliz?

— Eu também.

Abby e eu olhamos para tudo ao nosso redor, menos uma para a outra. Acho que esse negócio de amizade é completamente novo para nós duas. Da porta aberta da oficina, Isaiah nos observa com as mãos nos bolsos. Logan está logo atrás dele. Os dois são um conjunto estranho, mas a Abby e eu também somos.

Existe tanta coisa que eu achava que entendia, mas não é verdade. Eu evito as questões mais do que tento entendê-las.

— Abby? — Respiro fundo. — O Isaiah usa drogas?

Ela ajeita o cabelo atrás da orelha.

— Acho que você devia conversar com ele.

É como se minha alma ficasse pesada demais para o meu coração. Essa é uma conversa que eu não quero ter.

Isaiah

Os degraus de madeira rangem com os passos suaves da Rachel.

— Setecentos dólares. Se você me perguntasse duas semanas atrás se a gente conseguiria ganhar setecentos dólares numa noite, eu teria dito que sim, mas, depois de hoje... não sei.

Conforme previsto, encontramos vários caras dispostos a correr contra nós, mas não muitos deles dispostos a fazer apostas. Carrego sua mochila de roupas para passar a noite numa das mãos e seguro seus dedos com a outra.

— Logan e eu sabíamos que isso podia ser um problema. Mas acho que podemos ganhar setecentos na próxima semana. Vai ser apertado, mas a gente vai conseguir.

Ela continua a encarar o chão enquanto caminha até o meu apartamento.

— Eu podia penhorar mais algumas joias, mas a minha mãe descobriu que uma delas sumiu. Falei que eu tinha perdido. Não sei se ela vai continuar acreditando na desculpa se eu "perder" outras.

Solto sua mão, destranco a porta e abro. Ela entra primeiro, acendendo a luz. Adoro o modo como ela se sente à vontade aqui.

— Parece inútil — diz ela. — Como se a gente desse dois passos pra frente e um trilhão pra trás.

Não consigo evitar de sorrir. Rachel às vezes faz isto: afunda na tristeza. Mas eu não me importo. Nunca dura muito tempo e normalmente ela se arrepende.

— Você confia em mim? — pergunto enquanto fecho a porta e tranco a fechadura.

Rachel pisca, e o vermelho no seu rosto me diz que ela saiu do modo reclamação.

— Sim.

— Então você sabe que, quando eu digo que vou resolver uma coisa, eu resolvo. Na minha vida, Rachel, o Eric vai receber o dinheiro dele daqui a uma semana.

Ela brinca com a ponta do cabelo.

— Desculpa. É que tudo parece tão pesado o tempo todo e...

Lá vem o arrependimento. Envolvo os braços na cintura dela.

— Quero que você esqueça isso. Pelo menos agora.

Ela morde o lábio inferior e olha para mim por baixo dos cílios pesados.

— Tudo bem.

O nervosismo está evidente no seu rosto. Beijo o topo da sua cabeça e dou o espaço que ela precisa indo até a cozinha e apoiando o quadril no balcão. Rachel nunca passou a noite fora com uma amiga, muito menos com um namorado.

Ela relaxa no encosto do sofá.

— Se eu te perguntar uma coisa, você vai ser sincero?

— Sempre.

— Você sabia que a Abby é traficante?

Cacete, direto ao ponto. Puxo o brinco inferior. A Abby me alertou sobre essa conversa na pista de corrida. Eu não achei que a Rachel fosse puxar as armas tão cedo.

— Sabia.

— Por que você não me contou? — Ela analisa as unhas como se isso fosse comum para ela, mas eu sei que não é.

— Porque a história é da Abby, não minha. Ela prometeu que ia deixar os negócios dela longe de você. E, quando a Abby dá a palavra, é porque está falando sério. Se achasse que você corria perigo, eu ia me meter.

Ela ri como se eu tivesse contado uma piada.

— Você não pode se meter no meio de tudo.

Não digo nada porque eu não discuto. A segurança e a felicidade da Rachel são minha prioridade.

— O que você fez pela Abby hoje foi legal. — *Legal* é pouco. Pela primeira vez desde que eu conheço a Abby, alguém deu amor a ela.

— Ela é minha amiga — diz ela baixinho.

Rachel entrelaça as mãos, separa e entrelaça de novo. Alguma coisa a está incomodando, e eu quero os pensamentos mais profundos dela.

— O que tá te incomodando?

Ela deixa as mãos caírem na lateral.

— O Zach quer correr contra mim. Como a gente precisa do dinheiro, eu devia aceitar.

O cara está se tornando um canivete na minha coxa.

— Ele falou alguma coisa com você hoje à noite?

— Sim, mas falou pela primeira vez umas semanas atrás...

— Eu sei. — E eu o mandei ficar longe da Rachel. É coincidência demais o Eric aparecer na oficina no fim da tarde e o Zach se aproximar dela na pista de corrida à noite, e eu não acredito em coincidências. Zach está tentando forçar a Rachel a correr, mas não consigo ver vantagem nisso. Não vejo como isso poderia ajudar o Eric a ganhar.

— Eu quero ajudar. — Há dor nos olhos dela, e eu percebo que tem mais coisa na conversa entre ela e o Zach do que carros.

— O que ele te falou?

Rachel faz uma pausa enquanto escolhe as palavras. Ela não faz isso com frequência, então meu instinto apita.

— Você confia em mim? — pergunta ela.

Uma combinação de medo e raiva soca minhas entranhas enquanto a resposta bate com força na minha cabeça. Zach está tentando criar uma dúvida. Eles estão tentando nos afastar.

— Eu confio em você. — E ela precisa confiar em mim. — Eu cuido do dinheiro, Rachel. Está bem? — Não estou pedindo permissão, mas pedindo para ela desistir disso. — E fica longe do Zach.

— Por quê? Sei que ele pega um pouco pesado, mas, de verdade, isso não me incomoda.

Meu pescoço fica tenso quando penso em contar à Rachel minha teoria sobre Zach e o Eric. Mas aí me pergunto se isso iria assustá-la. Ela já falou, alguns minutos atrás, que se sente esmagada por tudo isso.

— Você pode simplesmente confiar em mim?

— Está bem. — Ela olha ao redor do apartamento pequeno, lembrando sua primeira noite aqui. — Você se importa se eu tomar um banho? Estou com cheiro de borracha queimada.

— Claro. — Se ela cheira assim, eu devo estar parecendo que mergulhei na borracha. — Eu vou depois.

O piso está frio sob meus pés, e, depois do calor do banheiro carregado de névoa, meu corpo treme com a temperatura do apartamento. Visto uma calça jeans limpa e entro no quarto escuro para pegar uma camiseta.

Usando uma blusa de alça e calça de algodão amarrada na cintura, Rachel está sentada no meio da minha cama, com os joelhos encostados no peito. O cabelo foi secado e contorna o rosto dela. A luz da rua a destaca com perfeição, provocando um brilho celestial.

Estou colocando a mão no cesto de roupa ao lado da cama para pegar a camiseta quando dedos delicados encostam no meu pulso.

— Posso ver suas tatuagens?

Minha boca fica seca quando encontro seu olhar. Não tem sedução, mas uma curiosidade sincera. Meu coração dispara quando faço que sim com a cabeça e me junto a ela na cama. Rachel contorna o dragão. Brincando com fogo de novo, seu carinho delicado acende um fósforo e cria uma combustão lenta.

— Doeu? — pergunta ela. — Pra fazer as tatuagens?

— Algumas áreas mais do que outras.

— Como foi?

Enquanto suas unhas deslizam pelo meu braço até as linhas tatuadas no meu antebraço, calafrios disparam pela minha corrente sanguínea.

— Como alguém com unhas afiadas arranhando uma queimadura de sol.

— Por que você fez?

É uma pergunta simples, mas a resposta é complexa.

— Pra que eu sempre possa me lembrar.

Rachel contorna as voltas e as linhas do nó dos Brothers of the Arrow, garantindo o silêncio. É minha decisão continuar a conversa ou não. Meu anjo faz isto: ela abre a porta e me dá liberdade para entrar ou não. É estranho. A vida toda, sempre fecharam portas na minha cara, e, agora que tem uma aberta, não sei como entrar.

Inspiro fundo, pensando que o jeito é mergulhar de cabeça.

— Essa foi feita pro Noah.

Os olhos da Rachel disparam até os meus, e eu gosto da felicidade que criei ali.

— É um nó celta. Significa guerreiros unidos como irmãos durante uma batalha.

O lado direito da sua boca se inclina.

— Isso significa que você e o Noah estiveram no mesmo lado em brigas de rua?

Dou um sorriso, me lembrando de algumas em que a gente provavelmente não devia ter se metido.

— É. Mas é mais do que isso. O Noah aceita as pessoas como elas são. Não faz perguntas. Não julga. Ele é parte da família.

Apesar de ultimamente ele estar se afastando um pouco de mim para seguir seus sonhos. Um dia ele vai se formar na faculdade, conseguir um emprego de verdade e se casar com a Echo. E aí eles vão ser uma família sem mim.

Rachel se ajoelha na minha frente. Tudo nela é suavidade e curvas. Inocente demais. Linda demais. Ela admira sua tatuagem preferida: o tigre.

Tiro a franja dos seus olhos.

— Eu costumava ser fraco quando era mais novo. A menor criança da turma e do lar comunitário. Eu sempre esperava alguém pra me salvar. — Como aquele velho tigre devia esperar alguém que o libertasse da jaula. — Um dia decidi salvar a mim mesmo e parei de ser fraco.

Ela toca no tigre.

— E aí você fez a tatuagem.

Dou de ombros. Essa sinceridade me deixa desconfortável.

— Primeiro foram os brincos. Depois comecei a andar com o tipo de pessoa mais evitado. Entrei em brigas só pra provar que eu nunca ia fugir. Depois, quando consegui dinheiro, fiz a tatuagem.

Rachel afasta a mão e se prepara para a outra pergunta que Abby me alertou que viria.

— Você usa drogas?

— Já usei. — Não vou mentir. Não para ela. — E bebo. Mas não gosto da sensação de estar chapado ou bêbado. Perder o controle não é meu estilo. Faço as pessoas acreditarem que eu uso drogas. É melhor se elas sentirem medo de mim.

— Por quê?

Viro o queixo para a janela.

— A vida é diferente lá fora. Eu sobrevivi por causa daquilo que eu faço as pessoas pensarem. Ninguém mexe comigo, e essa reputação te manteve em segurança, porque ninguém mexe com uma coisa que é minha.

Ela passa a mão na testa, mas a franja já estava afastada para o lado.

— O Eric mexeu comigo.

— Porque ele sabe que estamos perto de pagar a dívida. Ele quis me pressionar, e eu caí na armadilha. Ele quer que a gente fracasse. O Eric quer mais do que dinheiro. Ele quer poder, e seria uma mensagem poderosa pra várias pessoas se ele tivesse poder sobre mim.

Rachel puxa as bolinhas de algodão do lençol com os olhos abaixados. Meu muro de ferro, aquele que ela conseguiu contornar com habilidade, fica gelado sob a pele. Eu abri minha alma, e ela deve estar se questionando se deve ficar comigo.

— Esse sou eu, Rachel. Aceita ou não. As tattoos não vão sair. Os brincos nunca vão mudar. Sou assim e nada mais. Sou fiel a poucos escolhidos, sempre mantenho a palavra e vou te proteger com a minha vida. Posso apavorar a maioria das pessoas, mas você nunca vai ter o que temer em mim. Escolhe. Me ama ou não. Mas me diz agora. — Porque não posso deixar meu coração aberto para ela rasgar depois. Se ela me escolher, tudo bem, nada vai ficar no nosso caminho.

Ela se levanta sobre os joelhos e se aproxima de mim. Ela me dá a resposta deixando seus dedos quentes e macios acariciarem meu rosto.

— Qual o motivo do dragão?

Passo a mão no seu cabelo, curtindo a chuva sedosa, e respiro fundo. Ela me escolheu. Rachel decidiu me amar apesar das partes difíceis. Não tenho ideia do que eu fiz para merecer essa garota.

— O dragão é para o único pai adotivo bom que eu tive. Foi ele que me ensinou tudo sobre carros. Ele me chamava de dragão.

Sua testa se franze.

— Por quê?

Dou um sorriso, e a lembrança alivia meu humor.

— Porque ele dizia que ou eu estava soprando fogo e destruindo tudo ou tomava o fogo dentro de mim e criava vida.

— Criava vida?

— O fogo pode destruir, mas também pode criar: oferecer calor, proteção. — Eu ainda me lembro dele explicando quando fiz a mesma pergunta. — Ele me disse que, até escolher o meu caminho, eu sempre seria capaz de gerar vida e destruição.

— E você escolheu? — Ela envolve meu pescoço com os braços.

Minhas mãos se derretem na curva da sua cintura enquanto eu me pergunto até onde devemos ir hoje à noite. Rachel captura meu lábio inferior nos dela, e o carvão entra em combustão.

— Acho que isso não cabe a mim — respondo. — Meu caminho me escolhe.

— Você escolheu, Isaiah. — Ela beija a lateral do meu pescoço. — Você é vida.

— Ainda sou destruição.

— Não pra mim — sussurra ela.

— Até onde? — pergunto enquanto ainda tenho voz. Envolvendo seu rosto, volto aos lábios e guio delicadamente seu corpo para o lado do meu na cama. A blusa dela sobe, e meus dedos exploram a pele acetinada da sua barriga. Existem tantos lugares aonde eu quero ir, tantos lugares aonde tenho vontade de levá-la.

— Quero ir mais longe — sussurra ela. Quando contorno a cintura da sua calça, sua respiração tropeça.

Mais longe. Cacete, meu corpo todo responde. Não ignoro o modo como sua mão remexe na barra da blusa. Com medo de apavorá-la, não forço demais, mas tento ler a linguagem corporal. Coloco a mão sobre a dela, e seu sorriso aparece.

— Tem certeza? — pergunto.

Ela assente, e sua mão se afasta. Abaixo a cabeça enquanto lentamente afasto o tecido de sua blusa. Meu Deus, que barriga maravilhosa. Reta e macia. Conforme meus lábios sugam o ponto acima do umbigo, eu confirmo como ela é inegavelmente doce.

Beijo cada centímetro da pele exposta enquanto ergo a blusa. Eu me demoro no tecido do sutiã, e Rachel agarra o lençol com as duas mãos. Ela é tão gostosa que estou prestes a me esquecer de ir devagar e preferir avançar o sinal.

Mas ignoro essas vontades e guio o tecido para cima de sua cabeça. Não sei que merda eu fiz para ter uma criatura tão linda na minha cama, mas ela está aqui, e eu vou passar a noite adorando esse presente diante de mim.

Rolo meu corpo sobre o dela e suas pernas se inclinam com as minhas. A voz profunda do Elvis escapa do apartamento no andar de baixo. Ele canta sobre homens sábios que dizem que somente os tolos se apressam. Com a Rachel nos meus braços, sei que também não tive escolha ao me apaixonar.

Ficamos perdidos entre beijos, pele quente nua e toques. Eu me mexo e, desta vez, Rachel se mexe comigo. Há uma pressão suave crescendo. É como se não fôssemos mais duas pessoas, mas uma só.

Mãos estão por toda parte. Beijos nos lábios, no pescoço e nos ombros. Meus movimentos são frenéticos, e Rachel mantém o ritmo conforme suas coxas pressionam meus quadris, me puxando mais para perto.

Bem quando meu mundo está prestes a ser empurrado para o abismo, Rachel se cola ao meu corpo e chama meu nome. Envolvo-a em meus braços, apertando como se estivesse me salvando da morte. Meu corpo estremece e, por trás das minhas pálpebras fechadas, há cores brilhantes. Eu inspiro, e é o cheiro de jasmim, e, quando abro os olhos, vejo um anjo.

— Eu te amo — sussurra Rachel, e seus cílios piscam com uma exaustão deliciosa.

Deslizo para o lado e a envolvo. Quero a Rachel aqui toda noite pelo resto da vida. É o que parece certo, natural.

— Eu te amo.

— Estou cansada — ela boceja.

— Dorme, meu anjo. — Passo a mão nas suas costas e fico feliz com a sensação do seu corpo no meu. — Dorme.

Rachel

Meus olhos se abrem de repente, e uma adrenalina nervosa lateja no meu organismo. Um pesadelo. Só um pesadelo. Com a minha mãe e o meu pai e discursos...

Estou na mesma posição de quando dormi: uma perna sobre a do Isaiah e a cabeça apoiada no seu peito nu. Seu coração tem o mesmo ritmo firme do qual eu passei a depender. Fachos de luz entram no quarto vindos do poste da rua. O tempo perdeu todo o significado horas atrás. Com uma das mãos me envolvendo, me mantendo aninhada no seu corpo, Isaiah cochila.

Hoje ele me levou a lugares onde eu nunca estive, e a lembrança quase afasta todo o medo do pesadelo...

O pesadelo. Isaiah também estava nele. Suas palavras se tornaram um mantra: *Eu sobrevivi por causa daquilo que eu faço as pessoas pensarem.*

Engulo em seco e me encolho. Minha garganta está arranhada de vomitar com os ataques de pânico. Estou exausta, não consigo dormir durante períodos longos, e meu corpo está se desgastando cada vez mais.

Minha mãe quer que eu faça um discurso de vinte minutos num jantar para centenas de convidados. Não sei quanto meu corpo ainda aguenta, mas arrisco demais se contar a verdade aos meus pais. Se eu conseguir me segurar até pagarmos a dívida, aí posso apresentar o Isaiah à minha família e, se eu fizer esse discurso, minha mãe vai ficar orgulhosa.

Orgulhosa de mim como ela sempre esteve da Colleen.

Enquanto Isaiah criou uma aparência que afasta todo mundo, eu criei uma aparência para aproximar a minha família. Não, eu fiz isso para conquistar o amor da minha mãe.

Meu corpo está se esgotando por causa daquilo que eu faço as pessoas pensarem.

Eu me aninho no Isaiah, e ele coloca o outro braço ao meu redor. Ignoro as vozes na minha cabeça e me concentro na única pessoa que ama o que ninguém mais consegue amar: a verdadeira Rachel.

Minha mente parece flutuar enquanto vasculho o quarto. Eu me despedi do Isaiah uma hora atrás, e agora meu mundo está despedaçado. Eu fiz uma bagunça durante a minha busca. O edredom púrpura foi arrancado da cama. Os travesseiros estão espalhados pelo chão. Todo recipiente possível está aberto, com o conteúdo espalhado. O pouco ganho de ontem à noite é esmagado na minha mão quando eu fecho o punho.

Meu corpo estremece enquanto dou mais uma volta no quarto. O dinheiro... sumiu.

Talvez eu não esteja vendo. Talvez eu esteja tão apavorada que ele está bem na minha frente e eu não consigo ver. Pego o porta-joias de novo e, desta vez, jogo longe cada peça conforme vasculho. Quando chego ao fundo, realmente vejo uma coisa nova: um bilhete. Antes que eu consiga terminar de ler, saio tropeçando até o banheiro e descubro que meu pânico passou para uma nova etapa: vomitar sangue.

A porta do quarto do West bate na parede quando eu a abro com força. Ethan e West soltam os controles do videogame e ficam de pé num pulo quando veem o que eu só posso imaginar que seja pura raiva irradiando do meu rosto. Meu corpo treme, e eu balanço levemente para o lado. Minha força se esgotou. Malditos sejam eles por fazerem isso comigo.

Ethan pega o meu braço.

— Meu Deus, Rachel. Você parece um defunto.

Eu o empurro, preferindo ser apoiada pela parede.

— Vocês pegaram meu dinheiro.

Ethan e West compartilham um olhar de compreensão e, por algum motivo, os dois parecem aliviados quando seus ombros liberam a tensão. West ajeita o boné na cabeça.

— É. Isso. Você não leu o que estava escrito no bilhete? A gente falou que vai devolver.

Ao longo dos meses. O bilhete diz que eles vão me devolver ao longo dos meses.

— O dinheiro é meu!

Os olhos do Ethan piscam para mim, e sua cabeça cai para trás.

— Você teve um ataque de pânico por causa do dinheiro, não foi? Merda, West, eu falei que a gente devia colar o bilhete no lado de fora da caixa. Você não viu o bilhete, e aposto que surtou quando percebeu que o dinheiro tinha sumido.

West se joga de novo na cadeira.

— Meio dramática demais, não acha, Rachel? Quer dizer, quem mais pegaria o seu dinheiro? Falei que vamos devolver, e vamos mesmo.

— O dinheiro é meu! — grito. — Devolve! Agora!

Como sempre, os dois continuam a conversar como se eu não fosse importante. Ethan vira para West.

— Você também ia surtar se alguém pegasse quatro mil dólares do seu quarto. Aliás, que tipo de peça você planejava comprar, Rach? Você devia estar economizando há um bom tempo.

— Vocês podem pelo menos tentar fingir que se sentem mal por me roubarem?

West vira de costas para mim, se preparando para voltar a jogar.

— A gente vai devolver. Fica calma, porra.

Foda-se. Vou até a mesa do West e começo a abrir as gavetas, jogar papéis e canetas e livros e porcarias no chão. Se eles não vão me dar, eu vou encontrar. Meus irmãos gritam enquanto eu vasculho o quarto. Quando eles percebem que os gritos não vão me parar, um deles me agarra por trás. Mãos se tornam faixas de ferro nos meus braços.

Chega de ser fraca. Chega de ser controlada. Eu chuto e grito e só paro quando o Ethan aparece bem na minha frente.

— Rachel!

Os olhos escuros do meu irmão gêmeo perfuram os meus. Quando éramos crianças, esses olhos costumavam estar lá quando eu dormia à noite e quando eu acordava de manhã. Mesmo quando nossos pais nos obrigaram a ter quartos separados, a gente fugia para ficar um com o outro. Durante anos, nós lutamos para ficar juntos, e agora parecemos separados para sempre.

— Você roubou de mim.

West segura meus braços na lateral.

— Eu roubei de você. O Ethan foi contra. Coloca a culpa em mim.

Encaro o Ethan. Ele está escondendo alguma coisa de mim e, da mesma maneira que ele fez comigo em relação aos ataques de pânico, eu nunca perguntei. Talvez porque eu nunca quisesse saber.

— Por quê?

Ethan pressiona os lábios até formar uma linha fina.

— O Gavin é viciado em jogos.

West solta meus braços.

— Ethan!

Ethan joga os braços para o alto.

— O quê? Nós pegamos mais de quatro mil dólares dela, West. Isso não é um dinheiro que você pega porque precisa de gasolina.

Os dois discutem enquanto eu tropeço nas coisas que joguei no chão. Gavin, meu irmão mais velho, o chefe de todos, o mais forte, o líder, tem um problema. Sento na cama e pigarreio, ignorando a dor absurda.

— Em que nível?

West enfia as mãos nos bolsos com tanta força que a cueca aparece.

— O pior. Nenhum de nós queria que isso acontecesse. Sabe as noites em que você dá cobertura pro Ethan? A gente achou que ia funcionar pra mim também, e nós quatro começamos a sair juntos.

Claro. Ser deixada de fora é o natural. Esfrego a testa enquanto a enxaqueca do ataque de pânico se instala.

— A gente queria se divertir — diz o Ethan. — Longe da mamãe e do papai. É pesado pro Gavin e pro Jack. Eles odeiam fazer parte dessa família. Eles olham o corredor e veem o quarto da Colleen. Eles notavam o jeito que a mamãe te tratava e sentiam como se estivessem revivendo o câncer. Eles te viam e...

Viam a Colleen.

— Aí, numa noite, a gente foi até o barco, no cassino. — West continua a história do Ethan, sem dúvida esperando que eu não fizesse a conexão. — Consegui identidades falsas pra mim e pro Ethan. O Gavin acabou gostando demais daquilo e a gente tentou ajudar, mas...

— O Gavin encontrou outras maneiras de jogar quando a gente impediu que ele fosse até o barco — termina o Ethan. — E ele devia dinheiro pra umas pessoas perigosas. Graças a Deus você tinha o dinheiro pra pagar a dívida.

Abaixo a cabeça nas mãos. Isaiah e eu estamos ferrados.

— Vocês não têm ideia do que fizeram — sussurro.

A cama se mexe, eu espio e vejo Ethan sentado ao meu lado e West em pé na minha frente. Os dois estão com os ombros caídos para frente.

— A gente não tá passando a mão na cabeça dele. — West acredita que o que eu disse significa outra coisa, completamente diferente. — O Gavin tentou falar com o papai, mas ele estava ocupado demais pra ouvir, então veio falar comigo. Ele concordou em procurar ajuda se eu ajudasse a pagar a dívida. E ele vai procurar ajuda. O Gavin só não queria que o papai soubesse que era grave, e ele não quer que a mamãe saiba.

— Rach — diz Ethan. — O Gavin vai pra uma clínica de reabilitação depois do jantar de caridade. O papai quer que a mamãe tenha uma noite perfeita antes do Gavin ir pra lá, e aí ele vai contar tudo pra ela.

Massageio as têmporas, desejando que pare de latejar. Essa família toda é uma grande confusão. Quando acho que minhas pernas não vão ceder, eu me levanto. Ethan me acompanha, e West estende os braços como se eu fosse cair. Passo por eles e sigo em direção à porta.

— Aonde você vai? — pergunta Ethan.

Faço uma pausa e engulo a mentira automática. Como seria essa família se a Colleen não tivesse morrido?

— Vou ver o Isaiah, e vocês não vão me impedir.

Isaiah

Rolo um pote de vidro cheio de parafusos na bancada de ferramentas na oficina. Totalmente destruída, Rachel está sentada a poucos metros de mim na cadeira que a Abby arrastou do escritório quando os soluços ficaram intensos demais para ela continuar em pé. Logan está apoiado na janela do escritório, com a parte de trás da cabeça encostada no vidro. Esse problema não é dele, mas ele trata como se fosse. Por isso, eu o respeito.

Abby está agachada na frente da Rachel, fazendo o que eu devia estar fazendo: consolando. Dizendo as palavras que eu devia estar dizendo, que não é culpa dela e que vai dar tudo certo. Abby está certa. Não é culpa da Rachel. Ela não fez nada errado ao guardar nosso dinheiro no quarto dela. Seus irmãos, por outro lado...

Pego o pote e jogo do outro lado da oficina. O vidro se estilhaça na parede. Meu peito se movimenta com força. Temos setecentos dólares. Quatro mil e trezentos a menos do que precisamos.

— Tá se sentindo melhor? — pergunta Logan sem nenhuma inflexão.

Minha cabeça cai para trás.

— Um pouco. — Pelo menos a raiva está sob controle. Quer dizer, até eu colocar as mãos nos irmãos dela. — O sistema de nitro vai pro meu carro.

— Isaiah — diz Logan de novo. — O carro da Rachel é melhor. Coloca o sistema no dela. A chance de vencer vai ser maior.

Cruzo os braços sobre o peito, sem me abalar e não convencido de que isso é o melhor. Os filmes e a televisão fazem o nitro parecer brincadeira de criança, mas não é. Os sistemas são delicados, e muitas coisas podem dar errado. Apesar de não ser a Rachel quem vai correr com ele, não quero que ela ande num carro com esse tipo de perigo.

— A decisão não é sua.

Rachel seca os olhos e se levanta.

— Então é minha. Não entendo por que você está contra nesse assunto. Temos mais chances de ganhar com o sistema no meu carro.

— Não.

Seu cabelo se mexe com o sopro frustrado.

— Se você não vai colocar o sistema no meu carro, me deixa correr contra o Zach.

A tensão congela meu pescoço, e eu o estalo para a direita. Corridas de arrancada são perigosas. Nitro é perigoso. Se Zach está trabalhando com o Eric, então o Zach é letal. Rachel é a única coisa na minha vida que eu não posso perder. Por que ela não vê quanto eu a amo? Que eu preciso protegê-la?

Logan se afasta da parede.

— Pelo que estou vendo, você foi voto vencido. Se a Rachel quer o sistema, instala. Além do mais, você vai disparar os tanques, não ela.

Fico em silêncio, porque eu não discuto, mas deixo os braços caírem. Rachel me interpreta mal e se envolve em mim. Na noite passada, passei algumas horas no paraíso abraçando meu anjo com força. Depois a Rachel foi para casa e nós dois fomos mandados para o inferno. Beijo o topo da sua cabeça. Eu prometi que ia cuidar dela e vou fazer de tudo para manter minha promessa.

É manhã de segunda-feira e, como a Pro Performance insiste num diploma de ensino médio com a certificação, sou obrigado a ignorar meus problemas e ir para a aula. No instante em que entro no prédio, Abby aparece ao meu lado.

— Você vai assistir às aulas hoje? — pergunto.

Ela dá de ombros.

— Por que não? De vez em quando eu gosto de surpreender as pessoas. Falando nisso, consegui um sistema de nitro.

— Quanto?

Abby acompanha meus passos largos ao subir a escada.

— Considere um presente.

Eu congelo no topo da escada.

— Achei que você tinha que ficar de fora na questão financeira.

Chegando ao segundo andar, Abby anda de costas.

— Você não é o único com pessoas que te devem favores. — Ela entra na segunda sala à direita, e eu dou um sorriso forçado. Eu nunca soube que ela fazia aula de matemática avançada.

O sr. Holden me chama de alguns degraus abaixo e espera enquanto eu desço. Aponto para o outro lado com o polegar.

— Não quero me atrasar.

— Eu te dou uma dispensa — diz ele, parecendo ter corrido para me alcançar. — Preciso conversar com você.

Faço que sim com a cabeça e o sigo. Em vez de ir para a oficina do colégio, ele escolhe uma sala de aula vazia e fecha a porta.

— O que tá acontecendo? — pergunto.

O sr. Holden brinca com os óculos de segurança.

— Houve algumas irregularidades com a prova de certificação.

Não falo nada; não tenho ideia de como isso me envolve. Eu sabia tudo naquela prova.

— Vários dos caras que fizeram a prova com você tiveram a mesma pontuação, errando as mesmas questões. Eles analisaram as filmagens e pegaram esses caras colando.

— Eu não colei.

— Eu sei — diz o sr. Holden. — Mas esse escândalo fez os examinadores questionarem tudo naquele dia. Eles estão de olho em você por causa da sua pontuação. Vários adultos não fazem tantos pontos quanto você fez, então eles estão se perguntando se você teve ajuda de fora.

Jogo os livros sobre a mesa ao meu lado.

— Eu estudei durante anos pra essa prova.

— Eu sei — diz o sr. Holden.

— Eu não colei.

Ele passa a mão sobre o cabelo grisalho.

— Eu conversei com o diretor deles. Falei que você é um bom garoto, e ele concordou em te deixar refazer a prova.

Meus dentes se fecham fazendo barulho. Refazer a prova. Pela primeira vez na vida, eu segui as regras da sociedade e só recebi um chute no saco.

— E o que vai acontecer quando eu gabaritar essa prova? Eles vão me acusar de colar de novo? Porque de jeito nenhum um punk das ruas adotado pode ter um maldito cérebro?

Levanto a mão, sem querer ouvir a resposta, e recuo. O sinal toca. A aula começou para todo mundo, mas não vejo mais sentido em ir para a sala.

No corredor, vejo Zach me encarando a algumas portas de distância. Sem uma palavra, ele escapa para a sala de aula. Agora não existe dúvida na minha cabeça de que ele está trabalhando para o Eric, porque o Zach que eu conheço nunca teria feito uma coisa tão baixa como essa. A sorte é que ele está na folha de pagamento do Eric. Caso contrário, ele estaria morto.

Rachel

Exceto pelo tilintar de talheres nos pratos, o jantar está estranhamente silencioso. A presença do Gavin e do Jack à mesa de jantar toda segunda-feira costuma significar muitas provocações entre meus irmãos, mas todos eles parecem perdidos nos próprios pensamentos.

A mesa comprida de cerejeira é feita para oito pessoas. Minha mãe e meu pai sentam um em cada ponta. Gavin e Jack estão sentados mais perto do meu pai. Ethan e West, nos assentos do meio. Minha cadeira está perto da minha mãe, e eu encaro o único espaço vazio: o que deveria ser da Colleen.

— Todo mundo está quieto hoje — diz minha mãe. Seus olhos azuis disparam para o rosto de cada um de nós.

Meus irmãos dão desculpas: trabalho, colégio ou cansaço. Não digo nada.

Espalho a enchilada no prato. A última coisa que eu quero na minha garganta arranhada é algo apimentado.

— Rachel — diz minha mãe. — Você está se sentindo bem? Você está com olheiras.

Todos eles olham para mim, incluindo meu pai.

— Estou bem.

Ninguém para de me olhar. Na verdade, ninguém come. Meu pai apoia os cotovelos na toalha de mesa branca enquanto me analisa melhor.

— Sua mãe tem razão. Você não está com a sua animação normal.

Não mesmo. Estou exausta e esgotada e à beira de um colapso. Estou com raiva dos meus irmãos, tenho certeza de que eles estão com raiva de mim, e meu namorado e eu vamos ter o traseiro chutado pelo Eric quando não conseguirmos pagar os cinco mil dólares.

— Ela está exagerando na preparação do discurso de sábado, não é, Rach? — Gavin enfia uma garfada de arroz na boca.

— Quero deixar todo mundo orgulhoso — digo. Ao ouvir a palavra *orgulhoso*, Gavin desvia o olhar.

Com a mera menção ao seu evento, minha mãe começa a informar os detalhes. Que todos os lugares foram vendidos e que tem uma lista de espera e que quinhentas pessoas vão comparecer. Meu estômago se contorce. Eric pode não ser um problema, afinal, já que esse discurso possivelmente vai me matar antes.

Fugi depois da sobremesa, pedindo permissão a meu pai na frente de todo mundo para ir à casa da Abby. Entendendo que provavelmente eu não ia sair com a minha nova amiga "rica", mas, na verdade, com Isaiah, Ethan e West soltaram seus talheres no prato. Minha mãe levantou uma sobrancelha por causa do comportamento dos dois, mas não disse nada. Depois que meu pai confirmou que eu tinha terminado o dever de casa, ele me disse para estar de volta às dez horas.

Isaiah me mandou uma mensagem mais cedo dizendo que tinha de trabalhar na oficina à noite. Precisando estar em algum lugar calmo, estaciono ao lado da oficina. Dou uma olhada no estacionamento e me pergunto se Isaiah foi para casa quando não avisto seu carro. O enigma se resolve quando eu entro na garagem. Lá dentro, o capô do Mustang está aberto, e as portas também.

— Isaiah?

Sou recebida pelo zumbido dos aquecedores no alto. Isaiah mencionou que estava preocupado de o seu motor superaquecer. Olho para ver o que ele fez e esfrego os olhos. Não.

Um cansaço me toma. Um cansaço que o sono nunca poderia resolver.

Bato a mão na porta do carona aberta na afobação de olhar dentro do veículo. No banco de trás há dois tanques de nitro. A porta da garagem se abre com um gemido. Os olhos de Isaiah encontram os meus, e eu juro que ouço meu coração se rasgando em dois quando vejo culpa.

— O que você tá fazendo aqui? — pergunta Isaiah.

Não digo nada. Nós dois sabemos como isso é ruim — como isso está à beira de uma traição revoltante.

Isaiah puxa o brinco inferior — um sinal claro de confusão interior. O silêncio aumenta entre nós, e eu sou a primeira a quebrá-lo.

— A Abby conseguiu dois sistemas?

— Não — responde ele.

Lágrimas muito quentes de raiva se acumulam nos meus olhos.

— Achei que a gente tinha combinado...

Ele me interrompe.

— Não combinamos. Você e o Logan queriam o sistema no seu carro, e eu não. Fim.

Isaiah não discute. Quantas vezes ele me disse isso?

— E daí? Eu não tenho direito de escolher? Você não é o único na mira aqui. O Eric vai vir atrás de mim também.

Uma fileira de xingamentos escapa da sua boca enquanto ele vem na minha direção.

— Todos os segundos do meu dia são consumidos com a ideia de que você está em risco com ele. Estou fazendo isso pra te proteger.

— Mentindo pra mim?

Isaiah parece surpreso.

— Eu não menti.

A primeira lágrima idiota escapa, e eu rapidamente a seco.

— Você sabia que eu esperava que o sistema fosse colocado no meu carro. Apesar de você não ter dito as palavras, é uma mentira. — Minha mente gira com as implicações do que aconteceu. — É pior do que uma mentira. Isso é maior. Você tomou uma decisão sem mim.

— Mentira. Você, o Logan, a Abby e eu discutimos as opções.

— Mas você decidiu o nosso destino sozinho. — Minhas mãos socam o meu peito. — Achei que a gente era uma equipe. Achei que éramos parceiros.

Isaiah coloca as mãos nos meus ombros. Seus olhos cinza são ondas oscilando entre raiva e medo.

— Eu não tenho muitas coisas, Rachel, e me recuso a te perder.

— Eu falei que não ia nem tocar nesse sistema. Ele só vai ser usado na pista de corrida. A gente tira depois que pagar a dívida.

— Esses sistemas são perigosos. Se alguém bater em você ou o sistema der um erro ou você acidentalmente apertar alguma coisa... — Isaiah repassa os cenários impossíveis. Seus olhos disparam enquanto ele fala, como se ele estivesse procurando um jeito de resolver todos os problemas. Minha energia se esgota quando percebo que é exatamente isso que ele está fazendo. Isaiah está tentando resolver mais uma coisa.

— Os riscos são pequenos. Você não pode controlar tudo.

— Você tá errada. — Suas mãos vão até o meu rosto: quentes, fortes; e eu percebo que estão tremendo. — Esquece isso, Rachel. A decisão já foi tomada. Estou fazendo isso pra te proteger.

Para me proteger. Porque eu não sou capaz de tomar minhas próprias decisões. Minhas mãos se levantam de repente e empurram os braços de Isaiah para longe de mim.

— Eu não sou fraca.

Seus olhos se arregalam.

— Eu nunca disse que era.

Passo a mão no cabelo e puxo os fios, esperando estar errada. Mas não estou.

— Você é exatamente como os meus irmãos. Você me vê como frágil e burra e alguém que não consegue tomar as próprias decisões.

Isaiah estende a mão.

— Não é nada disso. Eu te amo. Você sabe.

Eu me afasto dele.

— É, é isso que eles dizem também.

Isaiah

O telefone toca três vezes, e a voz doce da Rachel responde de novo: "Oi, aqui é Rachel Young. Deixe seu recado depois do sinal".

Como nas outras dez vezes, ouço o sinal e fico sentado com a cabeça abaixada, ouvindo a estática. Eu devia dizer que sinto muito, mas não é verdade. Eu devia dizer que estou errado e que vamos instalar o sistema no carro dela, mas isso seria mentira. O que eu quero é que a Rachel entre pela porta da oficina e diga que entende minha necessidade de protegê-la, minha necessidade de consertar as coisas.

Dos carros até as situações e até a mim mesmo. Porque, se eu não cuidasse de mim, ninguém mais cuidaria. Esse sou eu fazendo o que ninguém nunca fez por mim: estou protegendo a Rachel, porque é isso que se faz quando você ama alguém. É o que eu sempre quis que alguém fizesse por mim.

— Me liga.

Estamos na tarde de terça. O dia se arrastou enquanto eu esperava a Rachel entrar em contato comigo, e os segundos continuam a se alongar agora que eu sei que ela já saiu da aula. A porta da garagem se abre com um gemido, e meu coração acelera em expectativa. Eu me levanto, limpando as mãos na calça jeans. Vou dizer que a amo. Vou dizer que não há nada que eu não faria para deixá-la feliz. Vou dizer...

Logan entra, e eu xingo em silêncio. Esqueci que tinha pedido para ele aparecer quando eu fosse testar o sistema de nitro. Se eu não estivesse com a cabeça tão ferrada, ia rir do seu uniforme de beisebol.

— Bela roupa.

— Vim direto de um jogo amistoso. A temporada de primavera está pra começar.

Fecho o capô do meu carro.

— Beisebol parece um tédio pra você. Você tem cara de quem joga futebol americano.

— Não — diz Logan. — A posição de receptor é maluca. Bastões voando perto da sua cabeça, um cara que joga bolas a cento e sessenta quilômetros por hora na sua direção e um corredor em velocidade máxima tentando te derrubar enquanto você fica em pé na base. É um belo fluxo de adrenalina.

Falando em adrenalina.

— Me segue no seu carro. Vamos até depois da Fox Lane pra testar o sistema.

O céu fica cor-de-rosa enquanto o sol se prepara para sumir. Logan e eu estamos em pé na frente do meu carro, encarando a extensão de 1,6 quilômetro de asfalto novo que um dia vai levar pessoas até uma multidão de casas novas. No momento, leva a veículos de construção e florestas.

Aponto para o lado.

— Espera ali.

— De jeito nenhum — diz Logan. — Quero estar no meio da ação.

Balanço a cabeça.

— Eu nunca dirigi com nitro. Se não fosse pelo Eric na nossa nuca, eu nem estaria com essa merda. E, se eu decidisse brincar com isso um dia, estaria testando o carro na pista durante a Test and Tune. Mas tenho pouco tempo.

Logan dá um tapinha no meu ombro.

— Vamos viver um pouco.

Ele abre a porta do lado do carona e entra no carro. O espaço entre minha pele e meus ossos começa a vibrar; o medo de que alguma coisa nuclear esteja prestes a explodir. Estou sem tempo, e algo pior vai acontecer se eu não ganhar dinheiro. Entro no meu carro.

Meus olhos se abrem devagar, e minha visão está borrada. Eu pisco, e isso não ajuda. Fecho os olhos e depois os aperto com o dedão e o indicador, na esperança de eliminar o problema. A dor dispara pelo meu corpo e, quando abro a boca, sinto gosto de sangue.

O carro capotou. E continuou capotando. Perdi o controle.

— Logan. — Minha voz não parece minha.

Silêncio. Meus olhos ficam fechados, e tudo flutua numa névoa — como um sonho. Talvez eu esteja sonhando. Não. Nós batemos. Meus olhos não abrem de novo, então eu jogo a mão para o lado do carona. Ela atinge o ar e o banco vazio.

— Logan, responde, cara — chamo mais alto. Alguma coisa escorre pelo meu nariz, e minha mente vagueia. Talvez seja só um sonho.

Rachel

Ignoro as mensagens do Isaiah. Estou apaixonada por um cara que me acha tão fraca como meus irmãos dizem que eu sou. A parte triste é que eu quase acreditei que era forte.

Três batidas na porta, e eu sei que é a minha mãe.

— Entra.

Com o cabelo loiro penteado para trás num rabo de cavalo na nuca, minha mãe coloca a cabeça para dentro com um sorriso brilhante.

— A Abby está aqui.

— A Abby? — Eu me sento. Minha mãe se apaixonou pela Abby rica que frequenta um colégio particular. Não que ela tenha encantado minha família com sua personalidade, mas minha mãe está encantada por eu ter uma amiga. Eu me pergunto quanto ela vai adorá-la se descobrir que a minha nova melhor amiga é traficante.

Minha mãe abre mais a porta para revelar a Abby vestida em seu típico moletom com capuz e calça jeans apertada. Começo a sorrir, mas percebo que ela não encontra o meu olhar. Ela só me evitou uma vez, e foi quando o Eric contou sobre seu emprego verdadeiro.

Saio da cama e dispenso minha mãe com uma palavra.

— Obrigada.

— Vocês querem alguma coisa? — pergunta minha mãe, em pé entre nós duas. — Comida ou bebida?

Abby entra no meu quarto e pega uma foto minha e dos meus irmãos. Seu comportamento está me assustando demais.

— Não, obrigada — digo. — Mas a gente avisa se mudar de ideia.

Minha mãe bate as mãos nas pernas.

— Está bem, então. Ah. — Seus olhos se iluminam. — Abby, você gostaria de ir a um evento de caridade que estou organizando para a Fundação da Leucemia no sábado? Vai ser no The Lakes Country Club. A Rachel vai discursar.

— Claro — responde ela.

— Ótimo! — Minha mãe dispara alguns detalhes que nem eu nem a Abby escutamos antes de pedir licença e sair.

Quando a porta se fecha com um clique, Abby coloca a foto de volta no lugar.

— Pensa numa boa mentira pra sair, e pensa rápido. O Isaiah e o Logan estão no hospital.

Isaiah

Minha cabeça lateja. Uma pulsação que começa nos doze pontos costurados na minha testa e vibra pelo meu crânio. Se não fosse pela minha cabeça, eu provavelmente sentiria o resto do corpo. O médico me chamou de sortudo. Muitos hematomas. Nenhum osso quebrado. Nenhum ferimento interno.

Eu me sentiria mais sortudo se alguém me falasse do Logan. O canalha... meu amigo... um nó se forma na minha garganta... eu vi sangue.

Levanto a mão até a cabeça. O tubo do soro enfiado na minha veia roça no meu antebraço.

— Você não devia encostar aí.

Ao vê-la, meu estômago se contorce a ponto de eu achar que o médico precisa reconsiderar os ferimentos internos.

— Não estou no maldito clima, Beth.

Uma cadeira arranha o chão, fazendo o latejar na minha cabeça aumentar.

— Podemos ser irmãos gêmeos — diz ela. — Também tenho uma cicatriz bem grandinha acima do olho.

Abaixo o braço e encaro a garota que eu achei que amava desde os catorze anos. Quando a conheci, ela tinha cabelo preto liso e uma atitude que dava medo em motoqueiros durões. O temperamento espinhoso que a Beth costumava usar como escudo não enfeita mais a sua aura. Tem uma paz que a cerca que eu nunca percebi em todos os nossos anos juntos.

— Você conseguiu sua cicatriz porque não quis me ouvir — digo.

Beth me dá seu sorrisinho sarcástico conhecido.

— Aposto vinte dólares que vou descobrir a mesma coisa sobre você.

Em outubro, eu estive neste mesmo hospital esperando para saber se a Beth estava viva. O namorado da mãe dela tentou matá-la. E o namorado dela, o Ryan, a salvou. Depois que eu soube que ela estava bem, fui embora. Beth obviamente não vive pela mesma política que eu.

— Como soube que eu estava aqui?

— A Shirley e o Dale.

Meus pais adotivos, tios dela. Eles passaram por aqui uma hora atrás. Estavam metade putos porque eu interrompi o fim de semana prolongado deles no lago, e metade porque minha assistente social agora está no pé deles, e ainda mais putos porque eu me machuquei. Quem diria que eles se importavam.

— Como tá o Logan? — pergunto.

A paz desaparece do seu rosto.

— Não sabemos. Levaram o pai dele direto pro quarto, e ele ainda não saiu. Ninguém diz nada. O Ryan tá ficando maluco.

Levo meu punho até a testa.

— Eu fodi tudo. Se alguma coisa estiver errada com ele...

Eu nunca vou me perdoar.

Beth coloca a mão sobre a minha e aperta.

— Ele é viciado em adrenalina. Todo mundo sabe disso. Se não fosse com você, seria com outra pessoa numa outra hora. Pelo menos você estava lá. Pelo menos você chamou a polícia. Você não pode consertar tudo.

— Você não sabe como estou ferrado.

— Não sei mesmo. Porque não somos mais amigos.

— Não é hora pra isso.

— Eu te amo, Isaiah. Sempre amei, mas nunca estive *apaixonada* por você. A gente era tão maluco que nenhum dos dois entendia a diferença entre amizade e amor. Éramos amigos. Sempre fomos. Sei que você entende o que eu quero dizer, porque o Logan me contou da Rachel.

Meus olhos disparam para os dela, e ela acena para eu não me importar.

— Ele não te traiu. Eu enchi o saco do Logan até ele me contar, e ele só me disse que você olha pra Rachel do jeito que o Ryan olha pra mim. Em todos os anos que ficamos juntos, você nunca me olhou assim.

Beth abre a boca para continuar, mas eu interrompo.

— Eu sei.

— Sabe?

Retribuo o aperto dela.

— Você me deixava tomar conta de você.

Ela levanta uma sobrancelha, destacando a cicatriz acima do olho.

— E daí?

— A Rachel não deixa. Ela quer se cuidar sozinha. Isso me deixa louco.

Beth ri.

— Então deve ser amor. Eu deixo o Ryan maluco.

Há uma dor que vai mais fundo que as feridas físicas na minha pele.

— Eu realmente me importava com você. — A Beth está certa: eu não a amava, pelo menos não do jeito que amo a Rachel, mas isso não apaga o fato de que eu tinha sentimentos, mesmo que ela não retribuísse.

— Eu sei. — Ela repete a resposta que eu dei antes. — Também sei que você ama a Rachel. Mas tem espaço pra mim? Naquilo que a gente era bom? Como amigos?

Amigo da Beth. Avalio a fadinha endiabrada, e é a primeira vez na vida que vejo a garota desesperada por uma resposta. Esfrego a mão na cabeça. Isso pode ser muito bom ou o pior erro do mundo. Mas, como a Beth está certa de novo, faço que sim com a cabeça. Ela e eu sempre fomos ótimos como amigos.

— Amigos.

Uma mulher pigarreia na porta, e a Courtney entra no quarto. Beth se levanta.

— O Noah e a Echo estão vindo pra cá — diz a Beth. — E eu deixei a Abby na casa da Rachel. Elas devem chegar logo.

— Obrigado. — Noah vai surtar de raiva, e não tenho certeza se a Rachel vai querer vir.

Courtney senta na cadeira que a Beth abandonou.

— Como você está?

Aponto para o braço com soro.

— Vou ficar melhor quando me liberarem.

— Isaiah... — Ela inspira fundo e depois expira. — Que droga você estava fazendo?

— Como tá o Logan?

Courtney balança a cabeça com tanta tristeza que o rabo de cavalo abaixa.

— Não sei. Vou ser sincera... quanto mais o pai dele demora lá, mais eu fico ansiosa. Tem muitos amigos do Logan esperando, e acho que o pai dele ia querer dar boas notícias.

Fecho os olhos, sem deixar a Courtney ver o medo... a fraqueza.

— A polícia acreditou na sua história, Isaiah. Que você testou um sistema de nitro numa rua abandonada e deu errado.

— Não é história — digo. — É a verdade. Alguma coisa deu errado, e eu perdi o controle.

— Não importa o que aconteça com o Logan, a polícia não vai apresentar acusação. O pai do Logan afastou a possibilidade de te responsabilizar.

— Oba para o merda do Isaiah. Pelo menos não vou pra cadeia como a minha mãe, certo?

Minha visão fica borrada pela segunda vez hoje. Agora é por causa das lágrimas. Durante anos, eu estive bem. Mas agora as emoções estão por toda parte, e eu não consigo controlar mais nada.

— Sabe por que eu pedi pra ser sua assistente social? — pergunta Courtney.

Olho para o aparelho que registra os sinais vitais, desejando poder parar de sentir.

— Por quê?

— Porque eu também cresci no sistema de adoção.

A velocidade do monitor de batimentos cardíacos aumenta, e a Courtney finge não perceber que a sua bomba me afeta.

— Entrei aos seis anos, como você. Estive em lares bons, em lares ruins e em lares comunitários. Tenho até uma tatuagem dos meus anos de revoltada.

Meu peito se move mais rápido, enquanto minhas emoções tentam me consumir. Tento sentir raiva, porque é melhor do que sentir tristeza.

— É isso que você acha que eu sou? Revoltado?

— Ah, Isaiah. — Courtney me encara direto nos olhos. — Revolta é a emoção fácil. Por ter estado na *mesmíssima* posição que você... — Ela acena para a cama de hospital e depois para. Sua boca tenta se curvar para cima, mas o lábio inferior treme. — Aposto que, neste momento, você está se sentindo muito sozinho.

Sozinho.

Logan tem o pai ao lado dele. Eu? Tenho uma assistente social. Balanço a cabeça, lutando contra o sofrimento.

— O que tem de errado em mim que ninguém quer ficar comigo?

Por que ninguém quis me amar? Neste momento, não me sinto poderoso. Sinto que tenho dezessete anos e quero muito que alguém me diga que o meu amigo vai ficar bem.

Seus dedos encontram os meus, e eu não me afasto.

— Nada — diz ela com firmeza. — Não tem *nada* errado com você.

Inspiro fundo, fecho os olhos e expiro as emoções. Courtney afasta a mão, e eu agradeço por ela não forçar mais a barra.

— Você pode conseguir alguma informação sobre o Logan? — pergunto.

— Posso — responde ela. — Já volto.

Rachel

Abby agarra a porta do carona.

— Vou vomitar.

— Se vomitar no meu carro, vai ser a última coisa que vai fazer na vida. — Vendo a saída para o hospital, cruzo duas pistas e diminuo a marcha. Isaiah andou me ensinando alguns truques depois das aulas. Nunca, nem em um milhão de anos, achei que ia usar essa habilidade para correr até o hospital e saber se ele está vivo.

— Você estava a cento e quarenta e costurando no trânsito como se a gente estivesse sendo perseguida pela polícia.

— Tem certeza que ele está aqui? — Porque eu preferia que o Isaiah estivesse em qualquer um dos hospitais da cidade, não no Universitário. É para cá que trazem os piores casos de acidentes.

— Tenho. — Abby solta a porta enquanto nos aproximamos do semáforo no fim da rampa. — A Echo me falou.

Isaiah me ligou, e eu não liguei de volta. Minhas últimas palavras para ele foram de raiva. E se ele achar que eu não o amo? Meus dedos batucam no volante, contando o tempo que leva para o sinal do cruzamento mudar de cor.

— Tem certeza que ela disse Universitário?

— Tenho.

— É pra cá que trazem os piores casos de acidente. — Admito meu medo em voz alta.

Abby solta um suspiro pesado.

— Também é pra cá que trazem as pessoas sem plano de saúde. O Isaiah é adotado, Rachel, e um item no orçamento do governo. É pra cá que ele tinha que vir. Não para um hospital chique com televisão de tela plana.

Como o Isaiah me ensinou, meu pé flutua sobre o acelerador enquanto o outro pressiona a embreagem. Meus dedos agarram o câmbio. Uma parede sólida sem janelas, praticamente uma fortaleza, o Hospital Universitário paira sobre nós dois quarteirões à frente. Vejo a luz no cruzamento mudar, e meus olhos disparam para o sinal.

Num movimento instantâneo, solto a embreagem, piso no acelerador e imediatamente coloco o carro em segunda marcha. Ao meu lado, Abby solta um palavrão.

Abby e eu atravessamos correndo as portas deslizantes do hospital e hesitamos. A sala de espera sem graça, com paredes de blocos de cimento pintados de bege, está lotada de pessoas. Tosses encatarradas, bebês chorando e o som de alguém vomitando me fazem virar a cabeça. No canto, usando camadas demais de roupas que não foram lavadas, um homem se debruça e vomita.

Abby cutuca meu cotovelo.

— Ali.

Meu coração salta do corpo quando vejo o Isaiah. Ele está abraçando seu colega de quarto, o Noah. Braços fortes ao redor um do outro num abraço rápido. Eles se separam, e eu cubro a boca quando vejo o ferimento na sua cabeça, os hematomas no rosto, o sangue seco na roupa.

Saindo das sombras e tocando o braço do Isaiah está um dos meus muitos pesadelos: Beth. Ela sorri para ele, e, quando ele sorri de volta, meu coração se despedaça.

Isaiah

Sem a menor ideia da condição do Logan, vou até a sala de espera. Ouvindo que o Noah estava a caminho, Shirley e Dale foram embora, mas me disseram que eu podia ficar no porão deles se precisasse. Afinal, o governo ainda paga a eles por mim.

Vejo o cabelo vermelho e os cachos primeiro. Echo me sufoca. É bom ter uma irmã.

— Você está bem?

— Estou. — Olho para o Noah por sobre a cabeça dela. Com o cabelo escondendo os olhos e as mãos nos quadris, não consigo decifrar meu melhor amigo. — Como tá o Noah? — murmuro.

— Assustado — sussurra ela. — Com raiva.

Faço um sinal com a cabeça para ele.

— E aí, cara? — Ele me abraça: uma colisão de braços e músculos. Ficamos assim por um segundo, abraçados com força, e depois nos soltamos. Nós dois somos irmãos.

— Me dá um motivo pra eu não te bater — diz Noah. — O que você estava pensando?

— Cacete, Noah — diz Beth atrás de mim. — Ele já está com pontos.

Beth e eu costumávamos nos unir contra o Noah o tempo todo. Ela está certa em relação a nós. Éramos amigos primeiro. Sempre amigos. Sem entender um relacionamento tão próximo, a coisa ficou confusa.

Ela me dá um sorriso sincero, e eu sorrio de volta. É, Beth e eu, nós podemos ser amigos. Alguns metros atrás dela, com o que eu imagino ser o time de beisebol inteiro do Logan, o cara da Beth, o Ryan, nos observa com os braços cruzados. Inclino o queixo para ele saber que estou bem, e ele inclina a cabeça em aceitação. Essa provavelmente será a conversa mais longa que teremos.

Noah se aproxima, e nós formamos um círculo.

— Você sabe o que ele andou fazendo?

Beth dá de ombros.

— O Isaiah sempre gostou de dirigir rápido. A estupidez cobrou o seu preço.

— A estupidez cobrou o seu preço, mas não precisava ser desse jeito. — Os olhos escuros do Noah disparam até os meus, e ele gira os ombros para trás. Ele está procurando briga, e meu corpo reage. Minha cabeça continua a latejar como se eu estivesse ouvindo um solo ruim saindo de um baixo, mas, se o Noah quiser ir lá fora, a gente vai.

— Fala o que você tem que falar, Noah.

— Ei. — Beth coloca um braço entre nós. — O Isaiah acabou de sair do hospital. Essa é a primeira vez que estou com os dois depois de meses. Vocês não vão estragar tudo brigando.

Noah e eu ficamos cara a cara, e nenhum dos dois treme.

— Quer contar pra ela, Isaiah?

— Não, cara. Parece que você tem todas as respostas.

Com os olhos travados nos meus, Noah solta a bomba.

— Ele deve dinheiro pro Eric.

O silêncio entre nós três aumenta a pressão no meu pescoço.

— Quanto? — pergunta Beth num tom baixo.

— Um bocado — respondo. Demais.

— Por quê? — ela exige saber. — Por que você foi correr nas ruas?

Noah finalmente desvia o olhar.

— Porque eu falei que ia me mudar pro dormitório.

— Noah! — Beth agarra a manga do casaco dele. — Que merda é essa? Um ano atrás, você prometeu que nunca ia deixar a gente pra trás.

— E por que você tá aqui? — Noah pergunta à Beth. — Você prometeu que ia ficar longe de Louisville.

A cabeça da Beth se inclina do jeito revoltado que eu conheço.

— O Logan é meu amigo. O Isaiah também. Explica por que você vai deixar a gente pra trás? Se você quebrar uma promessa com ele, quebra comigo.

— Eu mantive minha promessa — diz Noah. — Quem você acha que falou pra Shirley ligar pro seu tio quando você foi presa no ano passado? Você acha que aquela bêbada pensou nisso sozinha? Lembrei que seu tio Scott tinha dinheiro e poderia ajudar com a fiança. Quanto ao Isaiah, não posso ajudar se ele deve pra pessoas como o Eric.

Beth fica pálida.

— Você... você fez isso comigo?

Noah se abaixa para encarar os olhos dela.

— Não fica aí agindo como se eu tivesse te dedurado. Você tá melhor assim e sabe disso. Você tá feliz. Você mesma disse isso.

Ela cerra os punhos.

— Mas devia ter sido uma escolha minha.

— Beth... você nunca enxergou suas opções. — E seus olhos disparam para os meus. — Nem você.

Faço um gesto com as mãos abertas.

— Me mostra o meu tio rico, Noah, e eu topo. Espera... me enganei... de nós três, sou o único lixo aqui.

Noah enfia um dedo no meu peito, me provocando para um confronto físico.

— Você tá tão determinado a acreditar no que quer que as pessoas vejam que esquece que você é mais. Continua falando. Continua dizendo que você é um lixo e me dá a porra de um soco, mas, se fizer isso, fique sabendo que eu vou bater de volta.

Minha cabeça está tão perto da do Noah que eu sinto o calor da sua raiva, ou talvez seja da minha.

— Você quer brigar, Noah? — pergunto. — É isso que você quer?

— Não, cara. Mas quero colocar um pouco de juízo na sua cabeça.

Ao nosso redor, vários caras se levantam, pedindo calma. A maioria deles usa casacos de atleta como o do Logan. Um deles tem coragem de encostar em mim. Ryan, o cara da Beth, tem coragem de encostar no Noah.

— Abaixa o tom.

Beth soca o braço do namorado.

— Solta ele, Ryan. — Ela vira para o cara que está com o braço em mim. — Você também, Chris. É assim que os dois se comunicam.

Ryan mexe na aba do boné.

— Isso é uma briga, Beth.

Ela revira os olhos.

— É um encontro de família. Uma família toda errada, mas como a gente podia ser diferente?

Noah dá seu sorriso maluco ao ouvir as palavras e depois dá uma risadinha. Estalo a tensão em meu pescoço, e Noah flexiona os ombros para relaxar.

— Você devia ter me dito que estava com problemas.

Dou de ombros.

— Estou com problemas.

Ele dá um tapinha nas minhas costas.

— Então a gente vai dar um jeito.

Pela primeira vez em muito tempo, a pressão dentro de mim diminui.

— Obrigado, cara.

A porta da sala de emergência se abre. Usando muletas, Logan sai mancando com um cara ao lado que deve ser o pai dele. Alguns dos caras perto de nós batem palmas ou gritam o nome do Logan.

Pela primeira vez desde que acordei do acidente, sinto que consigo inalar um pulmão cheio de ar. Logan agradece aos amigos enquanto ele e as duas muletas manobram pela multidão. Não há dúvida de que ele está abrindo caminho até mim, Beth, Chris e Ryan.

Chris é o primeiro a falar.

— Você é um idiota, Junior.

Logan mostra aquele sorriso alucinado.

— Mas foi uma adrenalina e tanto. — Ele faz um sinal com a cabeça para mim. — Você está bem?

— Pontos.

— Eu também. — Ele mostra a perna direita. — Vinte e quatro pontos na coxa. Nada quebrado. — Logan perde o brilho. — Vou ficar de fora durante um tempo. — Ele está se referindo à ajuda com o dinheiro.

345

— Tudo bem — digo. — Obrigado, cara.

— Não agradeça. Você ainda tem que consertar o meu Chevy 57.

Logan vira para Ryan, e os dois se abraçam. Beth me disse que eles são amigos desde o ensino fundamental. Posso imaginar como são ligados. Beth envolve os braços ao meu redor.

— Obrigada por ser meu amigo de novo.

Eu a abraço de volta.

— Sem problemas.

— Ei, Isaiah — diz o Logan. — Não era a Rachel ali?

Rachel

Isaiah abraçou a Beth.

Beth — a garota forte, a garota bonita, a garota que manipulava o Isaiah. Ele sorriu para ela. Ele a abraçou. E os dois pareciam perfeitos juntos.

Observei a Abby e o Isaiah durante semanas, e ele nunca encostou nela, quanto mais *abraçar*. E o Isaiah não sorri com facilidade. É um presente raro, e ele deu um sorriso para *ela*. Nossa briga deve ter aberto os olhos dele. A batida deve ter revelado seus verdadeiros sentimentos.

E seus sentimentos não são por mim.

Arranco as chaves da minha bolsa. Elas escorregam por entre meus dedos e batem no asfalto. Abby, eu devia voltar para buscar a Abby, mas não posso ficar. Ela foi perturbar uma enfermeira em busca de notícias do Logan e não voltou. Isaiah pode levá-la para casa. Ou o Noah. Ou a *Beth*.

Todas as pessoas que devem ficar juntas. Não pertenço ao mundo deles. Sou fraca. Eles são fortes.

A Beth é forte.

Pego as chaves do chão, e elas fazem barulho na minha mão. Estou tremendo, e não é por causa do frio do ar **noturno**. O cara por quem eu me apaixonei nunca me amou. Nunca.

— Rachel! — Isaiah me chama.

Olho por sobre o ombro, agarrando as chaves com mais força. Minha respiração tropeça. Não consigo fazer isso. Não consigo ouvir o Isaiah dizer as palavras. Não com a lembrança do abraço dos dois tão recente. Não com ela provavelmente observando pela porta de vidro. Uma garota como a Beth ia gostar de me ver sofrer.

Meus pensamentos viram uma bagunça distorcida, e meu estômago fica vazio como se eu tivesse sido empurrada de um precipício. Sinto a leveza do enjoo como se eu estivesse caindo, meus braços se debatendo para parar.

Eu devia correr, mas estou paralisada com a visão. Mesmo se movendo devagar, Isaiah tem a destreza de uma pantera. Seus músculos ficam pronunciados no modo tranquilo como ele anda. O olhar determinado e pousado em mim como sua presa. Isso só prova como sou fraca. Como um animal prestes a ser devorado no mundo selvagem, fico parada, maravilhada com a beleza perigosa dele.

Isaiah toca em mim. Sua mão quente no meu rosto. Uma deslizada suave do polegar. Meu corpo memorizou esse movimento. Eu me apoio na sua mão e fecho os olhos. Vou sentir falta disso. Vou sentir falta de tudo nele. Uma lágrima escapa e cria um rastro molhado no meu rosto.

Isaiah sempre foi delicado, e é de novo quando seca a lágrima.

— Por que você foi embora?

Centenas de quilos de peso se acumulam no meu peito, restringindo o ar. Abro os olhos, sem coragem de encontrar seu olhar.

— Você tá bem?

— Alguns pontos e hematomas, mas, sim, estou bem.

— E o Logan? — pergunto com o máximo de força que consigo reunir. Sinto o formigamento no sangue, uma reação à falta de oxigênio. Tenho segundos antes de perder o controle. Respira.

— Pontos também. Mas está bem. Rachel, olha pra mim.

Como suas mãos no meu rosto me obrigam a encará-lo, como não sou capaz de reagir quando ele fala comigo nessa voz profunda e tranquilizante... meus olhos se erguem para encontrar os dele. Confusão e sofrimento se misturam numa tempestade sombria nos seus olhos cinza.

Eu faria qualquer coisa se essa dor fosse por mim, mas não é. Não pode ser.

Não quero ouvir suas palavras, não agora, então pergunto:

— Seu carro?

Ele abaixa a cabeça e aperta o rosto.

— Perda total.

Sofrimento para ele, sofrimento para mim, partindo meu coração. Outra lágrima escapa. O carro era dele... uma parte da sua alma. A tristeza que ele deve estar sentindo... deve haver uma palavra melhor que *luto*.

Com vontade de tocá-lo, de consolá-lo, meus dedos instintivamente acariciam sua têmpora. Isaiah pega minha mão e entrelaça nossos dedos, apertando com um pouco de força demais.

— Era por *isso* que eu não queria o sistema no seu carro.

Voltamos ao assunto com tanta facilidade. Suas palavras são um jato de areia na minha alma, dizimando minhas entranhas, esmagando meus ossos, me deixando como uma casca totalmente vazia.

— Porque o seu carro e a sua vida valem menos?

— É — responde ele com uma determinação teimosa.

As portas do hospital se abrem, e a Beth dá alguns passos até a calçada. Minha garganta se fecha, e a dor de alerta no meu estômago me diz que meu tempo acabou. Tiro minha mão da dele.

— Ela está te esperando.

Ele olha por sobre o ombro, e eu aproveito para fugir. Rápido. Contornando o labirinto de carros. Na esperança de desaparecer. As palavras voam na minha cabeça — todas relacionadas, mas também não; todas tangíveis, mas fugindo por entre meus dedos. Eric e dívida e Isaiah e amor e Beth e força e fraqueza...

E minha mãe e meus irmãos e meu pai e Colleen...

Somos todos dominós em cima de um tabuleiro em que um evento resulta no caos. Um leve toque numa peça e tudo desaba. Não há controle. Como todas as outras pessoas, sou uma peça a ser derrubada. Eu nunca vou controlar o meu destino.

Minha mão agarra o casaco, e eu o tiro enquanto o calor me consome e sufoca o meu pescoço. Na interseção de quatro carros estacionados, caio de joelhos e estremeço com a primeira ânsia de vômito. Uma dor lancinante atravessa minha garganta, e eu fico com a cabeça leve.

— Rachel! — Isaiah me levanta, tirando o cabelo do meu rosto.

— Nada de hospital. — Eles não podem saber... Eles não podem saber... Eles não podem... — Promete que eles não vão saber...

Meu estômago se contorce, e eu rolo para longe dele com o fluxo de calor correndo pelo meu corpo.

— Meu Deus! — Isaiah tropeça ao meu lado. — Tem sangue.

Isaiah

Promete que eles não vão saber...

Desejando uma conexão física, deslizo o dedo pelo dorso da mão de Rachel. Ela está dormindo. Há algum tempo. Deitada em posição fetal no meio da minha cama, Rachel usa a máscara de uma pessoa destruída. De alguma maneira, deixei passar os sinais: as olheiras, as roupas que antes cabiam perfeitamente e agora estão largas, a pele tão pálida que chega a estar translúcida.

Rachel disse que tinha ataques, que foi parar no hospital uma vez e que esconde da família que o problema continua. Nunca pensei em perguntar se ela estava escondendo isso de mim.

Ela fecha os olhos com força enquanto dorme e se encolhe quando engole. Eu queria que ela dormisse profundamente, mas ela não dorme. Inquieta, Rachel vira a cabeça. Ajeito o cobertor de novo ao seu redor, sussurrando para ela descansar.

— Isaiah — diz Abby suavemente da porta. — Tá todo mundo aqui.

Faço que sim com a cabeça, e ela desaparece atrás da porta. O fato de todo mundo estar aqui é coisa do Noah, não minha. Ele nos encontrou — eu aninhando uma Rachel destruída nos braços — e nos trouxe para casa. Precisei de todas as minhas forças para não correr com a Rachel para o pronto-socorro, mas ela me fez prometer que não ia fazer isso. Nunca pensei tanto em descumprir uma promessa quanto agora.

O mundo está virado contra mim e a Rachel. O prazo do pagamento é este fim de semana. Temos um carro a menos e não estamos nem perto da quantia. O corpo da Rachel está esgotado, seu espírito está afundando. Se a gente não pagar a dívida, um pesadelo vai se abater sobre nós dois. O Eric vai vir atrás de mim e vai machucar a Rachel. Meus dedos se fecham num punho. Vou morrer antes de deixar isso acontecer.

Um farfalhar de lençóis, depois dedos macios deslizam sobre os meus. Olho para Rachel e encontro olhos azuis vidrados. O brilho se foi, levando o tom violeta junto.

— Como você está? — pergunto, e me concentro em não exigir saber por que diabos ela escondeu isso tudo de mim. Vamos ter essa conversa, mas não agora.

— Bem — diz ela numa voz rouca e trêmula. — Sinto muito.

Balanço a cabeça, sem querer seu pedido de desculpas.

— Eu também. — Entrelaço os dedos aos dela. — Por que você fugiu de mim?

— Eu vi você abraçar a Beth — resmunga ela.

— Eu amo você. Mais ninguém.

— Eu sei. Desculpa. Minha cabeça ficou confusa. Eu estava preocupada com você, e nós tivemos uma briga, e eu não sabia se você estava vivo, e quando eu vi vocês dois juntos... — Rachel deixa as palavras sumirem. — A Beth é forte.

— Você também é — digo.

— Você não acha isso.

— Porra — solto, depois fecho os olhos para controlar meu temperamento. Inspiro fundo antes de reabri-los. — Acho sim. A maioria das garotas que eu conheço ficaria encolhida debaixo da cama depois de viver um dia com o Eric nas costas. Você ficou firme o tempo todo.

— Menos agora.

Estou balançando a cabeça de novo.

— Todo mundo tem um limite, e eu posso apostar que o seu não é o Eric. — Mas não vou nem chegar perto de uma conversa sobre a família dela. — Seu corpo pode estar precisando de um tempo, mas seu espírito ainda é forte.

— Aposto que isso não aconteceria com a Beth.

— Não, não aconteceria, porque a Beth sempre fugia. — Rachel pisca. — A Beth sempre foi uma fujona. Ela conseguia manter a pose, mas vivia se escondendo atrás do muro de proteção que ela construiu, e, se isso não funcionasse, ela corria para um cara, para as drogas, para qualquer lugar diferente de onde ela devia estar, para esquecer. Você e a Beth... Vocês são como a noite e o dia.

— Se você pensa isso mesmo, me deixa correr contra o Zach. — Sua voz fraqueja, deixando-a capaz apenas de sussurrar. — Me deixa apostar os setecentos e correr contra ele. Eu faria isso sem você, mas o Zach disse que não vai correr contra mim sem a sua permissão, porque ele não quer mexer com você.

Os músculos do meu maxilar se contraem.

— Ele disse só isso?

Ela se encolhe.

— Ele também correria contra mim se eu terminasse com você. Mas ignora isso. Isaiah, já temos encrenca demais. Se eu ganhar, tentamos duplicar os mil e quatrocentos e depois tentamos duplicar de novo. Me deixa ajudar pra tirar a gente desse buraco.

Rachel está tão pálida que eu vejo as veias sob sua pele. Ela poderia ganhar. Ela tem treinado. Momentos roubados de nós em estacionamentos abandonados. Tudo que ela não tinha era experiência e confiança. E meu anjo tem as duas coisas agora. Mesmo com o corpo a desafiando, ela é uma força da natureza.

Mas e se a corrida que o Zach está querendo não for inocente? E se a associação dele com o Eric arrastar a Rachel mais para o fundo? Sem saber como ele está jogando, não posso assumir o risco.

— Todo mundo está me esperando — digo para escapar. — Deixa eu ir falar com eles.

Ela abaixa os olhos.

— Nós não vamos dar certo se você não confiar que eu posso ser forte o bastante.

Beijo sua testa.

— Isso não tem nada a ver com confiança e força. — Mas com mantê-la em segurança. — Descansa. Você não pode fazer nada se não conseguir dormir.

Fecho a porta do quarto e congelo quando analiso a sala. Todos os olhares recaem sobre mim. Echo e Abby estão encostadas no balcão da cozinha. Noah está em pé perto do sofá. Ryan e Beth estão sentados ao lado do Logan, que está com a perna machucada apoiada na velha mesinha de centro.

— Achei que você estava fora — digo ao Logan. — E que agora estaria com seu pai.

— Meu pai trabalha no terceiro turno — Logan responde. — Ele pediu pro Ryan me levar pra casa. Estou fora de dirigir. Não significa que a minha mente parou de funcionar.

Ryan bufa.

— Isso tem que ser discutido. — Lanço um olhar questionador para ele, que conquista certo respeito quando não desvia o olhar.

— A Beth e o Logan veem alguma coisa em você — diz ele. — Mas fique sabendo que, se machucar um dos dois de novo, eu vou te dar uma surra.

É justo.

— Anotado. Boa sorte com isso.

— Agora que o campeonato de provocação terminou — diz a Abby —, como está a Rachel?

Dou de ombros. Rachel não ia querer que seus problemas fossem discutidos.

— A Abby e eu contamos tudo pra eles — diz Logan, sem arrependimento. — Em detalhes.

— Não deviam. — Uma vergonha levemente disfarçada de raiva se infiltra na minha voz.

— Não, mas eu fiz assim mesmo.

— Peguei dois mil dólares emprestados com os pais dos meus irmãos — Noah interrompe, possivelmente para impedir que a minha raiva do Logan aumente. Noah é um cara orgulhoso, e esse tipo de gesto deve ter arrasado sua alma. — Pra cobrir o aluguel do semestre. Eu esperava ganhar tempo pra nós até você conseguir um emprego pra poder se sustentar. O dinheiro é seu.

Uma percepção passa entre nós. Se eu aceitar o dinheiro, Noah se muda para o dormitório e eu volto para o lar adotivo.

— Não é o suficiente.

— É mais da metade — diz Logan. — Ainda temos aqueles setecentos.

— Tudo bem, dois mil e setecentos, mas ainda falta.

— Tenho quinhentos guardados pra comprar um carro — diz a Beth. Ela pisca para o Ryan. — Você vai ter que ser meu motorista por mais um tempo.

Antes que eu possa dizer não, Logan diz:

— Três mil e duzentos.

Noah estende os braços para o lado.

— E a gente corre pra conseguir o resto.

Entramos na terra da fantasia.

— Com o quê? Seu carro de merda não ganha nem de um Yugo.

Echo atravessa a sala e se enrosca em Noah.

— Não, mas aposto que um Vette 65 ganha.

— Não, Echo. — O Corvette era do irmão dela. É a única lembrança que ela tem dele. — O carro é antigo e vale pouco. Correr com ele pode queimar o motor.

— Pode — ela diz. — Mas o Noah vai ganhar antes disso. E podemos consertá-lo. Você já fez isso antes.

Não. Meu olhar dispara até o Noah.

— O Eric vai descobrir que vocês ajudaram. Ele vai marcar você e a Echo.

Uma sombra perigosa atravessa o rosto do Noah enquanto ele abraça a Echo com mais força.

— Posso tomar conta do que é meu. Além do mais, o Eric vai recuar depois que receber o dinheiro.

O Noah pode não ter medo do Eric, mas eu tenho. Não sei se posso permitir que ele vire o alvo. Olho para o relógio do micro-ondas.

— Preciso levar a Rachel pra casa, ela tem horário. Vou dirigir o carro dela, mas preciso de alguém pra me seguir e me trazer de volta.

— Eu faço isso — diz a Abby.

— Você não tem carro — digo.

— Contei pro Tom sobre o acidente. Ele vai deixar você usar um dos carros dele até o Mustang estar funcionando de novo. Eu pego o carro e te encontro na casa da Rachel.

— Tudo bem.

Abby sai e, um segundo depois, eu vou atrás. Ela para perto da entrada da frente, esperando eu me aproximar.

— Eu sei o que você tá pensando, Isaiah, e acho que você tá errado.

Coloco a mão sobre a maçaneta e a deixo ali.

— E o que exatamente eu estou pensando?

— A mesma coisa que eu penso quando olho no espelho todo dia de manhã: esse é o rosto de alguém que está vivendo um grande desespero.

— Algumas semanas atrás, você queria que eu roubasse. Mil dólares por carro. Eu poderia ganhar o dinheiro numa noite e estar com a Rachel nos meus braços no dia seguinte de manhã, lembra?

Abby passa a mão pelo rosto.

— Isso foi antes.

— Antes do quê?

— Antes de eu conhecer a Rachel. Antes de ela se tornar minha amiga. Antes de eu ver como ela te faz feliz. De eu ver que você pode ser como o Noah e sair dessa parte da cidade. Você conseguiu o certificado, tem um emprego te esperando depois da formatura e uma garota que te ama. Se você roubar esses carros... — Ela encara os próprios pés. — Isso vai te mudar. Depois que você entra por esse caminho, não tem volta.

Abby odeia vender drogas, mas está presa a essa situação. A família dela já fazia isso. E tem o chefe dela.

— Eu entro e saio em seguida — digo.

— É, vai tentando se convencer disso. Você vai ser dominado. Não é tão ruim quanto se o Eric fosse seu dono, mas eles sempre vão te ameaçar com o que você fez. Você nunca vai ser livre.

Não sou livre. O futuro com o qual sonhei virou pó.

— Não me importo mais com a minha liberdade. A questão é a Rachel.

A porta no andar de cima se abre. Rachel aparece no topo da escada. Tenho três mil e duzentos em dinheiro para apostar e só uma noite para correr. Se eu aceitar a oferta dos meus amigos, vou voltar para o lar adotivo, e Noah e Echo vão ter alvos pintados nas costas. Vou espalhar todo esse mal na esperança de ganhar na pista de corrida.

Rachel segura o corrimão com força. É, o patrão da Abby vai ser meu dono, mas a Rachel vai estar em segurança.

— Fecha o negócio, Abby.

Rachel

Isaiah estaciona meu carro a um quarteirão da guarita de segurança do condomínio. Faróis piscam atrás de nós quando a Abby também estaciona. Ela desliga os faróis, indicando que está nos dando um tempo.

Ficamos em silêncio — Isaiah e eu. Não que o silêncio seja incomum entre nós, mas nunca foi tão pesado. Nós dois estamos com raiva, sofrendo. Admito que estou com medo.

— A gente não vai conseguir o dinheiro, não é?

— O Eric vai receber o dinheiro dele no fim de semana — diz ele.
— O que aconteceu hoje, o ataque de pânico, tem acontecido faz tempo, né?

A acusação velada de que eu menti para ele me corta como uma faca. Apoio a cabeça no banco.

— Como a gente vai conseguir o dinheiro?

— Você vomitou sangue — diz ele, me ignorando. — Não vou falar sobre nada até a gente discutir isso.

— Isaiah...

— Você vomitou sangue — repete ele.

— Eu sei.

— Rachel... você precisa de ajuda.

Dou uma risada, e é a mesma risada amarga que lembro de ter dado a ele muitas semanas atrás.

— Você também.

— Eu te amo. — Isaiah diz isso de um jeito tão simples que meu coração decola e afunda ao mesmo tempo.

— Eu te amo — sussurro. — Você um dia achou que amar alguém pudesse doer tanto?

Isaiah balança a cabeça e olha pela janela.

— O que vai acontecer com a gente? — pergunto. Porque eu não sei como vamos poder continuar. Isaiah se recusa a me deixar entrar. É meio cruel. Ele me levou para perto com as histórias da sua infância e com as palavras de amor, mas não abre mão do controle. Eu me recuso a ficar com alguém que não me trata como igual.

Isaiah pigarreia.

— Fui reprovado na ESA.

O medo me toma.

— Você disse que tinha passado...

— Eles me acusaram de colar e me reprovaram. Quando a Pro Performance descobrir, vou perder o estágio e o emprego. Não tenho mais nada pra te oferecer.

Fico paralisada enquanto minha mente dispara para entender.

— Por que eles acharam que você colou? Quer dizer, nunca você faria isso, então por que alguém pensaria assim?

— Não importa. Acabou.

— Não acabou. Você pode refazer. Provar pra eles que sabe tudo de carros.

Suas mãos flutuam sobre o volante como se ele quisesse socá-lo, mas não soca. Em vez disso, lentamente Isaiah abaixa as mãos até a capa de couro.

— Acabou. A certificação. O emprego. A esperança de pagar o dinheiro pro Eric com corridas.

— Vou correr contra o Zach. — É o único jeito. — E não preciso da sua permissão pra fazer isso.

Isaiah soca o volante, e eu me encolho.

— Com o quê, Rachel? Com os nossos setecentos? Digamos que você ganhe, ainda vão faltar mais de três mil dólares. Nós tentamos e fracassamos. Jogar pelas regras não é mais uma opção.

— Então a gente faz outras corridas. Eu corro mais de uma vez contra o Zach. Ele disse que dinheiro não era problema...

— Porque ele está apostando o dinheiro do Eric.

Meu rosto vira de repente, como se eu tivesse levado um tapa.

— O que foi que você disse?

— O Zach está trabalhando pro Eric.

Eu me sinto desnorteada, como se estivesse numa experiência fora do corpo. Ele sabia disso e não me contou.

— Vou roubar carros pra conseguir o dinheiro e pagar o Eric. — Não tem como interpretar errado a determinação em sua voz e o maxilar travado. Ele tomou uma decisão, e *nada* que eu diga vai mudar isso. Abro a porta do carro. — Rachel — Isaiah implora.

Faço uma pausa longa o suficiente para dar oportunidade a ele de pedir desculpa por guardar esse segredo. Para dizer que eu ouvi mal sobre roubar carros.

— De qualquer maneira, a gente teria que correr sexta e sábado à noite. Você vai fugir do evento de caridade da sua mãe pra correr? Me dá um tempo pra consertar isso e depois...

— Depois o quê? — surto. Como Isaiah não diz nada, aponto para a porta dele. — Sai do meu carro.

Com um clique na maçaneta, ele sai e me encontra na frente do capô. Sem encará-lo, coloco a mão no bolso do casaco, pego seu isqueiro e o entrego de volta.

Ele franze a testa enquanto desvia o olhar.

— Não faz isso, Rachel.

— Não sou eu quem está fazendo isso. — Estendo a mão, esperando minha chave. A mão dele cobre a minha. A chave parece congelada na minha pele e o isqueiro desapareceu.

— Estou fazendo isso pra te proteger — diz ele.

— Não é não — sussurro para o chão. — Você está fazendo isso pra se proteger. Você nunca me deixou entrar de verdade, não é?

Sua mão se afasta, e eu sento atrás do volante. Isaiah recua para o lado, e eu dirijo até chegar em casa sem olhar para trás. Isaiah diz que está me protegendo. Meus irmãos e meu pai dizem a mesma coisa em relação à minha mãe. Pela primeira vez na vida, eu me pergunto se minha mãe deseja ser protegida.

O lugar deveria ser usado como sala de reuniões, mas minha mãe o transformou em seu centro de comando. O salão de baile do outro lado do corredor está decorado com milhares de minirrosas cor-de-rosa e cristais reluzentes. Com seus melhores vestidos de festa e smokings, centenas de pessoas comem canapés. Vão servir uma salada, seguida de peixe ou carne, e, durante a sobremesa de cheesecake, vou me levantar e contar a todo mundo como eu amava a Colleen. E depois todos vão dançar.

Vou pedir licença de um jeito educado, espero, e passar o restante da noite no banheiro — morrendo.

Grudada no espelho que minha mãe trouxe para que nós duas pudéssemos ajeitar o cabelo e a maquiagem, tem uma foto da Colleen. Minha mãe está certa. Todo mundo está certo. Eu me pareço com ela. Cabelo loiro comprido. Olhos azul-escuros. Até o sorriso. Só que tudo em mim parece melhor nela.

Eu odeio a Colleen. Odeio. Nunca a conheci e a desprezo.

Como ela ousou ser perfeita e linda e tudo que todo mundo jamais sonhou numa irmã e filha? Como ela ousou ficar doente e morrer e deixar a família toda em frangalhos? Como ela ousa me assombrar do túmulo, me provocando porque eu nunca vou ser boa o suficiente?

Olho para o celular em cima da mesa. Como nos primeiros dias em que conheci o Isaiah, eu o carrego comigo, esperando uma ligação ou uma mensagem. Não recebi nenhuma das duas. A Abby e eu nos falamos. Ela diz que ele está destruído, uma péssima companhia, e ele vai roubar os carros hoje à noite.

O prazo para pagar o Eric é meia-noite.

Não quero que o Isaiah se torne um criminoso. Meu coração bate mais rápido quando pego o telefone. O pior que pode acontecer é ele não responder. Já provei uma vez que posso sobreviver a isso.

:(

A porta se abre, e o som de risadas e conversas entra com a minha mãe. Ela está radiante no vestido vermelho, totalmente feliz e sorridente. Minha mãe perdeu a Colleen, mas está contente de viver com a substituta que finge o tempo todo.

— A festa está linda. Você devia ir lá, Rachel. Tem vários jovens bonitos. A Abby já chegou?

Abby. Esqueci. Ela disse à minha mãe que viria.

— Não.

— Você gostou do seu celular novo?

Encaro o aparelho em minhas mãos. Depois que deixei cair o antigo no chão, lá no alto da colina, e ele ficou na chuva enquanto Isaiah e eu estávamos no carro dele, o telefone parou de funcionar. Eu disse aos meus pais que tinha deixado cair no vaso sanitário. Meu pai comprou um telefone exagerado. Sinais demais. Apitos demais.

— É bom.

Meus dedos deslizam pela tela, e eu rezo por uma resposta. De canto de olho, espio minha mãe retocando o batom. Um desespero absurdo me invade. Isaiah vai se tornar um criminoso para me salvar, quando ele estava certo. Com medo demais de perder o amor e a aprovação da minha mãe, eu não quis escapar do evento para correr.

Minha mãe passa o dedo na parte inferior do lábio para tirar o excesso de batom. Ela é totalmente perfeita, mas nunca me enxergou. Que tipo de amor é esse? Melhor, vale a pena ter esse tipo de amor?

— Se eu precisasse de dinheiro, você me daria?

As palavras saem como se eu estivesse no piloto automático, e talvez esteja. *Preciso de cinco mil dólares, mãe. Preciso pra salvar o cara que eu amo.* Ao meu lado, minha mãe ajeita o cabelo.

— Claro. Do que você precisa?

Quando abro a boca, me preparando para falar, a porta se abre e o gerente do clube entra.

— Sra. Young, sua presença é solicitada na cozinha.

Minha mãe dá um tapinha em meu ombro.

— A gente conversa depois do jantar.

Depois do meu discurso. Depois que o Isaiah se tornar um criminoso. Minha mãe sai antes que eu consiga pedir para ela ficar. Meu celular vibra e meu dedo treme enquanto toco a tela.

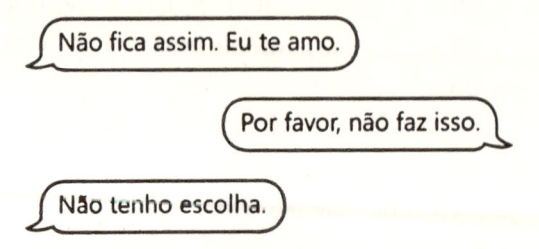

> Não fica assim. Eu te amo.

> Por favor, não faz isso.

> Não tenho escolha.

O relógio marca a passagem do tempo, e cada segundo parece um passo em direção ao corredor da morte. Do lado de fora da porta vai estar o West ou o Ethan. Nenhum dos dois vai me deixar ir embora. Tenho duas opções. Fazer o discurso e ter o ataque ou falar a verdade e decepcionar minha família.

Isaiah disse que eu precisava de ajuda. Talvez ele esteja certo. Talvez eu precise.

> Vou procurar ajuda se você também procurar. Vou contar pra minha família sobre o meu pesadelo se você me deixar ajudar. Você tem que decidir. Agora.

Desejo que meu celular toque, rezo para ele vibrar. Tempo demais se passa, e eu ouço alguém bater à porta.

— Rachel — diz Ethan, com olhos tristes. — A mamãe disse que está na hora de a gente sentar pro jantar.

E, depois do jantar, temos o discurso. Apoio o celular na mesa e levanto a saia do vestido. Ethan coloca a mão nas minhas costas quando passo por ele.

— Vai dar tudo certo, Rach. Eu juro. Respira durante o discurso, e o West e eu tiramos você de lá sem ninguém perceber. A gente vai te proteger.

Não digo nada. Estou cansada de ser protegida.

Isaiah

As pessoas acreditam que carros são roubados na calada da noite, enquanto o mundo todo dorme. Isso pode ser verdade, mas existem maneiras mais simples. Hoje mais à noite, se a coisa chegar a esse ponto, vou me tornar um clichê. Caso contrário, vou optar pelo caminho fácil.

Fico parado nas sombras do beco em frente a uma loja de bebidas, esperando o babaca que odeia o frio, mas deseja uma bebida. Alguém vai deixar o carro estacionado com o motor ligado. Como ainda é cedo, tenho tempo para esperar.

A mensagem da Rachel pesa sobre mim. *Vou procurar ajuda se você também procurar. Vou contar pra minha família sobre o meu pesadelo se você me deixar ajudar. Você tem que decidir. Agora.*

Durante quatro dias, Rachel e eu nos ignoramos e, quando ela quebra o silêncio, oferece um ultimato que rasga meu coração. Ajudá-la ou protegê-la. Rachel precisa de ajuda, senão ela vai parar no hospital. Mas eu tenho de roubar os carros para protegê-la. Ela não entende.

Rachel está errada nesse assunto. Ela disse que eu nunca a deixei entrar. Minha cabeça cai para trás e bate no tijolo frio do prédio. Contei coisas para ela que nunca contei a ninguém. Mas suas palavras se tornaram um mantra em minha mente... *Você nunca me deixou entrar.*

Inspiro, tentando apagar os pensamentos. Tenho uma tarefa para fazer, e distrações podem ser perigosas. Um Saturn para no estacionamento bem quando um entregador de pizza sai da loja. O proprietário do Saturn sai do carro, e meu coração bate com força. O motor ainda está ligado quando ele fecha a porta do carro vazio.

O entregador de pizza pergunta:

— Você conhece a Elmont?

Minha cabeça pende para trás. É a rua da minha mãe.

— Conheço — responde o motorista. — É a rua lateral à direita.

Eles conversam mais um pouco, o entregador sai e o homem entra na loja. Meus olhos vão atrás do entregador.

Proteção — minha mãe usou a mesma palavra comigo.

"Ela é a minha mãe", eu disse à Rachel.

"Você pode se encontrar com ela quando estiver preparado."

Por algum motivo, estou preparado agora.

Se é que isso é possível, a casa é menor que a da Shirley e do Dale. É geminada, o que significa que é comprida. A sala vem primeiro, o próximo cômodo costuma ser o quarto, seguido de um banheiro e uma cozinha improvisada.

Numa calçada irregular, analiso a casa com os polegares enfiados nos bolsos. Atrás de uma cortina de renda encardida, uma luz fraca brilha, e o piscar de uma tela azul indica uma televisão. A escadinha da frente, destruída, tem um pote de vidro cheio de bitucas de cigarro e um sapinho de cerâmica verde. Minha mãe gostava de sapos.

A porta de metal se agita quando eu bato. O chão estala do outro lado. Percebo uma hesitação quando imagino que ela dá uma olhada pelo olho mágico, e a porta se abre.

Os olhos da minha mãe estão arregalados, e seu rosto está corado. Ela está vestindo calça jeans e camiseta. Os mesmos brincos de argola se movem quando ela coloca o cabelo curto escuro atrás das orelhas.

— Isaiah. Entra.

Sua sala de estar tem um sofá, mesinhas laterais, uma poltrona reclinável e uma televisão. Ela saiu da cadeia há dois anos, por isso teve tempo para ajeitar tudo.

— Você pode vir aqui fora?

— Claro. — Ela sai na noite fria com os pés descalços, deixando a porta aberta. Na sala de estar, começa a rodada final de *Jeopardy*.

Minha mãe pega o maço de Marlboro Light e um isqueiro atrás do pote de vidro.

— Você se importa?

Balanço a cabeça, e minha mãe senta no degrau. Ela pega um cigarro e gira a roda do isqueiro três vezes, xinga e sacode o isqueiro antes de tentar de novo. Impaciente, pego meu isqueiro no bolso e levo a chama até o cigarro.

— Obrigada — murmura ela. Depois de uma longa tragada e de um sopro ainda mais longo, ela diz: — Não tenho dinheiro pra te dar. Vivo com um orçamento apertado, mas vou ter alguma coisa na próxima semana.

Meu Deus. O peso do que eu fiz me obriga a sentar ao lado dela.

— Não estou interessado no seu dinheiro. — Não mais.

Ela bate a cinza no chão.

— Eu te dei o nome de uma pessoa da Bíblia. Isaías, um profeta de Deus. Você sabia disso?

— Não.

— Seu avô, o meu pai, era pastor. — Ela dá uma longa tragada no cigarro, deixando um rastro de cinzas vermelhas. — Ele morreu faz três anos. — Minha mãe sacode o cigarro. — Câncer de pulmão. Minha mãe morreu uns meses depois. Provavelmente de coração partido.

— Sinto muito — digo. É estranho ouvir que eu tinha uma família.

— Eles não me quiseram.

— Eu falei pra eles não ficarem com você.

Ergo uma sobrancelha.

— Eles concordaram.

— É — diz ela. — Concordaram, mas isso acabou com eles. Eu, minha mãe e meu pai éramos orgulhosos de doer. — Ela suga o restante do cigarro e o esmaga no concreto. — Por que está aqui?

— Você tinha coisas que precisava dizer, e acho que estou pronto pra ouvir.

Ela desliza o isqueiro quebrado na mão.

— Engraçado. Eu estava tão determinada a falar, e agora... — Minha mãe tem um leve sotaque do sul. Não é normal para alguém que cresceu na Flórida.

— Você foi criada na Flórida? — pergunto.

Ela inclina a cabeça enquanto me olha e quase sorri.

— Você lembra?

Dou de ombros e minto.

— Lembro da praia.

— Fui criada ao sul daqui, numa cidade com um único sinal de trânsito. Quando eu tinha dezesseis anos, meu pai conseguiu um emprego na Flórida, e eu fugi pra ficar com o cara que eu amava.

— Meu pai? — pergunto antes de conseguir impedir.

Ela encara as unhas pintadas dos pés.

— Não. Uma boa coisa também. No fim, o canalha era casado com uma vagabunda viciada em crack.

Pegando outro cigarro, ela aponta para o meu isqueiro. Eu me recuso a lhe dar a peça na mão, mas acendo o cigarro de novo.

— Você é muito protetor com isso aí — diz ela.

— Eu tive um bom lar uma vez. — Devolvo o isqueiro ao bolso. — O cara me deu isso e uma bússola antes de mudar com a família pra Califórnia. — O mesmo cara que me chamou de dragão. A bússola era para que eu encontrasse o meu caminho. As duas tatuagens são para ele.

Ela suspira.

— Durante dez anos, eu pensei em como poderia te explicar como tudo aconteceu. Elaborei mentira atrás de mentira e, quando saí, não consegui te encarar. Então passei mais dois anos tentando pensar em outra coisa pra te contar, e, agora que você tá aqui, percebo que ainda não foi o suficiente.

— Tenta a verdade.

Ela ri.

— Não tenho certeza se sei qual é. — As cinzas voam na brisa. — Eu dormi com alguns caras, Isaiah. Sem saber com certeza quem era o seu pai, decidi te criar sozinha. Eu e você ficamos bem por um tempo. Eu tinha um emprego, mas depois o perdi.

A fumaça que sai da sua boca forma uma bola.

— Fui pra casa e pedi ajuda. Meu pai queria que eu me mostrasse arrependida na frente da congregação dele... dissesse a todo mundo que era uma pecadora. Achei que isso faria você parecer um pecado, então recusei. Arranquei você daquela casa tão rápido que fiquei com marcas de queimadura nas mãos. Eu falei que estava te protegendo. Meu pai disse que eu era teimosa. Nós voltamos pra cá. A gente precisava de comida. De dinheiro. Então... — Ela dá de ombros. — Você se lembra?

Lembro.

— Eu gostava das casas que tinham TV a cabo. — Minha mãe invadia casas durante o dia comigo. Imagens de andar por longas entradas de carros em direção ao quintal dos fundos invadem minha mente. O som de uma janela deslizando para abrir e a sensação do ar-condicionado central atingindo o meu rosto quando ela me colocava para dentro.

Meu coração martelava enquanto eu entrava na casa silenciosa para abrir a porta dos fundos para a minha mãe. Enquanto vasculhava a casa, minha mãe me deixava ver TV e comer todos os biscoitos que encontrava na cozinha. Eu achava ótimo... até ela ser pega.

Minha mãe encara o céu noturno, procurando alguma coisa.

— Muitas vezes me perguntei o que teria acontecido se eu ficasse e fizesse o que meu pai pediu, ou se tivesse deixado os dois ficarem com você ou concordasse em deixar aquele casal te adotar quando você tinha dez anos.

Minha cabeça vira de repente para encarar minha mãe.

— Eles me queriam?

— Sim. — Ela traga o cigarro de novo. — Eles queriam, mas eu não sabia como abrir mão de você. E eu tinha medo de que, se tomasse a decisão errada de novo, você terminasse numa casa ruim. Achei que o governo ia te proteger. — Minha mãe esfrega os olhos. — Achei que eu estava te protegendo.

Lembranças desbotadas surgem da minha assistente social da época me perguntando se eu queria ficar com aquela família. Eu não sabia que era para sempre.

— Eu falei pro governo que queria ficar com eles.

— Eu sei — diz ela. — Me contaram. Talvez eles pudessem ter te levado mesmo sem a minha autorização. Não sei, mas aquele cara queria a minha bênção. Como eu podia ter certeza que você estava tomando a decisão certa?

— Eu sabia o que queria. — Eu queria ficar com aquela família. Com o homem que me chamou de dragão. Um homem que acreditava que eu era mais vida que destruição. Minha mãe estragou minha chance de ser feliz porque não conseguiu abrir mão de mim. Porque ela precisava controlar tudo, mesmo estando na cadeia.

Assim como a minha necessidade de controlar tudo.

Como se um raio tivesse atravessado o céu e me atingido, levanto do degrau num pulo. Minha mãe se levanta, perturbada por causa do meu movimento súbito.

— Você tá bem?

Arranco o celular do bolso e mando uma mensagem para Rachel:

> Não faz o discurso.

Segundos se passam, talvez minutos. Nenhum retorno.

— Preciso ir.

Rachel

Nossa família toda está sentada a uma grande mesa redonda. Os garçons retiram os pratos com restos do jantar e os substituem por fatias de cheesecake lindamente decoradas. Todo mundo aplaude quando o último orador eloquente, um médico especialista em leucemia, termina seu discurso. Minha mãe me dá um sorriso enquanto sai da cadeira para me apresentar.

Inspiro e expiro, uma ação contínua. Tento não ficar obcecada com o fato de que esse é o discurso mais longo que eu já fiz em público, ou que essa é a maior multidão para a qual eu já falei, ou que as pessoas vão encarar ou vão rir quando ouvirem minha voz trêmula.

Tento não pensar no Isaiah roubando carros, nem no Eric aparecendo na minha porta amanhã de manhã, nem em quanto o Gavin está inquieto, nem em como a notícia do seu vício em jogos vai afetar a nossa mãe. Tento ignorar o calor subindo pelo meu pescoço e o modo como meu estômago se contrai. Tento não pensar em vomitar em público.

Minhas mãos se fecham no meu colo e, por baixo da mesa, Ethan as segura.

— Não faz o discurso.

Meus olhos se fixam nos dele.

— O quê?

— É errado. Você não pode fazer isso com você mesma, e eu não posso permitir.

— A gente está fazendo isso pela mamãe — sussurro, enquanto minha mãe começa a me apresentar, explicando quem era a Colleen, porque, vamos falar a verdade, minha vida toda é definida pela filha mais velha dela.

— E quem está cuidando de você? — pergunta ele.

— ... minha filha mais nova, Rachel Young.

As pessoas aplaudem ao ouvir o meu nome. Eu me levanto, e Ethan ainda está apertando a minha mão. Encaramos um ao outro enquanto ele também se levanta. Ele envolve os braços em mim, e eu deixo.

— Esqueci que eu devia ser seu melhor amigo — diz ele.

Eu o abraço com força.

— Eu também.

O aplauso continua, e deixo meu irmão gêmeo para subir ao palco. Quando é esta época do ano, normalmente minha mãe está tão mal que quase não consegue sair da cama, mas este ano é diferente. Seus olhos brilham quando ela beija o meu rosto, e o orgulho e o amor que irradiam dela criam uma cobertura de culpa na minha pele. A quem pertencem esse orgulho e esse amor? Não podem ser a mim.

No palco, o discurso que minha mãe preparou está na minha frente — digitado em espaço duplo. Tiro o cabelo do rosto e ignoro a mão trêmula enquanto abaixo o microfone. O silêncio se espalha pelo ambiente. De vez em quando, uma tosse ou o tilintar de um garfo na porcelana.

Eu me concentro nas palavras que estão no papel, não nos olhos que estão em mim.

— Colleen mal era uma adolescente quando descobriu que tinha leucemia...

Meu estômago dói, e eu remexo os pés. Tomo um gole de água, e um homem pigarreia. A multidão fica mais desconfortável. Eu me concentro de novo no discurso e congelo com as palavras a seguir... *minha irmã*.

Em algum lugar bem fundo em mim, um vazio terrível se dobra como um buraco negro.

Minha irmã. Vasculho a multidão... procurando o Ethan. Tenho um irmão — gêmeo — e irmãos mais velhos, mas nunca tive uma irmã.

As pessoas começam a sussurrar, e Ethan se levanta. Ele acha que estou à beira de um ataque. West se junta a ele. Inspiro fundo e, pela primeira vez na vida em frente a uma multidão, consigo respirar.

— Eu não conheci a Colleen.

Cubro o discurso com as mãos e me concentro nos meus dois botes salva-vidas: Ethan e West.

— Tenho irmãos. Muitos.

E as pessoas riem, e isso quase me faz sorrir.

— Mas não sei o que é ter uma irmã. Durante semanas, tenho falado sobre como a Colleen era ótima e sobre sua beleza e força, e o tempo todo que eu falo só consigo pensar em como eu meio que a odeio, porque nunca vou ser tão maravilhosa.

Engulo em seco enquanto minha garganta se fecha.

— Se ela não tivesse morrido, talvez pudesse ter me ensinado todas essas coisas que eu não tenho e ela tinha, como graça e compaixão e como ser extrovertida. Talvez, se ela não tivesse morrido, meus pais e meus irmãos mais velhos não tivessem que passar tanto tempo vivendo no passado. Eu costumava pensar que odiava a Colleen, mas não odeio. Eu odeio o câncer.

Paro quando meus lábios tremem. Eu odeio o câncer. Muito.

— Odeio como ele pegou uma pessoa maravilhosa e a destruiu. Odeio como o câncer afastou uma família. Odeio... odeio... o fato de que eu não teria nascido se ela não tivesse morrido. O câncer não foi justo com a Colleen. Não foi justo com a minha mãe e com o meu pai. Não foi justo com o Gavin e o Jack.

Uma lágrima escapa pelo canto do meu olho enquanto encaro meus pais.

— E certamente não foi justo com o West, o Ethan e eu.

Minha mãe coloca a mão sobre a boca, e uma dor enjoativa estrangula meu estômago quando percebo que falei todos os pensamentos que já tive desde que consigo me lembrar. Meu corpo treme, e eu passo a mão no cabelo. O que foi que eu fiz?

Um milhão de olhos me encaram. A porta dos fundos se abre, e eu quase choro de alívio: Isaiah.

Isaiah

O salão inteiro vira e me encara. Não há dúvida do que eles veem: calça jeans rasgada, camiseta preta, tatuagens e brincos. Não me importo com o que *eles* veem. Só me importo com o que *ela* vê: uma pessoa que não é bem-vinda ou o cara que ela ama.

Uma lágrima escorre pelo rosto da Rachel, e a mão envolvida na cintura me diz que ela está paralisada. Usando um vestido longo dourado que é mais saia que vestido, Rachel é verdadeiramente o anjo que eu acredito que é. Um homem de smoking se levanta.

— Filho, acho que você está no salão errado.

— Não estou, não. — Caminho por entre as mesas, mantendo os olhos grudados nos de Rachel. Quanto mais me aproximo, mais ela se empertiga. A mão sai da barriga, e a lágrima cai do rosto. Rachel me olha como se eu fosse um sonho. Estendo a mão com a palma para cima. — Eu preciso de ajuda.

Seus olhos azuis perdem a tristeza, e o tom de violeta que eu tanto amo retorna.

— Eu também.

Meus dedos apertam os dela, e eu aponto para o estacionamento.

— Seu carro está aqui?

Ela faz que sim com a cabeça.

— Ótimo — digo. — Porque o Zach só vai correr contra você no seu Mustang.

O sorriso que ela me deu na noite em que nos conhecemos ilumina seu rosto.

— Vamos lá.

Rachel

Com minha mão na dele, Isaiah assume uma velocidade ofuscante, e eu o sigo. As pessoas se levantam, sem saber o que fazer. Conversas confusas e aceleradas surgem ao nosso redor. Eu devia estar apavorada com a maneira como as pessoas me encaram, mas, em vez disso, sou atingida por um fluxo de adrenalina e me sinto... viva.

No corredor, estou desesperada para manter o ritmo, na esperança de deixar minha família para trás. Chuto os sapatos para fora dos pés, e Isaiah me dá um sorriso maluco.

— O asfalto está frio.

— Não posso dirigir de salto. Além disso, você pode me carregar.

Adoro como ele ri.

— Vou precisar de roupas — digo.

— O Zach vai pagar o dobro pra você correr contra ele usando isso aí.

— Estou falando sério.

— Podemos ligar pra Abby e pra Echo quando estivermos no carro. Elas vão achar alguma coisa.

— Rachel! — Meu pai grita da outra ponta do corredor, e eu congelo. O sangue escoa do meu corpo.

Isaiah me olha, com os olhos nublados de preocupação.

— Que foi? — ele diz.

— Preciso da chave.

Ele tira uma chave do bolso.

— Fiz uma cópia. Pro caso de você perder a sua.

— Rachel! — Meu pai diminui a velocidade e nos olha com cuidado enquanto Isaiah fica na minha frente.

— Meu pai não vai me machucar — sussurro para ele.

— Não é ele — murmura ele. — É com seus irmãos babacas que eu tenho um problema.

Pego a mão do Isaiah e fico a seu lado. Ele me dá um alerta silencioso.

— Pai — digo, com um misto de medo e coragem. — Esse é o Isaiah.

Isaiah faz um sinal com a cabeça. Meu pai olha para ele boquiaberto. No geral, a apresentação poderia ter sido pior. Um por um, meus irmãos se juntam ao meu pai. Cada um deles tem um nível diferente de raiva.

— O que está acontecendo? — pergunta meu pai.

Viro de costas para minha família.

— Vai pro carro — sussurro para ele.

Isaiah olha com raiva para meus irmãos.

— Não vou te deixar aqui.

— Eu vou com você. Mas faz o que eu estou pedindo.

Como se doesse fisicamente, Isaiah sai pela porta. Inspiro fundo, na esperança de ter tomado a decisão certa enquanto confronto minha família. Com os olhos arregalados e uma das mãos no vestido, passo a passo minha mãe se junta a meu pai.

— Quem era aquele, Rachel?

— Meu namorado — respondo. — O nome dele é Isaiah.

A pele do meu pai adquire um tom estranho de roxo enquanto ele solta a gravata.

— O que você fez hoje... com aquele garoto... e aquele discurso...

Eu interrompo.

— Eu só fiz o que você e a mamãe pediram. Vocês queriam que eu falasse sobre a Colleen, e eu falei.

Sua raiva aumenta, assim como o tom de voz.

— Aquilo foi uma vergonha!

— Foi a verdade! — grito.

Meu pai pisca, e minha mãe inclina a cabeça. Ela olha para mim como se olhasse para alguém que nunca viu. Talvez seja isso mesmo, porque a pessoa na frente deles *sou eu*: a Rachel que eu escondi durante anos. Agarro as mãos da minha mãe, apertando, implorando para ela ver.

— Olha pra mim.

— Estou olhando — diz ela baixinho.

— Olha pra mim! — grito. — Não sou a Colleen. Não sou nem uma cópia ruim dela. Sou a Rachel. Eu odeio púrpura e odeio shoppings e odeio fazer compras e odeio ser uma decepção.

— Mas você disse que aprendeu a gostar... — E ela fecha a boca.

— Porque eu queria que você acreditasse. — Afasto minhas mãos e aponto para os meus irmãos. — Pelo menos olha pra eles. Dois deles não querem nada além de sentir o seu amor, e os outros dois passam a vida tentando ser perfeitos. Enquanto isso, todos nós estamos ferrados.

— Rachel. — O tom do meu pai muda para um misto de tristeza e cansaço. — Agora não.

— Por que agora não? — Minha saia roda quando eu o encaro. — Já pensou que foi você quem criou tudo isso? Se você tivesse dado à minha mãe um pouco de respeito e a tratado como igual, em vez de tratá-la como uma criança, será que ela teria encontrado um jeito de superar a dor?

Os olhos da minha mãe disparam entre mim e meu pai.

— Do que ela está falando?

Olho com raiva para o Gavin, esperando ele confessar. Em vez disso, meu irmão abaixa a cabeça e apoia as costas na parede. Indignada, encaro minha mãe.

— Eles fazem comigo a mesma coisa que fazem com você: me protegem. Mas eu não preciso da proteção deles. Sou forte e tenho a sensação de que você também é.

— Ela ainda tem ataques de pânico — diz o West. — Sei que você pensa que é forte sozinha, Rach, mas você precisa de nós.

Meu coração dói enquanto o West e eu nos encaramos. Rugas de preocupação marcam sua testa, e a dor que eu vejo — será possível que toda a preocupação, a perturbação, a superproteção... Será possível que ele só precisa que eu tenha necessidade dele?

O rosto da minha mãe fica vazio e pálido, como se ela fosse desmaiar.

— Por que você mentiu que tinha superado os ataques?

— Porque — digo com raiva demais, então me obrigo a ficar calma. — Porque o meu eu verdadeiro te deixava triste e, quando eu mudei, você ficou feliz. Você queria que eu gostasse de fazer compras, então eu fazia isso. Você não queria que eu gostasse de carros, então eu escondi isso. Meus ataques de pânico te faziam chorar, por isso eu menti.

O som barulhento do meu Mustang ecoa atrás de mim. Lentamente, eu me afasto deles e vou em direção à porta.

— Cansei de fazer essa família feliz.

West e Jack começam a vir na minha direção, e eu percebo que não vou conseguir.

— Rach! — grita Ethan, afastando os dois. Eles dão espaço enquanto Ethan agarra meu braço. Eu viro de repente, mas meu irmão balança a cabeça sutilmente. Então coloca minha bolsa pequena na minha mão e abre a porta com tudo. — Você me deve uma.

Isaiah

Na pista de corrida, estaciono o Mustang da Rachel perto do Corvette 65 da Echo e sorrio quando a ouço inspirar com nitidez.

— É lindo. — Esquecendo ou não se importando de estar descalça, Rachel salta do carro com seu vestido de festa e vai em direção ao Vette. — Os para-lamas são originais?

Um ao lado do outro, Echo e Noah riem. Echo responde:

— Não sei.

Totalmente arrasada porque a dona de um clássico como esse não sabe a resposta, Rachel vira para mim. Eu a pego nos braços, odiando o fato de ela estar descalça no cascalho, e ela dá um gritinho.

— O carro era do irmão da Echo.

— Ah — diz ela, lembrando que eu tinha explicado que ele morreu.

— Vou repensar esse negócio de nós quatro sairmos juntos — diz Noah. — Um maluco por carros já é suficiente.

— Difícil — digo a ele. Passo o rosto no topo da cabeça da Rachel, inalando seu aroma doce do mar. Parte de mim está mais eufórica do que eu já estive na vida. Ela me escolheu, e eu a escolhi. Nada vai nos deter. — Echo, você trouxe roupas?

— Sim. — Ela mostra uma calça jeans e uma camiseta. — São minhas, então vão ficar meio compridas.

— E eu trouxe sapatos. — Abby aparece magicamente ao lado da Echo segurando o par que usa com mais frequência. Eu coloco a Rachel no chão e, com um beijinho rápido nos meus lábios, ela se afasta para trocar de roupa.

— Trouxe o dinheiro? — pergunto ao Noah.

Ele me dá um envelope pesado. Esse é o valor que me libertaria do sistema.

— Você realmente ficou do meu lado — digo a ele.

Noah se mexe e seu cabelo esconde os olhos.

— Eu faria qualquer coisa por você e pela Beth.

— Desculpa, cara. Tenho sido um babaca.

— É, tem mesmo. — Ele sorri, e eu também.

— Temos duas horas até a pista fechar. — Pego o restante das notas e coloco no envelope. Conto o dinheiro e percebo que tem mais do que devia, mesmo com o que a Beth colocou. — Achei que você tinha falado em dois mil emprestados.

— Isso — diz Noah. — A Abby disse que escolheu um lado. A gente precisa ganhar novecentos.

As garotas saem do banheiro. Rachel arrasta o vestido.

— A gente podia usar isso como paraquedas.

Encaro a Abby quando ela passa, e meu olhar sem fim a faz se contorcer.

— Qual é o seu problema? — pergunta ela.

— Obrigado — digo.

— Irritar o Eric é divertido. Além do mais, o dinheiro era seu.

Não, ela fez isso porque somos amigos.

— Consegui umas corridas pra gente. — Noah se inclina na porta do Corvette. — Já que você gastou seu tempo conquistando a garota.

No alto-falante, o locutor chama o próximo grupo de corrida. Olho para o Noah e aceno com o queixo.

— Monta aí.

Rachel

Motores de carros de corrida gritam na noite. Da fileira mais alta da arquibancada, Eric olha para mim, esperando. Nosso prazo é à meia-noite. Faltam vinte minutos e quinhentos dólares.

Em pé perto da arquibancada, observo de longe enquanto Echo e Abby esperam Noah e Isaiah levarem o Corvette dela para a lateral. O motor queimou na linha de partida, custando ao Noah a corrida e à Echo o carro.

Mordo o lábio inferior enquanto olho de novo para a Echo. Era o carro do irmão dela. A única coisa que sobrou do seu melhor amigo, que morreu no Afeganistão. Penso em Gavin, Jack, Ethan e West. No momento, estou com raiva deles, e eles estão com raiva de mim, mas eu me acabaria se eles morressem.

E eu custei à Echo o carro dele.

Pedras soltas rolam no asfalto, e Zach aparece ao meu lado.

— Ouvi dizer que você finalmente aceitou correr contra mim.

Faço que sim com a cabeça. Isaiah não precisou dizer que estamos desesperados.

— O que acontece se eu perder?

Os olhos de Zach disparam para trás de mim, e eu não preciso seguir seu olhar para saber que ele está olhando para o Eric. Enfiando as mãos nos bolsos, Zach se aproxima de mim e sussurra:

— Não aceita essa corrida.

Irônico como quando o Isaiah tentou me alertar para não correr naquela noite em que nos conhecemos, mas não me arrependo de nenhuma decisão. Como fiquei lá, acabei me apaixonando por ele.

— Não tenho escolha. Agora me diz o que acontece se eu perder.

— Você tem escolha, sim — insiste ele. — Eu também achei que tinha, mas não sei. Eu tenho que ganhar e vou ganhar. Já vi você correr. Você não tem espírito pra vencer.

— Se eu perder, Zach.

— Ele vai ser seu dono. Ele vai ser dono do Isaiah. Os detalhes não importam agora.

Inspiro e solto o ar devagar.

— Te vejo na linha de partida.

Noah e Isaiah empurram o Corvette para uma vaga e, quando abrem o capô, os dois xingam ao ver a fumaça escapar. Vou para o lado da Echo e da Abby. O dedo da Echo batuca no braço de um jeito ansioso.

— Sinto muito — digo a ela. Ver uma coisa que significa tanto para ela ficar destruída é de partir o coração. Saber que o Isaiah e eu somos responsáveis é de arrasar.

— Eu também — diz ela. — O Noah perdeu duzentos dólares porque o Vette quebrou na partida.

— Echo... — Como posso dizer isso sem ela me bater, porque ela obviamente não sabe? — Consertar o motor de um Corvette 65 vai custar bem mais do que duzentos dólares.

Echo afasta o olhar do carro.

— Temos o resto da vida pra consertar o carro. Temos vinte minutos pra conseguir quinhentos dólares. Você e o Isaiah são mais importantes do que qualquer carro.

Abby me dá uma cotovelada.

— Chocante, né?

— O que eu não entendo é como esse cara sabe que a gente tá aqui. — Echo olha para o Eric, que parece feliz demais com os acontecimentos.

— Porque ele é o diabo — diz Abby.

Com os ombros encurvados, como se estivesse se preparando para dar a notícia da morte de alguém, Isaiah se aproxima devagar.

— Desculpa, Echo. Juro que vou consertar.

— Tudo bem, Isaiah. Eu sabia onde estava me metendo.

Seus olhos de nuvens de tempestade viram para mim.

— Ainda falta. — Isaiah me puxa para si. — Isso me dá um medo absurdo, meu anjo.

Dou um beijo rápido no seu rosto e um mais demorado nos lábios.

— Não vou perder.

Pelo menos eu rezo para não perder. A confiança que exalo por fora não existe por dentro. Isaiah lutou muito para proibir essa corrida, mas, no fim, não conseguiu impedir. Cabe a mim salvar nós dois.

A perda de controle, o fato de que ele não pode me proteger neste momento, provoca uma guerra no seu rosto.

— Se você perder a corrida, não para o carro. Continua dirigindo. E vai direto pra polícia. Conta tudo pra eles. Consegue alguém pra te proteger.

— Não vou te deixar.

Suas mãos deslizam pelo meu cabelo.

— Por favor, Rachel. Estou me esforçando.

— A Echo leva a Rachel embora — diz Noah. — Rachel, eu fico do lado dele.

Quando vou protestar, o rosnado do motor do Zach interrompe. Isaiah coloca um braço na minha cintura, me puxando mais para perto. Zach grita acima do barulho do motor:

— Qual é a aposta?

— Quinhentos — responde Isaiah. — A Abby fica com o dinheiro.

— E acho que eu vou ficar de olho na Abby. — Com seu jeito meio empertigado, Eric se aproxima com alguns caras que eu vi na noite em que corri para ele.

— As dançarinas de pole dance ficam no fim da rua — diz Abby numa voz entediada. — E, se eu deixasse você olhar, ia custar mais caro.

Sem esperar a resposta dele, Abby vai até o Zach e mostra nossos quinhentos. Ele aponta para o Eric, que apresenta um bolo de dinheiro preso entre os dedos.

— Eu fico com isso — diz ela.

— Você não é neutra — retruca Eric.

— E você é um babaca. O local é público, Eric, e pensa em quem é dono do território onde você tá agora. Acredito que, no momento, estou acima de você.

Eric estica o cotovelo e dá o dinheiro para ela, que o pega e confere a quantia. Quando ela faz um sinal com a cabeça para o Isaiah, ele pressiona os lábios contra os meus. É um beijo rápido, porém intenso. Mãos quentes no meu rosto, nas minhas costas. Seus lábios se movem rapidamente, com tanto desejo que, quando tento respirar, ele se afasta.

— Eu te amo.

Isaiah abre a porta do meu Mustang, encontra seu capacete lá dentro, ajeita meu cabelo atrás da orelha e prende o capacete na minha cabeça. Atrás de mim, Noah coloca o colete antichamas nos meus braços.

Isaiah fala tão rápido que mal consigo acompanhar.

— Se o carro fizer algum barulho esquisito, alguma coisa estranha, você freia, entendeu? Não tenta ganhar a corrida. Não pisa no acelerador até o fim. É nesse ponto que as batidas acontecem. Ouça seus instintos. Qualquer coisa estranha, pisa no freio.

Já vi o Isaiah colocar o colete e o capacete dezenas de vezes, e em todas elas meu coração doía ao pensar no que poderia acontecer se o carro batesse. Meus olhos se arregalam quando vejo o suor na sua testa.

— O extintor de incêndio fica embaixo do banco do carona. Se o carro bater, você salta. Se não conseguir, pega o extintor, e eu prometo que vou estar lá.

— Não tem sistema de nitro no carro — lembro a ele.

Seus dedos param no zíper.

— Mesmo sem ele, é perigoso. — Uma pausa. — Não tem problema desistir. Juro por Deus que eu te protejo.

— Eu vou fazer isso.

— Fala pra ela do torque — diz Noah enquanto Isaiah fecha o meu colete.

— Eu sei o que é torque — sussurro.

— Não é isso, meu anjo. — Isaiah ajeita as alças do colete e verifica o capacete. — Você brincou com o carro em estacionamentos, aprendendo a reagir ao sinal, mas eu coloquei torque e potência suficientes no seu pônei pra ele te dar um coice. Nada como aqueles playboys com motores de um milhão de dólares, mas ele vai levantar. Isso é bom. Depois vai cair de novo. Não luta contra o carro, Rachel. Deixa ele correr.

Anestesiada, sento no banco do motorista e alcanço o cinto de segurança até Isaiah se abaixar. Suas mãos ajeitam rapidamente o cinto de cinco pontos que ele instalou para correr.

— Você consegue ver?

Uma das mãos agarra o volante, a outra agarra o câmbio. O cinto me prende com firmeza ao banco.

— Ãhã. — E aí eu começo a pensar. — Não sei se vou conseguir ver as linhas.

Isaiah aperta a minha mão.

— Eu te ajudo.

Ele fecha a porta, e eu dou partida no meu pônei. Giro o motor algumas vezes porque preciso da calma associada ao canto do carro. Respiro fundo, coloco em primeira e sigo Isaiah até a linha de partida.

Minha vida toda, tentei ser uma menininha, com laços e unhas pintadas, mas, ao sentir meu bebê ronronando embaixo de mim, sabendo que estou prestes a forçá-lo, eu me sinto muito viva.

Dobrando os dedos como sinal para continuar ou usando a palma da mão como sinal de parar, Isaiah me orienta em torno da água para evitar um burnout e devagar me leva até a área de posicionamento. Atinjo a primeira luz e Isaiah levanta a mão para eu parar. Meu coração lateja no peito. Vou participar de uma corrida de arrancada.

O cheiro de borracha fica no ar quando Zach termina seu burnout. O rugido do motor aumenta quando o carro dele se aproxima do meu. Isaiah faz um sinal para mim com a cabeça enquanto se afasta. Chegou a hora. Esta sou eu por conta própria. Zach rasteja para frente, atingindo a segunda luz de posicionamento. Depois que eu atingir a segunda linha, vou ter segundos antes de a corrida começar.

Inspiro fundo e piso no acelerador. Meu segundo sinal se acende. Numa sucessão rápida, as luzes amarelas fazem a contagem regressiva... três... dois... um...

Meu pé solta a embreagem enquanto o outro afunda no acelerador, uma coordenação perfeita de mudança de marcha e movimento. O motor ruge enquanto meu corpo faz força contra o banco. A adrenalina dispara pelas minhas veias quando os pneus da frente se levantam e caem de novo na pista. As mesmas forças gravitacionais que me puxaram para trás me empurram para frente.

Eu e o carro nos tornamos um; eu mudo de marcha conforme seus barulhos, deixando-o disparar, deixando-o correr. E, em segundos, ultrapasso a linha de chegada, rindo, voando como um pássaro.

Acabei de vencer.

Isaiah

Rachel mal estaciona o Mustang quando abro a porta e solto o cinto de segurança. Ela arranca o capacete e sacode o cabelo loiro numa bagunça que só me dá mais vontade de tocá-la. Eu a tiro do carro.

Ela ri enquanto envolve os braços em meu pescoço. Meus braços são faixas de aço em sua cintura enquanto a ergo do chão. Desse ângulo, ela é mais alta que eu, e preciso inclinar a cabeça para encontrar seus lábios.

Rachel provoca arrepios quentes em minhas costas quando suas mãos acariciam meu pescoço e meu rosto. Seus lábios se movem com suavidade pelos meus. Ela está me levando a criar imagens da gente sozinho e me obrigando a esquecer que temos uma plateia. Até o Noah tossir.

Seus olhos têm um brilho contagiante.

— Quero fazer isso de novo.

— Você vai criar o hábito de me apavorar, não é?

Seus lábios sussurram nos meus quando ela fala.

— E você não vai fazer nada pra me impedir.

— Não. — Por mais que isso me mate. — Não vou. — Relutante, coloco Rachel no chão. Abby me dá os mil dólares, e eu coloco o dinheiro no envelope.

— Se importa de dar uma volta comigo, Noah? — pergunto.

— Vamos acabar com isso — diz ele.

Eric está apoiado na cerca do outro lado do estacionamento. Seus caras estão a poucos metros de distância e com os olhos em nós.

Echo coloca a mão no braço da Rachel.

— Você precisa mesmo deixar o carro aqui?

Os olhos violeta da Rachel continuam grudados em mim.

— Não. Mas tudo bem.

— Rachel. — Echo cutuca com delicadeza. — Vamos tirar seu carro daqui.

— Tudo bem, meu anjo. Ganhamos essa.

Relutante, Rachel volta para o banco do motorista, e Echo senta ao lado. Rachel sai dirigindo, e Abby vai atrás delas a pé.

— Cuida dela — grito.

— Eu cuido — diz Abby sem olhar para trás.

O envelope parece pesado na minha mão. Pouco tempo atrás, fui procurar o Eric para ficar longe dos lares adotivos. Agora vou dar cinco mil dólares para ele e ainda assim vou perder a minha casa.

— Acha que ele vai manter a palavra? — murmuro para o Noah.

— Não — responde ele. — Ele não gosta de perder.

Não mesmo.

— Falei pra Abby tirar a Rachel e a Echo daqui no instante em que o primeiro soco for dado.

— Obrigado — diz ele. — Isso tá matando a Echo, mas ela sabe o que fazer e vai ajudar a Abby a tirar a Rachel daqui.

— Você não precisa fazer isso.

Noah me dá o mesmo sorriso maluco do dia em que se mudou para a casa da Shirley e do Dale.

— Ah, cara, preciso sim. É isso que irmãos fazem uns pelos outros.

Irmão. Anos sem uma mãe. Anos sem um pai. Sabendo que eu não tinha nenhum outro parente de sangue no mundo. Mas, em dois anos, a amizade ficou mais forte que a família.

Estendo a mão para Noah e, quando ele a aperta com força, eu o puxo para um abraço rápido. Damos tapinhas nas costas um do outro.

— Somos família — sussurra ele.

— Família — repito.

Eu o solto e vamos em direção à cerca. Eric vê nossa aproximação. Ele não diz nada, então eu entrego o envelope.

— Conta, se quiser.

O babaca magrelo nem se incomoda em abrir o envelope e apenas o coloca no bolso interno do casaco.

— Se você diz que tem, é porque tem.

Dois carros rugem pela pista de corrida, silenciando a conversa entre nós. Quando o barulho some, Eric continua:

— Não entendo por que você quer correr aqui. Não dá pra ganhar dinheiro.

— Você não precisava envolver o Zach — digo.

— Eu gosto de ter apólices, e o Zach foi uma que não compensou... pelo menos hoje à noite. Como qualquer apólice, os juros aumentam com o tempo.

Analiso a área e vejo que o carro do Zach não está lá. Ele me causou problemas nas últimas semanas, mas já foi meu amigo. Ninguém devia ficar nas mãos do Eric, e o que eu odeio é não poder fazer nada a respeito. Zach fez sua escolha, e eu fiz a minha. É assim que surgem as encruzilhadas nas estradas.

— Volta pras ruas, Isaiah. — Eric se afasta da cerca. — Sua casa é lá.

Se o Eric continuar vivendo assim, alguém vai roubar dele de novo e um dia vão tirar sua vida nesse processo. Erros que me recuso a cometer.

— Não, Eric. Eu parei.

— Nunca diga nunca, cara — Ele me dá aquele sorriso malandro. — Você vai me procurar quando estiver sem dinheiro de novo. É aí que a gente vai acabar com essa palhaçada e você vai trabalhar pra mim. Você não é o primeiro garoto a sair do sistema de adoção pela idade.

Meu queixo se ergue quando ele expressa meus medos.

— O que te faz pensar que eu vou me rastejar até você?

— Porque estou deixando você e sua garota irem pra casa ilesos. Você vai lembrar que eu te fiz esse favor e vai perceber que não sou seu inimigo. Agora, se me dá licença, preciso cuidar de outro negócio.

Noah soca meu ombro de leve e nós então nos afastamos, ainda olhando de vez em quando para trás. Mas não precisamos. Eric seguiu em frente, e nós também.

— Isso não vai acontecer — diz Noah. — Você vai se dar bem depois que sair do sistema pela idade.

— Eu sei. — Não sei, mas afasto a dúvida. Só consigo lidar com uma batalha de cada vez.

Risos que representam nosso futuro nos guiam até um poste de luz. Para Noah, o futuro inclui uma ruiva, e o meu inclui uma loira.

Quando Rachel me vê, corre direto para os meus braços.

— Estamos livres?

— Livres.

— A gente devia comemorar.

— Eu conheço um lugar — digo bem devagar. — Numa colina.

Ela fica vermelha.

— Acho que já ouvi falar.

— É? — pergunto, inocente demais.

— É. Um cara muito gostoso me falou. Você ia gostar dele. Ele tem tatuagens e usa brincos.

Entrelaço minha mão à dela, mas o sorriso em meu rosto desaparece ao ouvir uma voz.

Rachel

— Rachel.

Minha cabeça vira de repente na direção da voz do meu pai.

— O que você está fazendo aqui?

Sem a gravata-borboleta e com alguns botões da camisa amassada abertos, meu pai parece esgotado. As olheiras indicam exaustão.

— Vamos pra casa.

Não tem como... nenhum...

— Como você me encontrou?

— Seu celular novo. Tem um rastreador por GPS. — Meus pensamentos me assombram: *Sinais demais, apitos demais.*

Isaiah aperta minha mão. Ele sutilmente coloca um ombro na minha frente, e eu percebo que ele está sentindo o perigo. Meus olhos procuram o que está alertando o Isaiah, e minha boca fica seca. Um policial se aproxima do meu pai.

— O que você está fazendo, pai?

Ele coloca as mãos nos quadris.

— Quero que você vá pra casa.

O policial fala com sua unidade de apoio e aponta para Isaiah.

— Senhor, por favor, se afaste da jovem.

Eu me seguro com força ao Isaiah.

— Por que você trouxe a polícia?

Os lábios do meu pai se contraem.

— Ele te sequestrou.

Sequestrou?

— Eu *fui embora* com ele.

— Fugir é tão ruim quanto. Você criou um caos e deixou sua mãe e eu pensando se ainda íamos voltar a te ver! Como você pôde fazer isso com ela? — Meu pai vira a cabeça para o policial. — Ela tem dezessete anos. Ou ele levou a minha filha ou essa é uma situação de fuga. Tenho um salão inteiro de pessoas que podem testemunhar.

— A gente não ia fugir! — Meu pai está distorcendo tudo, e, não importa o que eu diga, ninguém vai acreditar em nós.

— Prende o cara — diz meu pai. — Vamos, Rachel. Precisamos voltar pra casa antes que a sua mãe afunde demais porque acha que vai perder outra filha.

O que eu temia que acontecesse em relação a meus irmãos está acontecendo agora com o meu pai. Ele está me separando do Isaiah.

— Por favor. A gente não fez nada de errado.

Mentira. A gente fez muita coisa errada, mas, pela primeira vez em semanas, temos a chance de fazer alguma coisa certa.

— Senhor — diz o policial com mais força. Sua mão vai até o cinto, e meu coração pula no peito. — Afaste-se da menina.

— Não — diz Isaiah numa voz tão fria que eu estremeço.

— Ela é menor de idade — meu pai lembra a Isaiah. — E não tem nada que estar aqui, nem com você.

Noah se aproxima pelo lado, com as mãos no ar, para mostrar que é pacífico.

— Senhor, o Isaiah só tem dezessete anos. Oficial, se o senhor vai prender o Isaiah, eu gostaria de saber qual é a acusação.

O oficial olha para meu pai.

— Isso é verdade?

A agitação escapa pelo tom do meu pai, e seu maxilar dá um pulo.

— Não sei quantos anos ele tem. Ele entrou numa festa e levou a minha filha.

— Eu saí com ele — sibilo. — Ele não me sequestrou, e a gente não ia fugir. Eu ia voltar pra casa.

— Vamos ver sua identidade — diz o oficial. — Depois a gente resolve esse assunto, mas você devia ir para casa com seu pai.

— Isaiah — Noah intervém com uma voz excessivamente calma. — Mostra a identidade pro cara. Agora.

— Primeiro, afaste-se da menina. — A mão do oficial se mexe no cinto. — E pegue a identidade devagar. Todo mundo pode ir pra casa se fizermos tudo direito.

Ainda me segurando, Isaiah pega a carteira devagar e a joga na direção do policial.

— E não. Eu não tenho ficha.

Pelo modo como meu pai e o policial o encaram, eu sei o que eles veem: tatuagens e brincos e todos os piores pesadelos. Mas Isaiah não é nada disso. Ele é gentil e delicado e forte... Meu corpo começa a tremer, e não é um ataque de pânico. É o meu coração — partindo e se rasgando em pedaços.

— Isaiah.

Seus olhos prateados viraram gelo.

— Vai ficar tudo bem, Rachel. Não vai? — Ele faz um sinal com a cabeça para meu pai.

Meu pai simplesmente o olha com desprezo. Se eu tivesse apresentado os dois de maneira adequada, meu pai teria dado uma chance a ele?

— Ou você vem comigo em paz ou eu vou pedir ao policial pra te arrastar pra dentro do carro. A escolha é sua, mas essa confusão toda que você criou acaba agora.

— Não dou a mínima pra quem você é — diz Isaiah num tom baixo, que indica que a ameaça é muito verdadeira. — Ninguém encosta nela.

Ao lado, Noah solta uma fileira de palavrões.

— Vai com eles, Rachel. Caso contrário, o Isaiah *vai dar* motivo pra ser preso. A gente vai resolver tudo.

— Não se você estiver com medo deles — sussurra Isaiah. — Não vou te soltar se você estiver com medo deles.

Olho para meu pai — anos mais velho do que aparentava hoje à tarde. O modo como ele esfrega os olhos mostra um misto de preocupação e raiva.

— Não estou com medo dele. — Eu me aproximo para ficar ao lado do Isaiah. — Estou com medo de te perder.

— Diz adeus, Rachel. — Meu pai mantém a voz baixa enquanto encara Isaiah com raiva. — Não procure mais a minha filha. Fazer contato com ela está fora de cogitação.

Meus braços envolvem a cintura do Isaiah, e meus olhos voam imediatamente para os dele, buscando uma solução. Isaiah sempre tem um jeito de consertar as coisas e, em pânico demais para pensar, estou desesperada por ajuda.

— Isaiah?

Ele toca no meu rosto. O mesmo carinho quente e amoroso que ele me dá desde que o conheci.

— A gente vai ficar bem.

Minha mão cobre a dele.

— Promete. — Porque Isaiah sempre cumpre sua palavra. Ele vai mover o inferno se for necessário. Ele nunca quebra uma promessa.

— Prometo.

O tremor vira um estremecimento. Não posso perder o Isaiah. Acabamos de encontrar o lugar onde o mundo pode ser bom.

— Eu te amo.

— Não fala desse jeito. — Isaiah abaixa a cabeça para a boca ficar perto da minha. — Não fala como se fosse um adeus.

— Rachel! — grita meu pai.

Meus lábios tocam os dele, e eu tento com muita força me lembrar de como eles são: quentes e meio doces. Não quero me esquecer disso nunca. Quando me obrigo a dar um passo para trás, minha visão está tão borrada que mal vejo o que está à minha frente. Isaiah enfia as mãos nos bolsos e muda de posição. Sabendo que ele tem de me deixar ir — obrigando o corpo a obedecer.

— Tudo bem. Eu prometo. Vai ficar tudo bem.

Vai ficar tudo bem. Repito as palavras várias vezes. *Ele prometeu. O Isaiah nunca quebra uma promessa.*

Quando chego mais perto do meu pai, ele estende as mãos.

— Me dá as chaves.

— Você não sabe dirigir carro com câmbio manual — digo, engasgada.
— Eu descubro — diz ele. — Não confio mais em você.

Encarando o Isaiah, de repente eu desejo ter tirado mais fotos de nós. Só tenho duas. Uma dele que eu tirei para o meu celular. E outra de nós dois fazendo palhaçadas perto do meu carro. Duas fotos. Não me parece nem um pouco suficiente.

Sentindo a perda, tiro uma foto mental dele. Seu cabelo preto raspado bem curto, o sombreado da barba no queixo, os músculos do braço, a inclinação delicada dos lábios, até seus olhos lindos me dizem que ele está sofrendo.

Coloco a mão no bolso e dou as chaves ao meu pai. O policial devolve a carteira ao Isaiah e murmura alguma coisa. Isaiah gruda os olhos em mim, sem responder ao oficial.

— Entra no carro — diz meu pai enquanto abre a porta do carona do meu Mustang.

Eu entro, me perguntando se vou voltar a ver o Isaiah. Há pouco tempo, eu havia perguntado ao Isaiah se ele achava que o amor podia doer tanto. Mal sabia que, na época, eu não tinha ideia do que estava perguntando nem de como seria realmente terrível dizer adeus.

Eu entro, e o lado do carona parece errado e artificial. Meu pai bate sua porta e enfia a chave na ignição.

— Eu nunca fiquei tão decepcionado com alguém na vida.

O celular dele começa a tocar, e meu pai o tira do bolso com raiva. Com uma olhada, ele joga o aparelho no apoio de bebidas. É um número conhecido — um número do trabalho. Que ele costuma atender imediatamente. Nunca pensei que um dia fosse ver sua raiva ultrapassar o amor que ele tem pelo trabalho.

— Sinto muito — sussurro e seco os olhos. — Não é o que você está pensando.

— E o que é então? — ele grita com tanta energia que eu estremeço.

Minha mão cobre a boca para impedir o soluço. Minha garganta começa a se fechar enquanto eu procuro desesperadamente um jeito de explicar.

— Você não entende. Eu amo o Isaiah.

O celular dele para de tocar e, segundos depois, começa de novo. O mesmo número, mas agora parece mais alto no confinamento do carro.

— Você é nova demais pra entender o que é o amor! Ele é um criminoso. Um viciado. Olha onde você está! Olha o que você fez com a sua mãe! Que merda você estava fazendo aqui?

Meu pai pisa na embreagem e no acelerador enquanto tenta mudar a marcha, e o motor para totalmente.

— Pai... você precisa...

— Eu consigo — grita ele, e a fúria que dispara dos seus olhos cala minha boca. Mais uma vez, o celular para e começa de novo.

Pelo espelho retrovisor, vejo Abby se aproximar do Isaiah. Estou perdendo as duas pessoas que mais amo. Meu pai tenta de novo, e o motor ruge e cria vida. Ele engata a primeira, e eu fecho os olhos quando meu pai arranha o câmbio.

— Me deixa dirigir. Eu levo a gente pra casa, juro. — Não importa quanto eu tente impedir, as lágrimas quentes em meus olhos escorrem pelo rosto. — Você não sabe dirigir um carro com câmbio manual!

— Você estragou o dia de hoje. — Meu pai me ignora completamente. — Você deixou sua mãe doente. Não é o que eu esperava de você.

O celular para e, quando começa de novo, meu pai estende a mão para pegá-lo.

— Maldito!

O semáforo na entrada da pista de corrida começa a mudar, e meus olhos disparam entre o celular no ouvido dele, o semáforo e a mão inexperiente do meu pai no câmbio.

— Pai, você não acha que devia..

Inspiro ao ouvir a buzina, e tudo que vejo é o radiador de um caminhão.

— Pai!

Isaiah

Guardo a carteira no bolso e observo o pai dela assassinar a embreagem. A dor no meu peito é suficiente para me matar, mas me agarro às palavras que eu disse a Rachel: prometo que vamos ficar juntos. Rachel sabe que eu nunca vou quebrar uma promessa. O amor entre nós nunca vai terminar.

Noah coloca a mão no meu ombro.

— Sinto muito.

— Eu amo a Rachel — digo. — E ela me ama. Ela vai fazer dezoito anos em menos de um ano. Vai se formar em menos de um ano e meio. E aí ninguém pode separar a gente.

— E você tem a mim. — Abby aparece do meu outro lado. — Talvez o meu disfarce funcione, e eu possa manter vocês dois conectados. Nunca se sabe. — Mas ela não fala como se acreditasse.

Abby fica olhando para Rachel como se tivesse perdido sua melhor amiga. Coloco o braço ao redor dela. Porque ela realmente perdeu.

— A gente vai conseguir a Rachel de volta. — Não sei se estou tentando convencer a ela ou a mim.

Ela seca os olhos.

— É por isso que eu não curto relacionamentos.

No cruzamento que sai da pista de corrida, o policial vira à direita. As luzes do freio se acendem enquanto o Mustang ultrapassa o sinal amarelo e minha garganta se fecha. A sensação que eu temo, um formigamento entre a pele e os músculos, me toma. Solto a Abby e dou vários passos. Com medo de que, se eu perder a Rachel de vista, vou perdê-la para sempre.

O sinal muda para vermelho, e o Mustang para no meio do cruzamento. Ouço a tentativa de girar o motor, e meus pés se movem mais rápido enquanto observo o caminhão acelerado se dirigir para o cruzamento. Meu mundo fica em câmera lenta enquanto minhas pernas se apressam para alcançar o carro, para proteger a Rachel.

Ouço um barulho de esmagado terrível, e o pônei branco vira para o lado e capota várias vezes. Como uma bola caindo de uma colina. De outra direção, outro carro bate, e eu grito o nome da Rachel. Freios gemem, vidros se quebram, mais carros batem. A carnificina se estende à minha frente enquanto o carro dela para. A lataria está inteiramente esmagada, irreconhecível.

Um zumbido ocupa minha cabeça enquanto continuo a gritar o nome dela. Empurro meu corpo com mais força, com mais rapidez, mas não consigo alcançá-la. Alguns fios de fumaça escapam do capô.

E, em seguida, fogo.

Pulo em cima do capô de um Civic preso entre dois carros.

— Rachel!

Pessoas estão chorando. Outras gritam. Vidro se espalha pelo asfalto.

— Rachel! Responde!

O para-brisa do carro dela é uma teia de aranha e não me deixa ver nada. Noah se junta a mim no capô do Civic, e nós dois usamos os braços como escudos quando uma explosão de chamas vem na nossa direção. Ela está presa. As duas portas estão bloqueadas por outros veículos.

— Rachel!

— A gente precisa tirar esse carro — grita Noah.

O carro dela está pegando fogo. O pensamento dispara na minha cabeça. Descemos do capô e corremos até a parte de trás do Honda Civic.

— Levanta.

O motorista do Civic se junta a nós. Seu rosto está manchado de sangue.

— Foi tudo tão rápido.

Noah e eu não dizemos nada a ele enquanto tentamos levantar a traseira com as próprias mãos. Nós dois gritamos quando a traseira se levanta. Meus dedos uivam de agonia, mas continuamos até abrir um espaço. O Civic bate de volta no chão. O espaço não é grande, mas é suficiente para nos permitir passagem. Tusso enquanto inspiro a fumaça e abro a porta do lado do motorista. A camisa do pai dela está ensopada de sangue, mas seus olhos estão abertos e ele pisca. Ao lado dele, Rachel está deitada, completamente atingida.

— Tira ela. — Seu pai tosse. — Ela não está reagindo.

Uma adrenalina de pânico dispara pelo meu corpo. Ela não pode estar morta. Não pode.

— Noah!

— Puxa ele pra fora! — diz Noah em cima do Civic. — Me dá ele aqui.

Eu me agacho para conseguir pegá-lo melhor.

— Você consegue ficar em pé?

Ele tenta se mexer e geme.

— Tira ela!

A fumaça sobe do painel, e minha pulsação fica acelerada. Usando o ombro, eu me inclino em direção ao pai dela e o arranco para fora do carro. Ele grita de dor e grita de novo quando Noah o puxa para cima. No segundo em que seu corpo sai, eu entro rapidamente no carro.

— Rachel. — Digo seu nome com calma, esperando que ela responda. — Meu anjo, preciso que você abra os olhos. Vamos. Fala comigo.

Coloco um braço nas costas dela e o outro debaixo das pernas. Ela fica mole como uma boneca de pano.

— Você não vai fazer isso, Rachel. Porra. Eu te fiz uma promessa, e isso significa que você fez uma promessa pra mim. Nós vamos ficar juntos. Você tá me ouvindo?

Eu puxo, e o corpo dela bate no assento em resposta. Ajeito minha pegada, puxo com mais força, e seu corpo resiste. Meus pulmões queimam com a fumaça, e eu abano o ar, tentando enxergar o problema.

Minhas mãos alcançam o piso, explorando, e o mundo para. Eu xingo. Não, não, não, não. O piso desabou e a lateral foi esmagada, e o metal está retorcido ao redor das pernas dela. Envolvo seu rosto doce em minhas mãos e falo como se ela pudesse me ouvir. Minha voz treme.

— Suas pernas estão presas, meu anjo. Suas pernas estão presas. Vou perdê-la. Por favor, não, eu vou perdê-la.

— Isaiah! — grita Noah. — Você precisa sair! Sai, sai, sai!

Isaiah

MAIO

Passei boa parte da vida tentando descobrir onde iria conseguir a próxima refeição ou como evitar a dor física. Em outras palavras: como sobreviver. Nunca tive motivos para contemplar a morte — estava ocupado demais me preocupando com a vida.

Em pé neste cemitério, é difícil não pensar no fim da vida. Noah me disse que os pais dele estão enterrados na área em frente. O último lugar de descanso do irmão da Echo é do outro lado do espaço gigantesco. Ninguém é imune à mortalidade.

Uma chuva leve e cheia de neblina torna úmido o dia quente de primavera, fazendo minha camisa grudar na pele. Fico parado, encarando o terreno. Há um peso dentro de mim que poderia gerar lágrimas. Mas afasto isso. Tenho emoções demais fluindo desenfreadas.

— Tem certeza? — pergunto.

Minha mãe se agacha e toca a lápide.

— Tenho. Eu soube que ele era seu pai no instante em que você entrou naquela sala de visitas. Você é a cara dele, Isaiah. — Ela me olha com um sorriso fraco e olhos vidrados. — Ele também era bonito.

Meu pai. Sem conseguir continuar em pé, sento na grama molhada. James McKinley.

— Sou irlandês?

Ela ri.

— Acho que sim. Nunca falamos sobre árvores genealógicas. Ele era um cara bom. Decente. Morreu antes de eu saber que estava grávida. Por isso eu o risquei da lista dos possíveis pais. Mais uma vez, um erro idiota.

Não somos próximos, eu e minha mãe. Ela quer se aproximar. Eu estou bem só de saber que ela está viva. Ela me pressiona para ter mais, porém eu digo que ela devia ficar feliz porque a raiva que eu sinto por ela está diminuindo. Tempo demais se passou entre os seis e os dezessete anos. Dores demais. Às vezes é melhor perdoar alguém e ficar por perto.

— James tinha uma família grande. Eram pessoas meio esquisitas, mas ótimas. Seria bom se eu tivesse sabido que você era dele. Eles teriam aceitado nós dois. — Ela fica calada. — Pelo menos você. Você devia procurá-los.

Coço a parte de trás da cabeça. Em algum lugar do Kentucky, tenho uma família grande.

— Não sei se quero passar por um teste de paternidade. — E saber que estava errado.

— Não posso dizer que eles não pediriam um teste, mas, se olharem pra você, vão saber. Você é todo ele. Até os brincos e as tatuagens.

A ideia me faz sorrir.

— Não brinca.

Ela ri de novo.

— Ele também teria dito isso. O James era bom comigo. Éramos amigos, e eu fui burra e me aproveitei dele. Nunca me perdoei por magoá-lo, e me sinto péssima por ele não ter sabido de você.

— Como foi que ele morreu?

— Acidente de carro. — Ela encara a lápide como se ele fosse aparecer se ela se concentrar o suficiente.

— Me fala dele?

Minha mãe relaxa. A chuva gruda o cabelo escuro no rosto dela.

— Não sei muita coisa, mas vou te contar tudo que puder. O James adorava motos...

No McDonald s em frente ao cemitério, espero numa mesa de canto. Courtney me dá um pote de sorvete de baunilha antes de se sentar à minha frente com o dela. Ela abre a bolsa e pega um frasco de confeitos multicoloridos. Coloca um pouco no dela e muito no meu.

— O que você tá fazendo? — pergunto.

— Comprando sorvete pra você. — Courtney guarda o frasco na bolsa e enfia a colher na sobremesa macia. — Não vai me dizer que quando tinha oito anos você não queria que alguém comprasse sorvete com confeitos pra você.

Courtney consegue fazer isso agora. Extrair a memória enterrada com uma facilidade assustadora. Às vezes eu acho que ela lê mentes, depois lembro que não. Ela foi uma criança criada no sistema de lares adotivos, assim como eu. Uma dor no peito me faz pensar em quando eu tinha oito anos e via famílias comprando sorvete. Courtney sorri quando eu tomo uma colherada.

— Você acha que traiu o passado se tornando assistente social? — pergunto.

Ela fica em silêncio enquanto sua testa se franze.

— Decidi pensar em como posso ajudar outras crianças de um jeito que ninguém me ajudou.

É justo.

— Você e sua mãe conversaram muito hoje. — Courtney nos observou de dentro do seu carro seco.

— Conheci o meu pai. — Mais ou menos.

— Imaginei. Como estão as coisas com ela?

Enfio o sorvete na boca para não ter que responder. Meus olhos se estreitam com a forma como os confeitos doces reviram em minha boca. Courtney dá uma risadinha.

— A propósito, minhocas de gelatina no sorvete são muito superestimadas.

— Percebi. — Misturo o sorvete. — Não posso dar o que ela quer.

— Você não precisa fazer isso — diz ela. — Eu nunca disse que era saudável ter um relacionamento com a sua mãe, só que você devia conversar com ela. Pela minha experiência, você ia sentir alguma dor ao vê-la. Achei que seria melhor você lidar com essa dor enquanto você tem a mim pra te comprar um sorvete depois.

— Você devia ter me contado que foi criada pelo sistema quando a gente se conheceu.

Ela pressiona os lábios.

— Eu já fui uma garota de dezessete anos revoltada. Você não estava pronto pra ouvir.

Verdade.

— Aliás, parabéns. Ouvi dizer que você gabaritou a prova.

— Obrigado. — Passei na prova da ESA... de novo. Meu estágio e meu emprego estão garantidos. Afasto o sorvete e relaxo na cadeira. Ultimamente, sinto como se estivesse sendo levado pela correnteza. Estou de volta ao lar adotivo, na casa da Shirley e do Dale. Noah mora no dormitório da faculdade. Ainda nos falamos, mas nem de perto com a mesma frequência. Há momentos em que eu me sinto... sozinho.

— Conheço pessoas que têm família — digo. — Eles se formam no ensino médio e conseguem um emprego ou vão pra faculdade e, se fizerem merda, voltam pra casa. — Faço uma pausa, batucando o dedo na mesa. — O que eu faço se... — Eu fizer merda. Pigarreio, e minhas sobrancelhas se juntam. — Pra onde eu vou?

Courtney também afasta o sorvete.

— O sistema de lares adotivos é um saco, mas sair dele por causa da idade também. É estranho. Você passa toda a primeira parte da sua vida lutando pra sair, e aí, um dia... você está fora. Então você quer gritar na porta fechada que ainda é criança, mas todo mundo insiste que você é adulto. Chorei muito quando saí do sistema por causa da idade.

Meus lábios se contraem.

— Acho que não vou chorar.

Courtney bufa.

— Ou qualquer coisa que os garotos fazem.

Engulo em seco e encontro coragem para dizer as palavras.

— Não quero ser um sem-teto.

— Você não vai ser. — Ela balança as sobrancelhas e tira um folheto da bolsa. — Tenho um plano. Você só vai completar dezoito no verão, então temos mais alguns meses antes de você sair do sistema pela idade. Posso te ensinar a fazer um orçamento e te ajudar a encontrar um lugar pra morar e todo tipo de coisas adultas divertidas. E a parte legal é: eu ainda vou estar por perto quando você fizer dezoito anos. Posso não ser obrigatória, mas não vou desaparecer.

O alarme do meu celular toca, e Courtney sorri, sabendo que estou pronto para fugir.

— A gente começa isso na próxima semana.

Eu me levanto.

— Obrigado. Por tudo.

— Sem problemas. Semana que vem teremos calda quente de chocolate.

Rachel

Eu sonho muito. Nos últimos três meses, tenho mais dormido que ficado acordada. Entre cirurgias, internações, remédios para dor e fisioterapia, eu sempre pareço cansada.

Vejo Isaiah nos meus sonhos. Ele me dando aquele sorriso raro. Aquela risada profunda. De vez em quando, sonho com o beijo dele. Esses são os meus preferidos.

Alguém sussurra e eu abro os olhos. A consulta com o especialista me esgotou fisicamente. A consulta com o terapeuta me esgotou mentalmente. Estico os braços na cama e ouço um barulho de amassado ao lado. Viro a cabeça e vejo uma revista sobre Mustangs com um bilhete:

Me diz qual deles você quer. Te amo. Papai

Meus dedos acariciam o bilhete antes de eu jogar a revista na minha mesinha de cabeceira. Não quero pensar em carros. Ainda não.

— Te falei que ela não estava pronta — sussurra uma voz profunda do outro lado do quarto.

Busco apoio com os cotovelos e levanto o tronco. West e Ethan estão sentados no chão, os dois com um controle nas mãos. Seus olhos estão grudados no videogame que eles jogam sem som na minha televisão de tela plana. Os dois praticamente se mudaram para cá quando voltei do hospital. A maior parte do tempo, não percebo que tenho companhia.

Ethan olha para mim por sobre o ombro.

— Finalmente. — Ele joga o controle no chão, e West faz o mesmo.

— Hora do passeio, irmãzinha — diz West. Ele ajeita o boné para ficar com a aba para trás.

Caio de novo na cama.

— Tenho fisioterapia daqui a duas horas.

— É por isso que a gente vai agora — diz Ethan. — Você vai ficar cansada demais depois. Como você quer fazer isso?

É uma pergunta à qual estou acostumada e que eles aprenderam a fazer. Tem sido estranho entre a minha família e eu. A vida toda eu nunca quis ser a fraquinha da família, e agora não há dúvidas de que eu sou a pessoa fisicamente mais fraca debaixo deste teto. Os gessos foram tirados, mas minhas duas pernas estão com aparelhos ortopédicos de cima a baixo.

Apesar de ser claro para qualquer pessoa que eu não posso correr tanto quanto meus irmãos ou dançar como minha mãe, o que não pode ser visto a olho nu é o verdadeiro milagre. Foi difícil pedir ajuda, no início. Eu tornei as coisas um milhão de vezes mais difíceis com a minha necessidade de fazer tudo sozinha, e foi um zilhão de vezes mais difícil para a minha família não fazer coisas para mim. Mas aprendi a pedir. E eles aprenderam a não forçar a barra. Então minha fraqueza me tornou mais forte.

— Me deixa tirar as pernas da cama.

Meus irmãos dão dois passos para trás e observam enquanto eu uso a força do meu tronco para me ajeitar de um jeito que as pernas fiquem perto da borda da cama. Meu rosto fica vermelho e meus dentes trincam, mas, centímetro a centímetro, minhas duas pernas se penduram na lateral.

Solto ar suficiente para tirar o cabelo do rosto. Um sorrisinho atravessa meus lábios. Eu consegui.

— Sua vez.

— Pega a cadeira de rodas — diz Ethan enquanto coloca os braços ao meu redor e me levanta no ar. West sai do meu quarto primeiro, e Ethan vai atrás. Os trabalhadores no quarto que era da Colleen olham para mim, depois para minhas pernas, antes de voltarem a instalar prateleiras e mesa feitas sob medida. Minha mãe está recebendo dinheiro para arrecadar fundos e anunciou que merecia um escritório.

Na parte inferior da escada, West posiciona minha cadeira, e Ethan me ajeita no assento. Eles me fazem um sinal para segui-los, e eu obedeço. Atravesso o corredor, passo pela cozinha, desço a rampa e paro quando eles vão até a garagem que não tem ligação com a casa.

— Eu não tenho tempo para ir a lugar nenhum.

West volta.

— Vamos lá, lerdinha. Você tem rodas aí.

— Você é um babaca.

West soca de leve o braço do Ethan.

— Ela me chamou de babaca.

— Você é um babaca. — Ethan abre a porta da garagem.

— É, mas *ela* me chamou de babaca.

Eu pisco quando entro na garagem. Tem um dispositivo com uma prancha de madeira coberta por um acolchoado.

— O que é isso?

— É pra você. — West fica ao lado do dispositivo e enfia as mãos nos bolsos, os braços esticados. — Vai te ajudar a mexer no carro.

Levanto uma sobrancelha questionadora, e West estende os braços.

— Posso?

Faço que sim com a cabeça e ele me levanta da cadeira e me coloca na plataforma. Então aponta para duas manivelas e começa a girar uma delas.

— Essa te levanta.

Surpresa com o movimento, eu me encolho e agarro as laterais. Ele continua a girar a manivela até eu estar na altura do capô aberto do seu SUV.

— E essa te aproxima.

A plataforma se estende para frente e, pela primeira vez em três meses, posso tocar o interior de um carro. Como se fosse um sonho, passo os dedos no motor. Mesmo daqui, não consigo fazer muita coisa, mas é melhor que não poder fazer nada.

Meio sem saber o que dizer, abro a boca e digo o trivial:

— Obrigada.

— O West construiu pra você — diz Ethan.

West levanta o ombro, meio tímido.

— O Ethan ajudou. Afinal, quem mais vai trocar o óleo do meu carro?

Meus olhos ficam úmidos. Estou emocionada por eles investirem tempo e energia em algo para mim... não uma coisa qualquer... eles criaram uma coisa para me ajudar a voltar ao que eu amo.

— O papai quer comprar um carro novo pra você — diz Ethan.

— Eu sei. — Mas essa parte é mais complicada. Não vou mentir. Dói saber que não vou poder dirigir... durante muito tempo.

— Tudo bem — diz West. — Eu estava brincando sobre a troca de óleo. Me fala o que fazer, e eu e o Idiota vamos fazer.

Um fluxo de adrenalina percorre minha corrente sanguínea.

— Pega aquele carrinho de mecânico e me ajuda a descer. Vou entrar embaixo do carro.

Gloriosamente coberta de graxa e óleo, sento no dispositivo de novo e me inclino sobre o West enquanto ele tenta descobrir onde fica o filtro de óleo.

— Não é tão difícil.

— Falou a gênia dos carros — murmura ele.

Um pigarro chama nossa atenção, e todos nós paramos quando vemos minha mãe na porta da garagem.

West e Ethan compartilham um olhar culpado.

— Mãe — diz o Ethan. — A gente já ia levar a Rach de volta pra casa.

— Vocês podem me dar um segundo com a Rachel?

West balança as mãos sujas na minha frente e passa um dedo bem oleoso no meu rosto. Ethan aperta minha cintura antes de sair. Eu me ajeito e me inclino para inspecionar o trabalho do West. Não está muito ruim.

— No que você está trabalhando? — pergunta minha mãe.

Dou de ombros.

— Nada.

Minha mãe está usando uma calça social cinza e suéter azul. Meu pai me levou às consultas hoje de manhã enquanto ela visitava o Gavin na reabilitação. Por causa do acidente, o plano original do meu pai para o Gavin e a reabilitação foi para o espaço. Mas, algumas semanas atrás, meu irmão finalmente começou o tratamento.

— Como está o Gavin?

— Bem. Ele está preocupado com você. — Minha mãe espia dentro do capô. — Seu pai disse que as consultas foram bem.

— Ãhã. — Parece estranho estar aqui com a minha mãe depois de mentir durante tanto tempo sobre o meu amor pelos carros.

Minha mãe olha para mim. Ela faz isso agora: fica me encarando com seus olhos azuis e me vê. Sem estar acostumada com isso, eu sempre desvio o olhar. Minha mãe ajeita o cabelo solto sobre o meu ombro.

— Gavin e eu tivemos uma consulta de terapia em grupo hoje. Ele prometeu não guardar mais segredos de mim, como o vício dele. Pensei nisso no caminho de volta pra casa. Acho que quero uma promessa dessa de todos vocês. Os segredos quase destruíram nossa família.

Mexo na minha unha descascada.

— Sinto muito por não ter te contado sobre o Gavin.

Minha mãe muda o peso do corpo.

— Minha preocupação é que você não me contou sobre você.

Confronto nunca foi um ponto forte para nenhuma de nós, e eu me pergunto se o silêncio está matando minha mãe da mesma maneira que está me matando.

— Você não queria ouvir. Você queria que eu fosse a Colleen.

— Rachel...

Preferindo não ouvir sua negação, encaro os olhos dela.

— Passei boa parte da vida ouvindo você dizer às pessoas que sonhava que eu fosse como a Colleen. É verdade, então, por favor, não finge que não é.

Minha mãe toca sua aliança e a gira no dedo.

— Eu queria poder te dizer que você não era uma substituta, mas nós duas sabemos que seria mentira. Independentemente do que você possa pensar, eu sempre te amei.

Brinco com as ferramentas que os meus irmãos deixaram na plataforma. Ao longo dos últimos três meses, minha mãe e eu evitamos esse assunto.

— Você amava mais a Colleen.

— Não é verdade — diz minha mãe. — Mas sinto saudade dela. Demais. Pensei nisso, e acho que tem alguma verdade no que você disse naquela noite. Eu te amo, mas acho que nunca te enxerguei. Por isso eu sinto muito.

— Tudo bem. — Mesmo.

— Em minha defesa, você nunca me deu a chance de te *conhecer*.

Abro a boca para protestar, e ela me dispensa com um aceno.

— Rachel, o problema desta família é que ninguém confiava em mim. Em vez de mudar para me fazer feliz, você já se perguntou o que teria acontecido se tivesse me falado o que eu estava perdendo?

Eu fecho a boca. Parte de mim acha que eu poderia ter gritado até ficar azul, mas outra parte pergunta o que teria acontecido se eu tivesse tentado de verdade.

— Afinal, o que está acontecendo aqui? — Minha mãe se inclina sobre o motor como se ele pudesse mordê-la, e eu percebo que *ela está* tentando.

— Eu estava ensinando ao West como trocar o filtro de óleo.

— É difícil?

— Posso te ensinar.

Sua boca se contorce.

— Que tal você só explicar e eu ouvir?

É um começo.

— Combinado.

Isaiah

A porta da frente se abre, e eu fico cara a cara com o pai da Rachel. Mechas grisalhas iluminam a área perto das orelhas. Ele parece mais velho que naquela noite na pista de corrida, mas, na verdade, eu também devo parecer mais velho. Dormir em poltronas de hospital faz isso com a pessoa. Ele e eu acabamos nos conhecendo muito bem nos períodos em que a Rachel enfrentava uma cirurgia ou dormia.

Ele se recusava a sair do lado dela quando não estava no trabalho. O mesmo acontecia comigo, quando eu não estava no colégio nem no trabalho. E nós temos os mesmos horários.

— Entra, Isaiah.

Entro no enorme hall e, como sempre, ainda fico surpreso que as pessoas vivam desse jeito.

— Como ela está?

— Nervosa — diz ele e, pelo jeito como esfrega a cabeça, percebo que ele também está. Hoje a Rachel vai reaprender a andar.

Seus olhos vão até o ponto poucos centímetros abaixo do tigre tatuado no meu bíceps. Carrego uma marca de queimadura de quando salvei o sr. Young e a filha três meses antes. Se não fosse pelo fato de a pista de corrida exigir que eu tivesse um extintor de incêndio durante a corrida, Rachel poderia ter morrido. E eu junto, porque eu nunca teria saído daquele carro sem ela.

— Discuti o que você propôs com a mãe da Rachel, e nós dois concordamos que vai ser bom a Rachel sair. Mas vamos começar devagar. Uma hora e meia.

Uma hora e meia — sozinho — com a Rachel. Eu me sinto um homem saindo para a luz do dia depois de anos de encarceramento.

— Juro que não vou atrasar nem um minuto.

O pai dela está com um sorriso esperto.

— Não vai mesmo, senão vão se passar mais alguns meses até você poder sair desta casa com ela de novo. — O sr. Young me aceita com a condição de que eu siga as regras deles. Pela Rachel, eu jogaria carvão na caldeira do inferno.

— Isaiah — chama a mãe dela na sala de estar. — Ela não quer começar sem você.

A mãe dela transformou a enorme sala de estar formal numa clínica particular de fisioterapia. Meu coração tropeça quando vejo a Rachel empoleirada na cadeira de rodas. O cabelo loiro está puxado para trás num rabo de cavalo, e ela está usando camiseta e shorts. Os gessos da perna foram embora, e agora o que eu vejo são aparelhos ortopédicos pretos e grandes de cima a baixo.

Seu rosto se ilumina quando ela me vê.

— Isaiah!

Toda vez que eu entro nesta casa, ela tem a mesma reação. Não sei por quê. Segurei a mão dela no hospital, fiquei sentado ao seu lado depois das várias cirurgias e a apoiei em cada sessão de fisioterapia. Fiz uma promessa para a Rachel, e nunca vou quebrá-la.

Enquanto caminho em sua direção, o fisioterapeuta, um ex-jogador de futebol americano e um belo filho da puta, entra na minha frente.

— Não, você não pode ficar ao lado dela hoje.

Grande ou não, eu encaro qualquer babaca que afaste a Rachel de mim.

— Quer reconsiderar?

— Isaiah — diz Rachel. — Essa decisão é minha.

— Você vai aprender a andar hoje — digo, como se ela não entendesse.

— Eu sei. — O jeito casual como ela responde faz minhas mãos se agitarem.

— Mas você pode cair.

Rachel estreita os olhos.

— Eu sei, e *você* precisa ficar tranquilo com isso.

Solto uma longa bufada de ar. Certo. Tudo cai na mesma conversa — tenho que deixar a Rachel se cuidar, mesmo que isso signifique vê-la tropeçar.

— Preciso de você aqui, filho. — Seu terapeuta indica para eu ficar na ponta de duas barras paralelas de madeira. — Rachel, se quiser ver seu namorado, você vai ter que se esforçar pra isso.

Passos e ruídos na porta chamam minha atenção. Um por um, exceto Gavin, os irmãos dela entram, seguidos dos pais. Rachel não olha para eles. Aqueles lindos olhos violeta estão fixos em mim. Sem ajuda, ela usa as barras para se levantar da cadeira.

Na minha ponta, agarro as barras espelhando seu movimento, como se eu pudesse mandar minha força para ela. Rachel levou semanas para ficar forte o suficiente para se levantar. Vai levar semanas, ou mais, para voltar a andar. O fisioterapeuta fica atrás dela, para o caso de ela perder o equilíbrio.

— Ok, Rachel. Você está vendo o que quer. Vá pegar.

O lado direito da boca da Rachel se curva para cima enquanto um tom de vermelho toca seu rosto. Meu coração lateja enquanto eu rezo para ela não cair na primeira tentativa. Forço um sorriso.

— Estou esperando, meu anjo.

Como ela sempre foi um milagre, Rachel levanta a perna e dá o primeiro passo.

Rachel

Com o quadril apoiado na porta do meu banheiro, Abby observa enquanto enrolo a última mecha de cabelo no modelador de cachos. Ela apareceu no meio da minha consulta com o fisioterapeuta. Como sempre, simplesmente entrou, sem se anunciar, e ficou nas sombras até que eu a visse escondida.

É estranho, mas é a Abby.

— Não sei por que você está fazendo tudo isso. Você pode aparecer vestida com um saco de lixo, e o Isaiah ainda vai te achar bonita.

Solto a mecha do modelador e um cacho quente quica no meu ombro.

— É nosso primeiro encontro oficial. Tipo, meu pai sabe e minha mãe sabe e todo mundo está aceitando.

Aceitando mais ou menos. Meus pais ainda estão um pouco hesitantes em relação ao Isaiah, mas o entendem melhor. Ele tem sido aberto com eles a ponto de chocar sobre seu passado, seu presente e suas intenções comigo. Enquanto eu estava no hospital, ele contou tudo sobre o Eric e a dívida.

Acho que o que mais encantou os meus pais não foi a honestidade do Isaiah, mas sua dedicação a mim. Exceto no horário do colégio e do trabalho, e ele até faltou algumas vezes, Isaiah nunca saiu do meu lado.

— Sua mãe vai tirar fotos, já que é seu primeiro encontro oficial, apesar de eles saberem que você já passou uma noite com o Isaiah?

Eu me encolho. Isaiah foi um pouco sincero demais com eles.

— Por quê?

— Posso aparecer nas fotos?

— Claro. — Movo a cadeira de rodas para a esquerda para poder me ver melhor no espelho de corpo inteiro atrás de mim. *Rímel. Preciso de rímel.* Como se ouvisse meus pensamentos, Abby me dá o rímel que está na minha bolsa de maquiagem.

— Podemos tirar uma só de você e eu?

Encontro os olhos da Abby, e ela desvia o olhar. Isso não é característico dela.

— É. Acho que eu vou gostar disso.

Abby olha para o meu quarto por sobre o ombro.

— Alerta do Ethan.

— Eu ouvi isso, esquisita. — Ethan se inclina para me ver. — Não tenho muito assunto com o Garoto Tatuado, então anda logo.

Suspiro enquanto termino de passar o rímel. Enquanto West e Isaiah se entenderam surpreendentemente bem, Ethan não se convenceu totalmente do meu relacionamento com meu namorado. Tenho fé que isso vai mudar com o tempo.

Abby analisa meu irmão de um jeito nada parecido com um melhor amigo.

— Olá.

— Hum... Oi. — Ethan pisca como se fosse um peixe que acabou de perceber que está preso num anzol. — Como vai?

— Melhor agora que você tá aqui.

Abafo uma risadinha quando o rosto do Ethan fica vermelho.

— Ah... minha mãe perguntou se você vai ficar pro jantar.

— O que vocês vão comer?

— Bife.

— Pode contar comigo. — Minha mãe estranhamente adotou a Abby. Ninguém perguntou na cara, mas todo mundo parece entender que ela não é a Abby aluna de colégio particular, e, apesar de a observarem como uma experiência científica que está prestes a explodir, no geral gostam dela.

— Não vou estar aqui — lembro a ela.

Ela dá pro meu irmão um sorriso que promete todo tipo de encrenca.

— Mas o Ethan vai.

Ele pigarreia.

— Sério, você tá pronta?

— Ãhã — digo rapidamente para salvá-lo da Abby. Minha melhor amiga adora deixar os caras sem graça. Deus proteja o homem que se apaixonar por ela, porque ele vai precisar de toda ajuda que conseguir para lidar com a Abby.

— Então vamos. — Ethan me pega e me carrega escada abaixo até o Isaiah.

Isaiah

No banco traseiro de um Mustang 89 que eu comprei pelo Craigslist por duzentos dólares, Rachel inspira em busca de ar, e meus lábios trilham seu pescoço. Nós dois respiramos com dificuldade, e nossas mãos estão em todas as partes que podemos tocar. Suas pernas estão apoiadas no assento enquanto eu a seguro no colo. Ganhamos uma hora e meia e passamos quarenta minutos nos beijando.

— Eu devia te levar pra comer — sussurro em seu ouvido.

Sua mão aperta a minha nuca, levando meus lábios aos dela.

— Posso comer a qualquer hora.

Durante três meses, eu sonhei em tê-la nos braços de novo. Rachel é o tipo de garota que exige espera e definitivamente vale cada minuto. Meu celular apita, e ela geme enquanto aninha a cabeça na curva do meu pescoço.

— Não pode ser hora de ir pra casa.

— Não, mas tá perto. — Ficar de mãos dadas e um beijo casto, rápido e ocasional é tudo que eu tenho permissão de fazer sob o olhar sempre presente da família da Rachel. Recentemente fomos promovidos a um abraço. Eu a aperto com mais força, minhas mãos subindo e descendo por suas costas. — Eu estava pensando que a gente podia comprar um terreno e construir nossa oficina e nossa casa nele. Assim não vamos precisar ficar afastados.

— Gostei — diz ela. — Mas você não acha que os negócios são melhores na cidade?

Sorrio.

— Vamos ser tão bons que as pessoas vão nos procurar só pela nossa reputação.

Rachel beija meu maxilar, provocando arrepios nas minhas costas. Ela se aninha em mim.

— Eu te amo.

Minha pulsação fica mais leve e mais feliz. Ela está viva e me ama.

— Eu te amo.

Ela suspira, demonstrando um peso.

— Sinto falta de dirigir.

— Eu sei. — Eu queria poder dizer quando ela vai ser capaz de voltar a fazer isso. Eu endireito o corpo quando o pensamento me toma. — Vem cá.

Delicadamente, ajudo para que ela se acomode no banco do carona e pulo para o banco do motorista. Dou partida no carro, e nós dois nos encolhemos com o péssimo estado do motor. Aperto a embreagem, pego a mão dela e coloco no câmbio.

— Não posso te dar a sensação completa de estar atrás do volante, mas posso te dar o controle. Esse carro não sai daqui sem você.

Aquele sorriso brilhante ilumina seu rosto.

— A que velocidade você pretende ir?

Dou de ombros.

— Você decide, mas não tenho problemas em ir rápido.

Mantendo nossos olhos grudados, Rachel engata a primeira. Solto a embreagem e piso no acelerador.

Agradecimentos

A Kevan Lyon. Você sempre me traz calma e um sorriso no rosto. Esta jornada seria impossível sem você.

A Margo Lipschultz. "Obrigada" parece uma palavra simples demais por todo o apoio, cuidado e amor que você demonstra por mim e pelos meus personagens. Você sempre vai além do que é necessário, e eu quero que saiba que agradeço por tudo o que você faz. Você é realmente fantástica, Margo.

A todo mundo da Harlequin Teen que colocou um dedo nos meus livros, especialmente Natashya Wilson. É uma honra trabalhar com pessoas tão fantásticas, que têm a capacidade de me fazer sorrir.

A Drew Tarr (Street & Strip Performance), Terry Huff (Ohio Valley Dragway), Tommy Blincoe, Jason "Jayrod" Clark, Frank "Frankie" Morris e Anthony "Red" Morris. Agradeço por usarem o tempo de vocês para responder às minhas perguntas enquanto eu estava planejando este livro e por ajudar alguém que não é ligada em carros a entender não apenas os carros, mas também as corridas de arrancada.

Especialmente às pessoas que conheci em Ohio Valley: o amor pelo esporte, pela Ohio Valley Dragway e pelas pessoas que correm lá ficou evidente todas as vezes em que conversamos. Podem esperar me ver na arquibancada.

Um agradecimento especial a Jennifer L. Brown, por ser corajosa o suficiente para me ensinar a dirigir um carro com câmbio manual e por me deixar aprender em seu carro!

A Mike Ballard. Obrigada por compartilhar sua esposa incrível comigo em algumas quartas-feiras e por me apresentar aos seus amigos em Ohio Valley.

A Colette Ballard. Por amar Noah, Ryan e Isaiah, por ser o ouvido amigo quando eu precisava de alguém para me escutar e por falar quando eu precisava ficar calada.

A Angela Annalaro-Murphy. Você não tem ideia de como aprecio nossa amizade. Obrigada por todos os anos de risadas, lágrimas, orações e mais risadas.

A Kristen Simmons. Por amar Isaiah e Rachel tanto quanto eu. Conhecer você foi uma das melhores partes dessa experiência toda.

Ao meu sistema de apoio contínuo do grupo de crítica/reunião de família nas noites de quarta-feira — Kelly Creagh, Bethany Griffin, Kurt Hampe e Bill Wolfe — e aos Escritores de Romance de Louisville. Além disso, a Shannon Michael, pela amizade e apoio constantes. Amo vocês!

Mais uma vez, aos meus pais, minha irmã, minha família de Mount Washington e meus sogros... Amo vocês.

Playlist de *No limite do perigo*

Tema geral:
- "If I Die Young", The Band Perry
- "Lighters", Bad Meets Evil, com participação de Bruno Mars
- "Barefoot Blue Jean Night", Jake Owen
- "Kryptonite", 3 Doors Down

Isaiah:
- "Beverly Hills", Weezer
- "Speed", Montgomery Gentry
- "Shimmer", Fuel
- "Santa Monica", Everclear

Rachel:
- "Mean", Taylor Swift
- "Little Miss", Sugarland
- "Fallen Angel", Poison

A primeira vez que Rachel vê Isaiah:
- "Animal", Def Leppard

Quando Isaiah se dá conta de que gosta de Rachel, no bar e depois no apartamento:
- "Possum Kingdom", Toadies

Primeiro beijo de Isaiah e Rachel:
- "Just a Kiss", Lady Antebellum

Noite de Ano-Novo de Isaiah:
- "You and Tequila", Kenny Chesney, com participação de Grace Potter

O futuro de Isaiah e Rachel:
- "Ours", Taylor Swift
- "Fast Cars and Freedom", Rascal Flatts